AF177855

ullstein

LEONIE ZENK wurde 1996 in einer Kleinstadt in Niedersachsen geboren und lebt mit ihrem Mann noch immer dort. Das Schreiben begleitet die studierte Historikerin seit ihrer Kindheit. In ihrer Freizeit findet man sie meist am Meer oder zu Hause am Klavier.

LEONIE ZENK

Muschelglück
und
Meeres-
rauschen

Ein Nordsee-Roman

Ullstein

Besuchen Sie uns im Internet:
www.ullstein.de

Wir verpflichten uns zu Nachhaltigkeit
• Papiere aus nachhaltiger Waldwirtschaft und anderen kontrollierten Quellen
• ullstein.de/nachhaltigkeit

MIX
Papier
FSC FSC® C021394

Das Zitat auf S. 23 stammt aus dem Song *Electric Guitar* von Tocotronic.
Das Zitat auf S. 332 stammt aus Christa Wolfs Roman *Nachdenken über Christa T.*, Suhrkamp Verlag, Frankfurt am Main 2007.

Originalausgabe im Ullstein Taschenbuch
1. Auflage April 2025
3. Auflage 2025
© Ullstein Buchverlage GmbH, Friedrichstr. 126, 10117 Berlin 2025
Wir behalten uns die Nutzung unserer Inhalte für Text und Data Mining im Sinne von § 44b UrhG ausdrücklich vor.
Bei Fragen zur Produktsicherheit wenden Sie sich bitte an produktsicherheit@ullstein.de.
Umschlaggestaltung: bürosüd° GmbH, München
Titelabbildungen: © www.buerosued.de
Gesetzt aus der Albertina by *pepyrus*
Druck und Bindearbeiten: ScandBook, Litauen
ISBN 978-3-548-06938-8

Für meine eigene Oma Rosi.

Prolog

Liebe, hatte mein Großvater einmal gesagt, als wir zusammen zu einem unserer langen Strandspaziergänge aufgebrochen waren, bedeute für ihn, nicht wegzurennen, wenn es kompliziert wird. Dabei hatte er so weise geklungen, dass ich einfach nur mit großen Augen genickt und für einen Moment vergessen hatte, nach angespültem Bernstein Ausschau zu halten. Wenn er in diesem Tonfall sprach, glaubte ich ihm alles. Und trotzdem brach er seiner Frau eines Tages das Herz, indem er eines Nachts seinen größten Koffer packte und irgendwo in den Schweizer Alpen ein neues Leben begann. Ab und an schickte er eine Postkarte vom Schilthorn oder vom Thuner See. Mittlerweile sind sie selten geworden, vielleicht, weil er ahnt, dass meine Großmutter sie direkt vom Briefkasten ins Altpapier befördert.

So etwas würde mir nicht passieren, hatte ich mir eines Abends unter der Bettdecke in meinem Jugendzimmer geschworen, als ich gerade meine erste Liebeserklärung empfangen hatte. Einen Teil meines Herzens würde ich so lange bei mir behalten, bis ich sicher war, dass es sich lohnen würde, ihn zu verschenken. Niemals würde ich den gleichen

Fehler begehen wie meine Großmutter: mich mit allen Fasern meines Körpers und meiner Seele jemandem hingeben, der es nicht verdient hat. Nur um danach enttäuscht zu werden.

Oma Rosis größte Liebe war schon immer das Meer gewesen. Das sah ich jeden Sommer aufs Neue, wenn mich meine Eltern endlich wieder hinaus aus der Stadt und zu ihr an die Nordseeküste brachten.

»Muscheln sind die besten Geschichtenerzähler«, sagte sie jedes Mal lächelnd, wenn ich als Kind in ihrem Laden gestanden und mir eine ihrer Muschelschalen ans Ohr gehalten hatte, in der Hoffnung, die Wellen und den Wind darin flüstern zu hören.

Ich erinnere mich, wie ich auf einem alten Schemel neben ihr an der Werkbank saß, mit baumelnden Füßen und Salz auf den Lippen. Manchmal erzählte sie Geschichten über längst vergangene Zeiten, Liebesgeschichten, die immer gut ausgingen, während ihre Hände wunderschöne Schmuckstücke formten. Ich hatte nie genug davon bekommen können, auch wenn ich selbst in solchen Momenten an meinen Großvater dachte – das lebendige Gegenbeispiel zu all der Romantik, die Oma Rosi so lebhaft in Worte fassen konnte.

Und dann hatte ich es doch getan. Mich mit allen Fasern meines Körpers und meiner Seele jemandem hingegeben, obwohl ich mir selbst das Gegenteil geschworen hatte. Denn dass Gefühle manchmal ziemlich verwirrende kleine Biester sein können, das hatte meine Großmutter in ihren kitschigen Liebesgeschichten immer gekonnt verschwiegen.

I

Noch auf dem Weg nach oben in den zweiten Stock band ich mir das Haar zu einem Pferdeschwanz und rieb mir über den feuchten Nacken. Wann war es nur so warm geworden? Es war, als hätte sich das Wetter urplötzlich erinnert, dass wir bereits Mitte Juni hatten, nachdem es in den letzten Wochen beinahe pausenlos geregnet hatte. Die Sonne schien so stark, dass mir das Asphaltflimmern auf dem Nachhauseweg ein leichtes Schwindelgefühl beschert hatte. Ich hatte mir vorgenommen, früher Feierabend zu machen, doch dann hatte ich mir im Büro wieder einmal höchstpersönlich den kaputten Drucker ansehen müssen. Ich hatte ein Händchen für solche Arbeiten, das musste ich zugeben. Leider hatte sich diese Tatsache viel zu schnell in der Abteilung herumgesprochen und wurde nun regelmäßig schamlos ausgenutzt.

In meiner Wohnung steuerte ich auf direktem Weg ins Badezimmer und sprang unter die Dusche, um irgendwie diese verdammte Druckertinte loszuwerden. Ich ließ kühles Wasser über mein Gesicht und meine Hände laufen und schloss die Augen. In meinem Kopf pochten Gedanken, die ich nicht denken wollte. In letzter Zeit geschah es viel zu häufig, dass sie zu Dingen abschweiften, die ich zuvor noch einigermaßen erfolgreich in die hinterste Ecke meines Bewusstseins gedrängt hatte: zu meiner To-do-Liste, die jeden Tag länger wurde. Zu meinem Job bei einem Telekommunikationsunternehmen, das sich zu schade war, einen dreißig Jahre alten Drucker zu ersetzen. Und natürlich zu Samuel, auch wenn es seltener war als noch vor ein paar Monaten.

Am Anfang hatte ich mich noch bemüht, an die Tage zu denken, die perfekt gewesen waren, weil ich nicht eine weitere Person in der Gruppe jener werden wollte, die ihre Trennungen mit schwerster Artillerie führten, sie hässlich und giftig auskämpften und danach so blass und ausgelaugt waren, dass sie das Haus nicht mehr verließen. Blass und ausgelaugt war ich allerdings dennoch geworden.

Nach vier Waschgängen und einer halben Flasche verbrauchter Seife gab ich auf. Die Druckertinte hatte es sich in den feinen Linien meiner Hände bequem gemacht und dachte nicht einmal daran, zu verschwinden.

In der Küche warf ich einen Blick auf die Uhr. Es war kurz nach sieben. Nach der Arbeit hatte ich einen Zwischenstopp im Supermarkt eingelegt und für ein vollwertiges Abendessen eingekauft. Seit einiger Zeit nahm ich mir vor, wieder öfter für mich selbst zu kochen, auch wenn mich das die Stunde kostete, die ich normalerweise dafür nutzte, ein paar Seiten zu lesen und – an schlechten Tagen – in Grübeleien zu verfallen, die mich zwar nicht weiterbrachten, mir aber umso größere Kopfschmerzen bescherten.

Was war nur mit mir passiert? Ich war gerne ins Büro gegangen, und wenn es nur gewesen war, weil ich mich dann auf zu Hause freuen konnte. Auf ihn. Samuel hatte auch nach der Hochzeit seine Wohnung in der Innenstadt behalten, weil die Lage unverschämt gut gewesen war, und ich hatte weiterhin in meinem kleinen Zwei-Zimmer-Apartment gelebt, weil es nur einen Katzensprung entfernt von dem Bürogebäude lag, in dem ich arbeitete. Die allermeisten Feierabende und die allermeisten Nächte hatten wir trotzdem zusammen verbracht. Kurz nach der Trennung hatte ich es gemieden, früher als um zwanzig Uhr nach Hause zu kommen. Die Erinnerungen lauerten in jeder noch so kleinen Ecke, klemmten in den Falten des Ledersofas und standen im Badezimmerschrank hinter meinen Anti-Aging-Cremes, die nicht halfen. Damit hatte ich irgendwann zu leben gelernt, schließlich war das Ganze nun beinahe sieben Monate her. Aber die Wohnung war nicht mehr dieselbe. Die geschmackvollen Möbelstücke und Gemälde, die er für mich ausgesucht hatte, waren fort, in Wohnungen von Menschen, die ich nicht kannte. Sogar die alte Couch hatte ich weggegeben, nachdem ich erfolglos versucht hatte, alte Maskaraflecken aus dem Bezug zu entfernen. Ich wunderte mich noch immer, dass der durchaus seriös wirkende Arzt von nebenan nicht einmal um einen Preisnachlass gebeten hatte, als er kam, um sie abzuholen. Meine Schwester Lia ging von einem Fetisch aus, und da ich die Vorstellung amüsant fand, tat ich es ebenfalls.

Ich drückte den Rücken durch und begann, zwei Paprika zu entkernen, um sie anschließend mit Reis und Fetakäse zu füllen. Dabei ließ ich das Radio laufen und erlaubte mir sogar das ein oder andere Wippen mit dem Fuß. Heute würde ich

Herrin der Lage sein, ganz ohne Gedankenkarussell und Fast Food.

Nach dem Essen und vollständig erledigtem Abwasch fühlte ich mich besser. Eigentlich hatte ich den Anruf bei meiner Großmutter auf später verschieben wollen. Jetzt wäre der perfekte Zeitpunkt gewesen, um die Beine hochzulegen und bei laufendem Fernseher einzudösen. Andererseits hatte mich ihre Karte, die ich vor der Arbeit im Briefkasten entdeckt hatte, beunruhigt, und ich wusste nur zu gut, dass sie an meiner Stelle alles stehen und liegen gelassen hätte.

Mir geht es prima, hatte sie geschrieben, *allerdings gibt es das ein oder andere Problem mit dem Laden. Vielleicht hast du mal wieder Zeit, mich zu besuchen? Die Luft wird dir guttun, auf deinem letzten Bild sahst du aus wie ein Gespenst, und ich glaube nicht, dass es an der Kamera lag.*

Und zum Abschluss: *Außerdem kannst du dir dann das ganze Schlamassel einmal selbst ansehen.*

Wie immer hob sie nach dem zweiten Klingeln ab. Seit ich ihr ein primitives Smartphone geschenkt und ihr mit Engelsgeduld die Funktionen erklärt hatte, trug sie das Gerät überall mit sich herum. Und als sie – wie gewohnt ein wenig zu laut – ein »Hallo« in den Hörer flötete, begriff ich, wie viel Zeit nicht nur seit meinem letzten Besuch, sondern auch seit meinem letzten Anruf vergangen war. Mein schlechtes Gewissen kroch mir als unangenehme Wärme in die Wangen und die Schläfen und erreichte dann mein Herz. Wann war ich nur so nachlässig geworden?

»Oma?«, fragte ich, um sicherzugehen, dass sie mich

hörte. Oben an der See zerrte der Wind ab und zu an der Verbindung.

»Hallo, mein Schatz«, begrüßte sie mich wie immer gut gelaunt. »Du hast eine gute Zeit erwischt, ich war gerade mit Tim in der Badewanne. Er hat wieder im Kräuterbeet gegraben und sieht einfach abstoßend aus.«

Ich wusste nicht, was ich erwartet hatte. Niedergeschlagenheit war für meine Großmutter schon immer ein Fremdwort gewesen, dessen Bedeutung sie in ihrem uralten zerfledderten Duden nachschlagen musste. »Das … ist schön.«

»Hast du meine Karte bekommen?«

»Ja, die lag heute im Briefkasten. Um ehrlich zu sein, rufe ich deshalb an.«

Ich hörte sie leise seufzen. Sicherlich saß sie gerade mit einem Teller voller belegter Brote auf dem Sofa und wartete, bis die »Tagesschau« begann, während Tim ihr um die Beine strich. Das tat er bei mir nie. Der Kater hasste mich abgrundtief – und in gewisser Weise tat ich es ihm gleich, hielt mich aber zurück, weil ich wusste, dass er meine Großmutter glücklich machte. »Ich wollte dich nicht beunruhigen, das war doch nur so dahergeschrieben.«

»Wirklich?«

Natürlich kannte ich die Antwort bereits. Und sie wusste es. Vielleicht entschied sie sich deshalb für die Wahrheit. »Nun ja, es ist ein wenig kompliziert, das muss ich zugeben.«

Ich nahm noch einmal ihre Karte zur Hand, strich mit dem Daumen über die feinen Bleistiftlinien und ihre ordentliche Handschrift. »Was meinst du damit?«

»Erst erzählst du mir, wie es dir geht und was es Neues in deinem Leben gibt«, befahl sie. »Dann erzähle ich.«

Mir lag der Protest bereits auf der Zunge, einerseits, weil ich mir offensichtlich doch begründet Sorgen machte, andererseits, weil ich selbst nicht wusste, wie es mir ging. Es sind drei Monate seit unserem letzten Anruf vergangen und ich bin noch immer nicht über die Tatsache hinweg, dass mein Mann, der mich so verdammt glücklich gemacht hat, ein verlogenes Arschloch ist, schien mir jedenfalls keiner Erwähnung wert. Meine Großmutter kannte mich gut genug, um Bescheid zu wissen. Also gab ich zwei Anekdoten aus dem Büro zum Besten, erzählte von meiner Schwester Lia und ihrem Mann und davon, dass Mama – Oma Rosis Tochter – sich im Glücksspiel versucht hatte.

An der langen Stille am anderen Ende der Leitung erkannte ich, dass sie mein Bericht nicht zufriedenstellte. »Darf ich dir einen Rat geben, Kind?« Sie wartete nicht auf meine Antwort. »Mach mal wieder Urlaub.«

Obwohl sie etwas aussprach, das ich seit Ewigkeiten mit mir herumtrug, fühlte es sich an, als wäre ich bei etwas Schlimmem ertappt worden.

»Nichts wäre mir lieber, glaub mir«, sagte ich. Aber wenn ich Urlaub nehmen würde, könnte ich mein Leben nicht mehr mit zu viel Arbeit ausblenden. »Aber momentan ist es schwierig.«

»Das ist schade.«

Sie klang ehrlich betroffen.

»Jetzt bist du an der Reihe«, lenkte ich ab, bevor es wehtat. »Erzähl mir von diesem ein oder anderen Problem.«

Ich hörte, wie sie in eines ihrer Brote biss, gefolgt von einem empörten Miauen. Tim hatte nach all den Jahren noch immer nicht verstanden, dass er höchstens ein Stück Gewürzgurke pro Abendessen von seiner Bediensteten zu erwarten hatte. Sie ließ sich mit dem Kauen Zeit, obwohl ich sicher war, dass sie sich bereits die passenden Worte zurechtgelegt hatte. »Es ist eine Katastrophe.«

»Du meinst −«, begann ich und brach ab. »Was willst du damit sagen?«

»Früher haben mir die Leute die Tür eingerannt und mir den Schmuck aus den Händen gerissen, weißt du noch?«

Ich spürte, wie mein Herz aufgeregt zu pochen begann. Vor Nostalgie. Und vor Angst. »Ja, natürlich.«

»Na ja − jetzt tun sie es nicht mehr.«

»Von jetzt auf gleich?«, brachte ich nur heraus, obwohl ich sie lieber beruhigt hätte.

»Ich wünschte fast, es wäre so. Aber nein, es kam nach und nach.«

»Aber … warum?«

Ich hörte mich an wie ein kleines Mädchen mit brüchiger, heller Stimme, und dann traten mir die Tränen in die Augenwinkel.

»Das Problem ist«, begann sie. »Ich habe nicht die leiseste Ahnung. Gott weiß, warum sich plötzlich nur noch eine Handvoll Touristen in den Laden verirrt, weil sie ihn mit der Eisdiele verwechselt haben. Ich mache alles wie immer. Der Schmuck ist derselbe, der Preis ebenso. Drüben neben der Pizzeria hat ein neuer Souvenirladen aufgemacht. Der ist voll bis oben hin mit Touristen, und bei mir muss ich jeden Tag den Staub aus der Fußmatte schütteln. Wenn ich nur wüsste, woran es liegt.«

Ihre unerwartete Ehrlichkeit schnürte mir die Kehle zu. Meine Großmutter war die optimistischste Person, die ich kannte. Wenn ich mir als Kind das Knie aufgeschlagen hatte, hatte sie mir aufgeholfen und gesagt, dass ich wenigstens ein Knie hatte, das ich mir aufschlagen konnte. Wenn mir meine Kugel Eis in den Sand gefallen war, hatte sie gelacht und gesagt, dass nun wenigstens die Möwen dick und rund würden. Und wenn ich ihr von einer Fünf in Mathe erzählt hatte, hatte sie mich an meine Eins in Deutsch erinnert. Sie war die Frau, die niemals eigene Probleme hatte, die immer allein mit allem fertigwurde. Und das konnte nur eins bedeuten: Wenn sie so niedergeschlagen klang wie in diesem Moment, dann steckte sie tatsächlich in Schwierigkeiten. Und zwar in großen.

»Was hast du jetzt vor?«

Sie seufzte tief und lange. Im Hintergrund erklang die Anfangsmelodie der »Tagesschau«, aber sie schien keine Anstalten zu machen, sich zu verabschieden. »Ich weiß es wirklich nicht mehr. Ich habe mit allen möglichen Leuten gesprochen. Aber ich glaube nicht, dass mir irgendjemand von denen die Wahrheit ins Gesicht sagen würde.«

Ich schwieg für einen Moment, wollte nichts sagen, das ihr nicht wirklich half. In meinem Kopf arbeitete es, aber das wirklich Naheliegende wollte mir nicht einfallen, obwohl sie mich bereits darum gebeten hatte.

»Christin?«

»Ja?«

»Es würde mir sehr viel bedeuten, wenn du nach St. Peter kämst. Nur für ein paar Tage. Ich bin mir sicher, das würde auch dir guttun.«

Mein Herz schmolz in meiner Brust, und ich spürte, wie sich eine Träne meine Wange hinunterstahl. Zum ersten Mal in meinem Leben bat sie mich um einen Gefallen. Sie wollte gefasst klingen, das konnte ich an ihrer Stimme hören, und vielleicht tat sie das für Außenstehende sogar. Aber nicht für mich.

Ein winziger Teil von mir wollte wiederholen, dass es mit der Urlaubsplanung momentan schwierig werden würde. Der andere Teil wusste, dass das nicht stimmte. Ich hatte seit Ewigkeiten nicht länger als zwei Tage Urlaub genommen.

»Okay«, sagte ich leise, als würde das die nächsten Tränen daran hindern, mir über das Gesicht zu laufen. »Ich komme. So bald wie möglich.«

»Das ist lieb von dir, mein Herz.«

Ich wollte mich bereits verabschieden und sie in Ruhe ihre Brote verspeisen lassen, da sagte sie: »Ich glaube, ich habe auch eine Überraschung für dich.«

»Du sollst doch nicht extra für mich Muscheln sammeln gehen«, protestierte ich halbherzig. Ich liebte es, wenn meine Großmutter ein Schmuckstück nur für mich entwarf, auch wenn es jedes Mal so extravagant ausfiel, dass ich es nur trug, wenn sie es sah.

»Ach was!« Sie klang ehrlich empört. »Wer sagt denn etwas von Muscheln?«

2

Zwischen Husum und der nordfriesischen Küste schunkelte der Regionalzug gemächlich vorbei an saftigen grünen Wiesen, an Schafherden, die faul in der Nachmittagssonne lagen, und an hübsch restaurierten Bauernhäusern, oft mit niedlichem Holzverschlag, in denen die Landwirte noch selbst Obst und Gemüse, Eier oder Fischbrötchen verkauften.

Bald würde ich an dem Ort sein, den ich so lange gleichgesetzt hatte mit Heimat, Geborgenheit und Liebe. Ich musste schmunzeln, und mein Herz füllte sich mit Wärme, als ich mir vorstellte, wie meine Großmutter in ihrem Strandkorb vor dem winzigen Reetdachhaus saß, die Pantoffeln beiseitegeschoben, um sich die Füße von der Sonne anstrahlen zu lassen, ihre übergroße Sonnenbrille auf den Haaransatz geschoben. Tim, ihr uralter Kater, neben ihr zusammengerollt, den Geruch von Apfelkuchen in der Nase.

Und doch hatte das Ganze einen bitteren Beigeschmack. Meine letzte Reise an die See war bereits drei Jahre her, noch nie war zwischen meinen Besuchen so viel Zeit vergangen. Normalerweise packte mich spätestens nach wenigen Monaten die Sehnsucht. Nach dem salzigen Wind, der durch meine Haare strich. Nach festem Sand unter meinen Füßen. Sogar nach den Touristen in ihren Kleinbussen, die akkurat aufgereiht am Strand standen und Fotos vor den Pfahlbauten schossen. Und besonders nach der unerschütterlichen, manchmal ein wenig zu lauten Frau, die ich meine Großmutter nennen durfte. Die Frau, die so viel Liebe und Lebensfreude im Herzen trug, dass ich manchmal Angst bekam, es würde ihr aus der Brust springen.

Und dann war alles auf einmal gekommen. Die Trennung – von meinem Seelenverwandten und dem, was ich für das perfekte Leben gehalten hatte. Der langsame Fall in die Dunkelheit und der mühsame Aufstieg, den ich, wenn ich ehrlich zu mir war, noch nicht vollständig gemeistert hatte.

Ich sah wieder aus dem Fenster, während ich an meinem kalten Kaffee nippte, auf dessen Oberfläche geflockte Sojamilch schwamm, zu der ich mich hatte hinreißen lassen. Das würde nicht noch einmal vorkommen, schwor ich mir. Meine Großmutter würde ohnehin in schallendes Gelächter ausbrechen, wenn ich ihr erzählte, dass ich seit Neuestem versuchte, gesund und möglichst vegan zu leben.

Wie schlimm es wohl um den Laden stand? Seit ich denken konnte, war er ein Kundenmagnet und in aller Munde gewesen. Wie viele Stunden hatte ich als Kind damit verbracht, verschiedene Muschelschalen zu Armbändern und Ketten zu flechten und mir aus Versehen mit den feinen Nadeln in die Fingerkuppen zu stechen? Und das alles sollte nun vorbei sein?

Ich ballte die Hand, die nicht den Kaffeebecher umklammert hielt, zu einer Faust. Ich würde ihr helfen. Irgendwie.

Auch wenn ich mir seit einigen Monaten nicht einmal selbst helfen konnte.

»Ist hier noch frei?«

Ich fuhr herum, so heftig, dass vor meinen Augen weiße Lichtpunkte zu tanzen begannen.

Die junge Frau mit kurz geschorenem blondem Haar und schwarzem Lippenstift wies mit einem Finger auf den Sitz neben mir. Dabei hatte ich extra meine Reisetasche darauf ausgebreitet, statt sie im Gepäckfach über den Sitzen zu verstauen.

Beinahe hätte ich verneint, aber dafür fehlte mir dann doch der Mut. Also griff ich nach der Tasche und schob sie in den gerade ausreichend großen Spalt unter dem Sitz vor mir.

Ich suchte den Blick des Mädchens, um sie ermutigend anzulächeln, doch sie hatte bereits ihr Smartphone gezückt und setzte sich schweigend.

Also griff auch ich nach meinem Handy und tippte eine Nachricht an meine Schwester.

Ich bin bald in St. Peter. Ich möchte ihr wirklich
helfen, verstehst du?

Lia war schon immer die Stärkere von uns beiden gewesen. Gleichzeitig war sie jemand, der sich für die langen Geschichten meiner Großmutter, die sie uns nach Einbruch der Dunkelheit bei heißer Schokolade in ihrem winzigen Wohnzimmer erzählte, kaum begeistern konnte. Sie glaubte nicht an Magie, an die Liebe auf den ersten Blick oder sonstige unerklärliche Gefühle. Das hatte sie schon als Kind nicht getan.

Sie war diejenige, die fragte, warum Rapunzel nicht einfach zum Friseur ging, und die keine Gänsehaut bekam, wenn Oma mit reichlich Pathos verkündete, dass die böse Hexe zwei unschuldige Kinder zu verspeisen wünsche. Rückblickend hatte unsere Großmutter vielleicht ein paarmal zu oft in die Kiste mit Gruselgeschichten gegriffen. Dann war ich zu Lia unter die Bettdecke gekrochen, und sie hatte seufzend den Arm um mich gelegt, als hätte sie gerade genug Mitleid, um mich in ihrem Bett übernachten zu lassen. Sie liebte ihre Oma, genau wie ich, aber für sie war sie keine unfehlbare Person, niemand, der im Leben alles richtig gemacht hatte. Und vielleicht hatte sie sich auch deshalb nicht sonderlich überrascht gezeigt, als ich ihr von ihrer Karte erzählt hatte.

»Das musste doch irgendwann so kommen, Chris«, hatte sie gesagt. »Sie geht eben nicht mit der Zeit.«

Ihre Nüchternheit hatte mich wütend gemacht, auch wenn sie – wie so oft – möglicherweise recht hatte.

»Deshalb muss ich sie aber nicht im Stich lassen«, hatte ich verkündet und nach einer überdurchschnittlich knappen Verabschiedung aufgelegt.

Trotz dieser Differenzen war meine Schwester meine engste Vertraute. Sie hatte nach endlos vielen Beziehungen endlich den Richtigen gefunden, konnte auf einen unglaublichen Erfahrungsschatz in Sachen Liebe zurückblicken und hielt sich dennoch nicht für versiert genug, mir ständig gut gemeinte Ratschläge zu geben. Sie hatte unsere Beziehung immer respektiert und war nach der Trennung ohne einen einzigen bissigen Kommentar für mich da gewesen.

Wie meine Großmutter war auch Lia kaum ohne ihr

Smartphone anzutreffen, deshalb war ich nicht überrascht, als ihre Antwort bereits Sekunden später eintraf.

> *Das wird gut. Und wenn nicht für Omas Laden,*
> *dann für dich. Du bist seit Silvester nicht mehr*
> *dieselbe.*

Silvester. Der Tag, den Samuel gewählt hatte, um mir zu sagen, dass er mich belogen hatte. Damit wir befreit in ein neues Jahr starten konnten. Dabei hatte ich mich niemals unfreier gefühlt.

Nur wenige Tage zuvor hatten wir das perfekte Haus angesehen, in das ich mich verliebte, noch bevor ich alle Räume betreten hatte. Ich hatte mich bereits in Gummistiefeln und Handschuhen den verwilderten Garten auf Vordermann bringen sehen, während eine Miniaturversion von Samuel und mir auf der Terrasse mit Bauklötzen spielte. Der Makler hatte nicht einmal versucht, seine Begeisterung über unsere Zusage zu verbergen, die wir ihm bereits auf dem großen Balkon verkündeten. Und dann war der Brief gekommen, der uns mitteilte, dass man sich für einen anderen Bewerber entschieden hätte. Wenige Tage vor der geplanten Vertragsunterzeichnung, als wir bereits jedes Zimmer gedanklich eingerichtet und uns über die Wandfarbe gestritten hatten.

»Ich habe nicht die Wahrheit gesagt. Über den dringenden Termin im Büro.«

»Was meinst du?«

»Wir hätten das Haus bekommen. Ich bin an diesem Tag

zu unserem Makler ins Büro gefahren. Ich habe ihm gesagt, dass wir vom Kauf abspringen.«

»Aber der Brief –«

»Ich habe ihn gebeten, ihn zu schreiben.«

Ich hatte nicht nach dem Warum gefragt, war mir sicher gewesen, dass ich den Grund bereits kannte. Lia hatte mich gewarnt. Für sie hatte alles zu perfekt geschienen. Sie traute ihrer kleinen Schwester nicht zu, eine perfekte Beziehung zu führen, weil sie es zu lange selbst nicht getan hatte. Und verdammt, sie hatte recht behalten. Ich hatte mir jemanden geangelt, der kurz vor dem perfekten Familienglück kalte Füße bekam. Und ich hatte die Reißleine gezogen.

Ich wollte es nicht, aber als ich die Augen schloss, floss eine Erinnerung durch mich hindurch, fast so warm und weich, wie sie es einmal gewesen war. Sie lullte mich ein, und ich konnte mich nicht mehr gegen sie wehren. So viele Abende hatten wir bei Rotwein und gedimmtem Licht zusammen verbracht und waren in die tiefsten Sphären des anderen vorgedrungen. Immer weiter, bis es nichts mehr gab, was wir nicht übereinander wussten. Zumindest hatte ich das einmal geglaubt.

Ich erzähle dir alles, und alles ist wahr, hatte er einmal auf einen Zettel geschrieben, während wir schweigend der Musik vom Plattenspieler gelauscht hatten. Ein Zitat aus einem Tocotronic-Song. Samuel liebte diese Art von Musik. Am nächsten Morgen war er, bereits angezogen, noch einmal zu mir unter die Bettdecke geschlüpft, obwohl er längst im Büro hätte sein sollen.

»Du bist noch da«, hatte ich geflüstert, und er hatte mich mit einem Blick angesehen, der gefragt hatte: »Überrascht dich das etwa?«

Dann hatte er gelächelt, und mein Herz hatte vibriert vor Freude.

Ich hasste diese Erinnerungen. Sie hatten keinen Sinn, zumindest nicht mehr, und außerdem machten sie mich wütend. Ich schrieb eine weitere Nachricht, wenn auch mehr an mich selbst als an Lia.

Gott, ich war so dumm.

Dann stand ich auf, um mir die Beine zu vertreten und meine Wut in mindestens zwei Zugabteilen zu versprühen. Lias Antwort kam, bevor ich die nächste Sitzreihe passiert hatte.

Das hättest du nicht wissen können.

Sie hatte recht. Natürlich hatte sie das. Leider wusste ich auch, dass sie es damals anders gesehen hatte. Ich hatte mich lange bemüht, mich davon zu überzeugen, dass es von Anfang an klar gewesen und irgendwie vorherbestimmt war. Und zeitweise hatte ich es sogar geglaubt. Ein Teil von mir allerdings wusste, dass es nicht so war. Es war ohne Vorwarnung gekommen, wie ein Blitzschlag aus strahlend blauem Himmel.

Ich entdeckte meine Großmutter bereits von Weitem, in einem hellblauen Regenparka und geblümten Gummistiefeln, aufgeregt winkend, sodass sich der Herr neben ihr vor ihrem Arm in Sicherheit bringen musste. Ihre Präsenz nahm den gesamten schmalen Bahnsteig in St.Peter-Bad ein. Sie strahlte so hell, dass sämtliche Mitwartende zu grauen Schattenfiguren verblassten. Und das lag nicht nur an ihrem glitzernden Lidschatten.

Als ich meine Reisetasche und meinen Koffer durch den Gang hievte, sah ich noch, wie sie sich mit ausgefahrenen Ellenbogen ihren Platz direkt vor der Tür sicherte. Dann trat ich zu ihr hinaus, und sie zog mich in ihre Arme. Dass uns die Fahrgäste, die nun ebenfalls auf den Bahnsteig strömten, pikierte Blicke zuwarfen, weil wir ihnen im Weg standen, störte sie nicht. Und mich, wenn ich ehrlich war, störte es genauso wenig. Ich atmete ihren vertrauten Geruch ein, ihr blumiges Parfum, mit dem sie es immer übertrieb, und Wärme erfasste mein Herz. Ich hatte sie vermisst.

Sie löste sich aus der Umarmung und hielt mich eine Armlänge auf Abstand, um mich anzusehen. »Du siehst noch blasser aus als auf den Fotos.«

Ich lächelte matt. Sie war schon immer ein wenig zu ehrlich gewesen. »Und du hast noch immer keine einzige Falte.«

Sie strahlte mich an und griff nach meinem Koffer, um ihn mir abzunehmen, was ich selbstverständlich nicht zuließ.

Bis zu dem windschiefen Reetdachhäuschen, das unweit der Strandklinik und ein wenig abseits der vielen Hotels und Ferienhäuser von Bad lag, waren es rund zwanzig Minuten zu Fuß. Ein Bus fuhr nicht. Und meinen Vorschlag, vorerst die Innenstadt zu meiden, um nicht alle paar Minuten an einem Flip-Flop oder einem Gummistiefel hängen zu bleiben, tat sie mit einer wegwerfenden Handbewegung ab. Also folgten wir der Hauptstraße, vorbei an einem kleinen Kiefernwäldchen, bevor die ersten Restaurants, Imbissbuden und Souvenirläden vor uns auftauchten – und mit ihnen ein Schwall von Touristen, die sich durch Ständer mit maritimer Kleidung wühlten oder sich eine der Bänke geangelt hatten und dort Fischbrötchen und Eis verspeisten.

Es war warm, und der Wind erreichte uns erst, als wir den Seebrückenvorplatz betraten, an den die weiten Salzwiesen grenzten. Hier verlief sich die Menge etwas, gab den Blick frei auf einen der Gründe, warum ich mich jedes Jahr aufs Neue in diesen Ort verliebt hatte. Ich legte meine Reisetasche ab, stützte mich auf das Geländer, das den Platz von der Marschlandschaft mit seinen Prielen trennte, und atmete tief ein. Es roch nach einer Zeit in meinem Leben, die unglaublich weit weg schien.

Hinter den Salzwiesen konnte ich weißen Sand erkennen, auf dem ich über die Jahre hinweg unzählige kleine und große Fußspuren hinterlassen hatte, und wenn ich meine Augen noch ein wenig mehr anstrengte, sah ich das Meer. Es hatte schon als Kind eine starke Wirkung auf mich gehabt. Ich hatte seine Launen spüren können, hatte geglaubt, es zu verstehen, wie es glücklich in der Sonne glitzerte und bei Regen und Wind so aufgewühlt war, dass ich Angst bekam.

Meine Großmutter legte mir eine Hand auf den Arm. »Schön, nicht wahr?«

Ich nickte stumm, und irgendetwas löste sich in mir.

Nach einer Weile konnte ich mich losreißen, und wir

schlenderten Seite an Seite die Promenade entlang, bevor wir an der Klinik abbogen. Meine Schulter schmerzte vom Gewicht der Reisetasche, und trotzdem hätte ich noch einige Stunden dort am Geländer stehen und atmen können.

Das Haus meiner Großmutter lag eingebettet in alte Kiefern, in deren Schatten ich als Kind gespielt und Limonade, später Kaffee getrunken hatte. Natürlich allein, denn Oma Rosi gehörte einer Generation an, die schattige Plätzchen ablehnte. Ich liebte dieses Haus. Ich liebte den gepflegten dunkelroten Backstein, die urigen weißen Fensterläden und das reetgedeckte Dach, das die Räume auch bei diesen Temperaturen angenehm kühl hielt.

Nicht nur einmal war meiner Großmutter nahegelegt worden, es ein wenig auf Vordermann zu bringen und es dann in ein Ferienhaus umzuwandeln. Wahrscheinlich hätte es ihr ein Vermögen eingebracht. Die Lage war einfach unschlagbar. Doch davon hatte sie nichts wissen wollen. Es war ihr Traumhaus, für das sie Jahrzehnte lang hart gearbeitet und gespart hatte. Außerdem wäre die Tatsache, dass sie es sich nicht hätte nehmen lassen, in ihrem eigenen Garten mit knappem Bikini in der Sonne zu schmoren, mit Feriengästen im Haus ohnehin schwierig geworden.

Im schmalen Flur mit den gusseisernen Kleiderhaken streifte ich meine Turnschuhe ab und folgte meiner Großmutter auf Socken in den kleinen Wohnbereich. Links vor der alten Ledercouch befand sich ein Kamin, rechts der Esstisch aus Massivholz und geradeaus die bodentiefe Fensterfront mit Tür zum Garten. Genau so, wie ich es in Erinnerung hatte.

»Komm, ich habe Sekt kalt gestellt, den kannst du sicher gebrauchen«, sagte sie. Leiser murmelte sie: »Und ich auch.«

In der Küche war Omas braun gescheckter Kater Tim gerade um seine Futterschüssel herumgeschlichen, hatte sie für ausreichend gefüllt befunden und zu fressen begonnen. Als er mich bemerkte, riss er die schwarzen Augen auf und verschwand rückwärts und mit gesträubtem Fell aus dem Raum.

»Der kann mich wohl immer noch nicht leiden«, stellte ich fest.

Meine Großmutter zuckte mit den Schultern. »Er merkt eben, dass das auf Gegenseitigkeit beruht.«

Obwohl ich mir keiner Schuld bewusst war, nahm ich mir vor, mich mit Tim zu versöhnen. Vorausgesetzt, das teuflische Tier würde nicht wieder auf mich losgehen, sobald ich mich ihm näherte. Meine Hand prickelte unangenehm, als ich an meinen letzten Annäherungsversuch dachte.

Oma Rosi stellte sich auf die Zehenspitzen und zog aus den Tiefen des Küchenschranks zwei Sektgläser hervor, während ich den Verschluss öffnete, der bei dem halbtrockenen Gebräu, das sie jedes Mal kaufte, nie ein Korken war. Ich konnte mir nicht erklären, warum sie dieses Zeug so inbrünstig liebte, aber natürlich würde ich ihr diesen Augenblick nicht vermiesen.

»Auf dich, mein Herz«, sagte sie feierlich und stieß mit ihrem Glas an meines, so fest, dass ein wenig Sekt auf den Küchenboden schwappte.

»Auf gute alte Zeiten«, fügte ich hinzu, und plötzlich veränderte sich ihr Gesicht, kurz und kaum merklich. Den dunklen Schatten in ihren hellblauen Augen sah ich dennoch.

Ich hätte sie gerne zurück, sagte sie stumm und nahm einen großen Schluck aus ihrem Glas. Dann war sie wieder die fröhliche, unerschütterliche Frau, die ich kannte.

»Darüber reden wir später«, sagte sie laut. »Jetzt machst du dich ein wenig frisch, und ich backe uns Blaubeerpfannkuchen.«

Nachdem ich eine ausgiebige Dusche genommen und mich umgezogen hatte, schlüpfte ich durch die Tür in das winzige Zimmer, das einmal mein Kinderzimmer gewesen war. Meine Großmutter hatte es für meine regelmäßigen Besuche eingerichtet, aus dem schmalen Holzbett ein Himmelbett mit verstecktem Eingang gezaubert und mir glaubhaft versichert, dass die laut knarzenden Dielen allerlei Geheimnisse hüteten. Trotz der fehlenden Größe fiel genug Licht aus den Erkerfenstern hinein, sodass ich an Sommerabenden noch lange ohne mein Nachttischlämpchen hatte lesen können. Inzwischen hatte das Bett zwar seine Vorhänge eingebüßt, war aber frisch mit der geblümten Bettwäsche bezogen, die nach dem gleichen Waschmittel duftete, das meine Großmutter seit Jahren verwendete.

Ich verstaute meine Kleidung in dem antiken Eichenholzschrank, der beinahe eine komplette Wand einnahm, und ging dann mit feuchtem Haar und frisch geweckten Lebensgeistern wieder hinunter.

Meine Großmutter briet Pfannkuchen, die herrlich dufteten, während Tim sie mit eingerolltem Schwanz vom Küchentresen aus beobachtete. Diesmal funkelte er mich nur finster an und zeigte mir seine scharfen Krallen, statt zu verschwinden. Wahrscheinlich hatte er bereits verstanden, dass ich länger bleiben würde – und dass er gewiss nicht jedes Mal das Feld räumen konnte, wenn ich eintrat.

»Ich fürchte, ich habe vergessen, Blaubeeren zu kaufen«, sagte meine Großmutter und schwang den Pfannenwender.

»Das ist doch kein Problem, es wird auch ohne Beeren fantastisch schmecken.«

Ich zog zwei Teller aus einem der Küchenschränke und deckte den Tisch. An der Tafel im Wohnzimmer wurde kaum gegessen. Die habe sie sich von Großvater aufschwatzen lassen, sagte sie immer mit herablassendem Augenrollen, und nun werde sie sie einfach nicht mehr los. Mein Großvater hatte immer peinlich genau darauf geachtet, dass das sündhaft teure Möbelstück keine Flecken bekam. *Ein Tisch ist zum Essen da*, hörte ich meine Großmutter dazu sagen, und beinahe konnte ich sogar sein vom Zigarettenrauch kratziges Lachen hören.

»Die vergesse ich doch nie.«

»Du hast eben viel um die Ohren«, ermutigte ich sie und nahm ihr den Teller mit den Pfannkuchen ab. Theoretisch hätte von diesem Berg der halbe Ort satt werden können. Praktisch wusste ich, dass er nicht einmal bis zum nächsten Morgen reichen würde. Bei meinem letzten Besuch hatte ich gerade eine neue Diät ausprobiert, obwohl Samuel mich unermüdlich davon hatte abbringen wollen. Genau hier war sie gescheitert, an den Pfannkuchen meiner Großmutter.

Statt der Blaubeeren gab es an diesem Abend selbst gemachte Erdbeermarmelade und Apfelmus, und ich hatte recht: Sie schmeckten fantastisch.

»Morgen kannst du in den Laden mitkommen«, verkündete Oma Rosi, als sie sich den letzten großen Bissen in den Mund geschoben hatte.

»Aber morgen ist Montag, da hast du doch geschlossen.«

Sie zog spöttisch die Augenbrauen hoch. »Denkst du, ich kann es mir leisten, montags zu schließen? Die Zeiten sind vorbei.«

Ich ließ den Kopf hängen. Für Fettnäpfchen hatte ich manchmal ein genauso verlässliches Händchen wie für widerspenstige Bürodrucker. »Tut mir leid.«

Sie winkte ab, wie sie es immer tat, und schob ihren leeren Teller von sich. »Sanddornlikör?«

Ohne meine Antwort abzuwarten, stand sie auf und kehrte mit zwei Schnapsgläsern und einer vollen Flasche orangefarbenem Likör zurück. Die fehlende Etikettierung verriet mir, dass es sich um selbst gebrannten handeln musste.

»Lieber nicht«, wehrte ich ab. Meine Großmutter hatte immer Likör zweifelhafter Herkunft im Haus, den ich noch nie gemocht hatte.

»Von Beke aus der Fischräucherei. Hat sicher vierzig Prozent. Den habe ich extra aufgehoben.«

»Dann vielleicht doch.«

Und so gesellten sich zu den Pfannkuchen und dem halb verdauten Sekt zwei gut gefüllte Gläser von Bekes Sanddornlikör, der so stark war, dass sich meine Kehle zusammenzog.

Eines musste ich allerdings zugeben: Er schmeckte himmlisch.

»Gestern ist eine Karte vom Genfer See gekommen«, sagte meine Großmutter mit einer Menge Gift in der Stimme. Aus dem Küchenfenster sah ich, wie die Sonne unterging, mit spektakulären Violett- und Orangetönen und Wolken, die aussahen wie Atompilze.

»Von Opa?«

Sie nickte knapp. »Der hat sich sicher wieder von seiner Margot getrennt. Oder war es Margret?«

»Ziemlich sicher Martina.«

Sie zuckte mit den Schultern. »Wie auch immer.«

»Was schreibt er denn?«

»Keine Ahnung, ich habe sie sofort entsorgt.«

Wir grinsten uns an, und Oma Rosi fand, dass wir damit einen guten Anlass für eine weitere Runde Sanddornlikör gefunden hatten.

Danach begann ich in regelmäßigen Abständen herzhaft zu gähnen, und es dauerte nicht lange, bis meine Großmutter mich nach oben ins Bett schickte.

Ich kuschelte mich in die duftende Bettdecke, zog sie bis zu meinem Kinn hinauf, obwohl es hier oben noch ziemlich warm war, und schloss die Augen. Seit einiger Zeit war ich es leid geworden, meinem Innersten zu lauschen, um zu verstehen, was ich fühlte. Obwohl das die erste Regel in dem neuen Buch über Achtsamkeit war, das ich mir zugelegt hatte. Ich fand ohnehin jedes Mal dasselbe heraus. Und beinahe hätte ich es wieder einmal abgetan, hätte mich auf die Seite gedreht und ganz unreflektiert die Nacht bezwungen, aber irgendetwas ließ mich aufhorchen. Irgendwo – sehr tief drinnen, aber doch spürbar – hatte ein winziger Teil von mir begonnen, sich zu entspannen.

3

Die allermeisten Menschen, die ich kannte, hassten Montage, mich eingeschlossen. Meine Großmutter war die Ausnahme. Für sie bedeutete jeder Tag, egal wie er nun hieß, eine weitere Möglichkeit, ihre Leidenschaft auszuleben. Oder zumindest hatte es das einmal bedeutet.

Als sie an diesem Tag überraschend wortkarg mit mir über den Deich in Richtung Laden lief, eine Hand in meine Armbeuge geschoben, während ich den Möwen lauschte, erkannte ich sie kaum. Es war, als hätte ich irgendetwas Wichtiges in ihrem Leben verpasst. Und das wunderte mich nicht einmal. Schließlich hatte ich die letzten drei Jahre im Samuel-Christin-Universum verbracht – obwohl ich es seit letztem Silvester eher als schwarzes Loch betrachtete.

Rosis Muschelkiste bestand aus einem kleinen Bungalow mit cremeweißer Front und Fensterläden, die einmal royalblau gewesen waren. Er lag etwas nach hinten versetzt im Schatten zweier Kiefern, gegenüber einer Boutique und dem neuen Geschäft, das Strandspielzeug, Luftmatratzen und allerhand klassische Souvenirartikel verkaufte, die man hier an jeder Ecke in rauen Mengen fand. Zum Eingang führte ein

Weg aus hellrotem Kopfstein, und in der Tür hing ein hölzernes »Geschlossen«-Schild.

Als ich den Laden betrat, schwappte mir eine Welle der Vertrautheit entgegen. Hier hatte ich einen großen Teil meines bisherigen Lebens verbracht, hatte als Kind begeistert Armbänder geflochten, als Jugendliche gespielt gelangweilt hinter der Kasse gesessen und Kaugummi gekaut und bis vor drei Jahren ab und an bei Einkäufen geholfen.

Meine Großmutter drehte das Schild an der Tür auf die »Geöffnet«-Seite.

Ich versuchte, mir vorzustellen, wie es wäre, zum allerersten Mal hierherzukommen, zum ersten Mal einen Fuß auf das rustikale Parkett zu setzen, die altmodische Glocke über der Tür zu hören und meine Augen an das schummrige Licht zu gewöhnen, das so gar nicht zu der hellen Fassade passen wollte. Es gelang mir nicht. Ich erkannte auf Anhieb alles wieder. Den langen Holztisch mit den feinen Lederarmbändern, in die meine Großmutter mit unglaublich viel Geschick die Schalen der Kaurischnecken einflocht und sie dann ordentlich um einen T-förmigen, mit rotem Samt bezogenen Ständer band. Die Vitrine mit Halsketten aus echtem Silber, mit Anhängern aus klassischen Herz- oder Schwertmuscheln. Ohrringe aus Spitzmuscheln, in echtes Gold eingefasst. Sie liebte es, sich außergewöhnliche Designs zu überlegen, und ich hatte mir jedes Mal heimlich Sorgen gemacht, wenn sie stundenlang an ihrer Werkbank hockte, Blattgold erhitzte und Metall zu feinen Haken bog, ohne auch nur ein einziges Mal aufzustehen.

Ja, die *Muschelkiste* sah noch genauso aus wie vor zwanzig

Jahren. Für mich bedeutete sie Geborgenheit und Nachhausekommen. Und für viele andere Menschen bedeutete sie das ebenfalls. Und nun sollte es plötzlich anders sein?

Durch eines der Fenster beobachtete ich die vielen Menschen, die in den neuen Souvenirladen strömten, und mich beschlich die leise Ahnung, dass sich tatsächlich etwas verändert hatte. Womöglich bereits vor einiger Zeit, ohne dass ich es bemerkt hatte. Weil ich diesen Ort meiner Kindheit mehr als alles andere hatte bewahren wollen. Weil ich es nicht hatte sehen wollen und weil meine Großmutter zu stolz gewesen war, es mir anzuvertrauen. Wie sollte man sich auch eingestehen, dass die Menschen sich neuerdings mit handflächengroßen Seemännern, Robben und Strandkörben aus Porzellan und Tassen mit ihren voreingravierten Namen zufriedengaben?

»Es ist Hochsaison«, sagte meine Großmutter und wies mit einem silberberingten Finger auf das Treiben. »Da standen sie hier manchmal Schlange. Kannst du dir das vorstellen?«

Ihre Augen strahlten, und ich wusste, dass sie gerade an eine Zeit dachte, in der sie als Fünfzigjährige mit hochgekrempelten Hemdsärmeln durch den neu renovierten Laden gefegt war und Schmuck verkauft hatte. Eine Zeit, in der sie nicht einmal im Traum daran gedacht hätte, mit neunundsiebzig eine Karte an ihre krisenbehaftete Enkelin zu schreiben und sie um Hilfe zu bitten. Ja, ich konnte es mir nur zu gut vorstellen. Denn ich hatte es selbst gesehen. Ich legte ihr eine Hand auf die Schulter. »Das ist sicher nur eine Phase. Wir kriegen das wieder hin.«

Die Türglocke erklang blechern und ein wenig zu laut. Ein junges Paar trat ein, sie in modischer Jeansjacke, er in Kapuzenshirt und weißen Turnschuhen, Arm in Arm, verliebt lächelnd. Ich sah sie bereits vor mir, die klebrig süßen Pärchenfotos vor einem atemberaubenden Sonnenuntergang und das Liebesschloss mit ihren Namen, für das Menschen eine Menge Geld zahlten, um es an der Seebrücke anbringen zu dürfen. Vielleicht wollte er sie nun zur Feier des Tages auch noch mit einem Schmuckstück überraschen. Verdammt, so hatten Samuel und ich auch einmal ausgesehen, als wir noch – ich verscheuchte den Gedanken nachdrücklich. Ich wollte mich ganz dem Hier und Jetzt widmen. Hier gab es keinen Platz für mein Selbstmitleid. Wenn es nach mir ging, durfte es sich in den nächsten Zug setzen und zurück nach Hannover fahren.

Meine Großmutter stellte sich professionell hinter den Kassentresen, bereit, das Paar in eines ihrer Beratungsgespräche zu verwickeln, doch es sah sich nur halbherzig um, und meine Großmutter blieb stumm. Ich hatte es bereits in ihrem Blick aufblitzen sehen, als sie eingetreten waren: Sie hatten etwas völlig anderes erwartet. Womöglich feschen Modeschmuck für vier Euro neunundneunzig und ein unwiderstehliches »Nimm drei, zahl zwei«-Angebot. Ich verabscheute die Vorstellung, doch vielleicht war so etwas auch für die *Muschelkiste* eine Überlegung wert. Auch, wenn meine Großmutter die Hände über dem Kopf zusammenschlagen würde.

»Das Armband dort würde großartig zu deiner Haarfarbe passen«, kommentierte ich ungefragt, als das Paar an mir vorbeischlenderte, und deutete auf ein Schmuckstück mit türkisblauem Lederband. Meine Großmutter warf mir einen erschrockenen Blick zu.

»Ja, das stimmt«, sagte die junge Frau lächelnd und besaß zumindest die Höflichkeit, es sich kurz anzusehen. »Vielleicht beim nächsten Mal.«

Und dann nickten uns beide zu und verschwanden aus dem Laden.

Meine Großmutter sah mich an und zuckte mit den Schultern. Ich wartete, dass sie etwas sagte. Irgendetwas, damit ich es nicht tun musste. Aber sie tat es nicht.

»Das war eben nicht deine Zielgruppe«, versuchte ich es.

Sie schnaubte verächtlich. »Und wer soll das sonst sein? Die von früher sind so alt, dass sie nicht einmal diese verdammte Stufe herunterkommen, ohne sich den Hals zu brechen. Oder den Oberschenkelknochen. Den brechen sie sich immer.«

Sie konnte es sich wahrlich leisten, so zu reden, als hätte sie noch etliche Jahre Zeit, bevor sie selbst Teil dieser Gruppe wurde. Sie war erstaunlich gut zu Fuß, so gelenkig, dass ich vor Neid erblasste, und scheute sich obendrein niemals vor neuen Herausforderungen. Ganz im Gegenteil: Sie suchte sie. Im letzten Herbst hatte sie mir zusammen mit ihrer Geburtstagskarte ein Foto geschickt, auf dem sie sich gerade auf den Rücken eines ausgewachsenen, pechschwarzen Hengstes schwang. *Ich lerne endlich reiten*, hatte sie geschrieben.

Als die Türglocke das nächste Mal klingelte, betrat eine Frau den Laden, die ich sofort erkannte. Es war Beke aus der Fischräucherei, die den stärksten Sanddornlikör der Welt brannte.

»Moin, die Damen!«, rief sie fröhlich, und ihre Stimme füllte den gesamten Raum. Ich hatte sie seit Ewigkeiten nicht mehr gesehen. Im Ort hatten einmal Gerüchte kursiert, dass sie mit einem Mann nach Hamburg durchgebrannt sei, aber irgendwann war sie – zumindest laut meiner Großmutter – einfach wieder aufgetaucht und hatte die Fischräucherei weitergeführt, als wäre nichts gewesen.

Beke begrüßte mich mit einem strahlenden Lächeln und einer Umarmung, die so fest war, dass es wehtat. Sie war eine Frau, die meine Großmutter als *gut gepolstert* beschrieb, weil ihre ausladenden Kurven sie an ein gemütliches Sofa erinnerten. »Hab schon gestern Abend gehört, dass du wieder in St. Peter bist, Christin, darauf müssen wir anstoßen!«

Und dann griff Beke auch schon in den Jutebeutel, den sie um die Schulter trug, und zog eine volle Flasche Sanddornlikör heraus. Ich warf einen schnellen Blick auf meine Armbanduhr. Es war kurz nach halb elf. Als ich mich panisch zu meiner Großmutter umdrehte, war diese bereits hinter dem Kassentresen verschwunden und kam kurz darauf mit drei Schnapsgläsern bewaffnet wieder zum Vorschein. Unterstützung konnte ich von ihr also nicht erwarten.

Sekunden später drückte Beke mir ein volles Glas in die Hand. »Komm schon, Lütte, nich lang snacken, Kopp in Nacken. Sanddorn hat viel Vitamin C. Der Stoff ist quasi Fruchtsaft.«

Allein bei dem Gedanken an den gestrigen Abend brannte meine Kehle, allerdings musste ich zugeben, dass es nicht nur der stärkste, sondern auch mit Abstand der leckerste Likör war, den ich in meinem Leben getrunken hatte.

Außerdem war Beke eine von Omas besten Freundinnen. Als ich das Zeug hinunterwürgte, zogen sich ein weiteres Mal sämtliche Muskeln in meinem Körper zusammen. Danach fühlte ich mich ein wenig leichter. Wenn ich an den Grund meines Besuches dachte, hätte ich vermutlich noch eine zweite Runde vertragen – die lehnte ich dann aber dankend ab. Meine Großmutter tat das nicht, und auch Beke konnte ihrem eigenen Angebot nicht widerstehen.

»Als wir uns das letzte Mal gesehen haben, warst du mitten in der Pubertät«, sagte Beke zu mir, und in ihrem Gesicht las ich Dinge, an die ich lieber nicht erinnert werden wollte. Ich war ein grauenhafter Teenager gewesen: chronisch schlecht gelaunt, wortkarg und süchtig nach meinem Walkman.

»Das tut mir leid«, erwiderte ich zerknirscht und bemerkte aus dem Augenwinkel, dass meine Großmutter mit aller Kraft versuchte, ein Lachen zu unterdrücken.

»Hast du gehört, dass Dieter sich wieder mit Elke verkracht hat?«, fragte Beke und drückte Oma Rosi ihr leeres Glas in die Hand, damit sie es abspülen konnte. »Dabei ist der letzte Streit kaum vierzehn Tage her.«

Sie ließ sich noch über den neuen Anstrich des *Dünenhotels*, die neue Softeissorte vom Eiswagen gegenüber und den lauten Nachwuchs ihrer Nachbarn aus. Dann verabschiedeten wir uns herzlich, und Beke versprach, bald wieder vorbeizuschauen, dann mit einer Portion von ihrem berühmten Stremellachs.

Zum Mittag verließ ich den Laden und besorgte uns zwei Portionen Pommes von der Bude, die es bereits gegeben hatte, als meine Großmutter mich noch im Kinderwagen herumgefahren hatte. Vielleicht lag es an der Seeluft, vielleicht auch an der Erleichterung, endlich wieder zurück zu sein, aber mein Pappteller war innerhalb weniger Sekunden leer gefegt, und meine Großmutter lobte mich für meinen Appetit, genau so, wie es Großmütter eben taten.

In den nächsten Stunden erlebte ich das, was ich mir nur abstrakt und unter großer Anstrengung hatte vorstellen können. Während der nächsten Stunden betraten zweiundzwanzig Kunden den Laden. Zwei davon fragten, ob wir gekühltes Dosenbier verkauften, weil es in der Pizzeria nebenan ausverkauft sei, und meine Großmutter verneinte mit ihrem süßesten Lächeln und verdrehte danach so stark die Augen, dass ich dachte, sie würde sie sich verrenken. Ein älterer Herr mit Fischermütze, mit dem Oma sich eine geschlagene Viertelstunde lang unterhielt, weil sie ihn seit Jahren kannte, kaufte eine Kette für seine Frau, mit saftigem Freundschaftsrabatt, versteht sich. Und eine junge Mutter, die sich für ein paar Ohrringe begeisterte, zuckte an der Kasse erschrocken zusammen, weil sie das Schild mit der Aufschrift »Keine Kartenzahlung« übersehen hatte. Dafür hinterließ ihr Sprössling mehrere fettige Fingerabrücke auf einer der Vitrinen. Der Rest sah sich mit raschen Blicken um und war genauso schnell wieder verschwunden, wie er gekommen war.

»So geht das schon eine ganze Weile«, sagte meine Großmutter, als wir allein waren. Ihre fröhliche Fassade war ein klein wenig aufgerissen, gerade genug, damit ich die Hilflosigkeit dahinter erkennen konnte. Und das war neu. Für mich war sie immer so etwas gewesen wie ein Leuchtturm:

fest und stoisch bei jedem Wetter und ein Licht in der Dunkelheit. Jemand, der immer den passenden Witz parat hatte, selbst wenn niemandem danach zumute war. Das Mitleid, das mich durchflutete, ließ mein Herz an Stellen schmerzen, die nur schlecht wieder heilen würden.

»Morgen früh fahren wir an den Strand zum Muschelnsammeln«, verkündete sie dann und war wieder ein wenig mehr meine unerschütterliche Oma Rosi. »Dienstags mache ich immer noch erst nachmittags auf.«

Trotz der Ernüchterung des Tages registrierte ich eine angenehme Aufregung in meiner Magengegend, ein Gefühl, das ich nur zu gut kannte. Drei ganze Jahre lang hatte ich das Rauschen des Meeres höchstens in den Dokumentarfilmen gehört, die Samuel und ich so gern zusammen geschaut hatten. Drei Jahre lang hatte ich kein einziges Körnchen Nordseesand unter den Füßen gespürt. Endlich würde es wieder so weit sein. Und danach würde ich mir die Bilanzen ansehen. Soweit ich wusste, war meine Großmutter eine sehr gewissenhafte Buchführerin, ich allerdings keine besonders gute Hilfe, wenn es um Zahlen ging. Allerdings hatte Lia nach der Schule den schwerwiegenden Fehler begangen, eine Lehre als Bankkauffrau zu beginnen. Heute, beinahe zwanzig Jahre später und mindestens zehn davon als beliebteste Personal Trainerin Hannovers, verlor sie kein Wort mehr darüber. Mit ihrer Hilfe würde ich vielleicht den ein oder anderen Schluss aus der Sache ziehen können. Doch was dann? Selbst wenn ich beim Anblick der Zahlen erschrocken die Hand vor den Mund schlug, was würde ich tun? Sicher, die Fenster brauchten dringend einen neuen Anstrich, die Lampe an der Decke einige Watt an Leistung mehr, und die Einrichtung hatte ihre besten Zeiten ebenfalls bereits hinter sich, ganz zu schweigen von der dunkelgrünen Wandfarbe. Außerdem musste dringend ein Kartenlesegerät her. Ich wollte den Gedanken aus meinem Kopf verbannen, ihn niemals wieder an mich heranlassen, aber hier und heute fragte ich mich, ob all diese Dinge etwas ändern würden. Und wenn sie es nicht taten, was würde dann passieren?

Meine Großmutter klopfte mir ein wenig unsanft auf die Schulter und befreite mich so aus den Grübeleien, die mich wieder einmal sintflutartig mit sich gerissen hatten. »Komm, wir machen dicht. Ich habe einen Bärenhunger.«

Und vielleicht, dachte ich, hatte ich unrecht. Vielleicht würde auch alles gut werden.

Als wir jede mit einem Fischbrötchen in der Hand die Seebrücke entlangschlenderten, hatten sich meine Gedanken zerstreut, strichen irgendwo durch das Gras der Salzwiesen und verschwanden in der Weite dahinter, wo sie im Meer versanken.

Nach der Hälfte des Weges ließen wir uns auf eine der Holzbänke fallen und streckten die Beine aus. Ein paar graue Wölkchen hatten den Himmel besiedelt, und es war ziemlich windig, aber ab und an schaffte es die niedrig stehende Sonne doch noch hervor. Ich blinzelte ihr entgegen und wäre in diesem Moment an keinem Ort lieber gewesen als an diesem.

»Ich habe es vermisst«, sagte ich und ließ meinen Kopf auf die Lehne sinken. Ein Möwenpärchen kreiste über uns und zog dann dicht an dicht weiter Richtung Meer.

»Jetzt bist du ja wieder hier, und das ist schön.«

Ich war dankbar, dass sie nicht mehr sagte, obwohl sie jedes Recht dazu gehabt hätte. Sie hätte sagen können, dass ich drei Jahre lang die falschen Prioritäten gesetzt, dass ich sie alleingelassen hatte. Aber das brauchte sie nicht. Es war mir ohnehin viel zu deutlich bewusst, und diese Erkenntnis ließ mich innerlich zusammenzucken.

Eine ihrer warmen Hände legte sich auf meine, als hätte sie es gespürt. »Du hast alles richtig gemacht, Kind. Er war ein guter Junge. Ihr habt die Zeit gebraucht.«

Ich sah sie nicht an, weil mir in diesem Moment die Tränen in die Augen traten. Ich hielt ihre Hand fest in meiner, während ich gegen die Gefühle ankämpfte – eine Sache, in der ich überdurchschnittlich schlecht war. Meine Großmutter hatte Samuel geliebt, obwohl sie ihn während unserer Beziehung nur dreimal gesehen hatte. Zweimal waren wir hergekommen, hatten in meinem alten Zimmer in meinem alten Bett geschlafen, das viel zu schmal war für zwei Personen. Er war jeden Morgen mit tauben Gliedern aufgewacht, weil ich ihn im Schlaf an die Wand gedrängt hatte. Sie hatte ihn behandelt wie einen Enkel, hatte mit strahlenden Augen zwischen uns am Strand gesessen und im ganzen Ort damit angegeben, dass das attraktivste Pärchen der Welt bei ihr zu Besuch war. Ich hatte schon immer ein besseres Verhältnis zu ihr gehabt als zu meinen Eltern, und so war sie es gewesen, der ich von unseren Plänen vorgeschwärmt, bei der ich mich ausgeweint und vor Freude Schluckauf bekommen hatte. Und sie war es auch gewesen, die ich als Trauzeugin für unsere Hochzeit gewählt hatte.

»Er hat mich belogen, Oma«, erinnerte ich sie mit brüchiger Stimme.

Sie seufzte. »Ja, das hat er.«

Und dann begann ich zu weinen. Einfach so. Und ich legte den Kopf an ihre Schulter, während sie weiter meine Hand hielt, obwohl ich gekommen war, um *ihr* zu helfen.

»Ich dachte, er wäre es gewesen«, flüsterte ich, und eine Windbö blies mir ein paar meiner Tränen aus dem Gesicht.

»Ich weiß, Kind, ich weiß.«

4

Die vielen Sandkörnchen, die der Wind auf den Holzsteg getragen hatte, knirschten unter meinen Turnschuhen, und ich
streifte sie ab. Die uralten Hollandräder hatten wir bereits
hinter den Dünen auf dem dafür vorgesehenen Parkplatz abgestellt und waren zu Fuß weitergelaufen. Der Steg führte direkt an die Hochwasserlinie, aber wir verließen ihn, um im
weichen Sand weiterzulaufen. Ich vergrub die Zehen darin
und musste lächeln. Die Morgensonne wurde lediglich von
ein paar weißen Schäfchenwolken verdeckt, die so fein waren wie die Blüten einer Pusteblume. Ich konnte es kaum erwarten, ans Meer zu kommen. Es herrschte Ebbe, und deshalb würden wir noch ein paar Meter zurücklegen müssen,
aber ich sah es bereits von Weitem glitzern.

Der Strand war übersät mit Handtüchern und Sandbur-
gen. Rechts von uns standen in einiger Entfernung sauber
aufgereiht riesige Wohnmobile, davor Klappstühle im Schatten der ausfahrbaren Markisen und weiter vorne die kleine-
ren PKW, die schon am Vormittag anreisten, um einen Platz
in der ersten Reihe zu ergattern, und die immer wieder aus
dem tiefen Sand gezogen werden mussten.

Ich umrundete spielende Kinder und in der Sonne brutzelnde Erwachsenenkörper, watete durch ein paar Priele im Watt, während sich Schlick zwischen meine Zehen schob.

Als endlich das kühle Nordseewasser über meine Füße spülte, entfuhr mir ein Seufzer der Erleichterung. Die Sonne schien mir nun mit voller Kraft ins Gesicht, und ich senkte den Blick auf die weiße Gischt. Der Wind löste ein paar Haarsträhnen aus meinem Zopf, und es war genau so, wie ich es in Erinnerung hatte. Wie war ich so lange ohne dieses Gefühl ausgekommen?

Meine Großmutter, ebenfalls barfuß, mit violett lackierten Nägeln, weißem Baumwollkleid und Strohhut, hatte sich bereits hinuntergebeugt und las einige der angespülten Muscheln auf. Es war schwieriger als gedacht, intakte Exemplare zu bekommen, die allermeisten waren zertreten oder von der Strömung gegen Steine gespült worden. Später würden wir vielleicht weiter Richtung Süden fahren, wo der Strand um die Mittagszeit beinahe unberührt aussah, wenn die Menschen im Ort ins Restaurant oder in einen der Pfahlbauten zum Essen einkehrten. Meine Großmutter hatte darauf bestanden, genau hier einen Zwischenstopp einzulegen, damit ich dort sein konnte, wo ich als Kind immer am liebsten gewesen war.

Ich bückte mich ebenfalls, und auf Anhieb fand ich die Hälfte einer wunderschön marmorierten Schwertmuschel. Ich hob sie auf, hielt sie ins Wasser, um sie vom Sand zu befreien, und streckte sie meiner Großmutter entgegen. Die lächelte und ließ sie vorsichtig in die Stofftüte fallen, die sie beim Sammeln immer dabeihatte.

»Ach, schau mal!«, rief sie dann und deutete auf eine Gruppe Wattwanderer, die sich uns vom Ufer aus näherte. »Da kommt Willi mit seinem Gefolge. Den kennst du doch noch, oder?«

Ich erinnerte mich sofort. Watten-Willi war schon damals der älteste Wattführer der Nordseeküste gewesen – und wenn er zu uns in den Laden gekommen war, hatte er mit Komplimenten für meine Großmutter nur so um sich geworfen. Als mein Großvater gegangen war, hatte er ihr jede Woche Blumen gebracht, die sie sich auf eine der Fensterbänke gestellt hatte. Willi, der eigentlich Wilhelm hieß, hatte keine Chance, und das wusste er – die Flirterei hatte er dennoch nicht aufgegeben.

Es dauerte keine fünf Minuten, da war Willi mit seiner Gruppe bei uns. Er hatte etwa zehn Menschen jeden Alters um sich versammelt, eine Hälfte in Gummistiefeln, die andere barfuß. Willi war in den Jahren, in denen ich ihn nicht gesehen hatte, deutlich gealtert. Sein ehemals blonder Walross-Bart war weiß geworden, und er ging ein wenig gekrümmter, aber er hatte die gleichen neckisch blitzenden Augen wie damals.

Willi zog sich zur Begrüßung die blaue Fischermütze vom Kopf und verbeugte sich tief vor mir. »Willkommen tuhuus, Lütte.«

Meiner Großmutter warf er eine Kusshand zu, die sie mit einem kecken Lächeln quittierte. Dann wandte er sich an seine Gruppe und verkündete: »Das hier ist die Rosi von der *Muschelkiste*. Eine feinere Frau gibt es nicht, zumindest nicht in St. Peter, wat, Rösken?«

An ihrer Stelle wäre ich tomatenrot im Watt versunken, aber meine Großmutter musste so vertraut mit Willis eigenwilligen Liebesbeweisen sein, dass sie nur lächelnd abwinkte. Zwei Wanderer schossen Fotos von den beiden.

Willi zwinkerte mir zu. Sein Gefolge schien allmählich unruhig zu werden. Schließlich hatten sie einen Zeitplan einzuhalten. »Nu denn, wir wollen noch bis zum Nordstrand weiter. Bit dann, Mädchen.«

Als Willi mit seiner Gruppe an uns vorbeigezogen war, machten wir uns wieder an die Arbeit. Und ich fragte mich, wie ich drei Jahre lang nicht nur Oma Rosi, das Meer und das Muschelnsammeln aus meinem Alltag verbannt hatte, sondern auch Menschen wie Willi und Beke, die mich schon gekannt hatten, als ich noch mit Schwimmflügeln im seichten Nordseewasser geplanscht hatte.

Meine Großmutter richtete sich auf, blinzelte der Sonne entgegen und seufzte ausgedehnt.

»Mit Johann war ich immer hier, kurz bevor die Sonne untergegangen ist«, sagte sie mit weicher Stimme, betrachtete die leicht lädierte Herzmuschelschale in ihrer Hand und warf sie dann zurück in den Sand. »Er hat immer die allerschönsten gefunden.«

Ich hielt inne und sah sie verwundert an. Mein Großvater hieß Franz. Und soweit ich wusste, hatte er zwar lange Strandspaziergänge geliebt, aber mit Muscheln genauso wenig anfangen können wie mit einer Ehe fürs Leben. »Wer?«

Oma Rosi lächelte vielsagend und winkte ab. Ich hätte schwören können, dass ihre Augen zu leuchten begonnen hatten. »Das ist eine lange Geschichte. Die erzähle ich dir ein andermal.«

Am liebsten hätte ich sie angebettelt, mir sofort alles zu verraten, in allem Detailreichtum, mit dem sie jede Geschichte erzählte. Stattdessen hielt ich den Mund und half ihr, die Tasche zu füllen – mit Muscheln, die sie offenbar einmal mit einem Mann namens Johann gesammelt hatte.

Ich hatte meinen Großvater geliebt. Es war eine andere Art Liebe als die, die ich für Rosi empfand, aber er hatte zu meinem Kindheitsglück genauso dazugehört. Er war das komplette Gegenstück zu seiner Frau, schweigsam, beinahe unnahbar. Für mich allerdings hatte er sich immer ins Zeug gelegt, mich in seine Werkstatt mitgenommen, kleine Boote aus Walnussschalen und sogar ein Bettchen für meine Puppen gebaut. Und trotzdem hatte ich mich nicht nur einmal gefragt, ob die beiden nicht zu unterschiedlich waren. Meine Großmutter war feurig und liebte das Abenteuer, er war gemütlich und konservativ, mit einem Hang zu teuren Möbelstücken. Die Idee zur *Muschelkiste* hatte er nie gutgeheißen, aber unterstützt hatte er sie trotzdem.

Als er gegangen war, hatte meine Großmutter die Ärmel hochgekrempelt, das Haus auf den Kopf gestellt (mit Ausnahme meines Kinderzimmers und des Massivholztisches) und hatte es so eingerichtet, wie es ihr gefiel. Danach hatte sie genau so weitergemacht wie zuvor. Der Laden hatte gebrummt. Ständig war irgendein Einheimischer gekommen, um mit ihr zu flirten. Offenbar hatte die ganze männliche Einwohnerschaft nur darauf gewartet, dass sie wieder zu haben war. Aber meine Großmutter blieb eisern. Bis heute. In den nun beinahe sieben Jahren, die ihr Exmann nun schon irgendwo in der Schweiz logierte, hatte es kein einziger Mann zu ihr ins Haus geschafft. Sie war die etwas schrullige, geheimnisvolle Dame mit den blitzenden blauen Augen, deren Herz es noch immer zu erobern galt.

Mit eher kümmerlicher Ausbeute, dafür mit einer kühlen Dose Cola, kehrten wir in den Laden zurück. Meine Großmutter hatte sich kurzerhand dagegen entschieden, noch weiter südlich zu suchen, weil ich ohnehin genügend Zeit damit verplempert hatte, die Zehen ins Meer zu halten und mein Gesicht der Sonne entgegenzustrecken.

Auf dem Weg hatte sie mindestens fünfmal die Hand gehoben, um Menschen zu grüßen, die sie kannte. An manche erinnerte ich mich. Da war Thomas aus dem *Dünenhotel*, das ich zum Freundschaftspreis für ein paar Tage mit meiner Schwester bewohnt hatte, Dietrich, der wenige Meter weiter einen Softeisstand betrieb, und Marianne, die drüben in der Buchhandlung arbeitete.

Ich ordnete die Armbänder nach Farben und die Ketten nach Längen, während Oma die neuen Muschelschalen säuberte. Heute schien es ein wenig besser zu laufen. Das lag vor allem daran, dass sich eine ganze Reisegruppe in den Laden zwängte, weil er im Schatten der Kiefern lag und es hier drinnen deshalb ein wenig kühler war als in den restlichen Geschäften. Ich redete mir ein, dass sie nicht nur aus schlechtem Gewissen ein paar Stücke kauften.

Während der Nachmittagsflaute zog ich mich unauffällig in das kleine Hinterzimmer zurück, das meine Großmutter als Büro, Lagerraum und Bastelstube nutzte. Zwischen Regalen mit Pappkisten und Hängeregistraturen stand ihr Arbeitstisch, an dem sie Armbänder flocht, Ketten aufzog und Ohrringe herstellte. In der Mitte des Raums gab es sogar einen kleinen Schreibtisch.

»Ich weiß, dass du meine Zahlen sehen willst«, rief sie mir hinterher. »Mach dir keine Hoffnungen, die Mühe mache ich mir schon lange nicht mehr.«

Ich seufzte und setzte mich dennoch an den Schreibtisch, den man unter den Bergen an Papierkram nur noch erahnen konnte. Im Dämmerlicht der alten Schreibtischlampe tanzten feine Staubkörnchen, als ich mir das Haar zu einem Pferdeschwanz band und die Ärmel meiner Bluse hochkrempelte. Sicherlich sah ich weitaus professioneller aus, als ich mich fühlte. Ich ließ den Blick über die Papierlandschaft schweifen. Der Großteil schien aus geöffneten Briefumschlägen zu bestehen, die offenbar keinen eigenen Ablageplatz besaßen. Aus einem Impuls heraus griff ich nach einem von ihnen, und mein Herzschlag beschleunigte sich unangenehm, obwohl es keinen ersichtlichen Grund dafür gab. Die Türglocke kündigte einen Besucher an, und ich nutzte den Moment, um den Brief zu lesen, dessen Inhalt meine Großmutter offenbar bereits kannte. Ich bezweifelte, dass sie mir meine Spionagetätigkeiten übel nehmen würde, schließlich war ich hier, um zu helfen. Trotzdem kam ich mir vor, als würde ich mit Brechstange und Rammbock in ihre Privatsphäre eindringen.

Ich spähte durch den Türspalt und sah, dass die ältere Dame, die gerade eingetreten war, sie in ein Gespräch verwickelt hatte. Ich kannte sie nicht, und meine Großmutter tat es offenbar auch nicht, denn sie hatte ihren typischen Verkäuferinnenblick aufgesetzt, der sie äußerst fachkundig, aber auch äußerst liebenswürdig aussehen ließ.

In dem Umschlag befand sich eine einzelne Seite. Der Absender war eine gewisse *Mahnke Feinste Lederwaren GmbH.* Der Betreff bestand nur aus zwei Wörtern: Zweite Mahnung. Darunter sah ich einen saftigen Geldbetrag.

Ich steckte den Brief hastig in seinen Umschlag zurück, atmete tief durch und griff nach dem nächsten. Aus dem Laden waren noch immer Stimmen zu hören, ich schnappte einige Worte zu Omas Ohrringen auf.

Das nächste Kuvert enthielt zu meiner Erleichterung lediglich eine Werbebroschüre für den neuen Imbiss in St. Peter-Dorf, der die besten Kartoffelpuffer des Nordens versprach. Kartoffelpuffer waren deutlich angenehmer anzusehen als unbezahlte Rechnungen und schmeckten meistens auch besser.

Ich wühlte mich noch durch mehrere Umschläge, die glücklicherweise keine weiteren bösen Überraschungen enthielten. Es waren Geburtstagsbriefe, Beitragserhöhungen der Krankenversicherung, alte Telefonrechnungen. Ich schob alles zu provisorischen Häufchen zusammen und wollte schon aufstehen und mich zu den beiden Frauen gesellen, als mein Blick an einem weiteren Brief hängen blieb, den ich offenbar unter dem leeren Aktenordner übersehen hatte. Soweit ich erkennen konnte, war es der einzige, den sie nicht geöffnet hatte, und da er laut Poststempel bereits vor etwas über einer Woche abgesendet worden war, hielt ich das für kein gutes

Zeichen. Schon gar nicht, weil der Absender wieder die *Mahnke Feinste Lederwaren GmbH* war.

Ich betete, dass es sich um eine Bestätigung handelte, dass meine Großmutter den ausstehenden Betrag auf dem Mahnschreiben bereits überwiesen hatte. Ich schlitzte den Umschlag mit dem Finger auf und überflog die bedruckte Seite. *Trotz mehrmaliger Aufforderung konnten wir noch immer keinen Zahlungseingang feststellen,* las ich. *Sollte bis zum 12.07. keine Zahlung eingehen, behalten wir uns vor, ein gerichtliches Mahnverfahren einzuleiten.*

Wärme stieg mir in die Wangen, und meine Schläfen begannen schmerzhaft zu pochen. Der zwölfte Juli. Das war gestern gewesen. Gestern wäre der letztmögliche Tag für die Begleichung des Betrags gewesen. Meine Gedanken wirbelten durcheinander. Eine unbezahlte Rechnung war in all den Jahren – zumindest soweit ich wusste – nicht ein einziges Mal vorgekommen. Ich atmete geräuschvoll aus. Dann hörte ich die Ladentür klappen. Offenbar waren wir wieder allein.

»Christin?«, rief meine Großmutter, und ich zuckte zusammen. »Komm doch mal, es ist schon nach vier!«

Ich stopfte den Brief zurück in den Umschlag und stand auf, registrierte, dass meine Hände eiskalt und ein wenig feucht geworden waren. In meinem Magen prickelte es unangenehm. Wie, verdammt noch mal, sollte ich sie auf diese Briefe ansprechen? *Sag mal, Oma, ich wusste gar nicht, dass du vergisst, deine Rechnungen zu bezahlen. Sieht ganz so aus, als hättest du bald ein Mahnverfahren am Hals?*

Beinahe hätte ich mich entschieden, den Mund zu halten. Doch dann drängte sich plötzlich diese eine Erinnerung in mein Bewusstsein. Ich als Fünfzehnjährige mit einem Teller voll Fischstäbchen und Apfelmus, den ich zusammen mit einem starken Kaffee in Oma Rosis Büro balancierte, weil sie seit dem Frühstück nichts gegessen hatte. Sie an ihrer Werkbank, so in ihre Arbeit vertieft, dass sie mich kaum bemerkte, mit einem Lächeln auf den vollen Lippen. Momente wie diese waren mir ganz besonders im Gedächtnis geblieben. Momente des Glücks, in denen meine Großmutter so sehr sie selbst gewesen war.

»Ich habe Briefe gefunden«, presste ich hervor und hasste es, dass man die Sorge in meiner Stimme hören konnte. »Von dem Hersteller deiner Lederbänder.«

Sie sah zu mir auf und zog eine ihrer dunkel nachgezogenen Brauen nach oben. »Ach ja?«

»Es war – ein Mahnschreiben. Offenbar hast du vergessen, eine Rechnung zu begleichen.«

Statt mich zu beruhigen, verschränkte sie die Arme vor der Brust und schüttelte den Kopf. »Das kann nicht sein.«

Ich nahm sie sanft bei der Hand und zog sie mit mir ins Büro. Dann griff ich nach dem Brief und hielt ihn ihr entgegen. Sie öffnete ihn langsam und bedächtig, und ich sah, wie es in ihrem Kopf arbeitete, als sie ihn las, offenbar mehr als einmal. Die Tatsache, dass plötzlich sämtliche Farbe aus ihrem Gesicht wich und ihren Teint beinahe grau wirken ließ, beunruhigte mich. Sie hob eine Hand an den Mund, und auf ihrer normalerweise beachtlich glatten Stirn kräuselten sich Falten. »Herrgott, Kind, deine Großmutter wird alt.«

Ich legte ihr eine Hand auf die Schulter. Ein Teil von mir wünschte sich, das Schreiben niemals entdeckt zu haben. Ein anderer Teil dachte an Lias Worte: *Das musste doch so kommen, Chris.* »Ist doch nicht so schlimm, so was kann jedem mal passieren.«

In ihren Augen sah ich den Zweifel, doch bevor sie etwas sagen konnte, zog ich mein Handy aus der Tasche und tippte die Nummer ein, die im Briefkopf angegeben war. »Ich rufe jetzt bei der Firma an. Vielleicht kann ich sie überzeugen, dass alles nur ein dummes Versehen war, in Ordnung?«

Meine Großmutter nickte abwesend, ließ sich auf ihren Schreibtischstuhl sinken und rieb sich mit beiden Zeigefingern die Schläfen. Der Schreck schien sie für diesen Augenblick außer Gefecht gesetzt zu haben.

Eine Viertelstunde später ließ ich schweißgebadet das Telefon sinken. Ich war mehrmals weitergeleitet worden, bis ich schließlich mit dem Firmenleiter sprechen konnte. Ich hatte ihm die Situation erklärt, hatte mit erstickter Stimme geschildert, dass meine Großmutter momentan eine schwere Zeit durchmachte, und ihn daran erinnert, dass sie seit Jahren eine treue Kundin war. Er hatte sich halbherzig geziert, mir versichert, dass wir ein saftiges Mahnverfahren am Hals haben würden, wenn das Geld nicht spätestens in zwei Tagen einging, und dann aufgelegt.

»Es hat funktioniert!«, triumphierte ich und drehte mich strahlend zu meiner Großmutter um. Sie war in ihrem Stuhl zusammengesackt, ließ die Schultern hängen und war noch immer so blass wie das Briefpapier, das ich eben noch in der Hand gehalten hatte. Die Freude blieb mir im Hals stecken.

»Das ist mir noch nie passiert«, sagte sie kopfschüttelnd.

Ich ging zu ihr und hockte mich vor sie auf die Knie. »Es

ist alles geklärt, mach dir keine Sorgen. Wir überweisen das Geld, und dann kann dir niemand mehr etwas anhaben.«

Ich wusste, dass es nicht um das Geld ging. Und sie wusste es auch. Vielleicht gestand sie es sich heute zum allerersten Mal ein.

»Letzte Woche habe ich Mariannes Geburtstag vergessen«, sagte sie tonlos.

Ich griff nach ihrer Hand und drückte sie. »Das ist doch nicht der Rede wert. Jeder vergisst mal einen Geburtstag.«

Ihre Gesichtszüge verhärteten sich, als wäre sie wütend, wahrscheinlich auf sich selbst. »Ich habe mir doch so was immer gemerkt. Diese Aufregung macht mich ganz tüdelig.«

Ich versuchte, sie anzulächeln, beruhigend, wollte ihr stumm mitteilen, dass alles gut werden würde. Stattdessen spürte ich, wie mir die Tränen in die Augen traten. »Warum hast du mir nicht früher davon erzählt? Ich wäre viel eher gekommen.«

Sie sah mich an mit ihren tiefblauen Ozeanaugen, und die Tatsache, dass sie schwieg, schmerzte mehr als alles, was sie hätte sagen können.

In diesem Moment riss uns die Türglocke in den Alltag zurück.

»Ich mach das schon«, versicherte ich meiner Großmutter und wollte aufspringen, doch sie schüttelte energisch den Kopf, erhob sich, strich ihr Kleid glatt und ging mit festem Schritt an mir vorbei durch die Tür. In ihrem Gesicht war keine einzige Spur Unsicherheit mehr zu erkennen, und man hätte glauben können, sie habe sich bis eben sehr konzentriert um die Buchhaltung gekümmert oder eine Inventur des Lagerbestands vorgenommen.

»Wenn Sie die nehmen, bekommen Sie eine zweite obendrauf«, hörte ich sie sagen, und als ich ebenfalls in den Verkaufsraum trat, war die Frau mittleren Alters in Lackballerinas und Plisseerock bereits auf dem Weg zur Kasse. Mit zwei von Omas Ketten. Sie zahlte, nickte uns mit zartem Lächeln zu und verließ den Laden.

Meine Großmutter sah auf ihre Armbanduhr. »Zeit zu schließen. Ich brauche dringend einen Schnaps. Oder einen Cocktail. Wie heißt das noch gleich, wenn sie die zum halben Preis anbieten?«

Ich musste grinsen. »Happy Hour.«

Sie klatschte in die Hände, und sofort versprühte sie wieder den Optimismus, den ich von ihr gewohnt war. »Genau. Lass uns zur Happy Hour übergehen.«

5

Als ich am nächsten Morgen aufwachte und die Vorhänge in meinem Schlafzimmer zur Seite zog, blickte ich – statt von weichen, warmen Sonnenstrahlen begrüßt zu werden – in eine undurchdringliche Wand aus Regen.

Als wir am Abend zusammen auf Omas Ledercouch gesessen und uns die »Tagesschau« angesehen hatten, hätte ich sie beinahe noch einmal auf das angesprochen, was seit dem Nachmittag als dunkle Wolke über uns schwebte. Doch als ich sie so sah, wie sie beherzt in ihr Käsebrot biss und anschließend erst sich und dann Tim mit einer Gewürzgurke versorgte, und als ich daran dachte, wie hilflos sie noch ein paar Stunden zuvor gewirkt hatte, tat ich es nicht. Vielleicht wollte ich den Gedanken nicht zulassen, dass das Gedächtnis meiner unerschütterlichen Oma Rosi nach neunundsiebzig Jahren allmählich ein paar mehr Pausen brauchte als gewöhnlich.

Ich streckte mich, und meine Wirbelsäule knackte geräuschvoll. Ich registrierte ein leichtes Pochen hinter meinen Augen, was sicher an den Cocktails lag. Gleich darauf knurrte mein Magen. Ich warf mir eine Strickjacke über und tappte die Holztreppe hinunter in die Küche. Es duftete nach Kaffee und frischen Brötchen, und aus irgendeinem Grund ließ mich das neuen Mut schöpfen. Vielleicht würde ich ihr später vorschlagen, in den Baumarkt nach Ording zu fahren und neue Wandfarbe zu kaufen. Womöglich konnte ich sie sogar zu zwei neuen Deckenflutern überreden, einen für die Verkaufsfläche und einen für das Büro. Dann würde ich, während sie sich um die Kunden kümmerte, den restlichen Schreibtisch vom Papierkram befreien und alles fein säuberlich ordnen.

»Guten Morgen, Schlafmütze«, flötete meine Großmutter mir von der überdachten Terrasse aus zu. Sie trug einen ihrer knöchellangen Frotteebademäntel und hielt eine dampfende Tasse Kaffee in der Hand. Schlafmütze hatte sie mich schon immer genannt, ob ich nun um halb sechs oder um neun aufstand. Sie war jedes Mal vor mir wach gewesen. Diese Frau hatte Energiereserven, von denen ich nur träumen konnte.

Ich schenkte mir Kaffee ein und gesellte mich zu ihr nach draußen. Durch den Regen war es merklich kühler als noch am Vortag, aber die Luft war herrlich frisch und klar. Ich atmete tief ein und war schlagartig wach. Tim quetschte sich an mir vorbei, war offenbar wenig überzeugt von den morgendlichen Temperaturen und rollte sich zwischen Oma Rosis Füßen zusammen. Triumphierend stellte ich fest, dass er mir nicht einmal einen giftigen Blick zugeworfen hatte.

»Heute musst du mal die *Muschelkiste* für mich übernehmen«, informierte meine Großmutter mich und nahm einen Schluck aus ihrer Tasse. Kam es mir nur so vor, oder vermied sie es, mich anzusehen? »Nur für eine halbe Stunde, vielleicht ein wenig länger. Ich habe einen Termin.«

Ich runzelte die Stirn. »Was denn für einen Termin? Brauchst du Hilfe?«

»Ja. Für den unwahrscheinlichen Fall, dass jemand den Laden betritt, während ich weg bin, wäre es gut, wenn du da bist.«

»Okay«, sagte ich und verbrannte mir eine Sekunde später heftig die Zunge an meinem Kaffee. Tränen schossen mir in die Augen, aber ich sah noch, dass sie nickte.

»Nun sag schon, was ist das für ein Termin?«, drängte ich, als ich mir sicher war, dass meine Zunge nicht auf die Größe einer Birne anschwellen würde.

Sie zögerte einen Augenblick zu lange. Wahrscheinlich hatte sie die Möglichkeit abgewogen, mir nicht die Wahrheit zu sagen. »Bei der Mieterberatung.«

Wieder runzelte ich die Stirn. Früher hatte sie mich immer darauf aufmerksam gemacht, dass das schlecht für die Haut war. Heute bemerkte sie es nicht. »Mieterberatung? Ich dachte, Herr Becker ist der freundlichste Vermieter der Welt.«

Meine Großmutter leerte den Rest ihres Kaffees in einem Zug und stellte die Tasse auf dem Gartentisch ab, an dem sie im Sommer zu Abend aß. Dann beugte sie sich herunter, um Tim über den Rücken zu streichen. »Freundlich ja. Aber nicht dumm. Der Vertrag läuft Ende September aus, und er weiß ja, dass er bei mir die Miete nicht mehr groß steigern kann. Außerdem war ich jetzt schon zweimal mit der Bezahlung im Verzug.«

»Was meinst du? Will er den Vertrag etwa nicht wieder verlängern?«

Sie zuckte mit den Schultern. »Er hat irgendetwas von einem potenziellen Nachmieter erzählt. Der würde ordentlich Geld in die Hand nehmen und den Laden umbauen.«

Ich atmete aus, und etwas in meinem Magen verkrampfte sich. Ende September. Mietrückstand. Potenzieller Nachmieter. Mein Appetit auf eine zweite Tasse Kaffee war verflogen. »Das hast du mir gar nicht erzählt.«

»Das war sicher nur eine leere Drohung, damit ich endlich wieder in die Pötte komme und in Zukunft pünktlich zahle.«

Tim erhob sich schwerfällig, und als er an mir vorbei ins Haus tapste, streckte ich eine Hand nach ihm aus, die er geflissentlich ignorierte. Es war hoffnungslos.

»Meinst du nicht, es wäre besser, wenn ich dich begleite?«

Sie sah mich zum ersten Mal an diesem Morgen wirklich an, und ihr Lächeln war ehrlich, aber es war nicht das Lächeln, das ich von ihr kannte. »Wahrscheinlich wäre es das Beste. Mit diesem ganzen Rechtsgeschwafel konnte ich noch nie etwas anfangen.«

Der Laden roch ein wenig muffig, als ich die Tür aufschloss. Meine Großmutter öffnete nur in Notfällen die Fenster, damit ihr Geschäft nicht den Geruch von Fischbrötchen, Bratfett und Zigarettenqualm annahm.

Trotz ihres halbherzigen Protests riss ich beide Fensterläden auf und ging dann in ihr Büro, um mit dem Schreibtisch zu beginnen. Wir hatten noch eine gute Stunde Zeit, bevor wir den Laden für eine Weile schließen und uns auf den Weg zur Niederlassung der Mieterberatung machen würden, die sich im Stadtteil Dorf befand. Sicher würde sie sich später beschweren, dass ich ihr Unterlagen-Chaos durcheinandergebracht hatte, aber damit würde sie leben müssen, schließlich hatte sie mich im Grunde genau dafür hergebeten.

Ich fand ein paar leere Ordner, sortierte die Briefe auf dem Tisch nach Absender und Datum und heftete sie ordentlich ein. Ich entdeckte eine weitere ungeöffnete Rechnung, die erst etwa zwei Wochen alt war, und machte mir eine Notiz, sie später zu begleichen. Danach widmete ich mich ihren Einkaufslisten, die ich in einem der Pappkartons verstaute. Ich beschriftete alles fein säuberlich, damit sie mir nicht vorwerfen konnte, dass sie ihre eigenen Sachen nicht wiederfand, und machte mich dann an ihrer Werkbank zu schaffen. Ich versenkte Lederreste im Müll, legte unbenutzte Muschelschalen in die kleinen Schubfächer zurück, die sie sich für diesen Zweck angeschafft hatte, und stapelte die handgefertigten Holzkisten, in die sie jedes Schmuckstück verpackte, bevor sie es dem Kunden überreichte.

Dann warf ich einen Blick auf meine Armbanduhr und entschied, dass es an der Zeit war aufzubrechen. Normalerweise wären wir eine gute Dreiviertelstunde zu Fuß unterwegs gewesen, doch meine Großmutter hatte vorgeschlagen, die alten Hollandräder zu nehmen, die nun gut vertäut hinter dem Laden standen.

Oma Rosi klammerte sich an einen Pappordner, in dem sie ihren Mietvertrag aufbewahrte. Glücklicherweise hatte sie ihn in einer der Hängeregistraturen sofort aufgespürt.

Ich lächelte ihr aufmunternd zu und schulterte meinen Rucksack. »Bereit?«

Meine Großmutter klopfte zur Bekräftigung mit der Faust gegen die Mappe. »Bereit.«

Voller Tatendrang riss ich die Ladentür auf – und sah in die wässrig grauen Augen eines älteren Herrn in Pullunder und Filzhut, der erschrocken die Hände hob, als wäre er bei etwas Verbotenem ertappt worden. Auch ich wich instinktiv einen Schritt zurück. »Verzeihung, Sie wollten wohl gerade schließen?«

Ich warf meiner Großmutter einen schnellen Blick zu. Mein Herz hatte zu hämmern begonnen.

»Wir sind in etwa zwei Stunden zurück«, sagte sie fröhlich. »Dann können Sie gern vorbeischauen.«

Der Mann blickte betreten zu Boden. Er sah aus wie jemand, der seinen Enkeln am Lagerfeuer aus einem historischen Roman vorliest. »Nun ja, da sitze ich schon im Zug zurück nach Köln, wissen Sie? Meine Frau hat hier früher immer gern gekauft. Diesmal bin ich allein an der Küste, die Kinder brauchen sie bei … ja, ich weiß auch nicht. Jedenfalls sagte sie mir: ›Fritz, geh in den kleinen Schmuckladen in Bad und bring Geschenke für meine Freundinnen mit.‹ Sie treffen sich jedes Jahr zu zehnt in Köln, und es hat noch niemand auch nur ein Treffen verpasst, stellen Sie sich das mal vor.«

Meine Großmutter öffnete den Mund, um etwas zu erwidern, doch ich kam ihr zuvor und öffnete die Tür. »Da werden Sie ganz sicher etwas finden. Den Termin kann ich auch allein wahrnehmen, dann kann Rosi Ihnen alles zeigen.«

Fritz tippte sich dankbar an die Filzhutkrempe und trat ein.

»Ich bekomme das hin«, flüsterte ich meiner Großmutter zu. »Zu zehnt, Oma! Das darfst du dir nicht entgehen lassen.«

Ich nahm ihr die Mappe ab, verstaute sie in meinem Rucksack, stellte fest, dass meine Großmutter noch immer nicht im Laden verschwunden war, und legte ihr einen Arm auf die Schulter. »Vertrau mir. Du hast selbst gesagt, dass ich mich mit so etwas besser auskenne.«

Sie nickte und küsste mich schmatzend auf die Wange. »Du hast recht. Außerdem bekommt man da nur alle Jubeljahre einen Termin. Wenn wir den nicht wahrnehmen, ist der Laden beim nächsten längst zum Luxus-Bungalow mit Spa-Bereich umfunktioniert.«

Dann schnalzte sie abschätzig mit der Zunge und folgte Fritz in die *Muschelkiste*.

Also schwang ich mich allein auf mein Hollandrad, das wir früher regelmäßig mit neongelben Streifen verziert hatten, und radelte die Promenade entlang nach Dorf. Und während mir der Wind durch die Haare strich, hoffte ich inständig, dass meine rudimentären Kenntnisse im Bereich Mietverträge nicht auf die Probe gestellt würden. Kühl nahm ich zur Kenntnis, dass ich jetzt, wäre alles nach Plan verlaufen, bereits mit meinem Mann in unserem eigenen Haus hätte sitzen können oder auf unserer sonnigen Terrasse mit einem verdammten Aperol Spritz in der Hand – ganz ohne Mietvertrag.

Vor einem zweistöckigen Klinkerbau mit gepflegtem Vorgarten bremste ich ab. Das musste es sein, zumindest laut der Navigationsapp auf meinem Handy, die ich, wenn meine Großmutter bei mir gewesen wäre, sicher nicht gebraucht hätte. Tatsächlich verriet mir ein dezentes Schild an der Tür, dass ich richtiglag. Ich lehnte mein Rad an den teuer aussehenden Schmuckzaun, womit ich sicherlich keinen guten ersten Eindruck hinterließ, falls jemand in diesem Moment aus einem der Fenster sah, öffnete das offenbar gut geölte Tor und klingelte.

»Moin«, sagte ich, als eine Frau in senfgelbem Kostüm und Lackballerinas öffnete. Sie sah aus, als wäre sie in diesem Moment viel lieber in einer renommierten Anwaltskanzlei als in einem Büro des Mieterbundes. Das verriet nicht nur ihr Outfit, sondern auch ihr verkniffenes Lächeln.

»Moin«, antwortete sie knapp und versperrte noch immer den Weg ins Innere. »Sie haben einen Termin?«

»Ja, also – meine Großmutter, Rosemarie Falkenstein, hat einen. Sie ist verhindert. Ich bin ihre Enkelin.«

Ihre Gesichtszüge veränderten sich plötzlich und unerwartet. Die vertikale Falte, die ihr von der Stirn bis zwischen die Augenbrauen reichte, verschwand, und ihre dunkelrot nachgezogenen Lippen formten sich zu einem Lächeln. »Ach, Rosis Enkelin, na dann mal rein in die gute Stube.«

Ich räusperte mich verwirrt und folgte ihr in einen hellen Wartebereich mit gemütlichen Sesseln statt Stühlen und einem Bücherregal statt dem üblichen Zeitschriftenstapel.

»Florian ist bestimmt gleich so weit«, sagte sie, als ich mich gesetzt hatte. »Kaffee?«

»Ich – lieber Tee. Grün, wenn es geht.«

Sie rümpfte kaum merklich die Nase und verschwand.

Dabei hatte ich noch nicht einmal um Sojamilch gebeten. Rosis Enkelin zu sein entschuldigte offenbar doch nicht alles.

Wahllos griff ich in dem zugegebenermaßen ziemlich gut bestückten Bücherregal nach einem Roman und blätterte darin, doch Sekunden später wurde bereits eine Bürotür aufgerissen, und ein Mann, der zu meiner Überraschung etwa in meinem Alter sein musste, steckte den Kopf herein.

»Rosis Enkelin?«

»Ja?«

»Du kannst jetzt reinkommen.«

Ich stellte den Roman zurück ins Regal und folgte ihm in ein Büro mit stuckverzierten Decken, großzügiger Fensterfront und einladendem weißem Mobiliar – ich würde ihn nach seinem Ordnungssystem fragen müssen, als Inspiration für Omas Büro. Er bot mir einen Stuhl vor seinem Schreibtisch an, und ich setzte mich, meinen Rucksack auf dem Schoß.

»Ich habe mich noch gar nicht vorgestellt«, sagte er und reichte mir eine Hand über den Tisch. »Florian Lehmann. Ich vertrete bis auf Weiteres meinen Vater.«

Sein Händedruck war fest, aber nicht schraubstockartig, und seine Hand weich und warm. »Christin Lorenz.«

Er öffnete den Mund, wahrscheinlich um mich zu fragen, warum ich hier war, obwohl er es längst wissen musste, aber in diesem Moment kam seine Sekretärin herein und brachte meinen Tee, den ich bereits vergessen hatte.

»Grün?«, fragte er amüsiert, als sie ohne ein weiteres Wort verschwunden war.

»Ja.«

»Den habe ich auch jahrelang getrunken. Aber dann hat der Kaffee überhandgenommen.«

Ein Gedanke schoss mir durch den Kopf, den ich nicht denken wollte: Er hat ein nettes Lächeln.

»Ich bin hier, weil das Geschäft meiner Großmutter nicht mehr so läuft wie früher. Sie hat zweimal die Miete zu spät bezahlt«, unterbrach ich das Thema. Ich hatte keine Zeit für Small Talk. »Ich bin mir sicher, dass sich diese Unzuverlässigkeit nicht wiederholt, aber ich möchte sichergehen, dass sie nicht plötzlich den Laden verlieren kann.«

Falls er verwirrt von meiner Direktheit war, ließ er es sich nicht anmerken. »Hast du den Mietvertrag dabei? Ich darf doch Du sagen, oder? Das machen wir immer so.«

Ich nickte, zog den Hefter aus meinem Rucksack und schob ihn über den Tisch. Er hielt ihn auffällig weit von seinem Gesicht entfernt, als er ihn überflog. Wahrscheinlich trug er normalerweise eine Lesebrille. Entweder hatte er sie vergessen, oder sie war ihm unangenehm. Ich tippte auf Letzteres und nahm einen Schluck von meinem Tee. Er würde mit Brille sicher ziemlich süß aussehen.

Ich runzelte die Stirn. Warum dachte ich so etwas? War ich bereits zu lange Single? Dabei malte ich mir noch regelmäßig aus, wie Samuels und mein gemeinsames Kind ausgesehen hätte, und überlegte, ob es seine grünen Augen oder meine haselnussbraunen geerbt hätte.

»Stimmt irgendwas nicht?«, fragte er. Ich hatte nicht bemerkt, dass er zu mir aufsah.

»Nein, nein, alles in Ordnung, ich … der Tee ist noch ziemlich heiß.«

Er nickte verständnisvoll, widmete sich wieder dem Mietvertrag und legte ihn kurz darauf beiseite. »Nun, es ist ein normaler, befristeter Gewerbemietvertrag, der zum dreißigsten September ausläuft. Es besteht eine Option auf Verlängerung, sofern die Mieterin einer Mieterhöhung zustimmt.«

Ich fühlte, wie ich feuchte Hände bekam, und rieb sie unauffällig an meiner Jeans ab. »Das ist ja das Problem. Meine Großmutter kann sich eine höhere Miete nicht leisten. Dafür müsste zunächst der Laden besser laufen. Außerdem –« Mein Blick wanderte durch sein Büro, ich ertappte mich, wie ich nach einem Bild Ausschau hielt, das eine hübsche Frau mit einem Kind im Arm zeigte, ein glückliches Familienfoto, aber ich entdeckte lediglich ein abstraktes Gemälde eines Künstlers, den ich nicht kannte.

Florian beugte sich ein wenig zu mir vor, kaum merklich, aber ich registrierte es dennoch. »Außerdem?«

»Was wäre, wenn es bereits einen potenziellen Nachmieter gäbe, der ein Auge auf den Laden geworfen hat?«

Florian verschränkte die Arme und sah mich fragend an. »Habt ihr darüber mit dem Vermieter gesprochen?«

Ich zuckte schwach mit den Schultern. »Er hat es meiner Großmutter gegenüber angedeutet.«

Seine Finger griffen nach einem Kugelschreiber, und ich erwartete, dass er etwas notieren würde, doch er ließ ihn nur auf- und wieder zuschnappen. Offenbar dachte er nach. Dann ließ er den Kugelschreiber sinken. Er lächelte nicht. »Wenn es so wäre, könnte man mietrechtlich leider nichts tun.«

Ich biss mir auf die Unterlippe, so heftig, dass es wehtat.

Ich wusste nicht, was ich erwartet hatte. Vermutlich etwas weniger Endgültiges. Ich nickte langsam. »Verstehe. Danke.«

Ein kurzes Schweigen erfüllte den Raum, ich fummelte am Reißverschluss meines Rucksacks und trank einen letzten Schluck Tee.

»Ich kenne euren Laden«, sagte Florian dann. »Früher hat mein Vater mich immer mit nach Bad zum Einkaufen genommen, da durfte ich mir manchmal eine Muschel bei Rosi aussuchen. Sie hatte immer einen ganzen Korb davon unter dem Tresen.«

Ich musste lächeln, und mein Herz füllte sich gleichzeitig mit Wärme und mit Traurigkeit. So durfte es nicht enden. »Den hat sie immer noch.«

Florian legte eine Hand auf meine und zog sie in genau dem richtigen Moment wieder fort, sodass es sich tröstlich, aber nicht übergriffig anfühlte.

Ich lächelte und erhob mich, bevor er mir Worte des Trostes zusprechen konnte, die alles nur schlimmer gemacht hätten. An der Tür streckte ich ihm meine Hand entgegen. »Danke noch mal.«

Statt sie zu schütteln, griff er in ein kleines Kästchen auf seinem Schreibtisch und hielt mir ein Kärtchen hin, das ich kurz darauf als Visitenkarte identifizierte. »Sag mir bitte Bescheid, wie sich die Sache entwickelt. Tut mir echt leid, dass ich nichts tun kann.«

Ich ließ die Karte in meiner Hosentasche verschwinden und nickte ihm noch einmal zu. Ich hatte die Türklinke bereits in der Hand, als ich plötzlich noch einmal seine Stimme hinter mir hörte.

»Eins wollte ich schon die ganze Zeit loswerden.«

»Ja?« Ich drehte mich um.

Er grinste, und die kleinen Fältchen um seine blauen Augen ließen ihn zu meinem Leidwesen beinahe lächerlich attraktiv wirken. »Ich wusste gar nicht, dass Rosis Enkelin so ein hübsches Lächeln hat.«

Ich spürte, wie mir die Röte ins Gesicht stieg, und wusste nur zu gut, dass er es ebenfalls sehen musste.

»Dann bis irgendwann mal«, brachte ich hervor und konnte es gar nicht erwarten, an die frische Luft zu kommen. Ein Teil von mir fühlte sich wie ein kleines Mädchen, das auf dem Schulhof seinen ersten Kuss bekommen hatte. Der andere Teil schmerzte dumpf und unnachgiebig. Es war der Teil, der noch immer wollte, dass es Samuel war, der solche Dinge zu mir sagte.

Als ich über die Promenade zurückradelte und hinter der Marsch das Meer glitzern sah, spielte ich mit dem Gedanken, Herrn Becker, Omas Vermieter, auf eigene Faust zu kontaktieren, und vielleicht hätte ich es sogar getan, um ihr unnötigen Ballast zu ersparen, aber ich hatte weder seine Telefonnummer noch seine Adresse. Ich wusste von meiner Großmutter, dass er mittlerweile in Tating wohnte und nur noch selten nach Bad kam. Das war alles.

Als ich mein Rad abgestellt hatte und den Laden betrat, fand ich nicht nur meine Großmutter, sondern auch Beke und Willi vor. Alle drei waren mit einem Glas von Bekes Likör bewaffnet.

»Moin, Christin!«, flötete Beke, als sie mich entdeckte. »Komm, trink ein Gläsken mit uns.«

Willi lüftete wie immer zur Begrüßung seine Mütze, und Beke stattete mich sofort mit einem Schnapsglas aus. Wie viele davon meine Großmutter wohl unter dem Tresen gelagert hatte?

»Mensch, Willi, guck dir nur mal an, was aus der Lütten geworden ist«, sagte Beke und legte mir einen schweren Arm um die Schultern. »Kommt mir so vor, als hätt sie gestern erst laufen gelernt.«

»Früher hab ich dich ein paarmal mit ins Watt genommen«, informierte Willi mich. »Du hattest Angst vor den Wattwürmern. Hast gedacht, die wären so groß wie Schlangen.«

Die drei verfielen in eine Lachsalve, und ich stimmte mit ein. Beke nutzte die Gelegenheit, um Likör nachzuschenken. »Na denn man prost, wer nix hett, dee hoost!«

Alle drei leerten ihr Glas in einem Zug. Dann knallte Willi seines demonstrativ auf den Tresen und lüftete wieder seine Mütze.

»So, de Damen, ich werd dann mal. Hab nachher noch eine Gruppe.«

Er beugte sich zu meiner Großmutter hinunter, die gut zwei Köpfe kleiner war als er. »Gehst du morgen mit mir essen, mein Mädchen?«

Sie zog die Nase kraus, und plötzlich wusste ich, wie sie mit Anfang zwanzig ausgesehen haben musste, als sie sich vor Verehrern kaum hatte retten können. Keck und wunderschön. »Natürlich nicht.«

Willi zuckte mit den schmalen Schultern. »Das sagt sie mir seit vierzig Jahren.«

Dann trottete er aus dem Laden und schloss die Tür hinter sich.

»Stell dir vor«, begann meine Großmutter dann, und ihre Augen strahlten. »Fritz von vorhin hat tatsächlich zehn von meinen Armbändern mitgenommen. Zehn! Ich habe ihm ein elftes gratis gegeben, keine Ahnung, was er damit anstellt, aber er wird schon etwas finden.«

»Das ist großartig«, sagte ich, und für einen Moment nahm die Freude überhand. Ich wünschte mir nichts sehnlicher für sie, als dass es noch sehr viele von diesen Momenten geben würde.

»Dem hätt ich glatt noch 'ne Buddel von meinem Likör verkauft, wenn ich eher gekommen wär«, kommentierte Beke. »Hab eh schon überlegt, ob ich den nicht in der Räucherei anbieten soll, statt ihn immer nur zu verschenken.«

»Wie oft ich dir das schon ans Herz gelegt habe, Bekchen.« Meine Großmutter stieß Beke sanft mit dem Ellenbogen an. »Ich gehe mir mal eben die Nase pudern. Das Zeug geht nämlich ganz arg auf die Blase.«

Und damit verschwand sie in ihrem Büro, an das sich das winzige Bad anschloss, mit handtellergroßem Waschbecken und einer grünen Kloschüssel aus den Siebzigerjahren. Wenigstens die braunen Keramikfliesen hatte sie irgendwann einmal ersetzen lassen.

»Hab gehört, du warst bei der Mieterberatung«, sagte Beke, als die Badezimmertür ins Schloss gefallen war.

»Ja. Es ist – ein wenig kompliziert.«

Sie trat einen Schritt näher, spähte noch einmal in Richtung Bürotür, wahrscheinlich um sicherzugehen, dass meine Großmutter es sich nicht anders überlegte.

»Vielleicht weißt du es ja schon, aber ich hab gehört, dass gestern Abend ein Kerl im Ort aufgetaucht ist. Hat sich im *Dünenhotel* eingemietet – hast du deren neue Wandfarbe schon gesehen? Schrecklich, dieses Grasgrün.«

»Ganz schrecklich«, bestätigte ich, obwohl ich keine Ahnung hatte, wovon sie sprach.

»Jedenfalls hab ich heut Morgen direkt mit dem Thomas drüber gesprochen. Er sagt, der käm aus Kiel. Hat auch über den Laden gesnackt mit ihm.«

Mir klappte der Mund auf, und ich hatte das Bedürfnis, meine Fingerknöchel knacken zu lassen, wie immer, wenn ich nervös war, obwohl ich seit einigen Monaten versuchte, es mir abzugewöhnen. »Vermutlich ist das der potenzielle Nachmieter. Oma hat von ihm erzählt. Vielleicht will er sich den Laden ansehen. Ich muss unbedingt mit Herrn Becker sprechen. Weißt du, wo ich ihn finde?«

Beke spähte ein weiteres Mal über meine Schulter in Richtung Bürotür, aus der meine Großmutter jeden Moment zu uns stoßen würde. »Natürlich, der wohnt drüben in Tating, ich kenn die Adresse nicht, aber diese Smartphones von heute haben doch Landkarten eingebaut. Dat weiß ich von Rosi. Da kann ich's dir zeigen.«

Sofort fischte ich mein Handy aus der Hosentasche, ließ es beinahe fallen, weil meine Hände feucht vor Angstschweiß waren, und öffnete die Navigationsapp.

Beke hatte derweil ihre Lesebrille aufgesetzt, ein Exemplar mit runden Gläsern und bunt gestreiften Bügeln, und benötigte überraschend wenig Zeit, um sich auf der Karte zu orientieren.

»Da! Da ist es, gegenüber vom Campingplatz«, sagte sie, für meinen Geschmack ein wenig zu laut. »Ein alter Resthof, die Familie seiner Frau hat dort früher Kühe gehalten. Oder waren es Hühner? Nu ja, den kannst du jedenfalls nicht verfehlen. Und sag dem Becker, wenn er in de Brummelbeeren haken bliebt, kanna mi anne Büx rieken.«

»Ich – wie bitte?«

Bevor Beke mir ihre Nachricht an Herrn Becker auf Hochdeutsch übersetzen konnte, hörte ich die Badezimmertür klappen, und wir verstummten.

»Wer flüstert, der lügt«, sagte meine Großmutter, die sich die Haare zu einem lockeren Dutt hochgesteckt hatte. »Nun sag schon, was hat der junge Lehmann gesagt? Keine Sorge, Beke weiß Bescheid. Nur Willi nicht, der würde sich wieder zu viele Sorgen machen.«

»Na, rausschmeißen kann er dich nicht«, antwortete Beke für mich. »Da wär er ja schön blöd. Vertrag ist Vertrag.«

»Da hältst du dich besser raus, Beke, von dem Kram haben wir keine Ahnung«, sagte meine Großmutter, und an mich gewandt: »Also?«

»Nun ja, das stimmt schon. Nur ist der Vertrag ja befristet bis zum dreißigsten September. Danach könnte Becker den Laden an jemand anders vermieten.«

Meine Großmutter zögerte. Nur für einen Augenblick. Dann nickte sie. »Dann haben wir zwei Monate Zeit, um den Laden wieder auf Vordermann zu bringen, nicht wahr?«

Zwei Monate. Zwei Monate, um Herrn Becker die Verlängerung des Mietvertrags schmackhaft zu machen. Zwei Monate, um Omas ganzen Stolz aus der Versenkung zu retten. Vorausgesetzt, Herr Becker hatte sich nicht schon längst gegen sie entschieden.

»Ja«, sagte ich wahrheitsgemäß, obwohl mir der Gedanke eine Heidenangst bereitete. »Aber das wird –«

»Genau!«, unterbrach mich Beke und streckte die geballte Faust in die Luft. »Das ist mehr als genug Zeit. Dann zeigen wir ihm, wat wir so alles können!«

Als Beke gegangen war, betraten zwei Kunden den Laden, die sich auf ein Beratungsgespräch einließen. Ich nutzte die Zeit, um mich in Omas Büro zu verdrücken.

Dort zog ich noch einmal mein Smartphone aus der Tasche, zusammen mit der schlichten weißen Visitenkarte, die Florian mir zugesteckt hatte. Ich entdeckte eine Nachricht von Lia, in der sie sich beschwerte, dass ich mich nach meiner Ankunft noch nicht wieder gemeldet hatte. Ich schrieb mir eine gedankliche Notiz, dass ich sie am Abend anrufen würde.

Mein Finger schwebte einen Augenblick über dem Display, dann wählte ich, ohne weiter darüber nachzudenken, doch die Nummer, die auf der Karte angegeben war. Mein Vater hatte einmal gesagt, dass ich, wenn es darum ging, mir helfen zu lassen, genauso stur sein konnte wie meine Großmutter. Diesmal allerdings wollte ich nichts riskieren, und Florians Erfahrungen mit Vermietergesprächen überstiegen meine sicherlich um ein Vielfaches.

Es dauerte eine Weile, bis er abhob, wahrscheinlich hatte er gerade Klienten bei sich, aber dann tat er es doch. Und ich ertappte mich dabei, wie mein Herz zu einem winzigen Luftsprung ansetzte, als er sich mit seinem Namen meldete.

»Hallo, Christin hier, ich habe vorhin einen Termin für meine Großmutter wahrgenommen.«

»Ah, die Enkelin mit dem schönen Lächeln«, sagte er, und ich hörte das Grinsen in seiner Stimme. »Gibt es etwa schon Neuigkeiten?«

Ich erzählte ihm von dem Gespräch mit Beke, von meinen Plänen, selbst mit Herrn Becker zu sprechen, und danach fühlte ich mich ein wenig leichter.

»Möchtest du, dass ich mitkomme? Zum Vermieter?«, fragte er dann, und beinahe hätte ich entschlossen verneint. Dann hielt ich inne und musste mir eingestehen, dass mir die Idee gefiel. Wer wollte solche Dinge schon allein erledigen? Und doch …

»Meinst du nicht, es würde ihn vielleicht unter Druck setzen, wenn ich gleich meinen Mieterberater mitbringe?«

Zu meiner Überraschung lachte er. Es war ein volles, freundliches Lachen, die Art, die andere Menschen mitreißt. »Dann komme ich eben als jemand anders mit. Als dein Freund, zum Beispiel. Die Rolle würde mir ohnehin besser gefallen. Außerdem habe ich ein Auto.«

Wieder spürte ich, wie mir die Hitze in die Wangen stieg. Wann hatte jemand das letzte Mal so schamlos mit mir geflirtet? Vielleicht während dieser einen Nacht im Klub, als ich meinen Trennungsschmerz in Tequila ertränkt hatte. Aber das wollte ich auf keinen Fall gelten lassen.

»Okay«, hörte ich mich sagen, fest und unverrückbar. »Morgen Nachmittag?«

»Klar, ich hole dich nach Feierabend ab.« Ich erkannte mich selbst nicht wieder.

6

Florian trug einen legeren Anzug, den er vermutlich auch vorher schon im Büro getragen hatte. Offenbar war er tatsächlich direkt nach Feierabend mit dem Auto nach St. Peter-Bad gefahren, um mich abzuholen. Sein Parfum allerdings war stark genug, um zu wissen, dass er es noch einmal aufgefrischt haben musste.

Wie abgesprochen trafen wir uns nicht vor dem Reetdachhäuschen meiner Großmutter, sondern in der Parallelstraße, damit sie nicht misstrauisch wurde, wenn sie mir aus dem Fenster hinterhersah und entdeckte, dass ich zu jemandem ins Auto stieg. Vor ein paar Minuten hatte ich schließlich noch verkündet, dass ich dringend ein wenig frische Luft bräuchte. Frische Luft bekam ich tatsächlich, denn Florian hatte beide Fenster heruntergelassen. Wie gut, dass meine Großmutter darauf bestanden hatte, den bitter nötigen Hausputz zu übernehmen, statt mich zu begleiten.

»Bist du sicher, dass er zu Hause ist?«, fragte Florian, als wir auf die Landstraße Richtung Tating einbogen, die flankiert war von saftigen Rasenflächen, auf denen Pferde und Schafe grasten.

»Nein. Aber ich möchte es zumindest versuchen.«

»Und auf den Überraschungseffekt setzen.«

»So ähnlich, ja.«

Florian ließ lässig einen Arm aus dem Fenster baumeln. »Freut mich jedenfalls, dass wir uns heute schon wiedersehen.«

Er sprühte förmlich vor Selbstsicherheit. Eigentlich hatte ich diese Art von Mann niemals besonders anziehend gefunden. Vielleicht war es das Bedürfnis nach Nähe, das seit sieben Monaten in mir rumorte, vielleicht war es Trotz – oder vielleicht auch schlicht und einfach die Tatsache, dass er ziemlich gut aussah. Was auch immer es war, es tat gut. Und das hatte ich verdammt noch mal verdient.

»Ich bin nun schon seit drei Jahren wieder hier«, sagte er dann in die Stille hinein, die ich nach seinem Flirtversuch hatte entstehen lassen. Nach sieben Jahren Beziehung war ich offenbar eine komplette Niete, was diese Art von Gesprächen anbelangte. »Aber dich habe ich hier noch nie gesehen.«

Ich schluckte und sah aus dem Beifahrerfenster, entdeckte ein paar Hühner und eine Handvoll flauschig gelber Küken. »Ich hatte viel zu tun.«

Aus dem Augenwinkel sah ich, wie er grinste. »Verstehe. Ich frage nicht weiter.«

Nach fünf Minuten tauchte vor uns der Campingplatz auf, von dem Beke gesprochen hatte. Wenig später bog Florian in eine Wohnsiedlung ein. Eilig tippte ich eine Nachricht an meine Großmutter und teilte ihr mit, dass ich noch mit einer alten Freundin aus dem Ort etwas essen gehen würde.

»Das muss es sein«, sagte Florian und deutete auf ein

großzügiges, reetgedecktes Bauernhaus, das ein wenig verborgen zwischen hohen Buchen lag.

Er hielt hinter einem alten Pick-up auf der Straße. Dann wandte er sich mir zu. »Wie lange kennen wir uns? Wie sind wir zusammengekommen? Was ist dein Lieblingssessel? Bist du eher Früh- oder Spätaufsteherin?«

Ich warf ihm einen fragenden Blick zu, und er zuckte unschuldig mit den Schultern.

»Vielleicht ist dieser Becker ja an unserer Beziehung interessiert.«

Ich stieg aus dem Wagen und schlug demonstrativ die Tür hinter mir zu. Florian folgte mir grinsend.

»Wenn dem so sein sollte, lassen wir uns schon etwas einfallen«, versicherte ich ihm und steuerte mit möglichst sicherem Schritt auf das alte Landhaus zu.

Herr Becker, ein kleiner, rundlicher Mann Mitte sechzig, mit kurzem rostrotem Haar und passendem Schnäuzer, war zum Glück zu Hause. Ich hatte ihn vielleicht ein- oder zweimal in meinem Leben gesehen, sicher zu einer Zeit, als ich mich noch nicht sonderlich für mein Umfeld interessiert hatte. Vielleicht hatte auch Herr Becker eine Anekdote aus meiner Teenager-Zeit auf Lager, aber damit würde ich mich auseinandersetzen, wenn es so weit war.

Er öffnete die Haustür nur so weit, dass er seinen Kopf hindurchstecken konnte, und sein Blick verriet mir, dass er mich nicht erkannte.

»Hallo, Herr Becker«, begann ich in meinem freundlich-souveränen Büro-Tonfall. »Ich bin Christin Lorenz, die Enkelin von Rosi Falkenstein aus dem Muschelladen.«

Er öffnete die Tür etwas weiter, aber es war nicht so, wie ich es gewohnt war, wenn ich mich als Rosis Enkelin vorstellte. Seine Züge entspannten sich kaum. Eher im Gegenteil. Und plötzlich wusste ich, dass wir ein Problem hatten.

»Was wollen Sie denn?« Sein Blick wanderte zu Florian, den er offenbar ebenfalls nicht erkannte, was gut war.

»Ich wollte mit Ihnen über die Zukunft des Ladens sprechen. Er ist meiner Großmutter sehr wichtig, wissen Sie?«

Ich sah, wie es in seinem Kopf arbeitete, wie er erwog, die Tür wieder zu schließen. Und vielleicht dachte er an all die Jahre, in denen der Laden vor Kunden aus allen Nähten geplatzt, als er bekannter gewesen war als so manche Touristenattraktion, und an all die Jahre, in denen er meine Großmutter als starke und zuverlässige Frau kennengelernt hatte. Was auch immer es war, er entschied sich dafür, die Tür zu öffnen. »Dann kommen Sie rein, ich habe sowieso nichts weiter vor.«

Wir betraten einen riesigen, holzvertäfelten Wohnraum mit Kamin und offener Küche, in dem es nach zu Hause roch. Ich fühlte mich schlagartig wohl. Und aus irgendeinem Grund gab mir dieses Gefühl neue Hoffnung. Welcher Mensch, der einen so ausgeprägten Sinn für Gemütlichkeit hatte, konnte sich gegen einen kleinen, dafür mit Liebe und Leidenschaft geführten Laden entscheiden, nur weil er gerade zum ersten Mal eine schwere Zeit durchmachte?

Herr Becker bot uns einen Platz auf dem mit braunem Cord bezogenen Sofa an. Florian ließ mir den Vortritt, bevor er sich neben mich setzte.

»Das ist übrigens Florian«, stellte ich meine Begleitung vor. »Er ist mein – Partner.«

Zu meiner Erleichterung stellte Becker keine weiteren Fragen und nickte Florian nur unverbindlich lächelnd zu. »Heide hat gerade Tee gekocht, falls Sie eine Tasse möchten.«

Wir lehnten beide ab, und ich spürte, dass der Vermieter meiner Großmutter gerade an jedem Ort dieser Welt lieber gewesen wäre als in seinem eigenen Wohnzimmer.

»Ich weiß, warum Sie hier sind«, sagte er dann. Seine Stimme klang viel dünner, als ich sie in Erinnerung hatte.

»Stimmt es? Dass Sie schon einen Nachmieter gefunden haben, der die Gewerberäume übernehmen will?«, fragte ich und spürte die Wut in mir aufsteigen.

»Er ist gestern aus Kiel angereist. Ich habe mit Rosi gesprochen, schon vor ein paar Wochen. Mir scheint, sie hat es nicht glauben wollen.«

»Vielleicht ist das auch nicht ganz unverständlich nach all den Jahren«, schwappte es aus mir heraus, und Becker zuckte kaum merklich zusammen.

»Ich habe gedacht, dass es besser wird, das müssen Sie mir glauben. Ich hatte viel Geduld. Jetzt ist sie schon zwei Monatsmieten in Verzug. Also habe ich mich umgehört. Und einen Interessenten gefunden.«

»Also ist es schon beschlossene Sache?«, mischte sich nun auch Florian ein.

Herr Becker hob abwehrend die Hände. »Nein, nein, er möchte sich das Objekt erst einmal ansehen. Ich habe Rosi Bescheid gegeben. Hat sie das nicht erwähnt?«

»Nein«, sagte ich und bemühte mich um eine feste Stimme, was nicht ganz glücken wollte.

»Ich möchte Ihnen nicht zu nahe treten, aber mir ist aufgefallen, dass Rosi langsam ein wenig tüdelig wird.«

Ich holte tief Luft, um zu protestieren, doch Florian griff nach meiner Hand, so selbstverständlich, dass die Wut in mir verebbte wie eine Welle am Ufer.

»Das ändert aber nichts an der Tatsache, dass Sie ihr noch eine Chance geben sollten«, sagte Florian, mit einer Sicherheit in der Stimme, die ich mir in meiner eigenen gewünscht hätte. »Wir sind hier, um zu helfen. Und sie hat hier im Ort jede Menge Menschen, die sie unterstützen. Ich bin sicher, dass sie in absehbarer Zeit wieder voll zahlungsfähig sein wird. Der Mietvertrag läuft in zwei Monaten aus. Warten Sie wenigstens so lange noch mit Ihrer Entscheidung.«

Ich sah ihn an und war bemüht, mir die Überraschung nicht anmerken zu lassen. Wir hatten uns vor nicht einmal dreißig Stunden zum ersten Mal gesehen, und nun saß er hier und verteidigte wie selbstverständlich das Geschäft meiner Großmutter.

Für eine Weile schwieg Becker und sah uns beiden nicht in die Augen, und ich klammerte mich an die Tatsache, dass ihn Florians Appell offenbar ehrlich getroffen hatte. Dann verschloss sich sein Gesicht, und er sah wieder aus wie der Mann, der uns die Tür geöffnet hatte. Er erhob sich, und ich wusste sofort, dass das Gespräch beendet war. »Wie gesagt, der Mann wird sich den Laden in den nächsten Tagen ansehen.«

Ich versuchte nicht, noch einmal zu ihm durchzudringen. Womöglich wäre das ohnehin keine gute Idee gewesen. Herr Becker wirkte nicht wie jemand, der schnell seine Meinung änderte.

Die Verabschiedung fiel kurz und förmlich aus, er reichte uns die Hand, wünschte uns eine gute Heimfahrt, und dann stand ich mit Florian allein in der einsetzenden Dämmerung.

Ich seufzte und fühlte mich plötzlich unendlich müde. »Das war wohl nichts.«

»Hey.« Florian stieß mich sanft mit der Schulter an. »Hast du sein Gesicht gesehen? Der Mann hat Mitleid, das ist ein erster Schritt.«

Ich vergrub meine Hände in den Taschen meiner Jeans und folgte Florian schweigend in Richtung Auto. Mitleid allein würde nicht genügen, nicht, wenn der Nachmieter verführerisch mit dem Scheckbuch wedelte, aber das sagte ich nicht laut.

Ich ließ mich auf den Beifahrersitz sinken und schloss für einen Moment die Augen. Es sprach so viel gegen uns, gegen den Laden. Was konnten ein wenig neue Wandfarbe, hübsche Vitrinen und durch Bekes Likör angetrunkener Optimismus schon ausrichten? Ich seufzte noch einmal ausgedehnt und beschloss, dass es trotzdem noch nicht an der Zeit war aufzugeben.

»Lasagne«, sagte ich. »Und ich bin absolut kein Morgenmensch.«

Ich hatte nicht damit gerechnet, dass Florian verstehen würde, wovon ich sprach, aber genau das tat er. Er grinste und legte den Rückwärtsgang ein. »Hier gibt es einen wirklich guten Italiener. Möchtest du etwas essen?«

»Ehrlich gesagt – ich sterbe vor Hunger.«

Die Dämmerung hatte sich bereits in tiefschwarze Nacht verwandelt, mit klarem, sternenübersätem Himmel und angenehm frischer Luft, die mir auf dem Nachhauseweg um die Nase wehte. Nach der Hitze des Tages war es genau das, was ich brauchte.

Ich hatte Wein getrunken, und wir hatten im Restaurant geredet. Florian erzählte von seinem Vater, der ihn überredet hatte, seinen Posten zu übernehmen, obwohl sein Sohn viel lieber in der Stadt geblieben wäre, von seinen Klienten, um deren Probleme er sie selten beneidete, und von seiner Jugend, die er high in irgendeinem Park verschwendet hatte. Ich lachte deutlich öfter, als ich es erwartet hätte. Und als wir das Restaurant verließen, wurde mir bewusst, dass ich Herrn Becker und die Wirren des Mietrechts für eine Weile vergessen hatte.

»Ich habe mich noch gar nicht bedankt«, sagte ich, als wir uns an der Straßenecke, versteckt von dicken Kiefernästen, verabschiedeten. »Dass du mitgekommen bist. Und dass du dich so für meine Großmutter eingesetzt hast.«

Florian hatte sich die Ärmel seines Hemdes bis zu den Oberarmen hochgeschoben. Seine Haare waren vom Fahrtwind zerzaust. So gefiel er mir deutlich besser als in dem fein säuberlich gebügelten Anzug und mit der perfekt gegelten Frisur. »Ich kenne sie nicht besonders gut, aber die Erzählungen meines Vaters sind schon Grund genug. Sie muss eine wirklich außergewöhnliche Frau sein.«

Etwas schmerzte in meiner Kehle, und ich war froh, dass

die Straße nur spärlich beleuchtet war. Er war in dieser kurzen Zeit schon viel zu sehr in mein Leben eingedrungen. Meine Tränen würde ich mir für einen späteren Zeitpunkt aufsparen. »Ja. Das ist sie.«

Er beugte sich zu mir hinunter, so weit, dass seine Lippen beinahe mein rechtes Ohr berührten. Ich bekam eine Gänsehaut. »Das liegt also in der Familie.«

Dann lächelte er mir noch einmal zu und stieg wieder in den Wagen, während ich wie angeschraubt dastand und mich fühlte wie eine verknallte Vierzehnjährige.

»Gute Nacht, Rosis Enkelin mit dem hübschen Lächeln.«

Dann fuhr er los und winkte mir noch einmal im Rückspiegel zu. Nach einer Weile riss ich mich los und ging die letzten Meter bis zum Haus meiner Großmutter zu Fuß.

»Bin wieder da!«, rief ich, während ich meine Turnschuhe abstreifte. Der Geruch von frisch gebackenem Brot stieg mir in die Nase. Ich folgte ihm bis in die Küche und erstarrte. Mein Herz sackte in Regionen, von deren Existenz ich bisher nichts gewusst hatte. Mir wurde schwindlig, und aus einem Impuls heraus griff ich hinter mich, nach einem Stuhl oder etwas Ähnlichem, Hauptsache etwas, auf das ich mich setzen konnte.

»Hallo, Chris«, sagte Samuel und lächelte mich verlegen an.

Und dann wartete ich darauf, dass sich die Erde auftat und mich verschlang – vergebens. Ich kniff kurz die Augen zu in der Hoffnung, alles wäre nur ein Fiebertraum. Vielleicht wurde ich krank? Vielleicht hatte ich zu tief ins Weinglas geschaut? Doch als ich die Augen wieder öffnete, stand Samuel noch immer vor mir, und in seinen grünen Augen erkannte ich eine Mischung aus Unsicherheit, Überraschung und Zuneigung.

Ich entdeckte meine Großmutter am Esstisch, eine Schale Weintrauben vor sich.

»Was passiert hier?«, fragte ich sie, und meine Stimme zitterte heftig. Ich konnte Samuel unmöglich ansehen. Um ein Haar wäre ich vor Hilflosigkeit in Tränen ausgebrochen.

»Nun setz dich doch erst mal, Kind«, sagte sie sanft und deutete mit einem Finger auf den Stuhl neben sich. »Dann erzähle ich dir alles.«

Mein Herz pochte wütend und schmerzhaft hinter meinen Schläfen. Warum hatte sie ihn ins Haus gelassen? Wusste sie nicht, dass sie damit jeden noch so kleinen Fortschritt zerstörte, den ich mir nach der Trennung so mühevoll erarbeitet hatte? Er wirkte wie ein Fremdkörper, den ich vor sieben Monaten so schmerzhaft aus meiner Welt entfernt hatte wie einen tief sitzenden Splitter. Doch da war noch etwas anderes in mir. Da waren Erinnerungen an glückliche Zeiten, vertraute Momente, die wir gemeinsam erlebt hatten, genau hier, in der Küche meiner Großmutter. Wie er von hinten die Arme um mich gelegt hatte, während ich das Geschirr vom Abendessen spülte, dieser eine Nachmittag, den Oma Rosi mit ihm verbracht hatte, um ihm zu zeigen, wie man Blaubeerpfannkuchen zubereitete – der Schock zerstreute die Flut an Gedanken, und an ihre Stelle trat die Wut.

»Ich – bin im Garten«, brachte ich hervor und lief barfuß durch die Terrassentür bis zu dem kleinen Tischchen auf der Wiese. Das Gras hatte meine Großmutter immer nur unregelmäßig gemäht, weil wir beide es liebten, wenn es uns an den Waden kitzelte. Es war noch immer warm von der Sonne.

Ich ließ mich auf den metallenen Gartenstuhl sinken und atmete geräuschvoll aus. Meine Gedanken stoben noch immer durcheinander wie Sandkörnchen im Wind, aber ich hatte keine Zeit, sie zu ordnen, denn Sekunden später war meine Großmutter bei mir. Ich hätte am liebsten geschrien oder zumindest irgendetwas durch den Garten gepfeffert, aber ich hatte nichts zur Hand, und meine Kehle war wie zugeschnürt. Also saß ich nur da und ließ zu, dass Oma Rosi mir eine gebräunte Hand auf die Schulter legte.

»Die Überraschung ist mir wohl nicht besonders gut geglückt«, sagte sie.

Und plötzlich wurde mir bewusst, was sie gemeint hatte. *Ich glaube, ich habe auch eine Überraschung für dich.*

Ich warf einen schnellen Blick durch die Fensterfront. Samuel war nicht mehr in der Küche, und ich hoffte inständig, dass er nicht nur nach oben verschwunden war, sondern bereits im nächsten Zug zurück nach Hannover saß.

»Du hast es gewusst?«

Sie antwortete nicht sofort, und das sagte alles. Ich sah ihre Augen im spärlichen Mondlicht blitzen. Die Grillen, denen ich normalerweise unter der Bettdecke lauschte, wurden von meinem trommelnden Herzschlag übertönt. »Ich habe ihn hergebeten.«

»Du hast *was*?«

»Er ist ein hervorragender Innenarchitekt, Schatz. Und du hast immer gesagt, dass man sich auf seine Pläne verlassen kann. Vielleicht würde das dem Laden wirklich guttun, meinst du nicht?«

Ich fuhr zu ihr herum. Niemals zuvor war ich wütend auf sie gewesen. »Der letzte seiner Pläne, auf den ich mich verlassen habe, ist ziemlich kläglich gescheitert, hast du das vergessen?«

Sie seufzte leise. »Nein, habe ich nicht.«

»Aber?«

»Aber ich glaube, dass es richtig ist. Für uns alle.«

Ich kämpfte gegen den Drang, aufzustehen, in mein Zimmer zu stapfen, meine wenigen Habseligkeiten zusammenzuklauben und das Haus zu verlassen. Wie konnte sie mich so hintergehen? Schließlich hatte ich alles stehen und liegen gelassen, um hierherzukommen. Für ihren Laden. Für sie. Und ihr war keine bessere Lösung eingefallen, als ausgerechnet Samuel herzubestellen. Verdammt, das ganze Land wimmelte nur so von Innenarchitekten!

»Ich verstehe es nicht«, sagte ich tonlos und ließ den Kopf sinken. Ich spürte, wie mir eine Träne über die Wange lief. Eine von vielen, die ich um Samuel geweint hatte. »Das hätten wir doch auch gut allein hinbekommen. Und dann ausgerechnet –«

Ich brach ab, musste mir eingestehen, dass ich nach sieben Monaten nicht einmal seinen Namen aussprechen wollte.

Der Griff um meine Schulter wurde fester, dann löste er sich. »Wahrscheinlich möchtest du lieber allein sein, nicht wahr?«

Ich nickte.

»Für die ersten zwei Tage hat er ein Hotelzimmer bekommen«, sagte sie noch, bevor sie ging.

Ich sah sie fragend an und ahnte Schlimmes.

»Für die Zeit danach habe ich ihm das Gästezimmer angeboten.«

7

Als ich am nächsten Morgen nach den wenigen Stunden Schlaf aufwachte, konnte ich mich nur mit Müh und Not dazu bringen, aufzustehen. Um kurz nach Mitternacht war ich aus dem Garten ins Haus getappt, mit klammen Händen und Gänsehaut, und war glücklicherweise weder Oma Rosi noch Samuel über den Weg gelaufen. Der Schlaf hatte mich drei Stunden später übermannt, nachdem ich mich im Minutenrhythmus von einer Seite auf die andere gewälzt hatte, unfähig, eine bequeme Schlafposition zu finden, weil die Gedanken in meinen Gliedern vibrierten.

Im Bad wusch ich mir das Gesicht mit kaltem Wasser und bürstete mir die Haare. Als ich die Küche betrat, aus der es nach frisch aufgebrühtem Kaffee roch, bereitete ich mich auf die nahende Ohnmacht vor, die mich ergreifen würde. Ich sah mich um. Samuel war nicht da. Meine Großmutter saß in ihrem rosa Morgenmantel und mit einer Handvoll Lockenwicklern im Haar auf der Couch. Als sie mich entdeckte, stand sie auf, schenkte mir Kaffee ein und reichte mir die große, dampfende Tasse. Das Lächeln auf ihrem Gesicht war nicht dasselbe wie sonst. Es lag ein Hauch von Unsicherheit darin, den ich für durchaus angebracht hielt. Tim, der sich gerade über seine volle Futterschüssel beugte, ignorierte meine Anwesenheit. Zumindest hatte er Samuel bei unseren Besuchen genauso verabscheut wie mich.

»Keine Sorge, er ist nicht hier«, bestätigte sie meine Vermutung. »Ich habe ihm den Schlüssel zum Laden gegeben, damit er sich einen Überblick verschaffen kann.«

Es war, als wäre ich in eine schlechte Comedyserie gesogen worden, eine mit Gelächter vom Band und miesen Schauspielern. Ich musste dringend den Regisseur auftreiben.

»Das kann doch nicht wahr sein«, sagte ich und lehnte mich mit meiner Tasse gegen den Küchentresen.

Die Augen meiner Großmutter hatten im morgendlichen Sonnenlicht, das durch die Fensterfront bis in die Küche fiel, die Farbe von Nordseewasser. Sie baten mich stumm um Verständnis, und ich hätte am liebsten weggesehen.

»Christin, mein Schatz.« Sie strich mir eine Strähne meines Haars aus dem Gesicht. »Ich weiß, wie das auf dich wirken muss.«

Ich sah sie zweifelnd an. Ich glaubte ihr nicht. Aber das sagte ich nicht laut.

»Vertraust du mir?«, fragte sie, und ihre Stimme klang sanft und bestimmt. Warum hatte sie mich mitten in meinen schlimmsten Albtraum gerissen und klang dabei auch noch so selbstsicher? Sie, die von dem Mann sitzen gelassen worden war, an dessen Seite sie hatte alt werden wollen. Die meinen Schmerz hätte verstehen müssen.

»Das habe ich immer, und das weißt du. Aber ich verstehe nicht, wie ausgerechnet du mir das antun kannst.«

Sie nahm mir den Kaffee ab und umfasste meine Handgelenke.

»Dann lass mich dir zeigen, dass das die richtige Entscheidung war. Seine Ideen sind toll. Du weißt, wie gut er in seinem Beruf ist. Aber ohne dich wird es nichts werden.«

»Das ist der Mann, der mir vor sieben Monaten keine andere Wahl gelassen hat, als alles zu beenden«, fuhr ich sie an, und sie zuckte zusammen. Tränen schossen mir in die Augen und liefen mir heiß über die Wangen. »Ohne Vorwarnung. Ohne Erklärung, verdammt! Das ist nicht mehr der Samuel, den du so gerngehabt hast!«

Bevor ich noch etwas erwidern konnte, schlang sie ihre Arme um mich, legte eine Hand an meinen Hinterkopf, wie bei einem kleinen Kind, und ich war zu schwach, um mich dagegen zu wehren. Wann würde ich endlich aus diesem Albtraum aufwachen?

»Ich glaube, dass er das wieder sein will«, flüsterte sie.

Ich löste mich aus ihrer Umarmung und sah sie ungläubig an. Ich musste absolut jämmerlich aussehen. Weinend, mit dunklen Ringen unter den Augen und eingesunkenen Wangen. »Wie kannst du so etwas hinter meinem Rücken entscheiden?«

Ich unterdrückte den hässlichen Schmerzenslaut, der mir in der Kehle saß, und flüchtete zurück ins Bad, wo ich mir zum zweiten Mal das Gesicht mit eiskaltem Wasser wusch in der Hoffnung, es würde die Röte verblassen lassen und den Gedankenschwall stoppen. Letzteres funktionierte natürlich nicht, und ein Blick in den Spiegel verriet mir, dass auch Ersteres fehlgeschlagen war.

Ich ließ mich wieder in mein Bett fallen und zog die Decke bis zum Kinn hoch.

Ich spielte mit dem Gedanken, Lia anzurufen, doch aller Voraussicht nach war sie um diese Uhrzeit noch nicht wach und ich ohnehin zu aufgelöst, um überhaupt einen zusammenhängenden Satz von mir zu geben.

Nach einer Weile klopfte es an der Tür, und meine Großmutter schob sich in mein Zimmer. Sie hatte die Wickler aus ihrem Haar gelöst, und ihre weißen Locken fielen ihr bis über die Schultern. In der Hand hielt sie die Tasse Kaffee, die ich in der Küche stehen gelassen hatte. Als Kind war es eine heiße Schokolade oder eine warme Milch mit Honig gewesen, die sie mir ans Bett gebracht hatte, wenn ich ausnahmsweise länger liegen geblieben war.

»Ich habe ihn aufgewärmt«, sagte sie leise und stellte die Tasse auf dem kleinen Nachttisch ab.

Ernüchtert stellte ich fest, dass sich meine Wut in eine merkwürdige Mischung aus Hilflosigkeit und Mitleid verwandelt hatte. Was, wenn sie in ihrer Verzweiflung keine andere Möglichkeit gesehen hatte? Unglücklicherweise war Samuel tatsächlich ein verdammt begabter Innenarchitekt, der schon während des Studiums aufgefallen war. Vielleicht war sie davon ausgegangen, dass mein Trauerprozess in den letzten Monaten bereits deutlich weiter fortgeschritten war, als es in Wirklichkeit der Fall war. Hatte ich das bei unserem letzten Gespräch nicht steif und fest behauptet?

Meine Großmutter setzte sich zu mir ans Kopfende des

Bettes und griff nach meiner Hand. »Bitte gib dem Ganzen eine Chance, mein Schatz. Für mich.«

Mein Inneres gab den Ring frei für einen Kampf, den mein Bedürfnis, schleunigst zu verschwinden, schon verloren hatte, bevor er überhaupt begann.

»Ich muss darüber nachdenken«, sagte ich und nahm nun doch einen großen Schluck Kaffee. Nach dieser Nacht hatte ich ihn bitter nötig. Und aller Voraussicht nach würde das auch in den nächsten Tagen der Fall sein.

»Nimm dir heute frei«, schlug meine Großmutter vor. »Genieß den Wind und das Meer. Da wird vieles klarer, du wirst sehen.«

Ich war noch immer enttäuscht, weil sie mich in all das hineingerissen hatte und nun offenbar erwartete, dass ich allein damit zurechtkam. Aber was blieb mir schon anderes übrig, wenn ich ihr weiterhin helfen wollte? Also nickte ich und leerte den Rest meines Kaffees in einem Zug.

Für die Strecke nach Westerhever brauchte ich mit dem klapprigen Hollandrad eine gute Stunde, aber etwas zog mich dennoch dorthin. Am Leuchtturm Westerheversand war ich seit vielen Jahren nicht gewesen, obwohl ich diesen Ort als Kind geliebt hatte. Er hatte eine eigentümliche Ruhe und Gelassenheit ausgestrahlt, wenn ich mit meiner Großmutter in seinem Windschatten auf einer der Holzbänke gesessen und belegte Brote gegessen hatte. Genau das brauchte ich heute. Ruhe und Gelassenheit. Denn in meinem Innern fehlte davon jede Spur.

Ich fuhr am Deich entlang, den Wind in den offenen Haaren, auf der rechten Seite Ziegen, die im saftigen Deichgras weideten, zu meiner linken die Salzwiesen, das Watt und das Glitzern des Meeres am Horizont. Ich hatte geplant, an der Tümlauer Bucht haltzumachen, um ein wenig zu verschnaufen, wie ich es früher mit meiner Großmutter getan hatte, doch ich fuhr einfach weiter, und der Wind blies mir die Tränen aus dem Gesicht.

Der Leuchtturm war bereits von Weitem sichtbar, und ich bog in den gepflasterten Weg ein, der durch die Marsch zu ihm führte. Hier war der Wind so stark, dass zeitweise nichts anderes zu hören war. Wenn er nachließ, gab es kaum mehr als das Singen der Vögel, die in den Salzwiesen brüteten. Ab und an blökte eines der Schafe, die hier grasten, und die Luft schmeckte salziger als irgendwo sonst.

Unten am Leuchtturm stellte ich das Rad ab und ging den restlichen Weg zu Fuß. Ich hatte nicht damit gerechnet, dass so wenige Menschen hier sein würden, und war erleichtert, als ich sah, dass ich bis auf eine kleine Familie und ein älteres Ehepaar in Wanderausrüstung allein war.

Ich ließ mich auf eine Bank fallen, seufzte und schloss die Augen. Die Fahrt hatte mich mehr angestrengt, als ich zugeben wollte, aber genau so war es gut. Zumindest hatte ich die Flut an Gedanken, die mich jetzt erfasste, noch ein wenig länger aufhalten können. Jetzt allerdings war es unmöglich, ihr zu entkommen.

Warum war er gekommen? Soweit ich wusste, konnte er sich seit Langem nicht mehr über fehlende Aufträge beschweren. Er hatte gewusst, dass ich hier war, das hatte ich ihm angesehen. Glaubte er, meiner Großmutter etwas schuldig zu sein, weil er ihrer Enkelin das Herz gebrochen hatte? Ich brauchte dringend den Rat meiner Schwester.

In meinem Rucksack angelte ich nach meinem Handy und wählte Lias Nummer. Seit ein paar Jahren konnte sie es sich leisten, morgens lange zu schlafen und erst am späten Vormittag mit der Arbeit zu beginnen. Ich hatte mir lange erfolglos einzureden versucht, dass mir dieser Lebensstil nicht liegen würde. Doch wenn mich morgens um halb sechs der Wecker aus dem Schlaf riss, packte mich jedes Mal der Neid.

»Chris?«, fragte sie zur Begrüßung. Den fehlenden Hintergrundgeräuschen nach zu urteilen, war sie zu Hause.

»Richtig geraten.«

»Warte kurz, ich verziehe mich ins Schlafzimmer. Freddie arbeitet heute im Homeoffice.«

Ich musste lächeln. Freddie war ihre große Liebe, das hatte ich gewusst, als sie das erste Mal von ihm erzählt hatte, aber ich wusste auch, wie sehr sie es hasste, wenn er nicht zum Arbeiten ins Büro ging, weil er dann ständig in der Küche herumlungerte und ihr am Rockzipfel hing.

»So, die Luft ist rein«, sagte Lia. »Erzähl, was ist los?«

Es gab zwei Menschen in meinem Leben, denen zwei Wörter aus meinem Mund genügten, um zu wissen, dass mir etwas auf dem Herzen lag: meine Großmutter und meine Schwester. Und vor nicht allzu langer Zeit hatte es noch einen weiteren Menschen gegeben. Einen Menschen, der in diesem Moment nur wenige Kilometer entfernt in der *Muschelkiste* stand und meine Reise ruiniert hatte.

Ich erzählte ihr von der kurzen Begegnung, davon, wie ich in den Garten geflüchtet war und wie unsere Großmutter mich dann überredet hatte, dem Ganzen eine Chance zu geben.

»Und du bist immer noch dort?«, fragte Lia ungläubig. Das hatte ich erwartet.

»Nun ja, momentan bin ich in Westerhever.«

»Von da aus fährt hoffentlich ein Zug zurück nach Hannover.«

Ich sah mich nach der Familie und dem alten Ehepaar um, doch sie waren fort. Ich war allein. »Ich kann sie doch nicht im Stich lassen, ich bin schließlich gerade erst gekommen.«

Ich wusste genau, dass Lia in diesem Moment große Mühe hatte, ihre Stimme im Zaum zu halten. Sie war immer die Temperamentvollere von uns gewesen, die Aufbrausende, die Selbstsichere. Sie war diejenige, die wutentbrannt ins Lehrerzimmer gestapft war, wenn ich ihr erzählt hatte, dass ich ungerecht benotet worden war. »Wenn du mich fragst, hat sie dich zuerst im Stich gelassen. Sie weiß genau, wie sehr er dich verletzt hat.«

Ich schluckte schwer an dem Kloß in meinem Hals. Und dann kamen wieder die Tränen. »Er hat sich überhaupt nicht verändert, Lia.«

»Genau deswegen solltest du schleunigst von dort verschwinden. Oder stell sie vor die Wahl: er oder du.«

Ich ließ den Kopf hängen, und mein Haar fiel mir ins Gesicht. »Das kann ich nicht.«

Wahrscheinlich hätte sie mich in diesem Moment am liebsten geschüttelt. »Dann geh ihm wenigstens aus dem

Weg. Soll er eben ein paar schicke Möbel lockermachen und dann wieder verschwinden.«

»Oma hat ihm angeboten, im Gästezimmer zu übernachten.«

»Sie hat *was*?«

Ich wischte mir mit einem Arm über das nasse Gesicht. Ich vermisste die Abende, die wir zu viert auf der riesigen Couch meiner Schwester verbracht hatten, mit viel zu starken Gin Tonics und lautem Gelächter, das regelmäßig die Nachbarn auf den Plan gerufen hatte. Seit der Trennung vermied ich es, die beiden in ihrer Wohnung zu besuchen. Ich wusste, dass sie sich bemühten, mir das Gefühl zu geben, dass alles wie sonst war, aber ich wusste genauso gut wie sie, dass das nicht stimmte. »Ich spreche mit ihr.«

»Mach das.«

Ich seufzte schwer.

»Chris?«

»Ja?«

»Lass dich nicht unterkriegen. Du bist stark.«

Ich nickte schwach, obwohl ich wusste, dass sie es nicht sehen konnte. »Danke.«

Dann legte ich auf, lehnte mich auf der Bank zurück. Eine Schwarzkopfmöwe trippelte auf mich zu in der Hoffnung auf ein Stück Brot oder einen Friesenkeks, doch ich musste sie enttäuschen. In der Eile hatte ich nichts eingepackt, obwohl ich nicht einmal gefrühstückt hatte. Sie versuchte ihr Glück bei einer kleinen Reisegruppe, die angekommen sein musste, als ich unter meinen Haaren vergraben in den Hörer geschluchzt hatte.

Ich wollte gerade aufstehen und den Weg zurück nach St. Peter antreten, als mein Handy klingelte. Die Nummer auf dem Display kam mir vage bekannt vor.

»Ja?«, fragte ich, obwohl meine Mutter mir beigebracht hatte, mich mit meinem vollständigen Namen zu melden.

»Hallo, Rosis hübsche Enkelin.«

Florian. Mein Herz wagte einen winzigen Hüpfer.

»Hallo, Rosis Mieterberater.«

Ich hörte das Lächeln in seiner Stimme. »Passt es dir gerade?«

»Ich –« *Bin gerade vor meinem Ex-Mann geflohen und sitze jetzt mit aufgequollenen Augen und roter Nase am Leuchtturm Westerhever.* »Ja, klar. Ich habe heute frei.«

»Was für ein schöner Zufall. Ich wollte dich nämlich fragen, ob du Lust hast, meine Mittagspause mit mir zu verbringen.«

Ich zögerte, dachte an Samuel, der womöglich vor Ideen nur so sprühte, aber nur für einen Augenblick. »Gerne. Gib mir eine Stunde, ich bin noch mit dem Rad unterwegs.«

»Gut, ich warte am Strandparkplatz in Ording auf dich.«

Meine Beine fühlten sich an, als wären sie nicht mehr Teil meines Körpers, als ich auf den Steg bog, der zum Ordinger Strand hinunterführte. Florian winkte bereits von Weitem. Trotz Rückenwind hatte ich für den Rückweg etwas über eine Stunde gebraucht. Offenbar hatte ich vergessen, die schlechte Nacht, die Hinfahrt und das emotionale Gespräch mit Lia bei der Berechnung meiner Kraftreserven einzubeziehen.

Ich schloss das Rad an und lächelte Florian zur Begrüßung zu. Er trug eine seiner Leinenhosen, hatte das Jackett aber offenbar im Büro gelassen und sich für weiße Turnschuhe entschieden.

»Lust auf eine Portion Fish and Chips?«, fragte er, und bei der Vorstellung knurrte mir nun doch der Magen.

»Gern.«

Wir schlenderten den Steg entlang und stiegen dann die Treppe zum Pfahlbau hinauf, eine ehemalige Badekabine, die in den Siebzigerjahren zuerst in ein Café und später in ein Restaurant umgebaut worden war. Auf der Terrasse ergatterten wir einen der beliebten Plätze direkt an der gläsernen Balustrade, von wo aus wir einen uneingeschränkten Blick auf die Nordsee hatten, die heute ruhig und dunkelblau unter uns lag. Die Sonne spiegelte sich in der Gischt, und die Wellen spülten um die massiven Holzpfähle. Als Kind hatte ich mir mit mulmigem Gefühl vorgestellt, wie es wäre, direkt von der Kante ins Meer zu springen. Heute fand ich diesen Gedanken äußerst unattraktiv.

Wir bestellten Fish and Chips und Cola, und zum ersten Mal an diesem Tag fühlte es sich nicht so an, als würde ich jeden Moment in einem Heulkrampf zu Boden gehen.

»Erzähl mal«, forderte Florian mich auf, als wir mit der Cola angestoßen hatten. »Habt ihr schon einen Schlachtplan für den Laden ausgearbeitet?«

Ich schluckte, zeichnete mit dem Zeigefinger eine undefinierbare Form ins Kondenswasser an meinem Glas. »Nun ja, ich hatte an ein Kartenlesegerät gedacht. Und natürlich einen neuen Anstrich. Ein paar neue Möbel vielleicht. Die jetzigen sind ziemlich in die Jahre gekommen.«

Florians rechte Augenbraue wanderte kaum merklich nach oben, und ich wusste genau, was er denken musste. Dann lächelte er. »Das ist doch schon mal ein guter Anfang.«

»Ich weiß, das wird nicht reichen. Wahrscheinlich nicht einmal annähernd.«

Er legte eine Hand auf meine, sie war weich und kühl, und diesmal zog er sie nicht so bald wieder zurück. »Das wird schon werden. Und wenn du magst, mache ich mir auch mal Gedanken. Vielleicht steckt ja doch ein kreativer Kopf in mir. Meine Familie würde verneinen, aber wer weiß?«

»Danke, das ist wirklich nett von dir.«

Seine Hand lag noch immer auf meiner, und er sah mich mit einem Blick an, aus dem Interesse und noch etwas anderes sprach. »Darf ich dich etwas ziemlich Persönliches fragen?«

»Nur zu.«

Florian legte den Kopf schräg. »Du bist doch nicht etwa vergeben, oder?«

Mein trommelndes Herz geriet ins Stocken, und aus einem Impuls heraus entzog ich ihm meine Hand. Sicher, es war sein gutes Recht, diese Frage zu stellen, aber ich hatte nicht mit ihr gerechnet. Ich dachte an den Ehering aus Weißgold, der in einem samtbezogenen Kästchen in einer Schublade meines Nachtschranks lag. Ich hätte ihn längst verkaufen sollen. Den Schmerz, der mich jedes Mal durchfuhr, wenn ich ihn beim Aufräumen entdeckte, hatte ich mir selbst zuzuschreiben. »Nein, bin ich nicht.«

Florian atmete gespielt dramatisch auf. »Dann ist es ja gut. Ich dachte schon, der gut aussehende Typ, den ich heute in der *Muschelkiste* gesehen habe, könnte etwas mit dir zu tun haben.«

Herrgott noch mal, worauf hatte ich mich nur eingelassen? Lia hatte recht, ich musste dringend mit meiner Großmutter sprechen.

»Das ist bloß der Innenarchitekt, den meine Großmutter bestellt hat.«

Ich hoffte inständig, dass er die Röte nicht bemerkte, die sich in diesem Moment in mein Gesicht stahl. Wenn er es tat, kommentierte er sie zumindest nicht.

Während wir die Fish and Chips verspeisten, schwenkte Florian zu meiner Erleichterung zu unverbindlicheren Themen um. Ich erzählte ihm von Lia, von den vielen Sommern in Oma Rosis Reetdachhäuschen und Bekes berühmtem Sanddornlikör, den Florian ebenfalls lebhaft in Erinnerung hatte.

Als er für uns beide bezahlt hatte, gingen wir zurück zu meinem Rad.

»Jetzt hast du deine Mittagspause aber ziemlich überzogen«, sagte ich und hob mahnend die Brauen.

»Mein erster Nachmittagstermin hat abgesagt. Und selbst wenn – das war es mir wert.«

Ich musste lächeln. Florian ging ganz eindeutig in die Offensive. Ich spürte, wie ein kleiner Teil von mir warnend den Zeigefinger erhob. Und dann war da der Rest, der es genoss, von einem attraktiven Mann hofiert zu werden.

Als ich zu ihm aufsah, war er ein wenig ernster geworden. »Sag mal, habe ich vorhin etwas Falsches gesagt? Du hast plötzlich so verschlossen gewirkt.«

»Ich glaube, ich bin nur müde. Ich hatte eine ziemlich schlechte Nacht.«

»Soll ich dich mit dem Auto mitnehmen?«

Der Gedanke war verlockend. Meine Beine spürte ich noch immer nicht, und müde war ich wirklich. Trotzdem schüttelte ich den Kopf. »Nicht nötig, ich nehme das Rad. Wird Zeit, dass ich das öfter mache.«

Florian zog mich zum Abschied in eine lockere Umarmung, obwohl ich ihm ansah, dass er am liebsten etwas anderes getan hätte, und machte sich dann auf den Weg zu seinem Wagen, während ich das Schloss von meinem Fahrrad löste. Bevor er hinter den Dünen verschwand, drehte er sich noch einmal zu mir um und winkte. Ich winkte zurück und ertappte mich bei einem Grinsen. Verdammt, hatte ich dieses Gefühl vermisst.

Den späten Nachmittag verbrachte ich mit einem Buch, auf das ich mich nicht konzentrieren konnte, und einem Glas Limonade, die mir viel zu süß geraten war, auf der Terrasse. Der karibikblaue Himmel war mit Federwölkchen gespickt, die die Sonne zu genau den richtigen Momenten verdeckten, bevor es zu warm wurde. Es hätte ein wunderschöner Tag werden können, die Radtour hatte mir gutgetan, genauso wie das Treffen mit Florian. Bei dem Gedanken, dass in diesem Moment der Mann im Laden meiner Großmutter stand, den ich fälschlicherweise einmal für meinen Seelenverwandten gehalten hatte, bekam ich eine Gänsehaut. Ich fragte mich, was sie von mir erwartete. Noch vor wenigen Stunden hatte ich in Erwägung gezogen, dass sie meine Fähigkeiten im Bereich Ästhetik für so gering hielt, dass sie aus Verzweiflung den einzigen Innenarchitekten herbestellt hatte, der ihr eingefallen war. Inzwischen verwarf ich die Idee. Meine Großmutter war impulsiv und in letzter Zeit ein wenig tüdelig, aber so gedankenlos war sie nie gewesen. Auf sie hatte ich mich immer verlassen können, zu jeder Tages- und Nachtzeit. Sie musste also noch etwas anderes im Sinn haben. Und das konnte – wie ich mir zu meinem Schrecken eingestehen musste – nur eines sein.

Ich nahm einen großen Schluck Limonade, verschluckte mich und hustete kläglich um mein Leben, während Tim wie versteinert in der Terrassentür hockte und mich vorwurfsvoll anstarrte.

»Ich bin zurück!«, rief meine Großmutter wenige Sekunden später aus dem Flur. In meinem Hustenanfall hatte ich nicht gehört, wie sie die Haustür aufgeschlossen hatte.

In ihren flauschigen Hausschuhen, die sie auch im Sommer trug, trat sie zu mir auf die Terrasse. Tim hatte sich derweil aus seiner Starre gelöst und strich ihr maunzend um die Beine.

»Herrgott, du bist ja ganz rot«, stellte sie fest.

Ich deutete auf das halb leere Limonadenglas, bekam noch einen letzten, röhrenden Hustenanfall und sank dann auf der Liege in mich zusammen.

»Verstehe.«

Meine Großmutter setzte sich an das Fußende der Liege und streckte die gebräunten Beine aus, die in einem hochtaillierten, knielangen Cargorock steckten. »Also erzähl, hattest du einen schönen freien Tag?«

Ich verkniff mir einen vorwurfsvollen Blick, wollte noch einen Schluck Limonade nehmen, entschied mich aus Sicherheitsgründen dagegen und seufzte tief. »Einen nötigen vor allem.«

Ihr Lächeln geriet ein klein wenig zu breit und ihr Nicken ein klein wenig zu akzentuiert. Sie wartete förmlich darauf, von ihren heutigen Erlebnissen zu berichten.

»Nun sag schon«, forderte ich sie auf und legte theatralisch einen Arm vor meine Augen. »Was muss ich wissen?«

»Hast du in den letzten paar Stunden etwa nicht in dein E-Mail-Postfach geschaut?«

Ich schüttelte den Kopf, was sie mit schnalzender Zunge zur Kenntnis nahm. Dann stand sie auf, kehrte mit meinem Laptop zurück und legte mir das Gerät in den Schoß. Sie wirkte fahrig, als würde sie etwas entgegenfiebern, was offenbar mit meinem Laptop und meinen E-Mails zu tun hatte.

»Das hätte ich auch auf dem Handy nachsehen können.«

»Auf dem großen Bildschirm wirkt es sicher noch besser.«

Ich ahnte Schlimmes, als ich mein E-Mail-Postfach aufrief. Unter einer Nachricht mit dem Betreff »Ärzte hassen diesen Trick: Zehn Kilo weniger in zwei Monaten« entdeckte ich eine Mail von Samuel. Sie enthielt keinen Text, nur einen Anhang, den ich öffnete, bevor ich es mir anders überlegen konnte.

Es war ein einzelnes Foto. Genauer gesagt, das Foto eines virtuellen 3-D-Modells. Eines von der Sorte, die ich so viele Jahre lang regelmäßig zu Gesicht bekommen hatte, wenn Samuel von zu Hause aus gearbeitet oder mich zu einem seiner Entwürfe um meine Meinung gebeten hatte. Ich hatte offene Wohnbereiche mit ausladenden Galerien bestaunt, genauso wie schicke Büroräume in sterilen Hochhäusern, renovierungsbedürftige Gründerzeitvillen und sogar eine Bücherei. Und das hier – das war ganz eindeutig die *Muschelkiste*. Nur war sie kaum mehr wiederzuerkennen. Die Wände waren in einem warmen Beigeton gestrichen und mit allerlei maritimer Dekoration geschmückt, das Parkett modern und hell, neben dem Eingang eine Sitzecke, bestehend aus zwei Récamieren aus royalblauem Textil, passend zu den Fensterläden. Sicher hatte meine Großmutter darauf bestanden, sie in ihrer Lieblingsfarbe zu belassen. Statt der langen Holztafel und den mit Samt eingeschlagenen Pappzylindern, die sie zur Ausstellung ihrer Armbänder verwendete, entdeckte ich zwei gläserne Tische mit beigefarbenen Deckchen und Treibholz dekoriert. Den antiken Kronleuchter, der kaum genug Licht spendete, hatte Samuel durch einen minimalistischen Deckenfluter ersetzt. Die hintere Wand des Ladens war für Omas Muschelketten reserviert, deren virtuelle Ausführungen auf einer wunderschönen Rattankommode ausgestellt waren.

»Die Vitrinen für die Ohrringe könnte man noch verwenden«, sagte meine Großmutter andächtig. »Das hat er mir gesagt. Die sind zeitlos und könnten ja einfach neu dekoriert werden.«

Ich zwang mich zu einem fachmännischen Nicken. Mein Innerstes wand sich, wollte sich mit allen Mitteln gegen die Erkenntnis sperren und verlor jämmerlich. Samuels Entwurf war perfekt. Er war modern, aber nicht gezwungen, heimelig, aber nicht überladen.

Meine Großmutter sprühte geradezu vor Begeisterung. Ihre Augen strahlten, und ihr Grinsen war so breit, dass es fast bis zu ihren Ohrläppchen reichte.

»Wunderbar. Einfach wunderbar«, flüsterte sie ehrfürchtig, und beinahe hätte mein Herz den Widerstand aufgegeben und wäre dahingeschmolzen wie das Softeis, das ich mir als Kind hier jeden zweiten Tag gekauft hatte, schließlich wusste ich, dass sie es nicht böse mit mir meinte. Aber nur beinahe.

Ich wartete ab, bis sie sich an dem Modell sattgesehen hatte, und entschied dann, den Spielverderber zu geben. »Die Frage ist nur, wer das alles bezahlen soll. Als ich die Rechnung für die Lederbänder beglichen habe, habe ich bemerkt, dass es auf deinem Konto – nun ja – wirklich nicht rosig aussieht. So wie ich Samuel kenne, sind die Möbel nicht gerade Schnäppchen. Wir sollten zuallererst an die Miete denken.«

Meine Großmutter verschränkte die Arme vor der Brust und lächelte wissend. »Das ist alles schon geklärt.«

Ich runzelte die Stirn. Tim sprang ihr auf den Schoß und funkelte mich an, während er sich von ihr hinter dem rechten Ohr kraulen ließ. Das Tier wusste einfach nicht, wann es Zeit war, sich zu entspannen. »Wie denn das?«

»Samuel hat etwas von einem ehemaligen Kommilitonen gesagt. Hat letztes Jahr in Hamburg ein Möbelgeschäft eröffnet. Sagt dir das was?«

Ich nickte düster. »Mark.«

Samuels bester Freund, mit dem ich mich auf Anhieb

blendend verstanden hatte. Nach der Trennung war er so professionell gewesen, mir ab und an Nachrichten zu schreiben, bevor ich den Kontakt eines Tages abgebrochen hatte, weil es zu sehr schmerzte.

»Der wird es wohl sein. Jedenfalls stellt er uns die Möbel bis auf Weiteres zur Verfügung, ist das nicht toll?«

»Du hast dich schon entschieden.«

Sie schüttelte langsam den Kopf und legte mir eine Hand auf das Knie. Ihre Nägel hatte sie in einem hellen Fliederton lackiert. »Nur, wenn du einverstanden bist, mein Schatz.«

Da war etwas Flehendes in ihren Augen. Ich wusste, dass sie sein Angebot ausschlagen würde, wenn ich mich dagegen aussprach. Lia hatte recht. Sollte er eben das Mobiliar anschaffen und beim Streichen der Wände helfen, bevor er wieder verschwand. Vielleicht würde ich meiner Großmutter zuliebe sogar darauf verzichten, ihn mit einer von Bekes Likörflaschen zu erschlagen.

»Wenn es dir gefällt, machen wir es so.«

Sie zog mich zu sich und drückte mir einen schmatzenden Kuss auf die Wange. »Das wird wunderbar, du wirst sehen. Und jetzt lass uns Abendbrot essen, ich sterbe vor Hunger.«

Wir schmierten einen ganzen Haufen Brote mit Käse und Krabbensalat, garnierten die Teller mit Gewürzgurken und setzten uns damit auf Omas Couch, während Tim sich mit eingerolltem Schwanz auf der Armlehne niederließ. Der Fernseher lief auf halber Lautstärke, irgendeine Dokumentation über Steinformationen im Amazonasgebiet, aber ich sah nicht hin. Das Thema Samuel lauerte irgendwo im Raum, ganz nahe, ich konnte hören, wie es seine Krallen ausfuhr. Samuel musste sich des Sturms bewusst sein, den sein Erscheinen in mir ausgelöst hatte. Er hatte immer genau gewusst, was mich beschäftigte; als wäre ich für ihn ein offenes Buch, in dem er lesen konnte, wann immer er wollte.

»Ich frage mich wirklich, warum er sich darauf eingelassen hat«, sagte ich laut. Ich hatte noch keine einzige Scheibe Brot angerührt. Meine Großmutter dagegen lehnte sich gerade nach ihrem letzten Bissen wohlig satt auf der Couch zurück.

Ich fing ihren Blick auf, der sanft und auch ein wenig mitleidig war. »Weißt du das denn nicht?«

»Was soll das nun wieder heißen?«

Sie tätschelte meine Hand, eine Geste, die Tim keinesfalls akzeptieren konnte, schon gar nicht, wenn es sich um die Hand seiner Erzfeindin handelte. Er sprang in den schmalen Spalt zwischen uns, verfehlte mit seinem Schwanz den Teller mit den Broten um wenige Zentimeter und legte erwartungsvoll den Kopf schräg.

»Hast du schon einmal darüber nachgedacht, dass er das, was er getan hat, bereuen könnte?«, fragte meine Großmutter und massierte Tim mit drei Fingern den geschecken Kopf. Das Tier liebte Kopfmassagen.

»Tja, das hätte ihm deutlich früher einfallen sollen. Und dann lässt du ihn auch noch im Gästezimmer übernachten.«

»Ach, weißt du, Kind, wenn du erst mal in meinem Alter bist, dann merkst du, dass Zeit etwas sehr Relatives ist.«

Ich seufzte, griff nach dem Teller, schob mir eine Gewürzgurke in den Mund und beschloss, keine weiteren Fragen zu stellen.

8

Die aufgehende Sonne warf warme Strahlen durch den dünnen Gardinenstoff vor meinem Fenster, als ich am nächsten Morgen die Augen aufschlug und sofort die Müdigkeit in meinen Gliedern spürte. Ich war unzählige Male aufgewacht aus irgendeinem wirren Traum, an den ich mich nicht mehr erinnern konnte.

Ich streckte mich ausgiebig und zückte mein Smartphone, dessen Sperrbildschirm mir mitteilte, dass es kurz nach halb acht war. Vor ein paar Stunden musste ich noch einmal für längere Zeit eingeschlafen sein, was gut war, denn mich beschlich das unangenehme Gefühl, dass ich diese Energie brauchen würde.

Spätestens auf der Treppe erwartete ich den typischen Geruch von frisch gebrühtem Kaffee und frischen Brötchen oder Eiern mit Speck, doch an diesem Morgen roch ich nichts von alledem. Normalerweise war meine Großmutter um diese Zeit seit mindestens zwei Stunden wach, aber als ich hinunterkam, war ihre Schlafzimmertür geschlossen und die Außenjalousie zur Terrasse heruntergezogen, sodass der Wohnbereich in morgendlichem Halbdunkel lag.

Ich legte mein Ohr an das kühle Holz ihrer Tür und hörte leises Schnarchen aus dem Innern. Ich gönnte ihr die Ruhe von Herzen. Die letzten Tage waren für sie sicherlich ähnlich aufregend gewesen wie für mich, auch wenn sie das niemals zugegeben hätte.

Ich ließ das elektrische Rollo hoch, das mit den Jahren etwas träge geworden war, und öffnete die Terrassentür. Die Sonnenstrahlen fielen warm und weich auf mein Gesicht, aber die kühle Morgenbrise bescherte mir eine Gänsehaut. Ich setzte Kaffee auf und füllte Tims Futterschüssel, was er mir – falls er einen guten Tag hatte – mit eiskalter Ignoranz danken würde. Das Tier schlief seit vielen Jahren bei meiner Großmutter im Bett und nahm dabei sicherlich den Großteil der Matratzenfläche ein.

Ein paar Minuten später saß ich mit lockerer Jeans und Sweatshirt bekleidet auf meinem Hollandrad und radelte die Deichpromenade entlang Richtung Innenstadt, um Brötchen und vielleicht zwei Stücke Kuchen für den Nachmittag zu holen. Weit draußen im Watt entdeckte ich eine kleine Wandergruppe und fragte mich, ob sie von Willi geführt wurde, was wegen seiner unumstrittenen Monopolstellung im Wattführer-Geschäft ziemlich wahrscheinlich war. Ich wusste, dass meine Großmutter in Sachen Liebe eisern war und seit dem Vorfall mit meinem Großvater jeglicher Romanze abgeschworen hatte. Dennoch überraschte es mich, dass sie Willis Charme noch kein einziges Mal erlegen war und es aller Voraussicht nach auch niemals sein würde. Wenn ich ehrlich war, wünschte ich mir seit Jahren, dass sie noch einmal jemanden finden würde, der sie glücklich machen konnte, der ihr Halt gab an Tagen, an denen sie zweifelte. An Tagen wie diesen. Als sie von Johann gesprochen hatte, neulich am Strand, da hatte ich etwas in ihren Augen gesehen. Etwas, das ich selbst lange Zeit in meinen eigenen vermutet hatte, wenn ich von Samuel sprach. Ein eigentümliches Funkeln, wunderschön, wie Sonnenstrahlen, die sich im Meerwasser spiegelten. Ob er noch lebte? Ob er sich noch an sie erinnerte, so, wie sie sich an ihn erinnerte? Ich musste unbedingt mit ihr darüber sprechen. Vielleicht hätte ich es längst getan, wenn nicht … Ich schubste den Gedanken grob zur Seite. Heute Morgen hatte er nichts in meinem Kopf verloren. Die Luft war frisch und klar, der Himmel wolkenlos und der Wind noch immer kühl und angenehm. In diesem Moment sollte nur das zählen.

Als ich die Fußgängerzone erreichte, stieg ich ab und schob das Rad den Rest des Weges zu der kleinen Bäckerei an der Hauptstraße.

Die alte Messingglocke über der Tür erinnerte mich an die *Muschelkiste*, so etwas fand man hier kaum noch, und doch hinterließ es jedes Mal ein Gefühl von Heimeligkeit. Viel weiter als bis zur Schwelle kam ich allerdings nicht, denn an einem schönen Morgen wie diesem war ich bei Weitem nicht die Einzige, die sich die Idee von frischen Brötchen in den Kopf gesetzt hatte. Ich reckte den Hals, um abzuschätzen, ob es fünf oder doch eher zwanzig Minuten dauern würde, bis ich an die Reihe kam. Und dann sah ich ihn. An einem der drei runden Bistrotischchen, ganz in der Ecke, unter einem Stillleben mit großen Tortenstücken und dampfenden Cappuccinotassen. Samuel trug einen langen schwarzen Strickpullover, dessen Ärmel ihm beinahe bis zu den Fingerknöcheln reichten, sein liebstes Kleidungsstück, in dessen Stoff ich so oft meine Nase vergraben hatte, weil er selbst nach dem Waschen noch Samuels unverwechselbaren Geruch in den Fasern trug.

Ich zog den Kopf ein in der Hoffnung, dass er mich übersehen würde, doch als ich wieder zu ihm linste, kreuzten sich unsere Blicke, und er winkte mir zaghaft zu. Sofort spürte ich die altbekannte Wut in mir aufsteigen. Nicht nur, weil er getan hatte, was er getan hatte, sondern weil ich wusste, dass es an mir lag, mit der Situation umzugehen. Ich konnte ihn ignorieren, meine Brötchen schnappen und verschwinden. Oder ich konnte über mich selbst hinauswachsen, zurückwinken und – besser noch – mich zu ihm setzen, wie es jede vernünftige erwachsene Person getan hätte. Kurzerhand entschied ich mich für Ersteres.

Es kostete mich all meine Willenskraft, geduldig in der Schlange auszuharren und dann meine Bestellung zu tätigen, ohne noch einmal hinzusehen. Dann drängte ich mich mit der Brötchentüte in der Hand unhöflich an den Wartenden vorbei ins Freie und atmete tief durch. Nur weg von hier.

Doch natürlich hatte ich mich wieder einmal zu früh gefreut: An meinem Rad, das ich neben einem halben Dutzend anderen geparkt hatte, holte er mich ein.

»Guten Morgen.« Er lächelte mir unbeholfen zu, und ich setzte alles daran, seinen Blick zu erwidern. Es schmerzte, nach dieser langen Zeit wieder seine Nähe zu spüren. Wir hatten uns nach der Trennung noch zweimal gesehen. Beim ersten Mal hatte er seine Sachen aus meiner Wohnung geholt, während ich mit verquollenen Augen so getan hatte, als wäre es mir egal. Er hatte versucht, sich zu erklären. Ich hatte es abgeblockt. Beim zweiten Mal waren wir uns in einem Imbiss in Hannover begegnet, den ich mit Lia und er mit einem Kollegen besucht hatte. Den ganzen Abend über war ich nicht bei der Sache gewesen, obwohl Lia mich mit Wein und Lästereien abzulenken versucht hatte.

»Morgen«, gab ich zurück und ließ das Fahrradschloss in meiner Hand zuschnappen.

»Rosi hat dir wohl nicht Bescheid gegeben, dass ich nach St. Peter komme.«

Ich verschränkte die Arme vor der Brust. »Nein, hat sie nicht.«

»Hattest du schon Zeit, dir den Entwurf anzusehen? Ich weiß, das hättest du auch gut allein hinbekommen, aber –« Er lächelte unsicher. Gott, wie schnell und unwiderruflich ich mich damals in dieses Lächeln verliebt hatte. Jetzt wünschte ich mir nichts mehr, als dass es aus seinem Gesicht verschwand. »Ich konnte ihr diese Bitte einfach nicht abschlagen.«

Ein Teil von mir hätte sich am liebsten auf den Sattel geschwungen und wäre ohne eine Antwort davongeradelt. Der Rest verstand, dass es keinen Ausweg gab und ich mich andernfalls als genau das outen würde, das ich mit aller Kraft nicht sein wollte. Jemand, der nach sieben langen Monaten noch immer zutiefst verletzt war. Zumindest wagte er es nicht, sich nach meinem Wohlbefinden zu erkundigen.

»Habe ich. Oma findet es gut. Aber das weißt du ja sicher.«

Wie konnte sich ein Mensch gleichzeitig so vertraut und so fremd anfühlen? Es erinnerte mich an den Tag, an dem wir uns zum allerersten Mal am Ufer des Maschsees begegnet waren, ich in Gedanken an meine Abschlussprüfung vertieft, er mit einem Becher Kaffee in der Hand, ohne Milch. Das wusste ich so genau, weil der Kaffee sich plötzlich nicht mehr in dem Pappbecher befunden hatte, sondern auf dem sandigen Boden und meinem rechten Turnschuh. Ich hatte ihm an einem kleinen Imbisswagen einen neuen gekauft. Und dann waren plötzlich gute vier Stunden vergangen, und der Kaffee kalt geworden.

»Und stimmst du ihr zu?«

Ich ließ meine Fingerknöchel knacken, und sein Blick wanderte zu meinen Händen. Verdammt, er wusste genau, dass ich das nur tat, wenn ich nervös war.

»Es ist wirklich – nett«, druckste ich herum, obwohl es fair gewesen wäre, wenn ich ihm die Wahrheit gesagt hätte. Meine Großmutter war nicht die Einzige, die absolut begeistert von seinen Vorschlägen war.

»Weißt du, ich habe versucht, für die restliche Zeit doch noch ein Hotelzimmer zu finden, aber –«

»Oma kann sehr überzeugend sein«, vollendete ich seinen Satz, und in meinem Kopf sprang sofort die rote Alarmglocke an, die ich mir so mühevoll zugelegt hatte. Warum hatte ich das gesagt?

»Ich weiß, wie sich das für dich anfühlen muss.«

Meine Finger krampften sich um das Fahrradschloss, so fest, dass es wehtat. Ich schüttelte langsam den Kopf. Nichts wusste er. Absolut nichts. Er, der einmal alles gewusst hatte,

hatte nun keine Ahnung mehr von meinem Leben, von meinen Gefühlen. Und das Schlimmste war, dass alle sagten, so wäre es richtig, so funktionierte Abschied. Ich hätte damit zu leben gelernt, irgendwann, wenn genug Zeit vergangen war, dessen war ich mir sicher. Selbstverständlich hatte ich da noch nicht die Möglichkeit einkalkuliert, dass Samuel plötzlich vor mir stehen und meiner Großmutter mit seinen lächerlich perfekten Einrichtungsentwürfen den Kopf verdrehen würde.

»Sicher«, zischte ich und riss das Rad aus seiner Halterung heraus. Ich wollte unmissverständlich zum Ausdruck bringen, dass er meine Zeit vergeudete.

»Ich würde wirklich gern mit dir reden, Chris.«

Ich warf ihm einen ungläubigen Blick zu, hatte große Mühe, den Schmerz zu unterdrücken, den er unter Garantie bemerkt hätte. Seine grünen Augen sahen mich unverwandt an, und es kostete mich große Mühe, nicht wegzusehen. Mein Magen drehte sich auf links, genau wie mein Herz. »Komisch, vor sieben Monaten ist dir das nicht eingefallen.«

Er hob eine Hand, vielleicht um mich zu berühren, ließ sie wieder sinken und vergrub sie stattdessen in der Tasche seiner Jeans. »Du weißt, dass ich es versucht habe. Aber du wolltest nichts davon hören. Und ich kann es verstehen. Wahrscheinlich hätte ich genauso reagiert.«

Ich schnaubte verächtlich, legte beide Hände an den Fahrradlenker, um ihm zu bedeuten, dass seine Zeit um war. »Ja, das hättest du.«

Ich entschied, dass meine Kraftreserven nun eindeutig verbraucht waren, rang mich zu einem kurzen Abschiedsnicken durch und fuhr los. Ich blinzelte ein paar Tränen zurück, die es gewagt hatten, mein Sichtfeld zu trüben, und versuchte mich auf den Wind, die angenehme Sommerluft und meinen Atem zu konzentrieren.

Mit einer ungemütlichen Wut im Bauch erreichte ich Omas Reetdachhäuschen und fand sie in ihren rosa Bademantel gewickelt in der Küche vor. Der Kissenabdruck auf ihrem Gesicht und die volle Kaffeetasse in ihrer Hand verrieten, dass sie erst vor wenigen Minuten aufgestanden sein musste.

»Guten Morgen, Schlafmütze«, begrüßte ich sie und stellte die Brötchentüte auf dem Küchentresen ab. »Sieht aus, als hättest du es nötig gehabt.«

»Unglaublich nötig«, bekräftigte sie, nahm einen großen Schluck Kaffee und öffnete dann die Brötchentüte, um deren Inhalt zu inspizieren. »So gut habe ich noch nie geschlafen.«

»Vielleicht solltest du das öfter mal versuchen.«

Sie winkte ab. »Ach, papperlapapp, schlafen kann ich, wenn's aus ist mit mir.«

Schmunzelnd griff ich in einen der Küchenschränke, um zwei Teller für das Frühstück herauszuholen, und wenig später war der Esstisch gedeckt mit Unmengen an Wurst, Käse, Fisch und Marmelade. Schließlich musste ich erst einmal meinen Energievorrat aufstocken.

»Täuschen mich meine alten Augen, oder wirkst du ein wenig gereizt?«, fragte meine Großmutter, als ich meine zweite Brötchenhälfte inhaliert hatte.

Ich griff nach einem der Croissants, die ich aus einem

Impuls heraus ebenfalls gekauft hatte. »Ist das so überraschend?«

Meine Großmutter rührte bedächtig in einem Glas Quittengelee herum. »Eigentlich nicht.«

»Wir sind uns gerade beim Bäcker begegnet.«

Omas Augen begannen zu glänzen, als würde sie jeden Moment in Jubelgeschrei ausbrechen, dann fiel ihr offenbar ein, dass ich diese Gefühle nicht gerade teilte, und sie räusperte sich verhalten. »Oh.«

Ich betrachtete das Croissant in meiner Hand, es sah perfekt gebacken aus, goldbraun, glänzend, groß. Mit einer dicken Schicht Erdbeermarmelade sicher ein Traum. Leider wirkte es nicht mehr halb so attraktiv wie noch vor zwei Minuten. Ich legte es seufzend beiseite und tupfte mir mit einer Serviette über den Mund.

»Du kannst ihm ja aus dem Weg gehen, wenn es das ist, was du willst«, sagte meine Großmutter in die erzwungene Stille hinein. »Obwohl das ziemlich albern wäre, nicht wahr?«

Ich stürzte den letzten Rest meines Orangensafts herunter, der eigentlich hervorragend schmeckte. Nur heute nicht. »Das war wirklich die schlechteste Idee, die du je hattest.«

Sie gluckste amüsiert, obwohl ich es vollkommen ernst gemeint hatte. »Weißt du, worauf ich gerade unfassbar Lust habe?«

»Will ich das wissen?«

Sie ignorierte meine Gegenfrage. »Auf ein schönes Vollbad. Das habe ich mir seit Monaten nicht gegönnt.«

Mit diesen Worten stand sie auf und machte sich auf den

Weg zur Treppe. Ausschlafen, Vollbäder – meine Großmutter ließ es sich momentan so richtig gut gehen. Ich gönnte es ihr, schließlich mussten die letzten Wochen Spuren hinterlassen haben, auch wenn es sich um meine unerschütterliche Oma Rosi handelte. »In Ordnung. Ich räume so lange –«

»Tu das, Mädchen«, unterbrach sie mich und verschwand kurz darauf im Obergeschoss.

Ich klaubte gerade einige Teller zusammen, als ich hörte, wie sich die Badezimmertür öffnete. Im Hintergrund rauschte Wasser in die freistehende Wanne.

»Christin?«, rief sie.

»Ja?«, rief ich zurück.

»Ich finde, das war die beste Idee seit Jahren!«

Ich musste lächeln. »Schön, dann genieß dein Bad.«

»Ach was, ich meine doch nicht das Bad!«

Als wir an diesem Tag zusammen die *Muschelkiste* betraten, war es nicht wie sonst. Für mich strahlte der Laden noch immer das warme Gefühl von Heimat aus, wenn die alte Glocke über der Tür erklang, wenn mir der Geruch von altem Holz in die Nase stieg. Aber ich bemerkte auch, wie ich mir Schritt für Schritt eingestand, dass er optisch nicht gerade sein volles Potenzial ausschöpfte. Es fiel mir erschreckend leicht, mir den Raum so vorzustellen, wie Samuel ihn in seinem Programm entworfen hatte. Er gehörte nicht zu jenen Architekten, die ihren Kunden schlicht verputzte Wände vorschlugen, nur weil diese angesagt waren. Er machte sich die feinen Stilnuancen jedes Kunden zu eigen und spann sie weiter. Und genau das hatte er mit der *Muschelkiste* getan, auch wenn es in diesem Moment nichts gab, was ich mir weniger gern eingestanden hätte.

»Wahrscheinlich wäre es das Beste, den Laden zu schließen, während wir arbeiten«, sagte meine Großmutter und strich liebevoll über das dunkle Holz des Ausstellungstisches.

Bis zu diesem Moment hätte ich nicht damit gerechnet, diesen Satz jemals aus ihrem Mund zu hören. Früher hatte sie selbst ihren freien Tag im Laden verbracht, über ihre Werkbank gebeugt oder mit Handfeger und Kehrblech bewaffnet. »Es gibt ja ohnehin keine Einnahmen, auf die ich verzichten müsste.«

Ich nickte und tätschelte ihr den Rücken. »Wenn wir hier fertig sind, hast du das alles in null Komma nichts wieder eingespielt.«

Eine ihrer nachgezogenen Brauen hob sich kaum merklich, aber dann lächelte sie. »Wie wär's, wenn wir uns beiden ein schönes Paar Ohrringe zaubern? Das letzte Mal ist – Gott, wie lange ist das schon her?«

»Das ist eine wundervolle Idee«, strahlte ich.

Also ließ ich mich in ihr Büro ziehen, zog einen weiteren Stuhl an ihre Werkbank heran und sah dabei zu, wie sie mit routinierten Handgriffen die Materialien zurechtlegte.

»Ich gehe nicht davon aus, dass du dich nach so langer Zeit noch daran erinnerst, wie das hier funktioniert«, sagte sie, ein Stückchen Draht in der Hand, den sie sorgfältig zu einem kleinen Haken biegen würde.

Ich schüttelte den Kopf, obwohl ich mich ziemlich genau daran erinnerte. Meine Großmutter hatte es geliebt, mich in ihre Kunst einzuführen, auch wenn ich nicht immer die geduldigste Schülerin gewesen war.

Während sie arbeitete und mir dabei jeden einzelnen Schritt erklärte, konnte ich die Augen nicht von ihr nehmen. Wenn sie hier an ihrer Werkbank saß, von Muschelschalen, Blattgold und Ledergarn umgeben, dann war da diese eigentümliche Ruhe, die sie ausstrahlte. Sie hatte mir immer das Gefühl gegeben, ihre einzige Verbündete zu sein, hatte mir von ihren Ideen erzählt, hatte mir Techniken und Materialien erklärt. Und ich hatte alles gierig aufgesogen. Als Kind hatte meine Großmutter für mich Zauberkräfte besessen, auch wenn meine Eltern darüber den Kopf geschüttelt hatten.

»Ich muss dich etwas fragen«, verkündete sie dann, als sie den fertigen Ohrring in einer ihrer handgefertigten Schatullen verstaut hatte. Den zweiten würde sie mir überlassen, und wie immer würde er nicht ansatzweise so gut aussehen wie ihrer.

»Ja?«

»Wann genau hast du eigentlich vor, das zu tun, was dich glücklich macht?«

Ich spürte, wie sich jeder einzelne Muskel in meinem Körper verspannte. In der Hoffnung, der Frage ausweichen zu können, griff ich nach der Drahtspule – und pikste mir prompt mit dem herausstehenden Ende in den Finger. »Aua, verdammt!«

Während ich die Lippen auf meinen blutenden Zeigefinger presste, legte meine Großmutter einen ihrer schlanken Arme um meine Schultern. Ihr blumiges Parfum strömte mir in die Nase. »Weißt du, Lia hat ihren Sport, der macht sie glücklich. Samuel hat seine Architektur, die macht ihn glücklich. Und ich habe meinen Schmuck, der sich momentan zwar wirklich bescheiden verkauft, aber glücklich macht er mich trotzdem.«

Ich sah sie fragend an, obwohl ich viel zu genau wusste, worauf sie hinauswollte. Der Gedanke drückte mir unangenehm in der Kehle und riss an meinem ohnehin schon ziemlich lädierten Herzen. »Ich bin auch glücklich. Glück ist doch nicht an eine bestimmte Sache gebunden.«

»Ich habe dir jedenfalls schon immer gesagt, dass du in dieser Firma deine Talente verschwendest.«

»Und was sollte ich deiner Meinung nach stattdessen tun?«

Sie lächelte wissend. »Nun ja, nehmen wir mal an, der Laden lässt sich tatsächlich retten. Wie lange werde ich das noch alles allein stemmen können? Schmuck herstellen, ihn verkaufen, den Papierkram erledigen, alles in Schuss halten? Deine Großmutter ist schließlich nicht mehr die Jüngste. Auch wenn sie selbstverständlich noch so aussieht.«

»Du willst, dass ich den Laden übernehme?«, fragte ich fassungslos. Ich hatte mit vielem gerechnet: einer Ausbildung zur Yoga-Lehrerin oder das Jurastudium, für das ich mich vor zehn Jahren erfolglos beworben hatte. Aber *das* hatte ich nicht erwartet.

Oma Rosi winkte ab. »Das war nur so eine Idee. Falls du vorhast, noch etwas aus deinem Leben zu machen.«

»In letzter Zeit sind deine Ideen wirklich fragwürdig, weißt du das?«

Die Türglocke erklang blechern, und ich hörte schwere Schritte auf dem alten Parkett. »Rosilein? Bist du da?«

Das war ganz eindeutig Watten-Willi.

Froh über die Unterbrechung, sprang ich von meinem Stuhl auf, doch meine Großmutter hielt mich an einem Zipfel meiner Bluse zurück. »Überleg es dir, Schatz, so ein Angebot bekommst du nicht alle Tage. Und nun fang endlich mit dem zweiten Ohrring an, wir haben schließlich nicht den ganzen Tag Zeit.«

Während meine Großmutter damit beschäftigt war, Willis Flirtversuche abzuwehren, musste ich mir eingestehen, dass mir die Arbeit mit den Materialien, die ich so gut kannte, deutlich weniger leicht von der Hand ging als noch vor ein paar Jahren. Vielleicht lag es an der fehlenden Routine, vielleicht an den Gedanken, die damals noch nicht existiert hatten. Damals hatte ich mir nicht den Kopf über die Tatsache zerbrechen müssen, dass Samuel in wenigen Stunden sein Lager in Omas Gästezimmer aufschlagen würde. Unter keinen Umständen wollte ich im Haus sein, wenn das geschah. Spontan sah ich zwei Möglichkeiten. Ich konnte allein in irgendeiner Kneipe versacken und mich in Selbstmitleid suhlen. Oder ich konnte Florian anrufen und mir trotz aller Widrigkeiten einen netten Abend bereiten. Ich kam zu dem Schluss, dass eine Mischung aus beidem am erfolgversprechendsten klang. Also rettete ich mich kurzerhand in Oma Rosis winziges Bad, verschloss die Tür und wählte auf meinem Handy Florians Nummer.

»Ich habe gestern wohl doch nicht so viel falsch gemacht«, meldete er sich nach dem zweiten Klingeln.

»Offenbar nicht. Gibt es hier in der Nähe eine Bar oder etwas Ähnliches?«

Ich vermied den Blick in den Spiegel. Andernfalls hätte ich mir eingestehen müssen, dass es sich bei der Frau, die sich im Bad eingeschlossen hatte und ihre neue Bekanntschaft bat, sich mit ihr zu betrinken, tatsächlich um mich selbst handelte.

Wann genau hast du eigentlich vor, das zu tun, was dich glücklich macht?

»Klingt, als hättest du es bitter nötig.«

»Absolut.«

Florian schnaubte amüsiert in den Hörer. »Kein Problem. Aber versprich mir, dass wir vorher etwas essen. Um neunzehn Uhr an der Seebrücke?«

Die Sonne legte hinter den Salzwiesen einen spektakulären Untergang hin, während wir das chinesische Lokal verließen und uns auf den Weg über den Seebrückenvorplatz in Richtung Bar machten. Das Meer glitzerte in Violett- und Orangetönen am Horizont, und ich nahm mir vor, endlich wieder in die Fluten zu springen, wie ich es als Kind getan hatte, als mir die Kälte und die Quallen noch nichts ausgemacht hatten.

Wir ergatterten einen der begehrten Ecktische in einem séparéeartigen Bereich, der durch einen verschnörkelten Holzzaun vom Rest der Bar abgetrennt war.

Nachdem Florian überraschend mühelos mein Lieblingsgetränk – einen klassischen Caipirinha – erraten hatte, bestellte er zwei davon, und während wir das erste Glas leerten und der britischen Rockmusik lauschten, die ein wenig zu laut aus dem Verstärker neben dem Eingang drang, sprachen wir über seine Pläne. Bisher war ich davon ausgegangen, dass er weiterhin die Nachfolge für seinen Vater übernehmen würde. Doch stattdessen erzählte er mir mit vor Eifer geröteten Wangen von seinem Traum einer eigenen Kanzlei, irgendwo in der Stadt, vielleicht in Lübeck in einem der schönen klassizistischen Gebäude der Altstadt, den Duft von Marzipan in der Nase.

»Was hast du vor, wenn der Muschelladen wieder läuft?«, fragte er, als unsere zweite Runde auf dem Tisch stand.

Wenn ich es nicht besser gewusst hätte, hätte ich mich zu dem Gedanken hinreißen lassen, dass Florian mit Oma Rosi unter einer Decke steckte. »Wenn es nach meiner Großmutter ginge, würde ich den Laden übernehmen. Zumindest weiß ich das seit heute.«

Florian legte den Kopf schief und runzelte die Stirn. »Und das kommt für dich infrage?«

Ich lachte hohl. »Natürlich nicht. Ich habe einen Job und eine Wohnung in Hannover. Mein ganzes Leben findet dort statt.«

Florian grinste, und ich bemerkte zum ersten Mal das sichelförmige Grübchen in seiner rechten Wange. »Ich könnte mir das ehrlich gesagt ziemlich gut vorstellen, wenn ich so darüber nachdenke.«

»Tja, nicht jeder kann sich von jetzt auf gleich ein neues Leben aufbauen.«

»Manchmal ist es aber nötig.«

Weil ich nichts darauf zu erwidern wusste, ließ ich den Blick an dem Holzzaun vorbei durch den Raum schweifen.

Kein einziger Tisch war mehr unbesetzt, und die ersten Menschen hatten sich auf die kleine Tanzfläche vor dem leeren DJ-Pult gewagt.

Plötzlich spürte ich Florians Hand auf meiner, weich und kühl. »Nun sag schon, warum willst du heute Abend so dringend der Realität entfliehen?"

Ich merkte bereits, wie der starke Cocktail die Messer, die sich bei dem Gedanken an Samuels Anwesenheit immer wieder in mein Herz bohrten, ein klein wenig stumpfer schliff und meine Zunge lockerte. »Ich habe dir gestern von dem Innenarchitekten erzählt, den meine Großmutter hat herkommen lassen.«

Florian nickte.

»Das ist —« Ich schluckte schwer. »Mein Ex.«

Er sog scharf die Luft ein. »Sag bloß.«

»Ich wünschte, es wäre nicht so, glaub mir.«

»Und du wusstest nicht, dass er kommt?«

Ich hob die Schultern und ließ sie seufzend wieder sinken. »Meine Großmutter würde so etwas nie tun, um mich zu verletzen. Er ist ziemlich gut in seinem Job.«

Florian nippte mit skeptisch gerunzelter Stirn an seinem Getränk. »Meinst du, das ist alles? Vielleicht möchte sie, dass ihr euch wieder annähert.«

»Sie weiß, dass das nicht passieren wird.«

Das stimmte zwar nicht ganz, aber ich würde dafür sorgen, dass sie es verstand.

Florian atmete erleichtert aus und lächelte, und ich ertappte mich wieder einmal bei dem Gedanken, dass er dabei verdammt attraktiv aussah. »Dann habe ich ja noch mal Glück gehabt. War das etwas Ernstes?«

Ich klammerte mich an mein Cocktailglas, und mein Blick glitt unwillkürlich zu meinem Ringfinger. »Wir waren verheiratet.«

Auch das stimmte nicht ganz. Wir waren noch immer verheiratet. Weil niemand von uns die Kraft oder den Mut besessen hatte, die Scheidung zu beantragen. Das würde ich dringend ändern müssen.

»Oh. Tut mir leid.«

»Schon in Ordnung. Es sollte eben nicht sein.«

Florian fuhr mit dem Finger über den Rand aus braunem Zucker, mit dem der Barkeeper unsere Gläser verziert hatte. »So weit habe ich es noch nie geschafft.«

»Uneingeschränkt empfehlen kann ich die Sache jedenfalls nicht.«

Er lächelte, und zu meiner Überraschung tat ich es auch.

Nach Cocktail Nummer drei beugte er sich über den Tisch und griff noch einmal nach meiner Hand. »Ich habe eine Idee.«

Ich sog scharf die Luft ein. »Genau das hat meine Großmutter auch gesagt, und jetzt schläft mein Ex-Mann im Nebenzimmer.«

»Vielleicht erleichtert es dich dann ja, dass ich nur mit dir tanzen will.«

Zögernd ließ ich zu, dass er mich mit sich zog. Ich hatte seit Ewigkeiten keine Tanzfläche mehr betreten und ignorierte die Warnung in meinem Kopf, die ich durch die laute

Musik und den Alkohol hindurch ohnehin nur gedämpft wahrnahm. Der Bass vibrierte in meinen Beinen, und Florian griff nun auch nach meiner anderen Hand, bewegte meine Arme im Rhythmus von »Start Me Up« von den Rolling Stones.

Als der nächste Song gespielt wurde – eine langsame Country-Nummer, die ich nicht kannte –, zog er mich näher zu sich, und ich ließ meine Hände auf seinen Schultern ruhen. Dann beugte er sich zu mir, so dicht, dass ich seinen Atem an meinem Ohr spüren konnte. Eine Gänsehaut wanderte meinen Rücken hinauf.

»Weißt du eigentlich, dass ich dich am liebsten auf der Stelle geküsst hätte, als du in meinem Büro aufgetaucht bist?«

Mein Herzschlag war ein einziger Trommelwirbel, als seine Lippen meine Wange berührten, so zart und vorsichtig, dass es kitzelte.

Was tust du hier eigentlich?, mischte sich diese missgünstige Stimme ein, die immer dann auftauchte, wenn man sie am wenigsten brauchte.

Ich tue das, was mich glücklich macht, antwortete ich ihr entschieden. Ich ließ zu, dass die Menschen um uns herum zu einer konturlosen Masse verschwammen, dass die Musik zu belanglosem Hintergrundrauschen verstummte, dass Florian mir eine warme Hand in den Nacken und seine Stirn an meine legte. Und dann ließ ich zu, dass er mich küsste.

Ich lag auf dem Rücken und versuchte, meinen Atem zu kontrollieren. Durch das geöffnete Fenster strömte kühler Wind, und das Mondlicht hüllte den Raum in ein gemütliches Gelb.

Es waren die perfekten Bedingungen, um einzuschlafen. Aber nicht für mich. Zumindest nicht in dieser Nacht. Erstens hatte Florians Kuss einen bitteren Beigeschmack in meinem Mund hinterlassen, weil nicht einmal drei Tage vergangen waren, seit ich zum ersten Mal in seinem Büro gestanden hatte. Zweitens konnte ich noch immer nicht fassen, dass in diesem Moment genau der Mann im Nebenzimmer lag, den ich am wenigsten dort wissen wollte, und vermutlich tief und fest schlief, obwohl ihm zweifellos bewusst war, wie sehr er damit mein Leben durcheinanderwürfelte. Dabei hatte ich bis vor Kurzem noch die Hoffnung gehegt, genau das wieder in den Griff zu bekommen; ein netter Nebeneffekt, während ich meiner Großmutter mit dem Laden half. Ich war nicht davon ausgegangen, dass es einfach sein würde, als neuer Mensch wieder nach Hannover zu reisen, ohne besonders viel dafür zu tun, aber dass ich meinen Plan bereits nach so kurzer Zeit begraben musste, damit hatte ich nicht gerechnet. Warum hatte mir ausgerechnet meine einzige Verbündete diese Chance genommen?

Seufzend stand ich auf und tappte barfuß die Treppe hinunter. In der Küche schenkte ich mir ein Glas Wasser ein, setzte mich damit auf das Sofa und rieb mir mit beiden Händen über die müden Augen. Die Wahrscheinlichkeit, dass Lia um diese Zeit noch wach war, schätzte ich als äußerst gering ein. Trotzdem griff ich nach meinem Smartphone und tippte eine Nachricht.

Was würdest du sagen, wenn deine Schwester
mit Omas Mieterberater in irgendeiner Bar

versackt wäre, damit sie nicht ihrem Ex über den
Weg laufen muss?

Ich ließ meinen Kopf gegen die Sofalehne sinken und schloss die Augen, um zu prüfen, ob die Müdigkeit Chancen hatte, in absehbarer Zeit gegen meine kreisenden Gedanken zu siegen. Es dauerte keine zwei Atemzüge, bevor sich die Erinnerung an die Begegnung mit Samuel in den Vordergrund drängte, gemischt mit dem Geschmack von Florians Lippen. Eine Kombination, auf die ich gerne verzichtet hätte.

Ich erschrak, als das Handy in meiner Hand zu klingeln begann. Lia war also doch noch auf.

»Du hast Glück«, begrüßte sie mich. »Fred schnarcht fürchterlich. Ich habe mich aufs Sofa verzogen. Ich sage ihm seit Wochen, dass er deshalb zum Arzt gehen soll. Eine Kundin hat mich gestern auf meine Augenringe angesprochen.«

Ich verdeckte meinen Mund mit einer Hand, um nicht loszulachen. Das Bimmeln meines Smartphones war ohnehin laut genug gewesen, um die halbe Nachbarschaft zu wecken. Lia hatte mich als Kind und sogar als übellauniger Teenager unzählige Male zum Lachen gebracht, bis mir die Tränen über das Gesicht gelaufen waren. Das hatte danach nur Samuel geschafft. »Danke, dass du angerufen hast.«

»Erzähl schon, was ist passiert?« Ihre Stimme war plötzlich so weich, dass ich sie kaum wiedererkannte. Offenbar wusste selbst meine toughe Schwester, dass mein Inneres im Moment zerbrechlicher war als eine Eisschicht im milden Winter.

»Wir haben getrunken«, krächzte ich. »Und getanzt,

und – verdammt, ich wollte einfach vergessen, dass Samuel in Omas Gästezimmer campiert.«

»Hast du ihn geküsst?«

Ich nickte schwach, obwohl ich wusste, dass sie es nicht sehen konnte.

»Ich deute das als Ja. Und dann seid ihr zu ihm gefahren?«

»Nein!« Ich zuckte wegen der ungewollten Lautstärke meiner Stimme zusammen und presste die Lippen aufeinander.

»Was dann?«

»Ich bin abgehauen«, flüsterte ich. »Ich hab ihm gesagt, ich sei noch nicht so weit.«

»Und wo genau liegt das Problem?«

»Bitte sag mir, dass ich nicht schlicht und einfach zu spießig bin.«

Lia kicherte. »Nein, aber betrunken bist du. Und wenn ich dir als große Schwester eines raten kann, dann ist es, dass du schleunigst wieder ins Bett gehen und deinen Rausch ausschlafen solltest.«

Ich schloss die Augen und bedeckte mein Gesicht mit einem Arm. »Ich bin nicht betrunken. Verdammt, Lia, Samuel befindet sich nicht einmal fünf Meter Luftlinie von meinem Bett entfernt.«

»Aber sein Entwurf ist wirklich der Wahnsinn, das muss ich zugeben.«

»Ja, das ist er, aber – warte, ich habe dir noch gar nichts von dem Entwurf erzählt.«

»Nicht?«

»Nein.«

Lia seufzte. »Okay, erwischt. Ich weiß es von ihm.«

»Wie bitte?«

Meine Schwester schwieg. Etwas knackte in der Leitung.

»Hallo? Lia?«

»Also gut. Als Oma ihn gebeten hat, nach St. Peter zu kommen, hat er mich angerufen.«

Ich richtete mich so ruckartig auf, dass mir schwindlig wurde. Vielleicht war ich doch ein wenig betrunkener, als ich zugeben wollte. »Er hat *was*?«

»Er hatte Zweifel, ob das eine gute Idee ist, er wollte meine Meinung dazu hören. Er wollte dein Leben nicht einfach so ein zweites Mal auf den Kopf stellen.«

»Und offenbar hast du ihm dazu geraten, es trotzdem zu tun.«

»Na ja, nicht direkt. Ich habe ihm gesagt, dass du ihn so gut wie vergessen hast. Du und ich wissen ja, dass das nicht gerade der Wahrheit entspricht, aber ich fand, das hat er verdient.«

Für eine Weile war es still. Bis auf das Rauschen meines viel zu schnellen Herzschlags, das schmerzende Pochen in meinen Schläfen und Lias regelmäßigen Atem in der Leitung. Ich wusste so gut wie sie, dass es mit Sicherheit nicht alles war, was sie Samuel gesagt hatte, aber ich hatte nicht genügend Kraft, um weiter nachzubohren. »Aber du hast mir doch gestern erst gesagt, ich soll wegen ihm von hier verschwinden.«

»Ich wusste ja, dass du es nicht tun würdest.«

Ich spürte, dass ich das Handy so fest umklammerte, dass es wehtat. »Ich glaube das alles nicht.«

»Ach, Süße.« Da war es wieder. Das Mitleid, das ich so hasste, weil ich nach sieben Monaten noch immer spürte, dass ich es brauchte. »Alles wird gut. Lass dich einfach darauf ein. Und was diesen Mieterberater angeht – wenn es dir Spaß macht, nur zu. Aber hör auf dein Herz, ja?«

Ich unterdrückte ein verächtliches Schnauben, weil mein Herz genau das Organ in meinem Körper war, dem ich spätestens seit letztem Silvester am allerwenigsten vertraute. »Klar.«

»Schlaf jetzt, Chris. Morgen sieht die Welt schon anders aus.«

Dann beendete sie den Anruf.

Ich seufzte und stand auf, um mein leeres Wasserglas abzuspülen, und schlich dann die Treppe hinauf. Lia hatte recht, ich musste dringend ins Bett. Ich konnte nur hoffen, dass mich die mörderischen Kopfschmerzen in Frieden lassen würden, die sich bereits ankündigten. Und vielleicht stimmte es tatsächlich. Vielleicht würde ich nach einer guten Portion Schlaf wieder klarer sehen.

Ich fuhr zusammen, als sich neben mir die Tür des Gästezimmers öffnete. Das hatte mir gerade noch gefehlt. Für einen Augenblick spielte ich mit dem Gedanken, ins Bad zu hechten, das zu meiner Rechten in greifbarer Nähe lag, doch es war zu spät. Samuel stand vor mir, bevor ich überhaupt nach der Türklinke greifen konnte, nur in T-Shirt und Boxershorts. Sein Haar lag durcheinander, war in den Monaten, in denen wir uns nicht gesehen hatten, ein wenig grauer geworden. Eine Schlinge zog sich um mein Herz. Wie oft hatte ich bei ihm gelegen, ihm in die Augen gesehen und dabei die Finger in seinem Haar vergraben. Wie oft hatten wir viele Stunden in der Welt verbracht, die wir uns nach unseren Wünschen geformt hatten, die nur uns gehörte. Vor der Bäckerei hatte ich diese Erinnerungen noch im Zaum halten können, aber jetzt in der Stille der Nacht und in seiner Nähe spürte ich, wie mein Selbstschutz in sich zusammenfiel wie ein wackliges Kartenhaus. Mit aller Macht kämpfte ich mit den Tränen, versuchte, sie in Wut zu verwandeln, wie ich sie so oft gespürt hatte, aber sie hinterließen kaum mehr als Leere.

»Kannst du nicht schlafen?«, fragte er, und seine Stimme war so sanft, dass nun doch die Wut in mir aufkeimte.

»Ich schlafe bestens«, zischte ich.

»Ich weiß, du denkst, ich hätte hier nichts verloren.«

Ich schüttelte ungläubig den Kopf. »Denkst du das nicht selbst auch?«

Ich kannte ihn gut genug, um in seinen Augen denselben Schmerz zu erkennen, mit dem auch ich in diesem Moment kämpfte. Nur dass er kein Recht dazu hatte, ihn zu empfinden. Wenn es nach mir gegangen wäre, hätten wir dieses verdammte Haus gekauft, wären zusammen alt geworden. Und jetzt? Jetzt tobte ein Meer unausgesprochener Fragen zwischen uns.

»Sie hat mich gebeten, ihr zu helfen, Chris. Lass uns das gemeinsam für sie tun.«

Die Wut lähmte meine Zunge und pochte schmerzhaft in meinen Schläfen. Warum redete er so, als läge es an mir? Er, nur er hatte mich in diese Situation gebracht, und ich hatte keine andere Möglichkeit, als mich ihr zu ergeben. Meiner Großmutter zuliebe.

Samuel trat auf mich zu, und meine Beine waren wie angeschraubt. »Ich würde dir gern so vieles sagen.«

Er umfasste mein Handgelenk und löste mich damit aus meiner Lähmung. Ich entzog es ihm grob, als hätte er mich verbrannt. Tränen stiegen mir in die Augen. »Bitte, hör auf damit.«

Er wich einen Schritt nach hinten, weg von mir. »Tut mir leid.«

Dann drehte ich mich um und verschwand in meinem Zimmer, und ich hatte kaum die Tür hinter mir geschlossen, als ich zu schluchzen begann.

9

Am nächsten Morgen radelte ich allein zur *Muschelkiste*. Samuel hatte angeboten, in den Baumarkt nach Heide zu fahren, um die Wandfarbe abzuholen, die er nach der begeisterten Reaktion meiner Großmutter auf seinen Entwurf bereits bestellt hatte, und sie hatte darauf bestanden, ihn zu begleiten. Ich war froh darüber. Die letzte Nacht wog schwer auf meiner Seele, und so konnte ich die nächsten zwei Stunden nutzen, um mich ein wenig zu sammeln. Als ich mit schmerzendem Herzen und Muskelkater in den Beinen aufgestanden war, hatte ich den Blick in den Spiegel vermeiden wollen, aber dann hatte ich mich doch angesehen. Meine Augen waren rot gerändert und glasig, die bläulichen Ringe darunter kamen mir nur allzu bekannt vor. Der Concealer, mit dem ich das Schlimmste hatte verdecken wollen, hatte sich in die kleinen Fältchen verzogen, die immer dann hervortraten, wenn ich sie am wenigsten gebrauchen konnte. Kurzum – ich hatte mein Innerstes nach außen gekehrt. Und auch das Wetter tat ein Übriges: In der Nacht hatte es zu regnen begonnen, und die grauen Wolken hingen so tief am Himmel, dass leichter Dunst durch die Straßen zog.

Umso mehr überraschte es mich, dass ich vor der Ladentür bereits die erste Besucherin vorfand.

»Deine Großmutter hat mich heute Morgen angerufen und gesagt, ich soll mich wat um dich kümmern, während sie weg ist«, informierte Beke mich. Sie trug einen gestreiften Regenparka, dazu Gummistiefel und schwenkte eine weiße Papiertüte. »Hab Frühstück mitgebracht.«

Ich seufzte tief, entschied dann aber, dass Beke nun wirklich keine Schuld an der Situation traf, und schloss die Tür auf. »Das ist sehr lieb von dir.«

»Hab gehört, ihr beiden habt Besöök bekommen«, sagte sie, während sie ihre Mitbringsel auf dem Tisch im Büro ausbreitete. Frische Brötchen, Schwarzbrot, ihren berühmten Stremellachs, einen Becher Garnelensalat, zwei Pappteller und Papierservietten.

»Wir lassen uns ein wenig bei der neuen Einrichtung unter die Arme greifen.« Zu meiner Überraschung hörte ich kein Zittern in meiner Stimme, und mein Lächeln fühlte sich ebenfalls ziemlich ehrlich an. Meine Großmutter hätte mir kein Wort geglaubt. Doch Beke schien es zu genügen. Sie ließ sich auf einen der Stühle fallen und begann, ihren Teller zu bestücken.

»Lang zu, Mädchen, du musst mal wieder Farbe ins Gesicht bekommen.«

Ich hatte noch immer keinen großen Appetit, aber der Geruch von geräuchertem Fisch und frischem Brot war zu verführerisch, um abzulehnen.

»Wat ich noch sagen wollte«, nuschelte Beke kauend. »Ihr

braucht doch eins von diesen modernen Geräten für Kreditkarten, richtig?«

Ich nickte und biss in eine Scheibe Schwarzbrot mit Lachs. Es schmeckte einfach himmlisch. »Es darf fürs Erste allerdings nicht zu teuer sein.«

Beke winkte ab. »Ich hab so eins in der Räucherei. Ist nicht das neuste, bei Weitem nicht, aber das könnt ihr haben. Ich lasse mir von meinem Sohn ein neues mitbringen, der kennt sich mit den Dingern aus.«

Ich strahlte sie an. »Das wäre ja toll. Wie viel willst du dafür haben?«

Beke winkte stirnrunzelnd ab. »Das wär natürlich för nix, ist doch klar.«

»Das können wir nicht annehmen.«

»Ich sag dir wat, Lütte.« Sie erhob einen Zeigefinger. »Deine Großmutter war für mich da, als es niemand sonst war. Sie hätt nur fragen müssen, dann wär die Sache schon längst geritzt gewesen. Aber eine Bitte hätt ich.«

»Schieß los.«

»Wenn der Laden wieder läuft, sagt ihr den Leuten, dass Beke aus der Fischräucherei den besten Likör der Welt braut.«

Ich lächelte sie an, und diesmal musste ich mich nicht bemühen, dass es echt wirkte. »Und das ist nicht einmal gelogen.«

»Dann ist es abgemacht.«

Sie bot mir ihre fleischige Hand an, und ich schüttelte sie. Ein wenig Glück, stellte ich in diesem Moment fest, wirkte besser als jeder Concealer. »Abgemacht.«

Beke lehnte sich mit einem zufriedenen Seufzer auf ihrem Stuhl zurück. Ich war überzeugt, dass ihr das Leben schon ziemlich übel mitspielen musste, damit sie ihre Gelassenheit fallen ließ. Davon würde ich mir eine großzügige Scheibe abschneiden müssen.

»Ach, Mädchen«, seufzte sie und säuberte sich die Hände an einer der Servietten. »Wenn ich gewusst hätte, wie es um den Laden steht, hätte ich schon viel eher was unternommen, das kannst du mir glauben. Aber was soll man machen.« Sie beugte sich über den Tisch und hob ein weiteres Mal den Zeigefinger. »Deine Oma Rosi ist ein Stievkopp.«

»Ein was?«

»Das heißt, dass sie verdammt stur ist.«

Ich konnte nicht anders. Ich musste grinsen. Obwohl meine Großmutter mir erst kürzlich bewiesen hatte, welches Ausmaß ihre Sturheit auch auf Kosten anderer annehmen konnte. »Das ist wohl wahr.«

Und dann ploppte dieser Gedanke in meinem Kopf auf. Omas verschmitztes Lächeln, als sie mir am Ordinger Strand von diesem Mann erzählt hatte, der sie beim Muschelsammeln begleitet und immer die schönsten gefunden hatte. Ihre strahlenden Augen, die sie in diesem Moment um Jahrzehnte jünger hatten wirken lassen.

»Sag mal, kennst du jemanden namens Johann?«

Beke legte die Stirn in Falten und spitzte die schmalen Lippen. Sie dachte nach. »So heißen viele hier.«

»Oma hat neulich von ihm erzählt. Sie sagt, sie waren früher zusammen am Strand zum Muschelsammeln.«

Bekes Gesichtszüge veränderten sich, wurden viel weicher, als ich sie kannte, und ich entdeckte die Nostalgie in ihren Augen, in der sie offenbar gerade schwelgte. »Das ist lange her.«

Es stimmte also. Es gab tatsächlich einen Johann. Ich schämte mich dafür, dass ich einem Teil von mir erlaubt hatte, Oma Rosis Geschichte anzuzweifeln. »Was weißt du über ihn? Wir hatten leider noch keine Gelegenheit, darüber zu sprechen.«

Beke beugte sich vor und schirmte ihren Mund mit einer Hand ab. »Deine Großmutter war nicht ihr ganzes Leben lang mit Franz zusammen.«

Es hielt mich nun kaum mehr auf meinem Stuhl. Und ich fragte mich nicht zum ersten Mal, wie meine Großmutter es fertiggebracht hatte, all die Jahre nicht ein einziges Wort über ihn zu verlieren. »Nun sag schon! Ich will alles wissen.«

»Das wird dir das Rösken selbst erzählen. Aber eins kann ich dir sagen.« Ihr Lächeln wurde zu einem Grinsen. »Das war ein wirklich schmucker Mann.«

Am liebsten hätte ich sie bestochen, mit Geld, das ich nicht besaß. Gleichzeitig bewunderte ich sie für ihre Loyalität, schließlich war sie im Ort nicht nur für ihren ausgezeichneten Räucherfisch und den Likör, sondern auch für ihre Tratscherei bekannt. »Lebt er noch?«

Sie zuckte mit den Schultern. »Kann ich dir nicht sagen. Ist vor vielen Jahren hoch nach Husum gezogen, hat geheiratet. Dann hab ich nichts mehr gehört.«

Es bedurfte meiner gesamten Selbstkontrolle, keine weiteren Fragen zu stellen. Ich konnte es kaum erwarten, meine Großmutter noch einmal darauf anzusprechen. Vorausgesetzt, sie würde sich zumindest für ein paar Minuten von Samuel losreißen können.

Während ich den Tisch abräumte und die Reste in dem kleinen Kühlschrank verstaute, den Oma Rosi unter dem Schreibtisch lagerte, berichtete ich Beke von meinem Plan, einen Teil des Mobiliars ins Büro zu verfrachten, um Platz für die Renovierung zu schaffen.

»Gib mir zehn Minuten«, sagte sie und war verschwunden, bevor ich noch etwas erwidern konnte.

Ein wenig unschlüssig stand ich zwischen Büro und Ladenfläche. Dann entschloss ich mich, Omas Ketten und Armbänder in einer leeren Kiste zwischenzulagern, die ich in den Tiefen eines der Regale entdeckt hatte. Danach schaffte ich es gerade noch, ein Glas Wasser zu trinken, als Beke zurückkehrte – mit Thomas aus dem *Dünenhotel*, einer jungen Frau, die sich mir als Mariannes Enkelin Tina vorstellte und ebenfalls in der Buchhandlung ihrer Großmutter arbeitete, und Giuseppe aus der Pizzeria gegenüber im Schlepptau.

»Willi konnte ich nicht finden, hat wohl gerade eine Gruppe«, informierte mich Beke. »Aber der kann sowieso nicht gut mit anfassen, wegen seiner Arthrose. Wollen mal sehen, ob wir das alles in Rosis Rumpelkammer unterbringen können.«

»Ich – aber das –«, druckste ich und gestikulierte in Richtung der drei Helfer, mit denen ich nicht gerechnet hatte.

»Guck nicht so, Lütte, so funktioniert das hier. Also dann, legen wir los."

Thomas und Giuseppe trugen bereits einen der Tische an

mir vorbei, als ich meine Sprache wiederfand. »Danke. Wirklich. Danke.«

Ich half Tina mit dem zweiten Tisch, während Beke sich breitbeinig mitten im Laden platzierte, um uns anzuleiten. Derweil machten sich die beiden Männer daran, die schweren Vitrinen in Bewegung zu setzen, was meinen Puls in ungeahnte Höhen trieb. Zwei Kinder, mit Strandspielzeug bewaffnet, blieben vor der geöffneten Eingangstür stehen, um das Treiben zu beobachten, und ich bot ihnen den Weidenkorb mit Muscheln an. Verlegen griffen sie hinein und bedankten sich artig.

Als wir fertig waren, blieben im Hinterzimmer nur noch die Hauptwege zur Toilette, zu Omas Werkbank und zum Schreibtisch frei begehbar. Die Ladenfläche wirkte wie leer gefegt. Nur die spärliche Wanddekoration – zwei Prints vom Böhler Leuchtturm und eine Girlande aus Muschelschalen, die an einigen Stellen bereits notdürftig repariert worden war – würde ich noch verstauen müssen. Wir hatten ganze Arbeit geleistet.

»Sie kommen«, verkündete Tina dann, die vor dem Laden Schmiere stand.

Ich wischte mir notdürftig die Schweißperlen von der Stirn. Offenbar war ich in den letzten Monaten unsportlicher geworden als angenommen. Ich würde Lia bitten müssen, mir eines ihrer Programme zusammenzustellen.

Als meine Großmutter durch die Tür trat und ich die Mischung aus Schrecken und Verwunderung in ihrem Gesicht entdeckte, hätte ich sie am liebsten umarmt. »Was ist denn hier passiert? Das sieht ja schrecklich leer aus.«

Beke, die ihr am nächsten war, legte ihr einen Arm um die Schultern. »Schon bald nicht mehr, liebes Rösken, schon bald nicht mehr.«

Samuel tauchte hinter den beiden auf, zusammen mit zwei großen Eimern Farbe. Ich schluckte meinen Trotz hinunter und nahm ihm einen ab. Ein Dankeschön konnte ich mir nicht abringen. Das hätte ihm gezeigt, dass ich meinen Frieden mit der Situation geschlossen hatte. Und noch war ich mir bei Weitem nicht sicher, ob das der Fall war.

»So«, verkündete Beke und tätschelte meiner Großmutter den Rücken. Sie sah bereits bedeutend weniger blass aus. »Jetzt gibt es erst mal eine kleine Stärkung. Und dann wird gestrichen.«

Wie selbstverständlich verschwand sie hinter dem Kassentresen und kam mit der Flasche Likör wieder zum Vorschein, die noch zur Hälfte gefüllt war. Sie zählte sieben Gläser ab, füllte sie großzügig und reichte uns jeweils eins davon, auch Giuseppe, der sichtlich mit sich rang. Schließlich war es gerade einmal Mittagszeit. Wir prosteten uns zu und tranken. Bis auf meine Großmutter und Beke verzogen alle das Gesicht. Tina schüttelte sich. Obwohl ich nun bereits einige Male in diesen Genuss gekommen war, überraschte es mich noch immer, wie stark das Gebräu war.

»Ich habe noch ein paar Malerrollen, Pinsel und eine Leiter im Auto«, sagte Samuel an mich gewandt. »Hilfst du mir?«

Es kostete mich meine gesamte Willenskraft, nicht entnervt abzulehnen. Dann folgte ich ihm hinaus. Für sie. Nur für sie.

Samuel hatte seinen Ford Tourneo etwa hundert Meter

entfernt an der Dünen-Therme geparkt. Ich war froh, dass er sich nicht um ein Gespräch bemühte. Trotzdem brannte mir wieder diese eine Frage auf der Seele. In der Nacht war ich zu verletzt gewesen, um sie zu stellen; höchstwahrscheinlich hätte ich mich zwischen dem Schmerz und den wild durcheinanderwirbelnden Gedanken nicht einmal an mein Geburtsdatum erinnert. Meine Großmutter hatte darauf lediglich mit einer Gegenfrage geantwortet, mit der ich rein gar nichts anfangen konnte. *Weißt du das denn nicht?*

Ich stellte sie, als Samuel den Kofferraum öffnete und sich in das Innere des Wagens beugte. »Warum tust du das?«

Er kam mit zwei Malerrollen und einem halben Dutzend Pinsel zum Vorschein. Er seufzte, und in seinem Blick sah ich Traurigkeit. Es lag so viel zwischen uns. Und doch wirkte er so vertraut. Ich hatte geglaubt, jeden Millimeter seines Körpers und seiner Seele zu kennen, war mit ihm verschmolzen, und ich war überzeugt gewesen, alles über ihn zu wissen. Noch nie hatte ich mich so sehr getäuscht.

»Der Laden liegt mir wirklich am Herzen, Chris. Das weißt du. Und –«

Ich ließ ihm einen Augenblick Zeit, seinen Satz zu vollenden. Ich sah, wie er die Worte in seinem Mund sortierte, sie beinahe aussprach und sich dann dagegen entschied.

»Du willst ihr helfen, ja?«

Er hob beide Hände, wollte wohl beschwichtigend wirken und bezweckte nur, dass die Wut jeden Winkel meines Körpers flutete. »Ja, das würde ich sehr gern.«

»Dann verschwinde diesmal nicht im letzten Moment.« Ich spie ihm die Worte vor die Füße. Sie waren giftig und voller unterdrückter Wut. Dann griff ich nach den Farbrollern und stapfte los, biss mir dabei so fest auf die Unterlippe, dass es schmerzte.

Zwei Stunden später saßen wir zu siebt auf dem mit Plane abgedeckten Fußboden, die Kleidung voller Farbe, und aßen die Pizza, die Giuseppe aus der Pizzeria geholt hatte. Dazu reichte Beke eine zweite Portion Sanddornlikör, was diesmal auf allgemeinen Anklang stieß. Sie selbst hatte den Großteil der Zeit damit verbracht, unsere Streichkünste unter die Lupe zu nehmen. Und das Ergebnis konnte sich durchaus sehen lassen. Ich musste zugeben, dass Samuel eine hervorragende Farbauswahl getroffen hatte. Unsere Helfer waren allesamt begeistert von ihm. Sie lachten über seinen subtilen Humor, stellten interessierte Fragen zu seinem Beruf und bewunderten das virtuelle Modell der *Muschelkiste* auf seinem Laptop. Selbstverständlich hatte meine Großmutter darauf bestanden, es ihnen zu präsentieren. Dass das Gespräch nicht ein einziges Mal auf seine Verbindung zu mir fiel, konnte ich mir lediglich damit erklären, dass sie davon wussten. Sicher hatte meine Großmutter Beke davon erzählt, und wenn das der Fall war, hätte sie die Nachricht über unsere Trennung genauso gut auf die Titelseite des *Eider-Kuriers* setzen können.

Bevor wir uns daranmachten, das unausweichliche Chaos zu beseitigen, das wir hinterlassen hatten, schoss ich ein Foto von den frisch gestrichenen Wänden und Fensterläden und schickte sie an Lia. Ich hatte das Bedürfnis, ihr zu beweisen, dass mein Plan Gestalt annahm. Auch wenn er es auf ganz andere Weise tat als gedacht.

Zufrieden atmete ich auf. Es roch nach Farbe und öligen Pizzaresten, und als ich in die Augen meiner Großmutter sah, wusste ich, dass sie dasselbe dachte: Es roch nach Neuanfang.

Nunmehr zum dritten Mal in Folge verbrachte ich die ersten Stunden der Nacht mit nichts anderem, als an die hölzerne Zimmerdecke zu starren und mir den Kopf darüber zu zerbrechen, wie ich den nächsten Tag überstehen sollte. Leider kam ich immer wieder zu demselben Schluss: Ich musste mit all der Wut, der Trauer und der Enttäuschung Frieden schließen, zumindest für die Zeit, die ich nur meiner Großmutter und der *Muschelkiste* widmen wollte. Alles andere würde unserem Vorhaben schaden. Ich musste akzeptieren, dass sie offenbar die Hoffnung hegte, dass Samuel und ich uns zwangsläufig wieder annähern würden. Mittlerweile war ich felsenfest davon überzeugt, dass sie ihn nicht nur wegen seiner architektonischen Fähigkeiten hergebeten hatte. Ich verstand sie. Sie wollte mich endlich wieder glücklich sehen. Ich verstand es wirklich. Aber ich würde sie enttäuschen müssen.

Ich setzte mich auf, spürte das kühle Parkett unter meinen Füßen, ließ meine Fingerknöchel knacken. Eine Angewohnheit, die ich mir dringend abtrainieren musste. Dann stand ich auf, hüllte mich in eine zu große Sweatjacke und schlich die Treppe hinunter, um mir eine heiße Milch mit Honig zuzubereiten, denn die half schließlich immer.

Während ich die Milch im Topf erwärmte, dachte ich an einen Sommer vor etwa zwanzig Jahren. Ich hatte in eine von Omas Flanelldecken eingewickelt auf dem Sofa gesessen, mitten in der Nacht, während sie in ihrem rosafarbenen Bademantel dasselbe getan hatte, weil ich kurz zuvor zu ihr ins Schlafzimmer geschlichen war und in ihr Kissen geweint hatte. Meine Eltern hatten mich zu ihr geschickt. Es war der Sommer ihrer Scheidung gewesen. Sie hatte meiner sensiblen Kinderseele ziemlich übel mitgespielt, hatte dafür gesorgt, dass ich nachts stundenlang wach lag und grübelte, mich fragte, ob ich schuld an allem war. Dieses Schicksal hatte ich mit Samuel geteilt. Sein Vater war gegangen, als er kaum zehn Jahre alt gewesen war, zu der Zeit, als er ihn am meisten gebraucht hätte. Er hatte seinen Vater vergöttert. Und der hatte ihn im Stich gelassen, hatte danach nie auch nur eine Nachricht an seinen Sohn verfasst. Samuel hatte nur ungern über diese Zeit gesprochen, aber ich wusste das Nötigste, genug, um ihn zu verstehen. Zumindest hatte ich das lange geglaubt.

Mit der dampfenden Tasse in der Hand öffnete ich so leise wie möglich die Terrassentür, die seit einigen Jahren ein wenig schwergängig war. Ich nahm mir vor, sie zu ölen. Dann schlüpfte ich hinaus in die kühle Abendluft, die schwer vom Wiesen- und Glockenblumenduft war – und vom Geruch des Bratfischs, den es offenbar bei den Nachbarn zum Abendessen gegeben hatte.

Ich erschrak, als ich einen winzigen Schatten an mir vorbeihuschen sah, doch es war nur Tim. In seinen Augen spiegelte sich das Mondlicht, und sein Fell wirkte beinahe schwarz. Ich erwartete, dass er sofort Reißaus nehmen würde, denn erstens war ich es, die sich nachts in sein Revier gewagt hatte, und zweitens traute er sich ohnehin selten weiter hinaus als bis zum Ende der Terrasse. Ich blinzelte verwundert, als er mir bis zu dem kleinen Tischchen am anderen Ende des Gartens folgte, grazil daraufsprang und sich dort zusammenrollte.

»Das gibt's doch nicht«, murmelte ich und ließ mich auf den Stuhl sinken. Ob er krank war? Vielleicht hatte ihn nun endgültig die Tollwut gepackt, obwohl er eigentlich ziemlich gesund aussah.

Die Nacht war gestochen klar und mild. Hier oben an der See konnte ich Sterne erkennen, die ich in der Stadt für nicht existent gehalten hatte. Irgendwo meckerte eine Möwe, dann noch eine. Vielleicht balgten sie sich um den besten Schlafplatz. Ich nippte an meiner Milch und spürte, wie die Wärme sich in meinem Magen ausbreitete.

»Fehlt nur noch, dass ausgerechnet du zu meinem einzigen Verbündeten wirst«, sagte ich zu Tim, der mich noch immer anstarrte. Vollkommen entspannt sah er nicht aus, aber es war ein großer Schritt in die richtige Richtung. Ich hob langsam eine Hand. Tim fauchte leise. Also zog ich sie wieder zurück und umfasste stattdessen wieder die warme Tasse. Ein Schritt nach dem anderen.

Ich lehnte mich auf dem Stuhl zurück und versuchte, die Stille in mich aufzunehmen. In meinem Innern gab es momentan eindeutig zu wenig davon. Der Tag war gut gewesen, zumindest von außen betrachtet. Wir hatten viel geschafft, meine Großmutter liebte die Ideen für die neue *Muschelkiste*, hatte gestrahlt, als die Wände ihren letzten Pinselstrich erhalten hatten. Mehr konnte ich im Moment nicht verlangen. Ich liebte es, sie glücklich zu sehen, und glücklich war sie heute gewesen.

Ich seufzte ausgedehnt, trank den letzten Schluck von meiner Milch und stand auf. Tim erwachte aus seiner Starre, sprang lautlos auf das Gras und war schon im Haus verschwunden, bevor ich den ersten Schritt machen konnte.

»Dir auch eine Gute Nacht«, flüsterte ich und war stolz, diese harte Nuss von einem Kater heute Nacht ein klein wenig geknackt zu haben.

Zurück in meinem Zimmer, fühlte ich mich besser. Wenn ich doch noch in den Schlaf finden sollte, würde ich womöglich das Frühstück verpassen, was mir – angesichts der Tatsache, dass meine Großmutter Samuel nicht in einem Café frühstücken lassen würde – ziemlich verlockend vorkam.

Ich wickelte mich in die weiche Decke und schloss die Augen. Schlafen fühlte sich nun wie etwas an, das durchaus im Bereich des Möglichen lag.

Und dann klopfte es an der Tür.

Ich setzte mich auf, strich mir über die vom Wind zerzausten Haare und wappnete mich für die Wut, die mich erfassen würde, wenn Samuel in meinem Zimmer stand, ausgerechnet in diesem kurzen Moment der Ruhe. Erst wollte ich mich schlafend stellen. Dann fiel mir ein, dass er mich sicherlich auf der Treppe gehört hatte.

»Ja?«

Der lockenwicklerumrahmte Kopf meiner Großmutter

schob sich durch die Tür, dann ihr ganzer Körper. Sie trug einen ihrer Schlafanzüge aus Nickistoff, die sie in allen erdenklichen Farben besaß. Der heutige war himmelblau. Ich atmete auf.

»Du hast wohl jemand anderes erwartet«, stellte sie fest und setzte sich zu mir, bevor ich protestieren konnte.

Ich schnaubte verächtlich, wie ein trotziges Kind. »Ich bin hier oben nun mal nicht allein.«

Sie legte eine Hand auf meine Schulter. »Ich wollte Danke sagen, mein Schatz. Was du heute für mich getan hast, werde ich nie vergessen.« Sie legte die Stirn in Falten. »Glaube ich zumindest. Und wenn doch, dann erinnerst du mich gefälligst daran, in Ordnung?«

Ich musste lächeln, auch wenn ich es nicht wollte. »In Ordnung.«

Innerlich wehrte ich mich gegen den Drang, endlich Antworten zu bekommen. Meine Nachtruhe wäre aller Voraussicht nach unrettbar verloren gewesen. Doch meine Großmutter nahm mir die Entscheidung ab.

»Du weißt nicht, warum ich Samuel hierhergebeten habe, oder?«

Ich klaubte eine unsichtbare Fluse von der Bettdecke und pustete sie fort. »Ich weiß es. Aber so wird es nicht passieren. Er hat seine Entscheidung getroffen. Und ich auch.«

Meine Großmutter zog ihre schlanken Beine an und vergrub ihre Füße unter meiner Decke. So hatten wir früher viele Stunden verbracht. Nur sie und ich. Wir hatten über all das gesprochen, was ich meinen Eltern nicht anvertrauen wollte, über Dinge, die nicht einmal Lia von mir wusste. Wir hatten über mein tiefstes Inneres gesprochen, sie und ich, und ich spürte noch heute, was für starke Bande wir an diesen Abenden zwischen uns geknüpft hatten. »Ich muss dich um einen Gefallen bitten, Christin. Nur noch einen weiteren.«

Ich rechnete mit dem Schlimmsten. »Was für einen Gefallen?«

»Sprich mit ihm, Kind.«

Ich zog mir meinen Teil der Decke bis zum Hals, als würde sie mich schützen können vor den Gefühlen, die ihre Worte in mir auslösten. »Er hat mit dir darüber gesprochen, richtig?«

Sie nickte und griff unter der Decke nach meiner Hand. »Sonst hätte ich ihn niemals hergebeten.«

»Du hast für mich entschieden.«

»Nein. Die Entscheidung triffst allein du.« Zu meiner Überraschung grinste sie. »Aber bitte warte noch, bis er mit meinem Laden fertig ist.«

Ich knuffte sie lächelnd mit der Schulter an. Gleichzeitig lief mir eine Handvoll Tränen über das Gesicht, die ich mit einem Ärmel meines Hoodies wegwischte.

Dann saßen wir einfach nur da, sie hielt meine Hand, und der Sturm in mir verlor allmählich an Kraft. Ich schloss die Augen.

»Manche Dinge können nicht repariert werden, weißt du?«, sagte ich in die Stille hinein.

»Solche Dinge hat Johann auch immer gesagt. Weise Dinge.«

Da war er wieder. Johann. Sofort war meine Neugierde geweckt. »Du musst mir unbedingt von ihm erzählen.«

Sie gluckste leise und wühlte sich aus meiner Bettdecke. »Das erzähle ich dir morgen ganz in Ruhe bei einem Picknick am Strand, was hältst du davon?«

10

Es war kurz nach zehn Uhr, als ich erst das eine und dann das andere Auge dazu bewegen konnte, sich zu öffnen, auch wenn ich es am liebsten nicht getan hätte. Nachdem meine Großmutter gegangen war, hatte der Schlaf wenig später seine Arme um mich geschlungen. Und nun hatte ich mit großer Sicherheit tatsächlich das Frühstück verschlafen, ganz so, wie ich es insgeheim gehofft hatte. Ich fühlte mich seit Langem wieder ausgeruht, zumindest ein wenig. Der Blick in den Spiegel, den ich auch an diesem Morgen mutig riskierte, bestätigte mir meine Vermutung: Meine Augenringe hatten einen hellen Violettton angenommen und reichten mir nur noch bis zur Nasenwurzel.

Meine neu geschöpfte Hoffnung wurde ein wenig getrübt, als ich Samuel am Küchentisch vorfand, vollständig bekleidet und offenbar bei bester Laune. Meine Großmutter saß mit Leinenbluse und Maxirock auf dem Sofa, mit der schätzungsweise dritten Tasse Kaffee in der Hand.

»Guten Morgen«, begrüßten mich beide gleichzeitig.

»Guten Morgen.« Ich lächelte gequält und verschwand in der Küche, um nach Omas größter Kaffeetasse zu fahnden.

Auf dem Tresen entdeckte ich einen Korb voller dunkelroter Erdbeeren. Sicher würde meine Großmutter daraus später Marmelade kochen. Es gab kaum etwas, das ich mehr liebte als ihre Erdbeermarmelade.

»Rate mal, wer vor nicht einmal zehn Minuten angerufen hat«, sagte Oma Rosi und klopfte auf den freien Sitzplatz neben sich. Von Tim fehlte weit und breit jede Spur. Mit Sicherheit hatte er sich verzogen, als er meine Schritte auf der Treppe gehört hatte.

»Die Lotterie?« Ich ließ mich auf die Couch sinken und überschlug die Beine.

»Fast. Es war Mark. Der mit den Möbeln, du weißt schon.«

»Die Kommode, die neuen Ausstelltische und die zwei Récamieren samt Beistelltisch stehen in seinem Lager in Winterhude bereit«, ergänzte Samuel. »Ich wollte direkt hinfahren.«

Ich nickte erleichtert. So konnte der Tag beginnen. »Das ist toll. Dann fahre ich mit Oma in den Laden. Der Bodenleger will in einer Stunde dort sein.«

»Am besten, ihr fahrt zu zweit«, schlug meine Großmutter vor, und ich warf ihr einen Blick zu, der etwas ausdrücken sollte wie *Bitte sag, dass das nicht wahr ist*, aber sie ignorierte ihn. »Wer soll denn sonst die ganzen Möbel schleppen? Ich habe so lange ein Auge auf den Bodenleger. Und wer weiß, vielleicht werde ich sogar ein paar von den alten Möbeln los. Aber zuerst wasche ich die Erdbeeren. Die habe ich heute früh vom Markt besorgt, ganz frisch. Du magst doch so gern Erdbeermarmelade, nicht wahr, mein Schatz?«

Ohne meine Antwort abzuwarten, stand sie auf, widmete sich in der Küche den Erdbeeren und summte dabei einen Schlager, der mir entfernt bekannt vorkam. Ich ließ resigniert die Schultern hängen.

»Du musst nicht mitkommen, wenn du nicht willst«, sagte Samuel und lächelte entschuldigend, obwohl er wissen musste, dass ich nicht ablehnen würde. Schließlich war ich Christin Lorenz, die nach der Trennung fest mit beiden Beinen im Leben stand und unglaublich souverän mit Situationen wie diesen umging.

Also zwängte ich eine Schüssel Cornflakes in mich hinein, ging nach oben, um zu duschen, und saß wenig später neben Samuel in seinem Ford Richtung Hamburg.

Den Kopf auf eine Hand gestützt, sah ich aus dem Beifahrerfenster, und beobachtete, wie die saftigen Wiesen und Weizenfelder von Eiderstedt an uns vorbeizogen. In der Nacht hatte das Wetter sich offenbar beruhigt. Einzelne Wolken glitten über den Himmel, aber der Wind war angenehm warm, und regnen würde es in den nächsten Tagen aller Voraussicht nach nicht.

Als wir auf die Autobahn aufgefahren waren, durchbrach Samuel das Schweigen, in das ich mich geflüchtet hatte. Früher hatte es sich gut angefühlt, früher hatten wir oft keine Worte gebraucht, um uns das zu sagen, was wir fühlten. Früher hatten Blicke genügt, kleine Gesten, Berührungen. Heute war es die Art von Stille, die so unangenehm ist, dass es wehtut.

»Wie geht es dir, Chris?«

Meine Antwort kam nicht sofort, weil ein Teil von mir mit dem Gedanken spielte, ihm die Wahrheit zu sagen.

Wahrscheinlich verriet ihm das ohnehin bereits genug. »Gut. Es geht mir gut.«

Ich wusste, wie unglaubwürdig ich klingen musste. Aber es war keine Lüge. Zumindest nicht ganz. Bis vor Kurzem war ich überzeugt gewesen, dass ich mich ziemlich wacker schlug. Dass ich mein Leben wieder in den Griff bekommen hatte, zumindest einen Teil davon. Erst in den vergangenen Tagen war mir klar geworden, dass das nicht der Fall war. Nicht, weil ich kaum gezögert hatte, alle Zelte abzubrechen, um weit weg von zu Hause die *Muschelkiste* zu retten. Nicht, weil ich mich bei Samuels Auftauchen wie eine Idiotin aufgeführt hatte, statt es mit Fassung zu tragen. Sondern weil ich verstanden hatte, dass er noch immer mein Herz berühren konnte.

»Und dir?«, fragte ich und hätte es am liebsten sofort zurückgenommen. Wollte ich wirklich wissen, wie es ihm ging? Wollte ich wirklich erfahren, wie erfolgreich und glücklich er nun ohne mich war? Wie schnell er zu sich selbst gefunden hatte, während sich nach sieben Monaten noch immer Wut und Trauer auf mich stürzten, wenn ich seinen Namen hörte?

Er fuhr sich mit einer Hand durch das dichte Haar. »Ich weiß, welche Antwort du jetzt erwartest. Aber so ist es nicht.«

Ich bemühte mich um Gleichgültigkeit, suchte nach diesem einen Funken Schadenfreude, den ich mir von Herzen gegönnt hätte. Aber da war nichts dergleichen. Ich nickte nur.

»Kennst du das Gefühl, nicht mehr du selbst zu sein?«

Ich stieß verächtlich die Luft aus, während sich eine Schlinge um meinen Magen zog. Eine ähnliche Frage hatte ich vor ein paar Monaten Lia gestellt, als ich mit einer heißen Schokolade auf ihrer Couch gehockt hatte. Wir hatten über den Silvesterabend gesprochen und über die Trennung, weil ich wochenlang nicht bereit dazu gewesen war und ihr nur die nötigsten Informationen gegeben hatte. Zu diesem Zeitpunkt hatte ich mich jeden einzelnen Tag gefühlt, als würde ich in einer Traumlandschaft wandeln, in der es kaum etwas gab als Leere.

»Warum sagst du das?«, hörte ich mich fragen. »Warum jetzt?«

»Weil ich möchte, dass du es weißt. Ich möchte nicht, dass du denkst, es würde mir blendend gehen.«

Ich seufzte wieder, hatte das Gefühl, dass das in letzter Zeit viel zu häufig vorkam, und ließ das Fenster herunter, auch wenn so der Lärm der Autobahn zu uns hereindrang und der Fahrtwind an meinen Haaren zerrte.

»Ich kann die Klimaanlage anschalten, wenn du willst«, bot Samuel an, und ich hatte Mühe, ihn zu verstehen.

»Nein danke.«

Mit dem Lärm kehrte auch das Schweigen zurück. Meine Großmutter erhoffte sich von dieser Fahrt sicher etwas anderes, aber sie war es ja auch nicht, die auf dem Beifahrersitz eines Wagens sitzen musste, der ihr so schmerzhaft vertraut vorkam, dass sie am liebsten die Tür geöffnet hätte und herausgesprungen wäre.

Kurz vor Itzehoe vibrierte mein Handy in der Tasche meiner Jeans, und ich fischte es umständlich heraus. Nach einer Weile hatte ich das Fenster geschlossen, aber das Schweigen war geblieben. Der Anrufer war Florian. Mein Finger schwebte kurz über dem grünen Hörer. Dann drückte ich seinen Anruf weg.

»Du kannst ruhig telefonieren«, sagte Samuel.

Am liebsten hätte ich ihm unter die Nase gerieben, dass ich den Anruf nur deswegen nicht annahm, um später in aller Ruhe mit Florian flirten zu können, aber auf dieses Niveau wollte ich mich dann doch nicht begeben.

Kaum zwei Minuten später trudelte eine Nachricht ein.

Du bist offenbar gerade beschäftigt. Ich wollte mich entschuldigen. Dieser verdammte Cocktail hat mich Dinge tun lassen, die ich bereue. Ich weiß, du willst es langsam angehen lassen, und das hätte ich respektieren sollen.

Unauffällig spähte ich hinüber zu Samuel, als könne er Florians Nachricht sehen, aber er blickte konzentriert aus der Frontscheibe. Er war schon immer gern gefahren, am liebsten stundenlang, während ich auf dem Beifahrersitz gedöst oder gelesen hatte. Eine seiner Hände hatte immer ruhig auf meinem Oberschenkel gelegen, und ich hatte von Zeit zu Zeit mit dem Finger über den schmalen, weißgoldenen Ring gestrichen, dessen Gegenstück ich noch vor kurzer Zeit ebenfalls getragen hatte.

Entschuldigung angenommen, schrieb ich. Dann lehnte ich den Kopf gegen den Sitz und schloss für einen kurzen Moment die Augen. Ich benahm mich nicht einmal im Ansatz so erwachsen, wie ich es mir in den vielen schlaflosen Nächten ausgemalt hatte. Ich hatte von Samuels und meinem Wiedersehen eine ganz genaue Vorstellung gehabt. Wie gefasst und gleichgültig ich sein würde. Wie ich nichts fühlen würde, außer Erleichterung über die Tatsache, dass ich mit diesem Kapitel meines Lebens abgeschlossen hatte. Ich musste eine Entscheidung treffen. Für mich. Und für meine Großmutter. Ich war Christin Lorenz, und Christin Lorenz konnte mit Samuels Nähe bestens umgehen. Auch wenn sie ihn zweifellos bereits vom Gegenteil überzeugt hatte.

»Ich weiß noch, wie oft Mark davon gesprochen hat, ein eigenes Geschäft zu eröffnen«, versuchte ich es und konnte nicht mit Sicherheit sagen, ob es beiläufig oder gezwungen klang.

Samuel warf mir vom Fahrersitz aus einen fragenden Blick zu, nur kurz, dann galt seine Aufmerksamkeit wieder dem Verkehr. Er lächelte leicht. »Ja, es passt gut zu ihm, ich habe ihn vor zwei Monaten dort besucht. Er kennt sich wirklich aus, das merkt man seiner Auswahl sofort an.«

»Oma ist zumindest begeistert.«

»Das ist wirklich schön. Sie hat es verdient.«

Wieder ein kurzer Blick, ein Lächeln. Ich sagte nichts.

»Wie läuft die Arbeit?«, wollte Samuel wissen. »Gibt es diesen widerspenstigen Drucker noch?«

Ich nahm all meine Kraft zusammen, dann erzählte ich ihm, was er längst wusste, gab die Geschichte von meinem letzten erbitterten Kampf mit dem Drucker zum Besten und sprach sogar von dem Tag, an dem mich die Karte meiner Großmutter erreicht hatte. Zu meiner Überraschung fiel es mir mit jedem Satz leichter. Und vielleicht, dachte ich, konnte ich diesen Tag doch einigermaßen unbeschadet überstehen, solange wir bei belanglosen Themen wie diesen blieben und nicht in den Wunden herumstocherten, die noch immer zu bluten begannen, wenn man sie nur ansah.

Mein Plan funktionierte wider Erwarten gut. Als wir die Stadtgrenze Hamburgs hinter uns gelassen hatten, saß mein Herz noch immer vollständig in meiner Brust, und wir hatten es fertiggebracht, über unwichtige Dinge wie den heißen Sommer und einige von Samuels Klienten zu sprechen. Niemandem von uns beiden sah das ähnlich. Ich hatte unsere Beziehung dafür geliebt, dass wir mit unseren Gesprächen so tief in das Innere des anderen vorgedrungen waren, dass man sich danach beinahe nackt fühlte. Doch die Zeiten waren lange vorbei. Samuel würde ich nie wieder auch nur in die Nähe meines Innern vordringen lassen.

Mark, der mich mit einer ungelenken Umarmung begrüßte und es vermied, mir in die Augen zu sehen, half uns zusammen mit einem seiner Mitarbeiter, die Möbel in einen Anhänger mit Plastikplane zu hieven. Den hatte er uns ebenfalls zur Verfügung gestellt.

»Für dich immer«, hatte er grinsend erwidert, als Samuel sich bedankt hatte, und ihm überschwänglich den Rücken getätschelt.

Während unserer Beziehung hatte ich viele seiner Architektenkollegen kennengelernt. Manche waren ins Ausland gegangen, nach Dubai oder Mallorca, und verdienten sich dort eine goldene Nase. Wir hatten oft zusammen in Samuels Wohnung gesessen, an seinem ausladenden Massivholztisch, mit Rotwein und chinesischem Essen. Sie hatten von Dingen gesprochen, die ich nicht verstanden hatte, und Samuel hatte sie mir später in aller Ruhe erklärt, während wir den Abend auf der Couch hatten ausklingen lassen, so nahe beieinander wie nur irgend möglich. Mit Luxus hatte er nie viel am Hut gehabt, er liebte rustikalen Chic und träumte davon, einmal einen alten Resthof zu kaufen und ihn von Grund auf zu renovieren. Das hatte mir gefallen. Das Haus, das wir beinahe gekauft hätten, war zwar kein alter Resthof gewesen, aber er hätte es dennoch nach seinen Wünschen einrichten können. Verdammt, ich hatte es kaum erwarten können, ihm in seinem Arbeitszimmer über die Schulter zu schauen, während er an den Entwürfen für unser neues Zuhause saß.

Als ich ihn jetzt ansah, wusste ich, dass ich nicht mehr bereit war, heile Welt zu spielen, wenn sie in Wirklichkeit grau, trostlos und ziemlich hässlich war. Noch vor ein paar Monaten hatte ich mir nichts sehnlicher gewünscht, als dass er noch einmal vor mir stehen würde. Damit ich ihm all das vorwerfen konnte, was er mir angetan hatte. Am Tag der Trennung hatte ich kaum ein Wort über die Lippen gebracht, so unerwartet war alles gekommen. Wann sollte ich all das nachholen, wenn nicht jetzt?

»Du warst ein unglaublich großes Arschloch, weißt du das?«, platzte es aus mir heraus.

Er warf mir einen Seitenblick zu, benetzte seine Lippen. Dann nickte er leicht.

»Und ich verstehe immer noch nicht, was du dir hiervon

erhoffst«, fuhr ich fort. »Ich war gerade dabei, mein Leben neu zu ordnen, weil ich eigentlich ganz andere Pläne hatte, verdammt. Und plötzlich tauchst du auf, nachdem du mich mit all dem alleingelassen hast? Ich komme bestens ohne dich klar, falls das noch nicht deutlich geworden ist.«

Ich bemerkte, dass ich während meines Monologes nicht einmal Luft geholt hatte, und atmete tief ein.

Ohne Vorwarnung lenkte Samuel den Wagen samt Anhänger auf die rechte Spur, die zu einem einfachen Rastplatz mit Picknicktischen und graffitibeschmiertem Toilettenhäuschen führte. Dort bremste er ab und blieb stehen. Bis auf zwei Lkw war der Platz leer. Er wandte sich mir zu, und ich verschränkte trotzig die Arme.

»Dann bist du bereit zu reden?«, fragte er, und seine Stimme war ruhig und verständnisvoll, genau so, wie ich sie kannte. Genau so, wie ich sie in diesem Moment am liebsten nicht gehört hätte.

»Das war ich an Silvester, und du hast nicht ein Wort dazu verloren«, spie ich. »Ich möchte einfach damit abschließen.«

»Ich hätte mich damals gern erklärt, wenn wir uns beide beruhigt hatten. Weil ich meine Gründe hatte, sonst wäre das niemals passiert. Du weißt, wie es war. Es gab nichts anderes für mich als uns.«

Es war, als hätte er seine Hände um meine Kehle gelegt und zugedrückt. So war es gewesen, auch für mich. Und damals hätte ich mit kaum etwas weniger gerechnet als mit der Tatsache, dass sich das so bald ändern würde. Er hatte mir nie auch nur einen winzigen Grund zu dieser Annahme gegeben. Oder vielleicht hatte ich ihn ganz einfach übersehen. Eine andere Möglichkeit gab es nicht.

Ich beobachtete, wie ein hagerer Mann mit Schirmmütze aus einem der Lkw stieg, das Toilettenhäuschen ansteuerte und darin verschwand. »Wenn es so gewesen wäre, hättest du nicht so entschieden.«

Ich spürte, wie sich seine Hand warm und weich auf meine Hände legte, die ich in meinem Schoß zu Fäusten geballt hatte. »Du weißt, dass das nicht stimmt, Chris. Und weißt du, was? Daran hat sich nichts geändert. Deswegen bin ich hier.«

Seine Stimme war weit weg, wurde übertönt von dem Rauschen in meinen Ohren. Mein Puls hämmerte in meinem Kopf. Und dann wurde mir übel. Ich folgte meinem ersten Impuls, riss die Beifahrertür auf und stieg aus dem Wagen. Hier gab es nur wenig Fluchtmöglichkeiten, also entschied ich mich für einen der Picknicktische auf dem Fleckchen Gras, das von Kronkorken und Kaugummipapier nur so wimmelte. Ich wollte mir gerade so viel Zeit geben, dass ich sicher sein konnte, Samuel bei meiner Rückkehr nicht mit der flachen Hand ins Gesicht zu schlagen. Zumindest wollte ich die Gefahr auf ein Minimum reduzieren. Wenn es doch geschah, würde ich mir zumindest nichts vorzuwerfen haben. Ich atmete tief durch, und der Geruch von Müll in der Sommerhitze und Abgas stieg mir in die Nase. Der Lkw-Fahrer trottete aus dem Toilettenhäuschen, beide Hände tief in den Hosentaschen vergraben. Er hielt inne, als er mich sah, und winkte, bevor er zurück in seinen Wagen stieg. Ich winkte zurück, gestattete mir noch ein paar tiefe Atemzüge und stand auf.

»Lass uns fahren«, sagte ich kühl, als ich wieder neben Samuel auf dem Beifahrersitz saß. »Oma ist sicher schon gespannt auf die Möbel.«

Im Schneckentempo und unter den Augen der Menschenmassen, die an diesem sommerlich warmen Sonntagnachmittag in der Fußgängerzone von St. Peter-Bad flanierten, lenkte Samuel den Wagen samt Anhänger bis vor die *Muschelkiste*. Dort empfingen uns meine Großmutter, Beke, Willi, eine ältere Dame, die ich als Marianne identifizierte, und der neue Parkettboden, der hervorragend zum warmen Beige der Wände passte. Offenbar war der Bodenleger viel schneller fertig geworden als ursprünglich gedacht.

Ich schämte mich inständig für den Gedanken, dass der Altersdurchschnitt unseres Grüppchens für eine Renovierung mit neuen Möbeln erschreckend hoch lag. Doch da tauchten Thomas und Giuseppe aus dem Laden auf.

Willi begrüßte mich mit einer tiefen Verbeugung und Samuel mit einem Handschlag.

»Hast du heute etwa keine Wandergruppe?«, wollte ich wissen.

»Heute, Deern, ist mein freier Tag.«

»Dann packst du auch gefälligst mit an«, schaltete sich Beke ein. »Vom Schmachten haben sich bis heut noch keine Möbel bewegt.«

Willi salutierte mit kerzengeradem Rücken, zwinkerte

meiner Großmutter zu und war schon auf dem Weg zum Anhänger.

Eine halbe Stunde später stand die Hälfte der Möbel an dem für sie vorgesehenen Platz, und ich musste zugeben, dass das Bild, das sich uns bot, Samuels Entwurf um ein Vielfaches übertraf. Jetzt fehlten nur noch die Récamieren samt Beistelltisch. Ich konnte es kaum erwarten. Zunächst allerdings hatten wir uns eine Pause verdient. Wir verbrachten sie auf dem neuen Parkettboden, diesmal mit Bergen von Pommes rot-weiß und Softeis. Selbstverständlich hatte Beke es sich nicht nehmen lassen, eine volle Flasche Likör beizusteuern. Willi schien absolut verrückt nach dem Zeug zu sein, nicht zuletzt, weil er offenbar die Hoffnung hegte, meine Großmutter mit dem ein oder anderen Gläschen gefügig zu machen.

Ich hatte gerade verstohlen den obersten Knopf meiner Jeans geöffnet, die nach der üppigen Mahlzeit unangenehm spannte, als die Türglocke ging.

»Ach, der Herr Lehmann«, flötete meine Großmutter und erhob sich, bevor ich mich umdrehen konnte. Dann sah ich, wie Florian den Laden betrat, mich entdeckte und mir lächelnd zunickte. Ich zog unwillkürlich den Kopf ein. Statt dem üblichen Anzug trug er heute Poloshirt und Jeans, und ich erwischte mich bei dem Gedanken, dass er ziemlich perfekt aussah.

»Ich habe gehört, die Renovierung ist in vollem Gange«, sagte er und schüttelte meiner Großmutter die Hand. »Ich dachte, Sie könnten vielleicht meine Hilfe gebrauchen.«

»Nenn mich bitte Rosi, dein Vater tut das schon seit dreißig Jahren.«

Florian grinste. »Wenn ich mich recht erinnere, war er ganz verrückt nach dir.«

»Das will ich nicht gehört haben«, tönte Willi, der sich gerade seinen fünften Likör einverleibt hatte.

»Du kommst genau richtig«, warf ich ein. »Wir wollten gerade wieder an die Arbeit gehen.«

»Erst mal probiert der junge Mann den guten Stoff«, verkündete Beke und stattete Florian ebenfalls mit einem Glas aus.

Florian warf einen Blick auf seine Armbanduhr. »Es ist noch ziemlich früh.«

Beke winkte ab. »Ach i wo! So ein Schlückchen am Nachmittag hat noch keinem geschadet.«

Florian leerte das Glas in einem Zug und hatte sichtlich Mühe, nicht das Gesicht zu verziehen. »Das ist – wirklich stark.«

»Meine Geheimzutat«, verriet ihm Beke stolz. »Viel Hochprozentiger.«

»Dann können wir ja jetzt loslegen«, sagte meine Großmutter, die vor Tatendrang nur so sprühte. In diesem Moment war sie wieder die agile, souveräne und optimistische Frau, die ich kannte. Eine Frau, die nicht daran dachte, den Kopf in den Sand zu stecken, auch wenn es das Einfachste gewesen wäre. Dafür war sie im Ort berühmt geworden zu einer Zeit, in der es alles andere als selbstverständlich gewesen war, als junge Frau auf eigenen Beinen zu stehen.

»Ich hoffe, das ist in Ordnung«, raunte Florian mir zu,

und für den Bruchteil einer Sekunde legte sich sein Arm um meine Taille. »Ich habe da schließlich etwas wiedergutzumachen.«

Zusammen verließen wir den Laden, gefolgt von unseren Helfern, die nach dem Essen und dem Likör allesamt bei bester Laune waren. Die Auseinandersetzung mit Samuel wog bereits deutlich weniger schwer. Vielleicht war es nun endlich so weit. Vielleicht war nun doch der Tag gekommen, an dem ich von mir behaupten konnte, mir nicht mehr im Minutentakt die Vergangenheit zurückzuwünschen.

»Danke, dass du gekommen bist«, flüsterte ich Florian zu, drückte kurz seine Hand und half dann Willi mit dem Beistelltisch, den er keuchend auf halber Strecke abgestellt hatte, als meine Großmutter außer Sichtweite war.

Keine zwanzig Minuten später war es vollbracht. Die zwei royalblauen Récamieren standen links neben dem Eingang, waren unglaublich bequem und harmonierten hervorragend mit den restlichen Möbelstücken. Für den Beistelltisch aus Walnussholz hatte Marianne zwei Blumensträuße gekauft. Die neuen Ausstellungstische waren noch leer. Ihnen würden wir uns widmen, sobald wir die passende Treibholzdekoration aufgetrieben hatten. Florian war kurz zuvor gegangen, um noch einen Termin wahrzunehmen, hatte mich zum Abschied umarmt, während ich seinen Geruch inhalierte, der so anders war als Samuels. Dennoch hatte sich mein Körper bei seiner Berührung plötzlich versteift. Die Tatsache, dass ich unseren Kontakt über eine einfache Mieterberatung ausgeweitet hatte, hätte ein Teil von mir lieber noch eine Weile für sich behalten.

Meine Großmutter kam aus dem Staunen kaum mehr heraus, bedeckte in regelmäßigen Abständen ihren Mund mit einer Hand und murmelte: »Kinder, ist das schön geworden.«

Als sie sich sattgesehen hatte, verschwand sie in ihrem Büro. Für die alten Möbel hatte sie tatsächlich bereits Abnehmer gefunden. Marianne würde ihre Buchhandlung mit der antiken Kommode beglücken, und Tina hatte sich in die lange Tafel verliebt, die Rosis Muschelkiste für die Ausstellung von Omas Ketten gedient hatte.

Als sie in den Verkaufsraum zurückkehrte, beide Hände hinter dem Rücken, wirkte sie beinahe schüchtern.

»Das habe ich in einer Kiste gefunden«, sagte sie und überreichte mir ein gerahmtes Foto, gelbstichig und an einer Ecke etwas eingerissen, aber es zauberte ein so breites Lächeln auf mein Gesicht, dass mir die Mundwinkel schmerzten.

»Das bist du! Und das ist der Laden!«

Meine Großmutter gluckste leise. »Schick war ich, nicht?«

Willi schob sich zwischen uns und legte einen knochigen Finger auf die junge Frau mit den toupierten Haaren und dem ärmellosen Etuikleid, die hinter dem Kassentresen stand. Ich erkannte die alten Vitrinen, die blauen Fensterläden, die auf dem Foto schwarz wirkten, und vor allem erkannte ich meine wunderschöne Oma Rosi. »War sie nicht eine Augenweide?«

»Das muss neunzehnhundertvierundsechzig gewesen sein«, schätzte meine Großmutter fachmännisch. »Da war ich gerade zwanzig, kurz nach der Eröffnung. Herrgott, das waren Zeiten.«

»Du hast dich von uns allen am wenigsten verändert«, sagte Beke, die gerade dabei war, die leeren Pappschalen vom Mittagessen aufzulesen.

Erst jetzt bemerkte ich, dass auch Samuel hinter uns getreten war. Meine Großmutter reichte ihm das Foto, und er besah es sich lächelnd. »Das können wir vergrößern lassen. Das müssen wir unbedingt hier aufhängen, oder, Chris?«

»Unbedingt.«

Willi schnalzte abfällig mit der Zunge. »Da muss erst die Lütte wieder nach St. Peter kommen und den ganzen Laden auf den Kopf stellen, damit wir so was zu sehen kriegen.«

Meine Großmutter tätschelte ihm unsanft den Rücken. »Und diese Lütte kann noch eine ganze Menge mehr, du wirst sehen.«

Die Sonne stand tief am Horizont und warf die Schatten der Pfahlbauten weit über die Salzwiesen, als wir zu zweit mit den Rädern zum Südstrand hinunterfuhren. Um diese Zeit war er normalerweise von allen Strandabschnitten am wenigsten besucht. Meine Großmutter hatte ihre widerspenstigen Locken aus ihrem Dutt befreit, die nun im Wind wehten und in der Sonne beinahe golden wirkten.

Als wir ein schönes, sandiges Plätzchen zwischen Wiese und Wattenmeer gefunden hatten, breiteten wir auf unserer Picknickdecke sämtliche Köstlichkeiten aus, die wir zuvor gekauft hatten. Zwei Fischbrötchen, eine Flasche halbtrockenen Sekt, einen Gurkensalat, Käse und Schokolade.

»Auf die neue *Muschelkiste*«, sagte ich feierlich und hob einen der zwei Plastikbecher, die meine Großmutter randvoll mit Sekt gefüllt hatte.

»Auf einen Neuanfang.«

Ihre Augen strahlten ozeanblau, als wir anstießen, aber ihr Lächeln verriet noch etwas anderes. Mein Herz lief über vor Zuneigung und Mitleid. Ich ließ meinen Becher sinken. »Du hast Angst, dass daraus nichts wird, oder?«

Für einen Moment konnte ich in ihren Gesichtszügen lesen, dass ich recht hatte. Dann winkte sie ab. »Ach, papperlapapp. Die Leute werden schon kommen. Und wenn nicht, lassen wir uns etwas anderes einfallen.«

Sie nahm einen großen Schluck Sekt und machte sich dann über ihr Fischbrötchen her. Ich beschloss, es für heute dabei zu belassen. Obwohl der Tag sie merklich angestrengt hatte und ich noch immer diesen leisen Zweifel in ihrer Stimme hörte, wirkte sie glücklich.

»Dieser Florian«, begann meine Großmutter kauend, und ich ahnte, dass das Gespräch einen unangenehmen Beigeschmack bekommen würde. »Wie lange vertritt der seinen Vater denn noch?«

Ich zuckte mit den Schultern und schob mir den letzten Bissen meines Krabbenbrötchens in den Mund. »Bis auf Weiteres. Mehr weiß ich nicht. Aber er macht seine Arbeit gut.«

»Du hast doch nur den Mietvertrag prüfen lassen, oder nicht?«

Erst jetzt wurde mir bewusst, dass ich ihr dank der ganzen Strapazen, die ich seit Samuels Ankunft hatte durchleiden müssen, nichts Näheres von unserem Besuch bei Herrn

Becker erzählt hatte. »Wegen ihm lässt sich dein Vermieter mit der Entscheidung Zeit, bis der Vertrag ausläuft.«

Meine Großmutter zog eine Braue nach oben. »Hat er etwa mit dem Becker telefoniert?«

Ich schluckte. »Wir waren zusammen bei ihm in Tating.«

Zu meiner Überraschung tätschelte meine Großmutter mir zufrieden lächelnd das Knie. »Gut gemacht, Kind. Der kann sich warm anziehen, das sage ich dir. Im September bekommt er seine Miete mit saftigem Bonus.«

Ich atmete erleichtert auf und widerstand dem Impuls, meinen Becher aufzufüllen. Meine Großmutter allerdings tat es nicht. Mit ihrer Trinkfestigkeit hatte sie schon immer gern geprahlt, und wenn sie früher in meinem Beisein von ihren feuchtfröhlichen Kneipenabenden geschwärmt hatte, hatte sie sich von meiner Mutter jedes Mal einen warnenden Blick eingefangen.

»Der Florian sieht dich an, als würdest du ihm schöne Augen machen«, sagte sie und erstickte meine Hoffnung auf einen Themenwechsel erfolgreich im Keim.

Beinahe hätte ich aus einem Instinkt heraus verneint, nur, um mir die Diskussion zu ersparen, doch dann entschied ich mich dagegen. »Er ist wirklich nett, und wir verstehen uns gut.«

Meine Großmutter schnaubte verächtlich. »Da bist du nicht die Einzige, die so denkt. Vor dem solltest du dich in Acht nehmen.«

»Was meinst du?«

»Beke sagt, der ist mit mindestens der Hälfte aller Frauen

von St. Peter bekannt, wenn du weißt, was ich meine. Kommt nach seinem Vater.«

Genau das war es, was ich an der Anonymität einer Großstadt so schätzte, auch wenn es womöglich das Einzige war: Der Gerüchteradar endete in der Regel vor der eigenen Haustür. »Um mich brauchst du dir keine Sorgen zu machen.«

Ich sah ihr an, dass ihr etwas auf der Zunge lag, das mit hoher Wahrscheinlichkeit den Namen Samuel enthielt, doch sie nickte nur.

»Nun erzähl schon«, drängte ich sie. Ich wollte endlich das erfahren, auf das ich den ganzen Tag lang hingefiebert hatte. Die ultimative Romanze, von der ich bis vor ein paar Tagen nichts gewusst hatte. »Erzähl mir von Johann.«

Wieder war da dieser Ausdruck in ihrem Gesicht, dieses wissende Lächeln, das sie um Jahrzehnte jünger wirken ließ. »Es ist so unfassbar lange her.«

»Dann erzähl mir das, woran du dich erinnern kannst.«

Doch sie schien mich gar nicht mehr zu hören. Sie schlang die Arme um ihre gebräunten Beine, holte tief Luft und erzählte. »Es ist so lange her, und ich erinnere mich, als wären wir noch letztes Jahr zusammen am Strand entlangspaziert. Johann war genau einen Tag älter als ich, groß und stattlich. Er sah genauso aus, wie man sich damals seinen Traummann vorgestellt hat. Und ich war mit dieser Meinung nicht allein. Bei uns Mädchen – die meisten von uns waren gerade achtzehn geworden – war er das Gesprächsthema Nummer eins. Diese blauen Augen, sag ich dir. Er war damals Geselle in dem Automobilgeschäft seines Vaters in Ording.

Da hat er sich immer die schönsten Wagen geliehen und mich durch die Gegend kutschiert. Nur mich. Die neidischen Blicke hättest du sehen sollen. Der Vater, der Herr Larsen, war unglaublich streng, ein Haustyrann, würde man heute sagen, der hielt herzlich wenig von mir. Das hat Johann natürlich nicht interessiert, aber der Alte hat dafür gesorgt, dass wir kaum noch Zeit hatten, uns zu sehen. Nur zweimal im Monat haben wir uns am Strand getroffen, immer freitags. Jedes Mal hat er eine schöne Muschel gefunden und sie eingesteckt. Als er genug davon hatte, hat er sie mir in einem großen Einmachglas geschenkt. Und ich habe meine ersten Ketten daraus geflochten und sie verkauft. Da war die Idee für den Laden geboren. Dann ist der Vater samt seinen Autos runter nach Bremen gezogen und Johann mit ihm. Anfangs hat er noch Briefe geschrieben, lange, gefühlvolle Zeilen waren das. Aber als dann Franz kam und seine Claudia, na, da haben wir natürlich aufgehört, uns zu schreiben.«

Es dauerte eine Weile, bis ich mich von ihren Lippen losreißen konnte, die keine Worte mehr formten. Verträumt blickte sie in den Himmel, der von der untergehenden Sonne in spektakulären Gelb- und Orangetönen strahlte. »Was ist aus ihm geworden?«

Meine Großmutter seufzte. »Soweit ich weiß, sind sie irgendwann nach Husum gezogen. Seine Frau ist vor drei Jahren gestorben, habe ich im *Eider-Kurier* gelesen. Sie hat sich immer für diverse Wohltätigkeitsvereine eingesetzt, deswegen hat sie einen ganzen Artikel bekommen.«

»Und habt ihr euch noch einmal gesehen?«

Sie nickte. »Einmal, das ist bestimmt zehn oder elf Jahre

her. Das war auf einer Veranstaltung oben am Nordstrand, mit Konzerten und ein paar von diesen Wagen mit modernem Essen. Wie heißen die noch gleich heutzutage?«

»Food Trucks?«, riet ich und verscheuchte mit wedelnden Händen eine Möwe, die nach unseren Brötchenkrümeln gierte.

»Genau. Wir Alten wussten gar nicht, was das sein soll, da waren die Dinger grad erst im Kommen. Na ja, jedenfalls stand er dann einfach da, zusammen mit ein paar Kollegen von früher, die ich auch kannte, und seiner Claudia. Ich war mit Marianne da, weil Franz für solche Veranstaltungen noch nie besonders viel übrighatte. Sie hat mich sofort bei der Hand genommen und, schwupps, stand ich neben ihm. Wir haben kaum ein Wort gewechselt, weil wir ja bei Weitem nicht allein waren.« Meine Großmutter zuckte schwach mit den Schultern. »Tja, und dann sind sie gegangen. Und weißt du, was? Er sah noch genauso aus wie früher, als er mich mit seinem Wagen durch St. Peter gefahren hat. Ein bisschen grauer vielleicht. Aber die Augen, Kind. Die Augen waren genau dieselben.«

In diesem Moment begriff ich. Ich hatte es bereits geahnt, als sie zum allerersten Mal von ihm erzählt hatte, aber da hatte ich es für nichts weiter als einen nostalgischen Traum gehalten. »Er war deine große Liebe, nicht wahr?«

Oma Rosi sah mich lange an, nippte zwischendurch an ihrem Sekt. Vielleicht stellte sie sich zum allerersten Mal in ihrem Leben selbst diese Frage. »Wenn es so was gibt, dann war er es wohl.«

»Willst du ihn nicht wiedersehen?«

»Das ist ewig her, Kind. Würde mich nicht wundern, wenn er mich längst vergessen hat. Ein paar Leute, die ihn gekannt haben, sagen, er geht kaum mehr vor die Tür.«

Eine irrwitzige Idee keimte in mir auf. Ich sah einen älteren Herrn im Ohrensessel vor mir, mit ergrautem, aber noch vollem Haar, einem markanten Gesicht, dessen Züge einmal weich und ebenmäßig gewesen waren, und Augen, die die Farbe eines wolkenlosen Himmels hatten. »Wolltest du nie wissen, wie es ihm geht?«

Meine Großmutter schenkte sich Sekt nach und zuckte dann mit den Schultern. »Schon. Aber ich bin immer wieder darüber weggekommen.«

»Du hast dich nicht getraut, ihn zu besuchen.«

Sie nahm einen weiteren Schluck aus ihrem Becher und hob einen Zeigefinger. Ihre Wangen waren leicht gerötet, vielleicht vom Sekt, aber eher nicht. »Du kennst mich viel zu gut, Christin Lorenz. Das habe ich immer gesagt.«

»Hast du etwas dagegen, wenn ich ihn kontaktiere?«

Sie lachte traurig. »Es würde mich wundern, wenn er dich überhaupt bis an die Tür lässt. Nach Claudias Tod hat er sich einen Hund zugelegt, ein riesiges Vieh. Sagt Beke zumindest.«

Innerlich begann ich zu jubeln. Den Gedanken, dass Johann nicht bereit für eine solche Entwicklung sein oder meine Großmutter tatsächlich vergessen haben könnte, schob ich so weit von mir wie möglich.

»Röschen hat er mich immer genannt«, murmelte meine Großmutter verträumt, und damit war mein Plan besiegelt.

II

Die Nacht war sternenklar und kühl gewesen, wie aus dem Bilderbuch. Zumindest hatte meine Großmutter mir das erzählt. Ich für meinen Teil war – nachdem ich mir ausgemalt hatte, wie Johann sich ein zweites Mal Hals über Kopf in sein Röschen verlieben würde – noch vor Mitternacht eingeschlafen und bis zum Morgen nicht mehr aufgewacht. Die gute Nacht hatte mich ausgesprochen gnädig gestimmt, denn ich unterdrückte erfolgreich den spitzen Kommentar, der mir auf der Zunge lag, als ich Samuel und Oma Rosi in der Küche beim Pfannkuchenbacken vorfand. Samuel hatte offenbar bereits in aller Frühe frische Blaubeeren besorgt. Und auch wenn ich die Pfannkuchen am liebsten mit meiner Großmutter allein verdrückt hätte, musste ich zugeben, dass sie so noch viel besser schmeckten.

Für heute hatten wir uns Omas Büro und die Schmuckwerkstatt vorgenommen. Glücklicherweise war genug Farbe übrig geblieben, um sowohl den petroleumfarbenen Wänden als auch den alten Regalen einen neuen Anstrich zu verpassen. Samuel war kurz nach dem Frühstück, das wir ohne große Zwischenfälle draußen auf der Terrasse über die Bühne gebracht hatten, mit dem Auto losgefahren, um Treibholz für die Ausstellungstische und einen neuen Deckenfluter zu kaufen. Derweil nahm ich mir fest vor, einen likörfreien Tag einzulegen, weil ich fand, dass unser aller Konsum einen durchaus besorgniserregenden Zustand erreicht hatte. Und als ich mit Malerrolle und beigefarbenen Sprenkeln im Gesicht auf der wackeligen Trittleiter stand, fühlte ich mich zum ersten Mal seit Tagen so, als könnte ich die nächsten Stunden auch nüchtern überstehen.

Gegen Mittag, als ich mit einem großen Glas Wasser ein Päuschen einlegte, während die Farbe trocknete, kam Marianne mit Tina und deren Verlobtem vorbei, um die antike Kommode abzuholen, die sie bei Oma Rosi für die Buchhandlung reserviert hatte. Unter Protest nahm meine Großmutter zum Dank einen großen Strauß rosafarbener Pfingstrosen entgegen, der sich hervorragend neben der alten Registrierkasse machte. Die hatten wir nicht ersetzt, da sie noch erstklassig funktionierte. Außerdem war sie mit ihrer Besitzerin durch dick und dünn gegangen und lag ihr dementsprechend am Herzen.

Als ich in Omas winzigem Badezimmer stand und mit Unmengen Seife erfolglos versuchte, mir die Farbspritzer von den Wangen und vom Dekolleté zu entfernen, kehrte Samuel von seiner Einkaufsrunde zurück, mit zwei prall gefüllten Tüten – und Beke im Schlepptau.

»Du musst wohl gar keine Fische mehr räuchern, was?«, begrüßte meine Großmutter sie und nahm ihr eine große Plastikdose ab. »Ist das unser Mittagessen?«

»Na wat denkst du denn? Das ist ganz feiner Aal im Pfeffermantel, frisk wie nix anderes.«

Während Beke und Oma Rosi im Büro den Tisch für das späte Mittagessen deckten, machte ich mich mit Samuel wieder an die Arbeit. Stolz stellte ich fest, dass ich trotz seiner Nähe noch immer bester Laune war. Unsere Hände berührten sich mehrmals versehentlich, und jedes Mal wanderte eine Gänsehaut über meinen Körper, aber ich hielt stand. Und mehr noch – so gut wie in diesem Moment hatte ich mich seit Ewigkeiten nicht gefühlt. Ich hatte mich für eine Weile erfolgreich aus meinem zugegebenermaßen recht tristen Leben in Hannover gelöst und arbeitete mit Hochdruck daran, dass der Lebenstraum meiner Großmutter nicht vorzeitig platzte. In diesem Augenblick konnte ich mir kaum etwas Schöneres vorstellen, und daran würde nicht einmal Samuels Anwesenheit etwas ändern.

Und dann, endlich, war es geschafft. Die verschieden großen Treibhölzer harmonierten perfekt mit der feinen Leinentischdecke, die meine Großmutter für die zwei Ausstelltischchen gewählt hatte, und der neue Deckenfluter tauchte den Raum in helles, aber gemütlich warmes Licht. Nach Feierabend würde ich den Fotografen unweit der Dünentherme aufsuchen und ihn bitten, das alte Foto zu vergrößern, das Oma aufgetrieben hatte. Ich konnte kaum erwarten, dass es gut sichtbar an der freien Wand über der Rattankommode hing, meinem heimlichen Lieblingsstück, das die handgemachten Ketten perfekt in Szene setzte. Nun musste der Zauber der neuen *Muschelkiste* nur noch auf die Kunden überspringen.

»Kinder, ist das schön!«, schwärmte meine Großmutter und hakte sich bei mir unter. »Das müssen wir eigentlich mit einem Likörchen –«

»Ohne mich«, unterbrach ich sie und erlaubte mir einen kurzen Blick zu Samuel, der mit verschränkten Armen auf einer der Récamieren saß und lachte. »Aber dieser Aal klingt wirklich wahnsinnig gut.«

Und dann, statt endlich meine wohlverdiente Mittagspause anzutreten, sah ich aus dem Augenwinkel, wie jemand durch die offene Tür den Laden betrat, obwohl dort ein gut lesbares Schild befestigt war, auf das meine Großmutter mit blauem Filzstift *Wegen Renovierungsarbeiten leider geschlossen* geschrieben hatte.

»Dat ist de Keerl aus Kiel«, raunte Beke mir zu, laut genug, dass meine Großmutter hinter der Kasse den Kopf hob.

Ich hatte Mühe, den Mann in cremefarbenem Hemd und Bootsschuhen nicht anzustarren. Der potenzielle Nachmieter. Ausgerechnet heute.

»Moin!«, flötete meine Großmutter, und in ihrem Gesicht konnte ich keinen Hinweis darauf entdecken, dass sie wusste, mit wem sie es zu tun hatte. Beke und ich taten es ihr gleich. »Eigentlich haben wir geschlossen, aber wenn Sie dringend etwas brauchen, nur zu.«

»Guten Tag zusammen.« Der Mann nickte uns der Reihe nach höflich zu und steuerte dann direkt auf Oma Rosi zu.

Ich konnte Bekes Gedanken förmlich hören.

Nich mal ordentlich gröten kann de Jung.

Er reichte meiner Großmutter die Hand. Obwohl er mit dem Rücken zu mir stand, konnte ich mir sein förmliches Lä-

182

cheln nur zu gut vorstellen, und ganz sicher erreichte es nicht einmal ansatzweise seine Augen. »Hausmann, ich bin hier, um mir den Laden anzusehen. Herr Becker hat Sie ja sicherlich informiert.«

Die Stimme meiner Großmutter blieb unverändert herzlich, als sie seine Hand schüttelte. »Na, dann sehen Sie sich mal um, Herr Hausmann.«

»Vielen Dank.« Hausmann zog ein schlicht schwarzes Notizbüchlein aus dem Lederkoffer, den er bei sich trug, und während sein Blick prüfend durch den Laden schweifte, notierte er etwas darin. Als ich sicher war, dass er nicht hinsah, verdrehte ich die Augen. Er war ohne Zweifel jemand, der sich ungeheuer wichtig vorkam. Mit dieser Art von Mensch hatte ich noch nie sonderlich viel anfangen können.

»Hier ist wohl gerade frisch gestrichen worden«, stellte er fest und lächelte süffisant in meine Richtung. »Ist ja nett geworden.«

»Und so viel schöner als die ganzen modernen Läden mit ihrem Tüdelkram, die sich hier breitgemacht haben, wenn Se mich fragen«, schaltete Beke sich ein. »Die Rosi gibt's nur einmal, und das ist auch gut so.«

Ich räusperte mich umständlich, um nicht loszulachen. Beke übertrieb es wieder einmal maßlos. Eine Frau wie sie wollte man nicht zur Feindin haben.

»Sie wollen bestimmt auch den Büroraum sehen, nicht wahr?«, sagte meine Großmutter an Hausmann gewandt. »Meine Enkelin zeigt Ihnen alles.«

»Sicher, gern.«

Ich warf ihr einen flehenden Blick zu, aber da war Hausmann bereits bei mir. Manchmal ließ ich mir eindeutig zu viel gefallen.

»Hier entlang«, sagte ich in meinem freundlichsten Bürotonfall und hielt ihm die Tür auf. »Ich glaube, hier gibt es nicht viel zu erklären.«

Hausmann musterte mich einen Augenblick zu lange, widmete sich dann Omas Werkbank, den von der Wand abgerückten Regalen und dem Schreibtisch, der einfach nicht ordentlich aussehen wollte. »Wirklich nett.«

»Ja, das ist es«, gab ich zurück und war froh, dass mir auch dieser Satz weit weniger bissig gelang, als ich es mir gewünscht hätte. Ich war niemand, der seine Gefühle sonderlich gut für sich behalten konnte, aber in meinem Job hatte ich oft mit Kunden zu tun, die genau das von mir verlangten, und nach sieben Jahren in dieser Firma gelang es mir, wie ich fand, recht gut.

»Ich bin schon seit ein paar Tagen hier. Wunderschön, die Gegend. Ist das das Bad?« Hausmann steckte den Kopf durch die angelehnte Toilettentür. »Ich dachte, den Besuch könnte man hervorragend mit einem bitter nötigen Urlaub verbinden. Wohnen Sie hier?«

»Nein, ich bin regelmäßig zu Besuch.«

Hausmann machte sich eine letzte Notiz und ließ das Büchlein dann in seinem Koffer verschwinden.

»Sagen Sie.« Er trat einen Schritt auf mich zu, viel zu nahe für meinen Geschmack. »Ihre Großmutter versteht doch, warum ich hier bin?«

»Natürlich tut sie das«, zischte ich und war im Begriff,

meine Freundlichkeit über Bord zu werfen. Was für ein schrecklicher Mensch.

»Verzeihung, ich wollte Ihnen nicht zu nahe treten.« Hausmann räusperte sich umständlich. »Es ist nur so, dass der Herr Becker mir anvertraut hat, Ihre Großmutter sei in letzter Zeit ein wenig – wie sagen Sie hier noch gleich? – tüdelig geworden.«

Für einen Augenblick konnte ich ihn nur fassungslos anstarren, dann fing ich mich wieder. »Ich glaube, wir sind hier fertig.«

»Danke für die Führung.« Seine Stimme war klebrig-süß, wie alte Bonbons in der Sonne, die man um keinen Preis mehr essen möchte. Sie erinnerte mich an meinen schmierigen Chef Herrn Hoffmann und damit an meinen Job, den ich seit einigen Monaten zugegebenermaßen nur noch erledigte, weil er die Miete bezahlte. Vielleicht hatte meine Großmutter recht. Vielleicht verschwendete ich tatsächlich mein Potenzial. Zumindest aber konnte ich von mir behaupten, kein gieriger Businessman mit Lederkoffer und fragwürdigen Manieren geworden zu sein.

»Wirklich schön haben Sie es hier«, fasste Hausmann seine Eindrücke zusammen, als er mir zurück in den Verkaufsraum gefolgt war.

»Nicht wahr?« Meine Großmutter verschränkte stolz die Arme vor der Brust. »Was hätten Sie denn aus dem Laden gemacht, wenn ich fragen darf?«

Ich nahm amüsiert zur Kenntnis, dass sie absichtlich im Konjunktiv sprach, und an der Tatsache, dass Hausmanns Lächeln für einen winzigen Augenblick verrutschte, erkannte ich, dass es ihm ebenfalls nicht entgangen war.

»Ich führe in Kiel und Flensburg zwei Geschäfte für Geschenkartikel, die beide hervorragend angenommen werden. Ich kann mir gut vorstellen, dass es hier genauso wäre.«

»Dat glövter sich doch selbst nich«, murmelte Beke neben mir kopfschüttelnd. Und laut sagte sie: »Se gellt wat hier, de Rosi, verstehen Se?«

»Ich –«, druckste Hausmann herum. »Bitte?«

»Das heißt, dass meine Großmutter hier im Ort eine Persönlichkeit ist«, übersetzte ich frei, und Bekes zufriedenes Nicken verriet mir, dass ich der Bedeutung recht nahe gekommen war.

»Das verstehe ich.« Wieder dieses gekünstelte Lächeln, diese viel zu nüchterne Stimme. »Aber darum geht es ja nicht, nicht wahr?«

»Das werden Sie schon sehen, dass es genau darum geht«, tönte Beke in perfektem Hochdeutsch und baute sich in ihrer ganzen Breite vor Hausmann auf. »So was wie Rosi brauchen wir hier, das war schon immer so, und das wird auch immer so sein. Was meinen Sie denn, warum die *Kiste* schon so lang hier ist?«

Meine Großmutter legte ihr eine Hand auf den Arm, murmelte ihr etwas Unverständliches zu, das Beke offensichtlich genug überzeugte, um ihren erhobenen Zeigefinger zu senken.

Hausmann hob beschwichtigend die Hände. »Ich will Ihnen Ihren Laden nicht wegnehmen, Frau –«

»Falkenstein«, ergänzten meine Großmutter, Beke und ich gleichzeitig.

»Wie gesagt, hier geht es nur ums Geschäft, Frau Falkenstein.«

»Genau so was gibt's hier schon mehr als genug«, donnerte Beke. »Leute, denen es nur ums Geschäft geht. Unsere Rosi ist seit sechzig Jahren mit Herz und Seele dabei.«

Hausmann blickte sich Hilfe suchend zu Samuel um, verstand, dass er von ihm keine Hilfe zu erwarten hatte, und rettete sich einmal mehr in seinen aalglatten Geschäftsmannkokon. »Das hört man gern. Vielen Dank für den Empfang. Ich habe fürs Erste genug gesehen, denke ich.«

Er reichte jedem von uns die Hand, und Beke zog ihre so schnell wieder zurück, als hätte sie sich an seinen Fingern verbrüht.

»Schauen Sie doch bald mal wieder vorbei«, sagte meine Großmutter, als er bei ihr angelangt war, und meine Bewunderung für sie war wieder einmal grenzenlos.

»Hat mich sehr gefreut.«

Als Hausmann die Ladentür hinter sich geschlossen hatte, atmete ich erleichtert auf. Gleichzeitig war ich so wütend, dass mir die Tränen kamen. Ich wischte sie mit einem Ärmel meiner Bluse fort.

»Hätt wenigstens ein paar Ketten mitnehmen können«, grummelte Beke und schüttelte abschätzig den Kopf.

Samuel war derweil von der Récamiere aufgestanden und legte mir eine Hand auf die Schulter, nur für einen Augenblick, aber aus irgendeinem Grund genügte es, um mich zu beruhigen. »Alles in Ordnung?«

Ich nickte. »Ich habe nur gerade gedacht, dass dieser Mensch sich unter keinen Umständen die *Muschelkiste* unter den Nagel reißen darf.«

»Das wird er auch nicht.« Samuel schmunzelte. »Und er kommt auch sicher so schnell nicht wieder. Ich hole erst mal eine Runde Kaffee. Den habt ihr euch verdient.«

»Für mich nicht, Engelke«, sagte Beke und rieb sich mit einer Hand den ausladenden Bauch. »Dem Gebräu hab ich abgeschworen. Ist schlecht für den Magen.«

Meine Großmutter und ich wechselten einen vielsagenden Blick, während Samuel den Laden verließ.

Beke klopfte mir unsanft auf den Rücken. »Tollen Mann hast du da aufgetrieben, Lütte, merk dir das. Wenn ich ihn das nächste Mal sehe, sag ich's ihm.« Und bevor ich protestieren konnte, hatte sie mich an ihre massige Oberweite gedrückt. »Bist ein gutes Mädchen. Da hat Rosi Glück gehabt. Ich werd dann mal, der Fisch verkauft sich nicht von selbst.«

Und dann waren meine Großmutter und ich allein, in der neuen alten *Muschelkiste*, die nach frischer Farbe und neuem Parkett roch und die wir soeben gegen einen schmierigen Geschäftsmann verteidigt hatten. Zumindest fürs Erste.

»Wo sie recht hat, hat sie recht«, sagte sie und zog wissend eine Augenbraue nach oben.

»Warum weiß ich schon, dass du nicht das gute Mädchen meinst?«

Sie lachte ihr einnehmendes Oma-Rosi-Lachen, kam um die Theke zu mir und drückte mir einen schmatzenden Kuss auf die Wange. »Weil du mich besser kennst, als ich zugeben mag. Und jetzt lass uns endlich diesen Aal auspacken, ich sterbe vor Hunger.«

Während wir aßen, wirkte sie deutlich glücklicher, als ich es nach diesem Besuch vermutet hätte, und als ich sie darauf ansprach, lächelte sie. »Ach weißt du, dieser Hausmann ist ein so schrecklicher Mensch. Ich glaube nicht, dass der Becker ernsthaft in Erwägung zieht, ihm meinen Laden zu vermieten.«

Obwohl ich mir nicht vollends sicher war, für wie schlüssig ich diese Annahme hielt, stimmte ich ihr zu. Und sie dankte es mir, indem sie mir mitteilte, dass Marianne sie spontan zum Abendessen eingeladen habe und ich deshalb den Abend mit Samuel allein verbringen müsse.

Der Regen hing wie ein Fadenvorhang von der nahtlos grauen Wolkendecke, und es war so kühl, dass meine Großmutter einen leichten Mantel übergeworfen hatte, bevor sie die Haustür hinter sich schloss. Marianne hatte mit ihrem Wagen pünktlich um siebzehn Uhr vor dem Haus gestanden, um sie zum Abendessen abzuholen. Nun waren Samuel und ich allein. Er saß mit seinem Laptop auf der Couch, ich wusch zum dritten Mal denselben Teller ab, um in aller Ruhe meine Flucht zu planen. Ein Spaziergang? Bei dem Wetter wohl kaum. Eine Verabredung mit Florian? Eindeutig zu früh. Außerdem knurrte mein Magen, als hätte ich ihn seit Tagen vernachlässigt, dabei hatte ich nach Hausmanns Besuch im Laden reichlich Räucheraal in Pfeffermantel verdrückt. Die Seeluft regte eindeutig meinen Appetit an, das hatte sie immer getan, weshalb ich in der Regel ein paar wohlige Kilos schwerer nach Hannover zurückkehrte. Und als mir jede Ausrede, die mir blieb, um spontan das Haus zu verlassen, irgendwie unattraktiv erschien, gab ich es auf.

»Pizza?«, fragte ich in Richtung Wohnzimmer.

»Das klingt absolut perfekt.«

Nachdem ich den einzigen Pizzalieferanten im Ort beruhigt hatte, dass Oma Rosi weder überraschend verstorben noch ausgezogen war, rettete ich zwei Flaschen Bier aus den Tiefen des Kühlschranks, machte es mir mit dem Pizzakarton auf dem Ohrensessel bequem und schaltete den Fernseher an, ohne auf das Programm zu achten.

»Du siehst wieder fern?«, fragte Samuel, unglücklicherweise vollkommen zu Recht, denn während unserer gesamten Beziehung hatten wir lediglich ein einziges Mal den Fernseher angeschaltet, um eine 23-Uhr-Übertragung von »Nosferatu« zu schauen.

»Ab und an«, log ich und zappte durch die Kanäle, bis ich einen berühmten Fernsehkoch erkannte, der dramatisch mit dem Bunsenbrenner wedelte. Meine Großmutter hätte mit Sicherheit nicht nur seinen Namen gekannt, sondern auch seine gesamte Lebensgeschichte wiedergeben können.

Für eine Weile gelang es mir, mich auf meine Pizza und die Kochsendung zu konzentrieren. Dann beantwortete ich mit Tomatensoße unter den Fingernägeln eine Nachricht von Lia, die sie mir vor ein paar Stunden geschickt hatte und in der sie mich um ein Update bat. Schließlich hatte sie seit meinem nächtlichen Anruf nichts mehr von mir gehört. Ich konnte sie vor mir sehen, in ihrem Lieblingscafé, in dem sie beinahe jeden Tag ihre Mittagspause verbrachte, weil sie dort die Smoothies mit Proteinpulver mixten. Und dann konnte ich auch noch ihre Stimme hören, scharf, aber irgendwie liebevoll, so, wie nur Lia es konnte. »Jetzt hast du dich auf die Sache eingelassen, dann bring sie wenigstens einigermaßen erwachsen über die Bühne.«

Fernzusehen und schweigend Pizza zu verspeisen, während so viele ungesagte Dinge zwischen Samuel und mir lauerten, wäre ganz sicher nicht ihre Definition von erwachsenem Verhalten gewesen. Und wenn ich ehrlich zu mir war, dann stimmte ich ihr zu.

Ich stellte das Programm auf lautlos, brachte es nicht über mich, es ganz abzuschalten, weil es mir ein merkwürdiges Gefühl von Sicherheit gab.

»Das war ein guter Tag heute im Laden«, sagte ich und heftete meinen Blick an die zerknüllte Papierserviette in meiner Hand. Samuel anzusehen war dann doch zu viel verlangt.

»Ihr habt es diesem Hausmann wirklich gezeigt.«

Ich lächelte schief. »Wahrscheinlich hat es nicht viel gebracht.«

In diesem Moment kam Tim aus Omas Zimmer geschlichen, blickte sich mit seinen schwarzen Augen um und sprang Samuel dann, ohne zu zögern, auf den Schoß, als wäre es das Selbstverständlichste der Welt. Offenbar hatte er die Abwesenheit seiner Besitzerin genutzt, um ein Schläfchen in ihrem Bett zu halten.

Langsam streckte Samuel eine Hand nach ihm aus. »Bist du gekommen, um mich zu fressen?«

Offenbar war das nicht der Fall, denn Tim ließ Samuels

Berührung zu, während ich mit angehaltenem Atem darauf wartete, dass er in seinen üblichen Blutrausch verfiel.

»Unglaublich«, murmelte ich, als das Tier stattdessen wohlig schnurrend die Augen schloss. Wie stolz ich gewesen war, als er mir neulich Nacht in den Garten gefolgt war, statt meine Hand zu Hackfleisch zu verarbeiten, und nun das.

»Der erinnert sich wohl nicht mehr an mich.«

»Würde mich nicht wundern, wenn Oma ihn von Bekes Likör kosten lässt.«

Samuel lachte sein ansteckendes Lachen, und mein Blick blieb an ihm hängen wie eine Fliege im Honig. Die zarten Fältchen um seine Augen waren ein klein wenig tiefer geworden. Es war mir bereits aufgefallen, als er mir und meiner Brötchentüte zu meinem Fahrrad gefolgt war. Er sah älter aus. Genau wie ich. Ich spürte, wie sich ein feiner Schleier aus Melancholie über uns legte, gegen den ich genau so wenig ausrichten konnte wie gegen den Regen, der noch immer in dicken Tropfen auf das Reetdach prasselte. Und beinahe hätte ich mich ihm ergeben. Aber nur beinahe. Ich tupfte mir mit der Serviette den Mund und stand auf, musste dringend den Boden unter meinen Füßen spüren. Ich hatte das Bedürfnis, mein Gesicht mit kaltem Wasser zu waschen, um wieder den Weg zurück in die Realität zu finden, wo es kein »wir« mehr gab. Fürs Erste allerdings würde ich mich mit einem Glas Wasser zufriedengeben müssen.

»Wie lange willst du eigentlich noch bleiben?«, fragte ich unverbindlich, als ich mich wieder zu Samuel gesetzt hatte.

Tims soziale Bedürfnisse waren für heute offenbar erschöpft, denn er streckte sich ausgiebig, ließ sich noch ein letztes Mal hinter dem flauschigen Ohr kraulen und sprang dann von der Couch. Einen Augenblick später war er in der Dunkelheit von Omas Schlafzimmer verschwunden.

»Sobald du denkst, dass meine Aufgabe hier erfüllt ist.«

Ich verzichtete darauf, ihn zu korrigieren. Schließlich war nicht ich diejenige gewesen, die es für eine gute Idee gehalten hatte, ihn nach St. Peter zu holen.

»Ehrlich gesagt –« Seufzend zog ich die nackten Beine an und schlang meine Arme darum. »Ich glaube nicht, dass es reichen wird. Es sieht wirklich toll aus. Ich glaube, das ist genau das, was sie gebraucht hat, um neuen Mut zu schöpfen. Aber –«

Das schlechte Gewissen unterbrach mich unwirsch. Vielleicht hatte Lia recht. Vielleicht hatte ich meine Großmutter tatsächlich zu lange zu einem Ideal erhoben, das sie nicht mehr erfüllen konnte.

»Das Ganze muss sich rumsprechen«, sagte Samuel. »Solche Dinge brauchen Zeit.«

»Die haben wir aber nicht.«

Er faltete die Hände vor seiner Brust, und nicht zum ersten Mal fiel mein Blick auf seinen nackten Ringfinger. »Du glaubst nicht, dass es an den alten Möbeln und der Wandfarbe liegt.«

Ich zuckte mit den Schultern, hätte in diesem Moment nichts lieber getan, als das Gegenteil zu behaupten. »Vielleicht habe ich dir deshalb noch nicht gesagt, dass du dich in deinen Wagen setzen und abhauen sollst.«

Sein Blick war sanft und wohlwollend, der Blick, an dem ich mich so lange nicht hatte sattsehen können. Ich wusste, dass er mich nicht verletzen wollte, aber er tat es trotzdem. Hitze wanderte meinen Nacken hinauf bis in meine Wangen, und ich sah fort. Ich musste dringend ins Bett.

»Hey, wie wäre es mit einer kleinen Feier zur Neueröffnung? Eine Einweihungsparty.«

Es dauerte ein wenig, bis der Satz an meinen durcheinanderwirbelnden Gedanken vorbei in mein Bewusstsein vordrang. Samuel nutzte die Gelegenheit, um fortzufahren. »Wir könnten im Ort Flyer verteilen, vielleicht eine Rabattaktion starten.«

Ich tat so, als würde ich darüber nachdenken, alles andere hätte mich eindeutig zu viel von meinem Stolz gekostet. Ich dachte an das Gefühl von Glück und Geborgenheit, das mich gepackt hatte, als ich nach Jahren wieder mit meiner Großmutter an ihrer Werkbank gesessen hatte. »Und Oma zeigt den Besuchern, wie sie ihren Schmuck herstellt.«

»Und Beke könnte ihren Likör an den Mann bringen.«

Ich hatte große Mühe, meine Begeisterung im Zaun zu halten. Meine Großmutter würde vor Freude Luftsprünge machen. »Das ist – eine wirklich geniale Idee.«

»Ich glaube, das könnte toll werden. Wir sprechen später mit Rosi, dann setze ich mich an die Flyer, damit sie morgen in den Druck gehen können.«

Die folgende Stille war weit weniger unangenehm als die vorherigen. Ich spürte, wie Samuel vor Ideen sprühte, und ich konnte es kaum erwarten, meiner Großmutter davon zu erzählen. »Wein?«

Samuel nickte, und ich stand auf, um in den Küchenschränken nach zwei Weingläsern zu fahnden. Wie gut, dass ich beim letzten Einkauf geistesgegenwärtig nach einer Flasche gegriffen hatte. Ich konnte mich nicht daran erinnern, dass meine Großmutter jemals Wein getrunken hätte, geschweige denn entsprechende Gläser besaß, und tatsächlich. Neben ihren liebsten Sektkelchen und Likörgläschen jeglicher Art fand ich nichts, was einem Weinglas auch nur im Entferntesten ähnlich sah.

»Wein aus dem Wasserglas?«, fragte Samuel amüsiert, als ich ihm meine Ausbeute präsentierte. »Warum wundert mich das nicht?«

Ich versuchte, nicht zu genau darüber nachzudenken, dass ich mit dem Mann, den ich einmal für meine große Liebe gehalten hatte, Wein trinkend im Wohnzimmer meiner Großmutter saß. Bei unseren gemeinsamen Besuchen hatten wir das oft getan, zusammen unter einer großer Wolldecke, Hand in Hand, während Oma Rosi in ihrem Ohrensessel bereits die Augen zufielen.

»Wie geht es Lia?«, fragte er dann.

Ich schnaubte verächtlich. »Das müsstest du doch wissen.«

Ein Lächeln stahl sich auf sein Gesicht, und zu meinem Schrecken bemerkte ich, dass meine Mundwinkel ebenfalls zuckten. »Sie hat dir davon erzählt.«

»Du weißt, dass meine Schwester keine Geheimnisse für sich behalten kann. Und Oma kann es auch nicht.«

»Darf ich dich etwas fragen?«

Ich ließ den Wein in meinem Glas kreisen. Er spiegelte das Licht der alten Stehlampe, unter der ich als Kind Unmengen an Büchern verschlungen hatte. Dann nickte ich.

»Florian und du, seid ihr –?«

»Nein«, entfuhr es mir, viel zu schnell, viel zu laut. »Ich meine – ich weiß es nicht. Ich habe ihn gerade erst kennengelernt.«

»Ich weiß, es geht mich nichts an.«

»Nein, tut es nicht.«

Ich spähte aus der Terrassentür, die mit feinen Regentropfen bedeckt war. Draußen konnte man wegen der Dunkelheit lediglich erahnen, dass der Rasen nun eher einem Moor glich als einem Hintergarten.

»Chris?«

»Ja?«

»Ich würde dir wirklich gern sagen, warum ich damals so entschieden habe.«

Da waren sie, feine Nadeln, die sich in mein Herz bohrten. Das war ein Fortschritt. Vor ein paar Monaten hatten sie sich wie riesige Widerhaken angefühlt.

»Es war ein verdammt steiniger Weg bis hierher, weißt du?«, sagte ich und nahm den letzten Schluck aus meinem Weinglas. Wie hieß noch gleich das Motto, das ich in einem Ratgeber für ein besseres Leben gelesen und mit einem gelben Post-it markiert hatte? Richtig. *Fake it 'till you make it.* »Bis ich verstanden habe, dass ich auch ohne dieses Wissen weitermachen kann. Ich weiß wirklich nicht, ob ich dazu bereit bin.«

»Okay. Das verstehe ich.«

Ich ertappte mich dabei, wie ich an einem losen Stück Nagelhaut knibbelte. Das hatte ich seit Ewigkeiten nicht mehr getan. Das Trommeln des Regens hatte noch immer nicht nachgelassen. Ich liebte dieses Geräusch. Meine Gedanken wanderten zu einer Erinnerung, die ich in den letzten Monaten erfolgreich aus meinem Leben verbannt hatte und die deshalb kaum mehr war als eine Reihe unscharfer Momentaufnahmen. Er und ich. Im Regen, der uns in den Herrenhäuser Gärten überrascht hatte. Seine Lippen auf meinen. Und ein Gedanke.

Das ist so viel besser als im Film.

Ich versuchte mich aus der Erinnerung zu lösen, aber sie hatte mich so fest im Griff, dass mir der Geruch von feuchtem Laub in die Nase stieg.

Und dann, endlich, hörte ich den Schlüssel in der Eingangstür.

12

Meine Großmutter war von der Idee so begeistert, dass sie erst mir und dann Samuel um den Hals fiel und so fest zudrückte, dass ich mir danach besorgt den Rippenbogen abtastete. Sie hatte nicht einmal ihren Mantel abgelegt, als wir beschlossen, dass die Neueröffnung in sechs Tagen stattfinden würde, an einem Sonntag, für den der Wetterbericht sommerliche Temperaturen und Sonne satt prophezeite. Am nächsten Morgen fand ich sie mit ihrer zweiten Tasse Kaffee auf der Couch vor, mit Tim auf dem Schoß und einem zufriedenen Lächeln auf den Lippen. Und als Samuel ihr am Frühstückstisch die Flyer präsentierte, an denen er in der Nacht gearbeitet hatte, verlor sie vor Freude die Kontrolle über ihren Orangensaft. Das Gespräch des letzten Abends schwebte irgendwo über uns wie zäher Nebel, obwohl ich ziemlich stolz auf mich war, dass ich den Gefühlen standgehalten hatte, die unaufhörlich an die Tür meines Herzens gehämmert hatten. Und wenn ich ehrlich war, dann taten sie es noch immer, wenn auch weniger laut.

Samuel verließ gleich nach dem Frühstück das Haus, um

die Flyer in den Druck zu geben. Und auch ich hatte meine Pläne.

Überraschenderweise dauerte es kaum eine halbe Minute, bis ich meine Großmutter davon überzeugen konnte, wieder eines ihrer geliebten Vollbäder zu nehmen. Als ich die Badezimmertür ins Schloss fallen hörte, schlich ich die Treppe hinauf in mein Zimmer, um meinen Laptop zu holen, und setzte mich damit an den Esstisch.

»Bitte, lass mich nur einmal Glück mit solchen Dingen haben«, sagte ich zu mir selbst und öffnete die Suchmaschine.

Mit vor Aufregung pochendem Herzen tippte ich drei Wörter in die Suchleiste. Einen Namen und einen Ort. Johann Larsen Husum.

Keine Treffer. Auch nicht im virtuellen Telefonbuch.

Ich seufzte ausgedehnt. Das wäre auch wirklich zu schön gewesen, um wahr zu sein. Mir blieb keine Wahl, ich würde Beke anrufen müssen, auch wenn es ein Spiel mit dem Feuer war. Die Gefahr, dass nach ihrem Einsatz nicht nur meine Großmutter, sondern auch die ganze Nordseeküste über mein Vorhaben Bescheid wusste, war groß. Aber dieses Risiko würde ich wohl oder übel eingehen müssen. Nun war es zu spät, um einen Rückzieher zu machen. Dafür fühlte es sich viel zu richtig an.

»Fischräucherei Hansen«, meldete sich Beke fachmännisch. »Hier bekommen Sie alles, was das Räucherherz begehrt.«

»Hallo, Beke, hier ist Christin.«

»Wie schön, dass du anrufst, Lütte! Braucht ihr wieder Verpflegung? Ich bin so gut wie unterwegs. Warte mal eben.«

Ich hörte ein Rascheln und ihre gedämpfte Stimme: »Das macht fünf siebzig«. Offenbar hatte sie eine Hand auf den Hörer gelegt. Ich nutzte die Gelegenheit, um mich zu vergewissern, dass Oma Rosi sich im Bad Zeit ließ, und war erleichtert, als ich nichts hörte, das auf das Gegenteil hingewiesen hätte.

»So, da bin ich wieder«, flötete Beke. »Was darf's denn sein?«

»Ich weiß, du hast schon so viel für uns getan«, beteuerte ich im Flüsterton. »Aber ich brauche deine Hilfe. Es geht um Johann.«

»Johann? Johann Larsen?«

»Genau den. Ich brauche seine Adresse, am besten noch die Telefonnummer. Wir planen eine kleine Eröffnungsfeier für die *Muschelkiste,* und ich würde ihn gern einladen. Weißt du, wo genau in Husum er jetzt lebt?«

»Da bin ich überfragt, Mädchen – Jan, der Herr da drüben bekommt noch sein Brötchen mit Brathering!«

»Kennst du jemanden, der mehr darüber wissen könnte?«

Aus dem Augenwinkel bemerkte ich einen dunklen Schatten unweit der Terrassentür. Es war Tim, den ich eigentlich mit meiner Großmutter in der Badewanne vermutet hatte. Nur leider war er nicht allein. War das etwa – ? Ich riss den Kopf herum und unterdrückte mühevoll den Würgelaut, der sich in meiner Kehle formte. Das war ganz sicher eine Maus in seinem Maul gewesen. Dieses verdammte Biest.

»Du hast dir wohl was in den Kopp gesetzt, was? Lass mich nur machen.«

»Das wäre wunderbar«, krächzte ich. Am liebsten hätte ich mich auf der Stelle übergeben. »Aber du musst mir versprechen, dass Oma nichts davon erfährt, ich möchte sie überraschen.«

»Für so was bin ich immer zu haben, Lütte. Halt dein Telefon griffbereit, das Ganze sollte nicht allzu lange dauern.«

»Ich kann dir gar nicht sagen, wie sehr mir das helfen würde. Aber eine Sache wäre da noch.«

»Nur zu, Mädchen.«

»Wenn alles nach Plan läuft, findet die Feier schon kommenden Sonntag statt. Vielleicht kannst du sie gegenüber deinen Kunden schon einmal erwähnen. Wir bringen ein paar Flyer vorbei, sobald sie fertig sind.«

Aus dem Badezimmer drang nun dumpf das Rauschen des Föns.

»Worauf du dich verlassen kannst.«

Voller Vorfreude legte ich auf. Ich hatte keinen Zweifel daran, dass Beke bei ihrer Recherche Erfolg haben würde. Ob mein Plan, Johann auf die Einweihungsfeier zu lotsen, um dort endlich meine Großmutter wiederzusehen, aufgehen würde, stand auf einem anderen Blatt. Aber darum würde ich mich kümmern, wenn es so weit war. Ich für meinen Teil konnte mir kaum einen Grund vorstellen, warum er ablehnen sollte.

Meine Gedanken wanderten zu Florian. Ob er wohl darauf wartete, dass ich den nächsten Schritt wagte? Nachdem er gestern unangemeldet im Laden aufgetaucht und mit Körperkontakt nicht gerade geizig gewesen war, wäre das durchaus angebracht gewesen.

Ich wollte es mir gerade mit einer dampfenden Tasse Kräutertee auf der Terrasse gemütlich machen, als meine Großmutter aus dem Bad getappt kam, gefolgt von Tim.

»Herrlich war das«, sagte sie und reckte die Hände in die Luft.

»Dein Teufel von einem Kater hat eine Maus mit ins Haus geschleppt«, berichtete ich ihr und deutete vorwurfsvoll auf den getigerten Täter, der nun in aller Seelenruhe auf dem Küchentresen hockte.

»Hast du das?«, fragte meine Großmutter an das Tier gewandt, und ich konnte es kaum erwarten, dass sie ihm gründlich die Leviten las. »Das hast du ja seit Jahren nicht gemacht. Siehst du, Christin? Der Kater ist noch genauso fit wie deine alte Großmutter.«

Eine unangenehme Gänsehaut wanderte über meinen Rücken. »Kein Wunder, dass die Katze genug Ego für zehn besitzt.«

Tim funkelte mich von seinem erhöhten Sitzplatz aus an, und ich war überzeugt davon, dass ich den zaghaften Anfang unserer Beziehung nun endgültig zerstört hatte.

Meine Großmutter folgte mir nach draußen. Es war angenehm kühl, genau richtig, um sich mit einer Tasse Tee aufzuwärmen. Das Gras hatte sich vom starken Regen der letzten Nacht erholt und trocknete allmählich in der Morgensonne. Ich ließ mich auf einen der Gartenstühle sinken, und Oma Rosi tat es mir gleich. Sie trug violette Jogginghosen aus Chenille, die obligatorischen Flauschpantoffeln und –

»Ist das meine Sweatjacke?«, fragte ich.

Meine Großmutter sah an sich hinunter, als wüsste sie nicht, wovon ich sprach. »Ach die. Ja. Und wenn du mich fragst, steht sie mir ohnehin besser. Du bist spindeldürr geworden.«

Ich schüttelte ungläubig den Kopf, obwohl ich zugeben musste, dass sie recht hatte. In den letzten Monaten hatten mich die Gedanken so fest im Griff gehabt, dass ich mehr als einmal vergessen hatte zu essen, obwohl es eigentlich wenig gab, was ich lieber tat.

»Ich habe nachgedacht«, sagte sie dann und griff nach meiner Tasse, die ich auf dem Gartentisch abgestellt hatte. »Über die Feier.«

»Und?«

»Meinst du wirklich, das würde die Leute interessieren?«

Da war wieder dieser Ausdruck in ihrem Gesicht. Dieser leise Zweifel, den ich in letzter Zeit viel zu häufig gesehen hatte.

»Natürlich, das wird super, du wirst sehen. Die Flyer sind toll, da greifen sicher viele Leute zu.«

Meine Großmutter grinste, zog die Brauen so weit nach oben, dass sie beinahe in ihrem Haaransatz verschwanden. »Dir gefällt also, was er tut.«

»Das hat nichts mit ihm zu tun«, wehrte ich ab. »Außerdem – so toll sind sie nun auch wieder nicht.«

Sie nickte wissend. »Natürlich nicht. Sag mal, was ist eigentlich gestern Abend passiert?«

»Du wolltest doch, dass ich mit ihm spreche. Das habe ich getan. Zufrieden?«

»Worüber denn?«

Eine überraschend starke Windbö pustete mir eine Haarsträhne ins Gesicht, und ich strich sie mit Nachdruck hinter mein Ohr. Dann sah ich mich nach Tim um und war erleichtert, als ich ihn nirgends entdecken konnte. Mit seinen dreizehn Jahren hatte er es fertiggebracht, mich nachhaltig zu traumatisieren. »Na ja, über den Laden, über die Feier. So was eben.«

Oma Rosi verdrehte die Augen und seufzte. »Ich hätte deutlich länger in diesem Restaurant bleiben sollen.«

»Nein, ganz im Gegenteil.«

Meine Großmutter beugte sich über den Tisch, und ihre Miene war ernst geworden. Und das bedeutete, dass ich das, was sie nun sagen würde, ganz und gar nicht hören wollte. »Irgendwann musst du es dir anhören, Kind. Seit Monaten bist du nicht mehr du selbst. Ich weiß, du hast dir erfolgreich etwas anderes eingeredet, aber so ist es nicht. Du musst endlich wieder anfangen zu leben.«

Ich schluckte schwer an dem Kloß in meinem Hals, und der Tränenschleier in meinen Augen wurde immer dichter. »Du weißt doch, wie es ist, aus heiterem Himmel verlassen zu werden. Bei dir und Großvater war es doch genauso.«

»Nein, das war es nicht«, sagte sie, und ihre Stimme war sanft und unnachgiebig zugleich. »Ich habe es lange kommen sehen. Er war nicht mehr derselbe. Und als er ging, da war es verdammt noch mal gut so. Wir waren nicht füreinander bestimmt, das wusste ich im Grunde immer. Bei euch ist es anders. Dieser Junge liebt dich, Kind.«

Ich presste die Lippen aufeinander in der Hoffnung, die

Tränen dahin zurückzubefördern, woher sie gekommen waren, aber natürlich scheiterte ich kläglich. »Ich würde mich wirklich freuen, wenn du endlich meine Entscheidungen akzeptierst.«

Meine Großmutter griff nach meiner Hand und drückte sie. »Ach, Liebes. Dafür müsstest du es erst einmal selbst tun.«

13

»Christin, Kind, nun komm doch endlich!«, rief meine Großmutter aus dem Laden, und ich ließ das Telefon sinken. »Hier
gibt es unmöglich Platz für die Häppchen. Ich habe ja gesagt,
das ist zu viel des Guten.«

Es war das zweite Mal, dass ich mich im winzigen Bad
der *Muschelkiste* eingeschlossen hatte und heimlich Anrufe tä-
tigte.

»Ich bin sofort da!«, rief ich zurück.

Dann drückte ich auf meinem Handy die Wahlwiederho-
lung und presste mir das Gerät ans Ohr. Das Freizeichen er-
tönte, wie beim letzten Mal. Einmal, zweimal, dreimal, und
mit jedem Mal fiel meine Hoffnung etwas weiter in sich zusammen. Johann hob nicht ab. Er hatte es während meiner
unzähligen Versuche nicht ein einziges Mal getan, dabei
hatte ich zwischendurch sogar Samuels Telefon benutzt, für
den Fall, dass er misstrauisch geworden war.

Beke hatte ganze Arbeit geleistet. Innerhalb weniger
Stunden hatte sie sowohl Johanns Adresse als auch seine Te-
lefonnummer herausgefunden. Ihre Quelle: ein ehemaliger
Kollege, der Lehrling im Autogeschäft von Johanns Vater ge-

wesen war. Und dabei war sie – das hatte sie mir versichert – mit äußerster Diskretion vorgegangen.

»Hat mich gebeten, ihn zu heiraten, der Gute, und das nicht nur einmal«, hatte Beke mir verraten und dabei gekichert wie ein kleines Mädchen. »Hab's nicht gewagt, wenn ich ehrlich bin. Und außerdem war der Gerd bei Weitem nicht so 'n feiner Mann wie Johann.«

Nachdem Samuel mit den druckfrischen Flyern zurückgekehrt und meine Großmutter sich für die Nacht verabschiedet hatte, hatte ich einen davon in einem Kuvert verpackt und in den nächsten Briefkasten geworfen, zusammen mit einer kurzen Nachricht.

Sie würde sich freuen.

Den Rest der Flyer hatten wir im ganzen Ort verteilt. Sie lagen bei Beke in der Fischräucherei, in Giuseppes Pizzeria, im *Dünenhotel* und in der Buchhandlung, hingen an Laternenmasten und steckten zwischen Scheibenwischern.

Nun war alles bereit für die Neueröffnung. Alles, bis auf die Häppchen. Und den Ehrengast, auf den ich so sehr hoffte.

Seufzend öffnete ich die Badezimmertür und wäre beinahe in Samuel hineingerannt. Offenbar hatte er auf mich gewartet. Zur Feier des Tages hatte er sich rasiert und trug ein schwarzes Hemd zur Jeans und das Parfum, das ich sofort erkannte, weil ich es ihm im letzten Jahr zum Geburtstag geschenkt hatte. Der vertraute Geruch löste Dinge in mir aus, die ich nicht fühlen wollte.

»Und?«, flüsterte er und sah mich erwartungsvoll an.

Ich schüttelte den Kopf, und er zuckte mit den Schultern, als würde er etwas sagen wollen wie »Wäre ja auch zu schön gewesen«.

Ich ließ meinen Blick durch den Raum wandern, prüfte, ob ich in der Aufregung womöglich etwas vergessen hatte, und kam zu dem Schluss, dass das nicht der Fall war. Omas Büro hatte niemals ordentlicher ausgesehen. Der runde Tisch, an dem wir regelmäßig Köstlichkeiten aus Bekes Räucherei verspeisten, war mit einer feinen Tischdecke dekoriert, darauf hatte ich einige Muschelschalen, Lederbändchen und Schmuckperlen platziert, aus denen interessierte Besucher unter Oma Rosis Anleitung ihre eigenen Muschelarmbänder würden herstellen können. Thomas hatte einige Stühle aus dem Frühstückssaal des *Dünenhotels* bereitgestellt, dazu vier mit weißen Decken bezogene Stehtische für den Eingangsbereich, die ich vor einigen Stunden mit Windlichtern und künstlichen Seesternen bestückt hatte.

Meine Großmutter richtete anklagend einen Zeigefinger auf die drei Tabletts mit Häppchen, die wir bei Beke bestellt hatten. Nach einer langen Diskussion, die beinahe in eine Rangelei ausgeartet wäre, hatte ich Beke überzeugt, zumindest einen Teil des Geldes anzunehmen, das ich ihr angeboten hatte. Sie sahen köstlich aus. Beke hatte sich für kreisförmig geschnittenes Schwarzbrot mit einer Auswahl ihrer beliebtesten Räucherfischsorten entschieden und jedes einzelne Häppchen mit frischen Kräutern und Radieschenscheiben dekoriert.

»Auf den Stehtischen können sie nicht bleiben, da ist ja dann kein Platz für die Sekt- und Likörgläser«, diagnostizierte meine Großmutter. »Willst du mir vielleicht verraten, wo wir auf die Schnelle einen weiteren Tisch herbekommen?«

»Ich könnte drüben in der Pizzeria fragen.«

»Giuseppe hat mehr als genug für uns getan«, wiegelte sie ab. »Und um noch einmal nach Hause zu fahren, haben wir keine Zeit.«

»Das könnte ich doch erledigen«, bot Samuel an.

»Perfekt«, stimmte ich zu.

Meine Großmutter schien anderer Meinung zu sein und verschränkte die Arme vor der Brust. »Ich hätte dich gerne dabei, wenn die Besucher kommen. Schließlich bist du mein Schwieger … Inneneinrichter.«

Ich zuckte zusammen, aber nur ein wenig. Früher war es weitaus schlimmer gewesen. Noch vor der Hochzeit hatte sie begonnen, Samuel ihren Schwiegerenkel zu nennen. Nach der Trennung war ihr das Wort am Telefon ein paarmal herausgerutscht, und es hatte sich angefühlt wie Hunderte kleine Schnitte. Heute löste es keine Schmerzen mehr in mir aus, aber es vibrierte trotzdem unangenehm in meinen Ohren.

»Ich bin gleich zurück, versprochen.«

Samuel legte ihr zum Abschied kurz eine Hand auf die Schulter und ging.

»Und wo sollen wir das Ding dann eigentlich hinstellen?«, fragte meine Großmutter. Ich bemerkte, dass sie vor Aufregung rote Wangen bekommen hatte. »Die Leute stehen sich ja gegenseitig auf den Füßen. Vorausgesetzt, es kommen überhaupt mehr als eine Handvoll.«

Ich musste grinsen. »Ich habe dich noch nie in deinem Leben so unentspannt erlebt.«

»Ach papperlapapp, ich bin die Ruhe in Person. Aber ich gebe zu, dass ich große Lust auf ein Schlückchen Sekt hätte.«

»Hey, das wird super, du wirst sehen«, sagte ich. »Es ist alles so toll geworden.«

Bereits am Vortag hatten wir die *Muschelkiste* mit Luftschlangen, glitzernden Girlanden und Lametta geschmückt und bunte Lichterketten an der Markise befestigt, ganz so, wie meine Großmutter es sich vorgestellt hatte. Das Foto von ihr, das sie mir beinahe schüchtern überreicht hatte, hing vergrößert in einem geschmackvollen Holzrahmen an der Wand über der Rattankommode. An der Front des Kassentresens verkündete ein Poster die unwiderstehliche Rabattaktion, die wir bereits auf den Flyern angekündigt hatten. Besucher der Feier würden heute nicht nur ihre selbst gemachten Armbänder mit nach Hause nehmen können, sondern auch ein weiteres Schmuckstück für den halben Preis.

Meine Großmutter atmete tief durch und strich sich über den wadenlangen, cremefarbenen Rock. Ihr Haar hatte sie zu einem lockeren Knoten hochgesteckt und trug ihr liebstes Paar Ohrringe, das sie vor mehr als dreißig Jahren gefertigt hatte und seitdem hütete wie einen Schatz. »Wie sehe ich aus?«

»Einfach brillant.«

Sie drückte mir einen Kuss auf die Wange. Glücklicherweise entschied sie sich nur selten für Lippenstift. »Das ist lieb von dir, mein Herz. Und du machst dich auch nicht übel. Sogar ein bisschen Farbe hast du bekommen.«

Sie hatte recht. Die frische Nordseeluft hatte mir unübersehbar gutgetan, und ich fühlte mich lebendiger, als ich es seit Monaten getan hatte.

»Weißt du noch, wie braun Lia und du früher immer geworden seid?«, fuhr sie fort, und in ihr Gesicht trat ein wehmütiger Ausdruck. »Ihr wart aus dem Wasser kaum rauszubekommen und saht nach den drei Wochen Sommerurlaub aus wie zwei kleine Brathähnchen.«

Ich lächelte und konnte mich nur zu gut daran erinnern, wie Lia mich dazu überredet hatte, ohne Schwimmflügel im Meer zu schwimmen. Ich hatte Unmengen an Salzwasser geschluckt, mir davon den Magen verdorben, und Lia hatte während ihrer Entschuldigung ein Lachen unterdrücken müssen.

»Ich weiß, dass deine Schwester denkt, ich sollte es langsam gut sein lassen mit dem Laden«, sagte meine Großmutter. »Aber sie könnte sich ruhig mal wieder bei ihrer armen Oma Rosi blicken lassen.«

»Sie wollte es wirklich zur Einweihung schaffen«, beteuerte ich. »Aber es war so kurzfristig, dass sie schon vollkommen verplant war. Du weißt ja, wie sie ist. Sie schaut sicherlich bald wieder vorbei.«

»Das wäre fabelhaft. Und was ist eigentlich mit unserem Herrn Mieterberater?«

Meine Großmutter sprach das Wort so akzentuiert aus, dass es keinen Zweifel daran ließ, wie ungern sie Florian an diesem Abend dabeihaben wollte. Und den Grund dafür kannte ich nur allzu gut.

»Keine Sorge, er wird es nicht schaffen. Seine Mutter feiert ihren Sechzigsten.«

Sie sah mich mit ihrem besten Ach-ist-das-so-Blick an. »Du weißt ja sehr genau Bescheid.«

»Er hat uns wirklich geholfen, Oma, da war es nur fair, ihn einzuladen.«

Tatsächlich hatte ich Florian in den vergangenen Tagen nicht wiedergesehen, was weniger daran lag, dass ich es nicht wollte, sondern mehr an der Tatsache, dass ich mit den Vorbereitungen für die Neueröffnung der *Muschelkiste* alle Hände voll zu tun hatte. Wir hatten lediglich einmal telefoniert, in halber Lautstärke, weil es spät gewesen war. Er hatte sich noch einmal für sein vorschnelles Verhalten entschuldigt, und ich hatte ihm noch einmal verziehen.

Wenige Minuten später betraten Samuel und Beke beinahe gleichzeitig den Laden, Samuel mit Omas Klapptisch, Beke mit mehreren Likörflaschen bewaffnet.

»Jeder bekommt ein Glas für nix, danach gibt's die Buddel für 'nen Zehner«, verkündete Beke, stellte die Flaschen ab und drückte seufzend den Rücken durch. Er knackte hörbar, und sie zog scharf die Luft ein. »Waren auch mal leichter die Dinger.«

Meine Großmutter klatschte in die Hände. »Dann haben wir ja alles beisammen.«

Als Nächstes erschien Willi in der *Muschelkiste*, und beinahe hätte ich ihn für jemand anders gehalten. Er trug einen Anzug aus braunem Cord, dazu eine schwarze Fliege und Bootsschuhe. Und er hatte sich rasiert.

»Mein Gott, was ist denn mit dir passiert?«, rief meine

Großmutter und schlug sich eine Hand vor den Mund, während Willi ihre andere galant mit Küssen bedeckte.

»Der macht noch die ganzen Froen verrückt«, sagte Beke.

»Paar aus meinen Gruppen müssten auch gleich kommen«, informierte uns Willi, nachdem er sich zur Begrüßung vor mir verbeugt hatte. »Hab denen gesagt, kommt alle zum Muschelladen, da gibt's heut was zu sehen. Und die Zettel hab ich auch verteilt. Waren ein bisschen zerknickt, weil ich sie in der Hosentasche hatte, aber lesen konnte man's wohl noch.«

Und dann trudelten auch schon die ersten Gäste ein, die wir mit Sekt, Orangensaft und Sanddornlikör empfingen und mit Häppchen versorgten. Und dann kamen weitere, und noch ein paar mehr, und innerhalb der ersten halben Stunde war die *Muschelkiste* so voll, dass man kaum noch stehen konnte. Wir leerten Sekt- und Saftflaschen, die Häppchen waren im Nu aufgegessen, und Beke ließ in regelmäßigen Abständen Geldscheine in ihrem Jutebeutel verschwinden. Mit diesem Likör würde sie – dessen war ich mir sicher – irgendwann ein Vermögen verdienen. Meine Großmutter führte die Gäste in Fünfergruppen in ihr Büro und zeigte ihnen unter Geplapper und Gelächter, wie man Armbänder flocht. Auch einige Kinder waren dabei, die den Bastelkurs besonders genossen und ihren Eltern danach stolz ihr Werk präsentierten. Für sie gab es noch je eine Muschel ihrer Wahl aus Omas kultigem Weidenkorb.

Während ich benutztes Geschirr einsammelte und Getränke nachschenkte, spähte ich immer wieder zur Eingangstür, die wir ebenfalls mit Lichterketten geschmückt hatten.

Doch Johann kam nicht. Ich hatte keine Zeit, darüber nachzugrübeln, mich zu fragen, ob er den Flyer mit der Einladung erhalten hatte, aber die Enttäuschung schwappte dennoch unangenehm in meinem Magen.

Gegen einundzwanzig Uhr, als nur noch eine Handvoll Menschen um die Tische herumstand und sich unterhielt und eine weitere mit meiner Großmutter in ihrem Büro saß, genehmigte ich mir zum ersten Mal an diesem Abend eine Verschnaufpause. In den letzten Stunden hatte ich mehr geredet als in den vergangenen Monaten zusammen, hatte vom Öffnen der Sekt- und Likörflaschen Muskelkater in den Händen bekommen und war nun hundemüde, während meine Großmutter förmlich durch den Laden schwebte und ganz in ihrem Element war. Diesen Abend würde sie so schnell nicht vergessen, und das würde ich auch nicht.

Während ich auf einer der Récamieren mein erstes Glas Sekt des Abends genoss, beobachtete ich, wie Samuel sich angeregt mit einer Gruppe von zwei hübsch zurechtgemachten älteren Damen und einem Mann in Polohemd unterhielt, die – das hatte ich aufgeschnappt – während einer von Willis Wattwanderungen auf die Feier aufmerksam gemacht worden waren. Willi, hatten sie gesagt, sei aus dem Schwärmen gar nicht mehr herausgekommen.

Um kurz vor elf waren alle Gäste, bis auf Beke und Willi, gegangen. In Omas Büro stapelten sich leere Teller und Gläser, zwei der Lichterketten waren ausgefallen, und die Luft war trotz geöffneter Fenster stickig und warm. Doch meine Großmutter strahlte, und ich war so glücklich wie seit Ewigkeiten nicht mehr. Unsere Arbeit hatte sich gelohnt, und das würde sich hoffentlich auch bald in den Einnahmen widerspiegeln.

Beke klatschte in die Hände. Von allen Gästen hatte sie selbst ihre Häppchen am meisten genossen. »So, das war's für heute. Ich bin platt wie 'ne Nordseescholle.« Dann drückte sie meiner Großmutter ihren Jutebeutel in die Hand. »Hier, Rösken, das sind die Einnahmen vom Likör. Der ist weggegangen wie mein Stremellachs am Samstagmorgen, sag ich dir. Davon kaufst du neue Bänder oder was du sonst noch so brauchst, davon dürfte ja seit heute Abend nicht mehr viel übrig sein.«

»Aber –«

Beke erhob ihren Zeigefinger. »Nix aber. Das hättest du schon viel früher haben können, du alter Stievkopp. Hättest nur was zu sagen brauchen.«

Während meine Großmutter kopfschüttelnd um Fassung rang, zog Beke mich in eine Umarmung. »Und du, Mädchen, überleg dir mal, ob du nicht doch hierbleibst. Da unten in Hannover hast du nichts verloren, wenn du mich fragst.«

»Du bist doch wahnsinnig«, murmelte Oma Rosi, während Beke sie ebenfalls an ihre massige Oberweite drückte.

»Ach Rösken«, sagte sie und klopfte ihr mehrmals kräftig auf den Rücken. »Anders kann man auch nicht durchs Leben gehen.«

Dann winkte sie uns noch einmal zu und verschwand in die Nacht.

»Und jetzt nichts wie auf die Couch«, sagte meine Großmutter und ließ ihren Nacken kreisen. »Ich glaube, das war der schönste Tag meines Lebens – aber auch der anstrengendste.«

»Ich glaube, ich brauche noch einen Spaziergang«, verkündete ich und schlüpfte in meine Jeansjacke. Abends wurde es hier an der See deutlich kühler als in der Stadt, und der Wind würde sein Übriges tun. »Du kannst mit Samuel nach Hause fahren.«

Meine Großmutter hob abwehrend die Hände. »Auf keinen Fall. Mir ist vom Likör schon ganz schwindlig, da steige ich in kein Auto. Willi bringt mich mit dem Rad nach Hause. Wie in alten Zeiten, nicht wahr?«

Willi nickte begeistert und bot ihr seinen Arm an. Ich hatte so sehr gehofft, dass es Johann sein würde, der sie nach Hause fuhr.

»Hast du etwas dagegen, wenn ich dich begleite?«

Samuel sah mich mit einem Blick an, der erwartete, dass ich ablehnen würde. Und beinahe hätte ich es getan. Dann schüttelte ich den Kopf, obwohl ich selbst keineswegs damit gerechnet hatte. »Ich würde gern noch an den Strand.«

Es war eine beinahe sternenklare, kühle Nacht. Der Mond hatte sich hinter einem feinen Federwölkchen versteckt, sodass sein weißes Licht uns nur gedämpft erreichte. Die Nordsee lag ruhig und schwarz vor uns. In ein paar Hundert Metern Entfernung spazierte eine Handvoll Menschen über den Strand weg von uns in Richtung Norden. Es gab nichts außer dem Rauschen des Meeres, dem Sand zwischen meinen nackten Zehen und der Gischt, die mir um die Beine spülte. Und Samuel, der schweigend neben mir stand, beide Hände in den Taschen seiner Jeans, dessen Nähe mir noch immer viel zu vertraut vorkam, der sich aber nicht mehr wie der Fremdkörper anfühlte, als den ich ihn bei seiner Ankunft empfunden hatte.

»Das war ein voller Erfolg, nicht wahr?«, sagte er in die nächtliche Stille hinein. »Deine Großmutter ist aus dem Grinsen gar nicht mehr herausgekommen.«

Ich musste schmunzeln. Er hatte recht. Oma Rosi war vor Glückseligkeit kaum mehr wiederzuerkennen gewesen, war unzählige Male in helles Gelächter ausgebrochen und mit einer Leichtigkeit aus der Hülle einer beinahe achtzigjährigen Dame geschlüpft, als wäre sie ein leichter Sommermantel.

Und doch kämpfte ich plötzlich mit den Tränen. Sie kamen so unverhofft wie Regenschauer an der Küste, und ich schlang fröstelnd einen Arm um meinen Körper.

»Ich weiß, was du denkst, Chris.« Samuel griff nach meiner Hand, und statt sie abzuschütteln, hielt ich sie. In diesem Moment wollte ich mehr als alles andere aufgefangen werden. »Aber wenn es nicht reicht, denken wir uns etwas anderes aus, versprochen.«

Ich nickte, und Samuels Griff um meine Hand wurde fester. Ich spürte, wie Gefühle durch meinen Körper flossen, die ich nicht fühlen wollte. Und dann drängte sich wieder diese eine Frage zwischen uns, als hätte sie nur auf die richtige Gelegenheit gewartet. Meine Großmutter hatte es lange vor mir begriffen: Es gab keinen Weg an dieser Frage vorbei. Nicht, wenn ich endlich abschließen wollte.

»Sag es mir«, flüsterte ich heiser. »Warum hast du dich gegen uns entschieden?«

Seine grünen Augen blickten mich an, seine Hand lag noch immer in meiner. Ich hasste mich dafür, wie stark mein Körper auf seine Berührung reagierte, aber ich war wie angeschraubt, konnte nicht einmal wegsehen. Und ich erinnerte mich verschwommen an das Gefühl von Sicherheit, das ich bei dieser Geste einmal empfunden hatte.

»Weißt du noch, wie oft du davon gesprochen hast, wie gern du Kinder haben willst, Chris?«

Ich nickte, sprachlos, während mir noch einmal die Tränen in die Augen stiegen und Samuel und das Meer zu einer konturlosen Masse verschwimmen ließen.

»Und du hast mir gesagt, was für ein guter Vater ich sein würde.«

»Du hast immer nur gelächelt«, brachte ich hervor, und meine Stimme klang schwach und müde. Ich hatte dieser Tatsache nie eine größere Bedeutung zugeschrieben, war einfach davon ausgegangen, dass er mich verstand, wie er es immer getan hatte.

»Ich habe dich nie glücklicher gesehen als in diesen Momenten.«

Er hatte recht. In diesen Momenten hatte ich geglaubt, vollkommen zu sein. Weil ich gewusst hatte, was ich wollte, während so viele unserer Freunde noch nach dem Sinn des Lebens suchten. Und jetzt? Wer wusste jetzt nicht einmal, was in zwei Wochen sein würde?

»Ich habe dir erzählt, dass mein Vater –« Samuel schluckte angestrengt, und ich bemerkte, dass ich vor Anspannung die Luft angehalten hatte. »Dass mein Vater nicht gerade das Vorbild war, das er hätte sein sollen. Ich habe ihn so geliebt, wollte ständig in seiner Nähe sein, und er hat mich fallen gelassen. Einfach so. Er hat so viele Spuren hinterlassen, auch wenn ich immer geschworen habe, niemals so zu werden wie er. Ich habe wirklich geglaubt, ich wäre bereit, alles besser zu machen. Ich wollte endlich den nächsten Schritt mit dir gehen, in unserem gemeinsamen Haus. Und dann –« Er unterbrach sich, fuhr sich mit der Hand über die Augen. »Ich hätte mit der Unsicherheit nicht weitermachen können. Ich wollte mir *sicher* sein, dass ich es besser machen würde als er. Aber das war ich nicht.«

Ich öffnete den Mund, um etwas zu sagen, obwohl ich noch nicht wusste, was es sein würde. Die Erkenntnis war unscharf und verschwommen, kaum mehr als ein Gedankenfetzen. Doch langsam, ganz langsam, nahm sie Gestalt an. »Du hast geglaubt, kein guter Vater sein zu können.«

Er nickte, und in seinen Augen glitzerten Tränen. Deswegen hatte ich immer dieses unbestimmte Gefühl gehabt, dass er nicht ganz bei mir war, wenn ich dieses Thema begann. Dabei hatte er sich so bemüht, mir das Gegenteil zu beweisen.

»Aber wir hätten darüber reden können. Wir hätten eine Lösung finden können, ich hätte –« Meine Stimme war kaum mehr als ein Hauchen, das im friedlichen Rauschen der Wellen unterging, obwohl ich mir so sehr gewünscht hätte, dass sie stark und sicher war. Aber konnte ich wirklich sicher sein, wenn mein Innerstes mir zu verstehen gab, dass das, was ich sagte, nicht der Wahrheit entsprach?

»Du hättest deinen Traum für mich aufgegeben. Das wäre die Lösung gewesen. So ist es doch, oder?«

Ich wehrte mich gegen die Antwort, aber sie war so klar, dass sie mich erschreckte. Ich nickte. »Ja, das hätte ich getan.«

Samuel legte eine warme Hand auf meine Wange, und mein Körper verspannte sich so sehr, dass es schmerzte. »Du wärst eine wunderbare Mutter, Chris. Und das solltest du niemals für jemanden aufgeben.«

Ich schluckte angestrengt, spürte, wie mir die Tränen über die Wangen liefen und auf den feuchten Sand tropften. Eine Welle aus Trauer brach über mir zusammen und riss mich mit sich. Und während ich weinte, hielt Samuel mich an beiden Schultern, damit ich nicht in mich zusammensackte wie eine Winkefigur ohne Wind.

»Es tut mir so leid«, flüsterte er in mein Ohr, immer wieder.

Als keine Tränen mehr kommen wollten, fuhr ich mir mit der Hand über das nasse Gesicht und strich mir die Haare hinter die Ohren. Dann wischte ich Samuels Hände von meinen Schultern.

»Lass uns bitte nach Hause gehen.«

Der Vollmond hatte sich vollständig aus seinem Versteck gewagt, als wir den Weg zurück antraten, und auf der Deichpromenade begann ich vor Müdigkeit und Kälte zu zittern. Samuel bot mir seinen Mantel an, aber ich lehnte ab.

In Omas Reetdachhäuschen brannte kein Licht, als wir das windschiefe Gartentor aufzogen. Sicherlich schlief sie bereits tief und fest, Tim neben ihr zu einem flauschigen Knäuel zusammengerollt.

Samuel fischte in der Tasche seines Mantels nach dem

Schlüssel. Ich berührte seinen Arm, und er wandte sich überrascht zu mir um.

»Ich bin froh, dass du es mir gesagt hast«, flüsterte ich.

Samuel schüttelte den Kopf, und ich bemerkte, wie sein Blick für den Bruchteil einer Sekunde zu meinen Lippen wanderte. So war es immer gewesen, kurz bevor er mich geküsst hatte. »Es war höchste Zeit.«

Ich erlaubte mir ein kleines Lächeln und nickte, bevor mich die Wärme meines zweiten Zuhauses umschloss und die Müdigkeit mich gänzlich einholte.

Und ich glaube noch immer, dass du ein wunderbarer Vater gewesen wärst, dachte ich und hätte es beinahe ausgesprochen. Doch das hätte jeder einzelnen Erkenntnis widersprochen, die ich mir in den letzten Monaten so hart erarbeitet hatte.

14

Der Zug nach Husum fuhr planmäßig, ganz im Unterschied zu den Bussen, die mich im zähen Innenstadtverkehr von Hannover zu dem nichtssagenden Flachdachgebäude aus den Fünfzigerjahren brachten, in dem sich mein Büro befand. Graue Schlieren zogen sich durch den Himmel und verdeckten die Sonne. Ich konnte den Regen bereits riechen, bevor ich mich auf einem einzelnen Sitz am Fenster niederließ.

Ich lehnte meinen Kopf an die vibrierende Scheibe und beobachtete, wie Getreidefelder, windschiefe Resthöfe und die endlosen Wiesen der Eiderstedter Halbinsel an mir vorbeizogen.

Trotz des Wetters und der Tatsache, dass Johann nicht wie erhofft zur Einweihungsfeier erschienen war, war ich guter Dinge. Wenn die Gerüchte über ihn stimmten, war die Wahrscheinlichkeit hoch, dass er zu Hause war. Und wenn es stimmte, dass meine Großmutter einmal seine große Liebe gewesen war, standen die Chancen, dass er mich einlassen würde, ebenfalls nicht schlecht.

Der Montag nach der Neueröffnung war ruhig verlaufen, und während wir die letzten Überbleibsel entfernt hatten,

war der Blick meiner Großmutter immer wieder zur Ladentür geschnellt. Zwar war eine ganze Handvoll mehr Kunden
aufgetaucht, der große Ansturm aber war ausgeblieben.
Meine Großmutter hatte es mit Fassung getragen, ich hatte
dennoch die Enttäuschung in ihrem Gesicht bemerkt, wenn
sich die Menschen neugierig die Nase am Schaufenster platt
drückten und dann trotzdem weiterzogen.

»Das ist bloß die Ruhe vor dem Sturm«, hatte Samuel ihr
versichert.

Sie hatte genickt, und ihr Lächeln war beinahe ehrlich gewesen. »Das wird es sein.«

Am Bahnhof von Husum stieg ich in ein Taxi, das mich
aus der Stadt heraus in das kleine Dörfchen Hattstedt
brachte.

»Ach, zum Herrn Larsen wollen Se«, sagte der beleibte Ta-
xifahrer mit Spitzbart und Fischermütze, als ich auf dem Beifahrersitz Platz genommen hatte. »Sind Se aus der Familie?«

»Nein, nur eine Bekannte«, informierte ich ihn.

Er nickte nüchtern, und für den Rest der Fahrt sagte er
kein weiteres Wort. Er war der Inbegriff des schweigsamen
Norddeutschen, auch wenn es ein Klischee war, das ich nicht
unterschreiben konnte.

Johanns Anwesen war ein gepflegtes, in Schwedenrot ge-
strichenes Bauernhaus mit weißen Fensterläden und reetge-
decktem Spitzdach. Hinter dem Haus graste eine Handvoll
Schafe, und aus einem der Holzverschläge hörte ich das leise
Gackern von Hühnern. Es gefiel mir auf Anhieb. Als Kind
hatte ich mir oft vorgestellt, wie es wäre, auf einem Bauern-
hof aufzuwachsen, jeden Morgen den Kuh- und Pferdestall

auszumisten, auszureiten und zum Frühstück die Eier von meinen eigenen Hühnern zu essen.

Zur Haustür führte ein Weg aus rostrotem Kies, und als ich davorstand, befielen mich zum allerersten Mal an diesem Tag Zweifel. Was würde er dazu sagen, dass plötzlich die Enkelin seiner längst verflossenen Liebe bei ihm auftauchte? Zumal ich sicher war, dass er von meiner Existenz nichts wusste. Aber nun war es ohnehin zu spät und ich noch immer zu entschlossen, um einen Rückzieher zu machen.

Durch das Erkerfenster in der Tür konnte ich einen holzvertäfelten Hausflur samt Garderobe erkennen. Für einen Augenblick schwebte mein Zeigefinger über dem schwarzen Klingelknopf, neben den in goldenen Lettern der Name Larsen geschrieben stand. Dann drückte ich ihn, und die Klingel drang dumpf zu mir nach draußen. Für ein paar Sekunden hörte ich nichts. Sekunden, in denen ich beinahe die Hoffnung verloren hätte. Doch dann waren da langsame Schritte auf dem Parkett, nicht so schwer wie Willis, aber doch irgendwie gemächlich, und durch die vorgezogenen Jalousien konnte ich eine Gestalt erahnen und daneben eine weitere, viel kleiner. Vielleicht war das der Wachhund, von dem meine Großmutter gesprochen hatte. Dann wurde die Haustür geöffnet.

Johann war hochgewachsen und hager, mit geradem Rücken und kurz geschnittenem weißem Haar, das für sein Alter überraschend voll war. Seine Augen leuchteten so hellblau wie der Sommerhimmel an seinen besten Tagen. Ich konnte mir lebhaft vorstellen, wie meine Großmutter einmal in ihnen versunken war. Mein Herz schlug aufgeregt in meiner Brust. Diese ersten Momente würden darüber entscheiden, ob er mir einen Teil seines Vertrauens schenken oder mich in hohem Bogen von seinem Grundstück werfen würde.

Johann runzelte die überraschend faltenlose Stirn. »Ich habe erst gestern eine Kollegin von Ihnen weggeschickt, mit dem Jüngsten Gericht habe ich nichts am Hut.«

Beinahe ertappt blickte ich an mir herunter. Waren der lange Rock und die kurzärmelige Bluse so eine schlechte Wahl gewesen?

»Ich bin nicht von den Zeugen Jehovas, Herr Larsen«, beeilte ich mich zu sagen, als er im Begriff war, die Tür zu schließen. »Ich bin Christin Lorenz.«

Er hielt in seiner Bewegung inne, die Stirn noch immer gekräuselt, und sah mich aus misstrauischen Augen an. Der Hund an seiner Seite, ein schokoladenbrauner Shar-Pei, tat es ihm gleich. »Lorenz? Kenne ich nicht.«

»Aber Sie kennen Rosi Falkenstein, nicht wahr?«

Sein Gesicht veränderte sich, so plötzlich, dass ich eine Gänsehaut bekam. Seine Züge wurden weich, seine Mundwinkel hoben sich zu einem zögerlichen Lächeln. Aber nur für den Bruchteil einer Sekunde. Dann war er wieder der misstrauische ältere Herr, der mir eben die Tür geöffnet hatte. »Was haben Sie mit Rosi zu tun?«

»Ich bin ihre Enkelin.«

Er nickte, als hätte ich ihm gerade berichtet, dass in den nächsten Tagen jemand vorbeikommen würde, um seinen Gaszählerstand abzulesen.

»Hören Sie«, begann ich meine Offensive. »Ich wollte Sie

nicht stören. Ich wollte nur – vielleicht können wir uns ein wenig unterhalten.«

Er sah mich lange an, und ich fühlte mich seltsam ertappt, obwohl ich es noch immer für eine ziemlich brillante Idee hielt, hier in einem winzigen Vorort von Husum überraschend vor seiner Haustür zu stehen. Dann trat er einen Schritt zurück und deutete mit einem Arm den Flur entlang. »Geradeaus ins Wohnzimmer. Und keine Angst vor Alma, sie ist der faulste Hund der Welt.«

In Johanns überraschend modern eingerichtetem Wohnzimmer mit Möbeln aus braunem Leder und grau gestrichenen Wänden knisterte ein Kaminfeuer, obwohl es draußen sommerliche achtzehn Grad hatte. Er bot mir einen Platz auf der großzügigen Chesterfieldcouch an, und ich setzte mich. Alma ließ sich schnaufend in einen flauschigen Korb unweit der Tür sinken. Als sie kaum zwei Sekunden später zu schnarchen begann, bezweifelte ich endgültig, dass sie eine ernst zu nehmende Gefahr darstellen würde.

»Tee oder Kaffee?«, fragte Johann.

»Kaffee wäre wunderbar, vielen Dank.«

Während er Kaffee aufsetzte, sah ich mich in dem Raum um, der so viel rustikalen Chic versprühte, dass ich ihn am liebsten fotografiert hätte. Ich entdeckte ein schwarz lackiertes Klavier, zwei gut gefüllte Bücherregale, einen Esstisch aus dunklem, naturbelassenem Holz. Die Wände waren bis auf ein abstraktes Gemälde leer. Nur auf dem Couchtisch stand ein gerahmtes Foto, auf dem zwei Männer in Anzug Arm in Arm in die Kamera lachten. Einer davon war Johann, etwas jünger und mit beinahe weißblondem Haar.

»Mein Bruder«, informierte er mich, und ich zuckte zusammen. Ich hatte ihn nicht kommen hören. Er stellte eine dampfende Kaffeetasse auf den Couchtisch, direkt neben das Foto. »Hat mit sechzig noch mal geheiratet.«

»Wie schön. Danke für den Kaffee.«

Er nahm am anderen Ende des Sofas Platz und überschlug die langen Beine. »Ich hätte Ihnen ja Kekse oder irgendetwas angeboten, aber ich habe nichts im Haus.«

»Das macht nichts, ich esse sowieso nicht gern Süßes.«

Außer Omas Blaubeerpfannkuchen, hätte ich beinahe hinzugefügt, entschied mich aber dagegen. Diese Information würde ich mir für einen geeigneteren Moment aufsparen.

»Also«, sagte Johann und faltete die Hände auf seinem Schoß. Seine Finger waren schlank und sehnig, und mein Blick blieb an dem goldenen Ehering hängen. »Was führt Sie hierher, Frau Lorenz? Doch sicher nicht das Bedürfnis, sich mit einem alten Mann wie mir zu unterhalten.«

Natürlich hatte ich mit dieser Frage gerechnet. Trotzdem wirbelten meine Gedanken so wild durcheinander, dass ich einen großen Schluck Kaffee nahm, um Zeit zu gewinnen.

»Etwas mehr Milch?«, fragte Johann, und ich schüttelte dankbar den Kopf.

Und dann entschloss ich mich, ihm von den letzten Tagen zu berichten. Von der Postkarte, von der Tatsache, dass ich in Hannover alles stehen und liegen gelassen hatte, um nach St. Peter-Ording zu fahren, von der Krise, in die Rosi und ihr Muschelladen geraten waren, von der Renovierung und der Neueröffnung.

»Ich habe Ihnen einen Flyer geschickt«, schloss ich. »Und

ich habe viel zu oft angerufen, was mir, wenn ich es recht bedenke, wirklich leidtut.«

Johann schmunzelte, und ich bemerkte das kecke Blitzen in seinen Augen. Ich wusste sofort, dass meine Großmutter und Beke recht hatten. Er musste einmal ein wirklich gut aussehender Mann gewesen sein, und genau genommen war er es noch immer. »Sie waren das also. Wissen Sie, seit wir hergezogen sind, gehe ich kaum mehr ans Telefon. Meistens ist es ohnehin nur Werbung. Diejenigen, die mich erreichen wollen, haben ja meine Handynummer.«

»Verstehe. Ich –« Ich wog ab, ob der Zeitpunkt gekommen war, an dem er ein wenig Ehrlichkeit vertragen konnte, und kam zu dem Schluss, dass ich es versuchen musste. »Ich gebe zu, dass ich meiner Großmutter nichts davon erzählt habe. Von meinen Versuchen, Sie zu kontaktieren, meine ich. Es ist nur so, dass sie seit meiner Ankunft immer wieder von Ihnen spricht.«

Johann lächelte, aber es war kein freudig-überraschtes Lächeln, eher ein melancholisches. »Das ist so lange her.«

»Das hat sie auch gesagt. Und dass Sie am Strand immer die schönsten Muscheln gefunden haben.«

»Ich glaube, sie hat mit Absicht die schönsten liegen gelassen, damit sie mich für meinen Fund loben konnte. Sie hatte immer schon einen Blick für die schönen Dinge im Leben.«

Meine Hoffnung horchte in ihrem Versteck auf. Aus seiner Stimme sprach ganz eindeutig dieselbe Zuneigung, die ich auch in Oma Rosis bemerkt hatte. »Sie hatte Angst, dass Sie sich nicht mehr an sie erinnern.«

Jetzt lachte Johann. Ein zurückhaltendes, aber herzliches Lachen. »Vergessen? Rosi? Ich glaube, niemand, der sie einmal getroffen hat, wird sie jemals vergessen.«

Jetzt, schoss es mir durch den Kopf. *Jetzt ist der richtige Zeitpunkt.*

»Sie wollten wissen, was mich hierherführt. Nun ja, ich habe mich gefragt, ob Sie sie vielleicht wiedersehen möchten.«

Das Lachen verschwand aus Johanns Gesicht, so plötzlich, wie es gekommen war. Ich spürte, dass er in diesem Moment bereute, mich in sein Haus gelassen zu haben. »Was bringt Sie zu der Annahme, dass sie das wollen würde?«

»Ich kenne sie sehr gut. Ich bin mit ihr aufgewachsen, wissen Sie? Und es gibt nur zwei Dinge, von denen sie spricht und dabei so strahlt, als würde sie die ganze Welt umarmen wollen. Ihr Muschelschmuck und –« Ich unterbrach mich, kam mir unglaublich dramatisch vor.

»Und?«

Ich umklammerte meine Kaffeetasse. Jetzt oder nie. »Und Sie, Herr Larsen. Sie müssten sie sehen, wenn sie von Ihnen spricht. Sie müssen sich einfach wunderbar verstanden haben.«

Johann hatte sich in seine unnahbare Hülle verzogen, die ich ganz zu Anfang kennengelernt hatte. »Das haben wir. Vor sechzig Jahren.«

»Möchten Sie denn gar nicht wissen, wie es ihr geht?«

Alma wachte auf und hob in ihrem riesigen Körbchen den faltigen Kopf. Dann kam sie gemächlich auf ihr Herrchen zugetrottet, legte ihre Schnauze auf seinen Schoß, und Johann strich ihr liebevoll über die Stirn. »Hat mir die letzten Jahre Gesellschaft geleistet, die Kleine. Eigentlich sollte sie ungebetene Besucher verschrecken, aber die würde nicht einmal bellen, wenn eine Gruppe Einbrecher vor ihr stünde.«

»Haben Sie Kinder, Herr Larsen?«, fragte ich vorsichtig.

»Wir wollten, aber es ging nicht. Und irgendwann habe ich mich damit abgefunden. Aber Claudia hat es niemals ganz verwunden, auch wenn sie mir etwas anderes erzählt hat.«

Samuels Worte hallten in meinem Kopf wie das Echo in einem langen Tunnel. *Du wärst eine wunderbare Mutter, Chris.*

Ich spürte, wie mir die Röte ins Gesicht stieg. »Entschuldigung, ich wollte nicht –«

Aber Johann winkte ab. »Ich bin froh, wenn mal jemand fragt. Ich wünschte wirklich, ich könnte Ihnen Kekse anbieten.«

»Das ist nicht nötig.« Nun wandte Alma sich mir zu, schob den massigen Kopf zwischen meine Knie und sah mich aus treuen braunen Augen an. Einem solchen Blick konnte ich unmöglich widerstehen und kraulte sie hinter den Ohren. Sie genoss es sichtlich. Tim konnte sich eine große Scheibe von ihr abschneiden. »In St. Peter heißt es, dass Sie sich zurückgezogen haben und niemanden sehen wollen. Offenbar stimmt das nicht ganz.«

Johann lächelte wieder. »Ich wusste gar nicht, dass ich noch Teil der Ordinger Gerüchteküche bin. Wissen Sie, seit dem Tod meiner Frau habe ich mich ein wenig zur Ruhe gesetzt. Claudia war ein unglaublich engagierter Mensch, es saßen ständig Kolleginnen von ihr im Haus. Und jetzt genieße ich meine wohlverdiente Ruhe.«

Alma genoss die Zuneigung offenbar so sehr, dass sie die Augen geschlossen hatte und wieder leise Schnarchgeräusche von sich gab. »In St. Peter-Ording hat sich viel getan in den letzten Jahren, vielleicht hätten Sie Lust, sich das einmal anzusehen.«

»Ich werde es überdenken.«

Ich trank den letzten Schluck von meinem Kaffee, dann schob ich Almas Kopf sanft von meinem Schoß. Für heute war es genug. »Ich will Sie auch nicht länger aufhalten. Vielleicht schaffe ich noch den nächsten Zug zurück. Vielen Dank für Ihre Zeit.«

Johann begleitete mich zur Tür. Alma zog es offenbar vor, weiterzudösen.

Ich wandte mich zu ihm um und hatte das Gefühl, noch etwas loswerden zu müssen. »Mein herzliches Beileid, Herr Larsen. Ich weiß von meiner Großmutter, dass Claudia eine tolle Frau gewesen ist.«

Johann nickte. »Das war sie. Bestellen Sie Rosi schöne Grüße von mir, wenn Sie mögen. Vielen Dank, dass Sie extra zu mir nach Husum gereist sind. Und –« Er räusperte sich und zuckte dann mit den Schultern. »Tut mir leid, dass ich Ihnen keine große Hilfe war. Aber wenn Sie mögen, kommen Sie doch gern wieder auf eine Tasse Kaffee vorbei. Ich bekomme hier oben nicht mehr allzu oft Besuch.«

Er bot mir seine Hand an, und ich schüttelte sie. »Das mache ich sehr gern.«

»Und eins noch.« Er umfasste meine Hand fester. »Ich

habe oft an sie gedacht. Sehr oft. Ich habe mich oft gefragt, wie es ihr wohl geht. Ob sie noch immer so leidenschaftlich arbeitet. Aber meine Frau, wissen Sie – für mich hat es seit beinahe fünfundvierzig Jahren niemand sonst gegeben, und wahrscheinlich wird sich das auch nicht ändern.«

15

»Was meinen Sie, Sie könnten einen längeren Urlaub nicht gutheißen?«, fragte ich am nächsten Morgen mit wütend pochendem Herzen in den Hörer.

»Der neue Tarif startet in der nächsten Woche, Frau Lorenz«, sagte mein Chef Herr Hoffmann in diesem drögen, vor Abgeklärtheit triefenden Tonfall, den er immer dann hervorkramte, wenn sein Gegenüber nicht so reagierte, wie er es sich erhofft hatte. »Das ist Ihnen ja sicher bewusst. Wir brauchen Sie hier.«

Um diesen verdammten Drucker zu reparieren, dachte ich und hätte es am liebsten laut gesagt. »Ich habe seit beinahe einem Jahr keinen einzigen Urlaubstag eingetragen. Und genau genommen habe ich mit dem Tarifwechsel nichts zu tun.«

»Ich schätze Ihren Einsatz sehr, Frau Lorenz. Und Ihre Kollegen tun es auch.«

Ich wartete einen Augenblick ab, für den Fall, dass er noch etwas hinzufügen würde, aber das tat er nicht. »Also heißt das, Sie werden meinen Urlaubsantrag nicht genehmigen?«

Ich hörte, wie Herr Hoffmann schmunzelte, und hätte

am liebsten sofort aufgelegt. »So drastisch würde ich das nicht formulieren.«

»Danach hört es sich aber an.«

»Wenn Sie meinen.«

Mein Puls rauschte so laut in meinen Ohren, dass es schmerzte, und ich ertappte mich dabei, wie ich die freie Hand zur Faust ballte.

Ich habe dir schon immer gesagt, dass du in dieser Firma deine Talente verschwendest.

»Ich werde da sein«, sagte ich knapp und legte auf.

Zehn Tage. Zehn Tage würden mir noch bleiben, bis ich zurück nach Hannover reisen musste. Fort aus St. Peter-Ording, fort von meiner Großmutter, und fort vom kleinen Reetdachhaus an der Nordsee, das sich inzwischen viel mehr wie ein Zuhause anfühlte, als es meine winzige Wohnung in der Stadt jemals getan hatte.

Ich seufzte und beobachtete Tim vom Esstisch aus, wie er durch die geöffnete Terrassentür schlüpfte, die morgendliche Temperatur offenbar für nicht zumutbar hielt und wieder ins Haus zurücksprang. Und dann kam er doch tatsächlich auf mich zu und rieb seinen warmen kleinen Körper an meinem Bein, bevor er sich auf die Suche nach meiner Großmutter begab, die sich im Bad neue Lockenwickler drehte. Offenbar hatte er mir meine Reaktion auf seine erfolgreiche Mäusejagd doch nicht allzu übel genommen.

Appetitlos stocherte ich in der Portion Haferbrei mit heißen Kirschen, die meine Großmutter für mich übrig gelassen hatte. Normalerweise liebte ich dieses Frühstück, aber Herr Hoffmann hatte mir die Freude darauf gehörig verdorben.

Tim würde sich, ohne zu zögern, darüber hermachen, dessen war ich mir sicher. Ob Katzen Haferbrei vertrugen?

»Guten Morgen«, begrüßte Samuel mich wenige Minuten später. Er trug eine lange Pyjamahose und ein Sweatshirt, sein Haar lag noch immer durcheinander, und ich registrierte schwach die Überbleibsel des Gefühls, neben ihm aufzuwachen.

Während unserer Aussprache am Strand hatte sich etwas von mir gelöst. Etwas Schweres, an das ich mich beinahe gewöhnt hatte. Und ich glaubte zum ersten Mal seit Monaten fest daran, dass ich mit dieser Sache würde abschließen können. »Einen zweiten Kaffee?«

Ich nickte, und er setzte sich mit zwei randvollen Tassen zu mir.

»Alles in Ordnung?«, fragte er und hob eine Braue. »Ich habe dich telefonieren hören.«

Ich zuckte mit den Schultern, obwohl ich mit ziemlicher Sicherheit wusste, dass nicht alles in Ordnung war. »Bloß die Arbeit.«

»Ich dachte, du hättest Urlaub.«

»Das habe ich auch, aber er reicht hinten und vorne nicht.«

Ich verdrehte die Augen und nahm einen Schluck Kaffee.

»Und Herr Hoffmann wäre nicht Herr Hoffmann, wenn er ein paar Urlaubstage mehr durchgewunken hätte?«, riet Samuel und lehnte sich auf seinem Stuhl zurück.

»Richtig. In zehn Tagen nehme ich den Zug zurück nach Hannover.«

Ich sah, wie er Worte in seinem Mund sortierte, abwägte,

ob er sie aussprechen sollte. »Hast du schon einmal daran gedacht, dass du vielleicht nicht mehr dorthin gehörst?«

Etwas Kaltes legte sich um mein Herz. Es hatte Zeiten gegeben, da hatte ich genau dorthin gehört. Es hatte Zeiten gegeben, da wäre ich an keinem Ort der Welt lieber gewesen als dort. Und es hatte Zeiten gegeben, da hatte ich mir vorgestellt, dort alt zu werden, in einem Häuschen am Stadtrand, vielleicht sogar in einem der ländlichen Vororte, wenn auch nur seinetwegen.

»Man kann sich nicht von jetzt auf gleich ein neues Leben aufbauen«, zischte ich, mittlerweile zum zweiten Mal während meines Aufenthalts. »Das braucht Zeit und viel Planung.«

Samuel lächelte milde und nickte dann, auch wenn ich wusste, dass er anderer Meinung war. Als ich aus Husum zurückgekehrt war, hatte ich es kaum erwarten können, ihm von Johann zu erzählen, auch wenn mein Besuch nicht einmal annähernd so erfolgreich gewesen war, wie ich es mir erhofft hatte. Ich wartete bis zum späten Abend, als meine Großmutter uns eine Gute Nacht gewünscht und die Tür ihres Schlafzimmers geschlossen hatte. Dann bat ich ihn, mir auf die Terrasse zu folgen, und berichtete ihm alles bis ins kleinste Detail. Ich hatte längst beschlossen, Oma Rosi in dem Glauben zu lassen, dass ich den Nachmittag mit der alten Freundin verbracht hatte, die ich bereits für mein erstes Treffen mit Florian vorgeschoben hatte. Warum sollte sie erfahren, dass ihre große Liebe, von der sie so oft sprach, kein Interesse an einem Wiedersehen mit ihr zu haben schien?

Dann hörte ich die Badezimmertür klappen, und meine

Großmutter kam in einem ihrer knöchellangen bunten Kleider die Treppe herunter.

»So, Kinners«, verkündete sie. »Auf zur Arbeit. Ich habe ein verdammt gutes Gefühl heute.«

Bis zur Mittagspause bestätigte sich dieses gute Gefühl nicht. Zwei ältere Ehepaare, die auf der Neueröffnungsfeier zu tief in Bekes Likörgläser geschaut und deshalb die unwiderstehliche Rabattaktion verpasst hatten, schauten vorbei und wurden fündig. Und selbstverständlich ließ sich Oma Rosi dazu erweichen, ihnen den Preisnachlass noch einmal zu gewähren.

Samuel war in Omas Häuschen zurückgeblieben, um zu arbeiten.

»Vielleicht leistet mir der Teufelskater Gesellschaft«, hatte er gesagt, und ich hatte ihm einen spöttischen Blick zugeworfen, bevor ich die Haustür hinter mir geschlossen hatte. Mittlerweile war es eine unausgesprochene Tatsache, dass wir uns im Wettbewerb um Tims Gunst befanden. Und Samuel, das musste ich zu meiner bodenlosen Enttäuschung zugeben, war im Begriff zu gewinnen.

Die meiste Zeit verbrachte ich in Omas Büro und sortierte Unterlagen. In den vergangenen vierzehn Tagen hatte ich ein System geschaffen, das sich durchaus sehen lassen konnte, aber meine Großmutter war so nachlässig mit ihrer Buchführung umgegangen, dass es Wochen dauern würde, bis alles seine Ordnung hatte. Noch länger würde es dauern, ihr einzubläuen, das Ganze beizubehalten. Und diese Zeit würde mir nicht mehr bleiben.

Als meine Großmutter und ich die belegten Brote verspeisten, die wir uns eingepackt hatten, und dazu Zitronenbrause tranken, kam Willi zu Besuch. Er und Beke waren die Einzigen, denen es gestattet war, auch während der Mittagspause den Laden zu betreten.

»Na, Rösken?«, fragte er und lehnte sich gegen den Rahmen der Bürotür. »Brummt die *Kiste* wieder?«

Meine Großmutter schnaubte verächtlich. »Da musst du noch eine ganze Menge Wandergruppen vorbeischicken, bevor ich das behaupten kann.«

Willi verzog das Gesicht und zuckte mit den Schultern. Dann linste er auf die zusammengeklappte Scheibe Roggenbrot mit Tomatenfrischkäse auf Oma Rosis Teller. »Was die Leute nur immer wollen, frag ich mich. Kann man kaum glauben, dass die mit dem Tüdelkram von gegenüber zufrieden sind.«

»Die werden schon kommen«, sagte meine Großmutter und ertappte ihren Verehrer dabei, wie er ein zweites Mal ihr Mittagessen beäugte. Sie streckte ihm den Teller entgegen. »Dann nimm es doch endlich. Du bekommst ja schon Stielaugen.«

Willi inhalierte das Brot binnen Sekunden und rieb sich dann über die kaum vorhandene Wölbung seines Bauches. »Deine Brote sind die besten, da gibt's nichts dran zu rütteln. Ich werd dann auch mal wieder. Will ja die Leute nicht warten lassen.«

»Nimm doch die Lütte mit«, schlug meine Großmutter vor, und es dauerte einen Augenblick, bis ich verstand, dass sie von mir sprach. »Wird mal wieder höchste Zeit. Beim letzten Mal ging sie dir kaum bis zum Knie.«

Willi hielt das offenbar für eine brillante Idee. »Wär mir eine Ehre, Lütte. Wirst auch keine riesigen Wattwürmer sehen, versprochen.«

Ich wandte mich an meine Großmutter. »Bist du sicher, dass –«

»Dass ich allein zurechtkomme?«, unterbrach sie mich und funkelte mich an. »Was glaubst du denn, wie ich das all die Jahre hinbekommen habe? Ab mit dir. Und nimm die Schnitte mit, Willi überzieht gerne.«

Ich musste zugeben, dass eine Wattwanderung mit Willi weitaus besser klang, als den ganzen Tag in Gedanken an meine Abreise zu schwelgen, zumal ich das Gefühl nicht loswurde, meine Aufgabe hier noch längst nicht erfüllt zu haben. Außerdem war es angenehm warm und sonnig, und als meine Großmutter und ich mit den Rädern zum Laden gefahren waren, hatte uns der Wind lediglich in sanften Böen Auftrieb gegeben. Also griff ich nach meinem restlichen Mittagessen, füllte meine Wasserflasche und folgte Willi hinaus.

Zusammen liefen wir die Seebrücke entlang zum Strand, wo wir unsere Schuhe abstreiften. Vor dem Pfahlbau der Badeaufsicht wartete bereits ein halbes Dutzend Menschen, teils barfuß, teils in Gummistiefeln. Einige trugen Windjacken, obwohl mich bereits der Gedanke daran ins Schwitzen brachte. Willi stellte sich vor und führte uns dann durch seinen Plan für die heutige Wanderung, die uns in einem Bogen durch das Watt bis an den Nordstrand und wieder zurück zur Seebrücke führen würde.

»Ich hoff, ihr habt alle Sonnencreme auf den Gesichtern. Hier hat die Sonne ordentlich Kraft. Wegen des Windes wird das leicht unterschätzt«, warnte Willi, und die Gruppe nickte bestätigend. Nur ich tat es nicht, denn selbstverständlich hatte ich in der Eile genau das vergessen, und meine Gesichtscreme, die ich jeden Morgen großzügig auftrug, enthielt zwar teure Anti-Aging-Wirkstoffe, aber definitiv keinen Sonnenschutz.

»Dann kann's ja losgehen«, verkündete Willi, und die Gruppe setzte sich in Bewegung.

Ich war lange nicht mehr barfuß im Watt gelaufen, und meine ersten Schritte mussten aussehen wie die eines frisch geborenen Rehkitzes, während der Schlick zwischen meine Zehen glitt. Willi warnte uns derweil davor, die tieferen Priele nahe der Wasserlinie zu betreten.

»Da seid ihr schneller abgetaucht, als ihr Ringelwurm sagen könnt. Das ist übrigens der Oberbegriff für die Tierchen, die ihr als Wattwürmer kennt. Vor allem die Lütte hier.« Er wies grinsend auf mich, und ich bemühte mich um ein Lächeln, obwohl ich mich am liebsten auf der Stelle im festen Sand vergraben hätte. Und dann versammelten wir uns um eines der geringelten Häufchen, die die Wattoberfläche bevölkerten, und Willi berichtete uns von der herausragenden Rolle der Tiere bei der Erhaltung des Wattenmeers. Sie waren mir danach zwar noch immer nicht allzu geheuer, aber zumindest konnte ich von mir behaupten, deutlich mehr über sie zu wissen, als ich jemals geplant hatte.

Als ich mit Schlickspritzern an der Hose, lahmen Beinen und

einem ordentlichen Sonnenbrand in die *Muschelkiste* zurückkehrte, hatte sich meine Laune um ein Vielfaches gebessert. Willi war nicht ohne Grund das unumstrittene Oberhaupt im Wattführergeschäft.

»Das war herrlich«, hatte ich rufen wollen, doch dann registrierte ich den leeren Kassentresen. Vielleicht hatte meine Großmutter sich an ihre Werkbank verzogen, schließlich waren am Vortag, den ich bei Johann in Husum verbracht hatte, die neuen Materialien angekommen, die sie vom Geld aus Bekes Jutebeutel gekauft hatte. Vielleicht war sie auch einfach nur im Bad und richtete ihre Haare.

Als ich den Kopf durch die Bürotür schob, stellten sich beide Vermutungen als falsch heraus. Meine Großmutter saß an dem Tisch, an dem wir vor ein paar Stunden noch unsere Brote verspeist hatten, und ihr gegenüber saß niemand anders als Florian, in einem seiner Leinenanzüge und mit einem Glas Zitronenbrause in der Hand, die vom Mittagessen übrig geblieben war. Sofort ergriff mich das schlechte Gewissen, weil ich mich in den letzten Tagen kein einziges Mal bei ihm gemeldet hatte.

»Da bist du ja«, sagte meine Großmutter beinahe vorwurfsvoll und zog demonstrativ einen der Stühle nach hinten, damit ich mich setzen konnte. »Eine ganze Stunde hat der Willi überzogen. Wollte dich sicher beeindrucken.«

Florian stand auf und zog mich in eine lockere Umarmung. Ich spürte beinahe, wie er mich stumm zu fragen versuchte, warum ich in den letzten Tagen nicht zu erreichen gewesen war.

»Das hat er auch geschafft.« Ich nahm neben meiner

Großmutter Platz und spürte Florians Blick auf mir ruhen. »Gibt es schlechte Nachrichten?«

»So würde ich das nicht nennen«, sagte er. »Herr Becker hat mich heute Morgen angerufen.«

»Hat sich wohl nicht getraut, es mir selbst zu sagen«, fügte meine Großmutter verdrossen hinzu.

»Was wollte er dir nicht selbst sagen?«

»Er hat mir noch einmal versichert, dass er mit seiner Entscheidung bis zum Auslaufen des Mietvertrags warten wird«, sagte Florian. »Er respektiert Rosi und will sehen, ob ihr tatsächlich noch einmal das Ruder herumreißen könnt.«

»Aber?«

»Dieser potenzielle Nachmieter – du erinnerst dich?« Ich imitierte ein Würgen. »Ich deute das als Ja. Jedenfalls hat ihm das Objekt gut gefallen, und er würde zusagen, wenn Becker sich für ihn entscheidet.«

Ich schluckte mühsam. Ich hatte nicht erwartet, dass sich ein professioneller Unternehmer wie Herr Hausmann von drei aufmüpfigen Frauen beeindrucken lassen würde, aber – das musste ich zugeben – ich hatte es gehofft.

Ich wagte es kaum, meiner Großmutter in die Augen zu sehen, aus Angst vor dem, was ich in ihnen würde lesen können. Eine Enttäuschung, die sie mit allen Mitteln verbergen wollte. Sie tat mir so leid, dass ich sie am liebsten sofort in die Arme geschlossen hätte. Und dabei war sie am Morgen so überzeugt von ihrem guten Gefühl gewesen.

»Wird schon alles werden«, sagte sie dann, klopfte auf den Tisch und stand auf. »Ich muss dann mal wieder an die Arbeit und den Rest der Lieferung einsortieren. Meine Enkelin macht mich zur Schnecke, wenn ich mich nicht an ihre Ordnung halte, nicht wahr, mein Mädchen?«

Ich wollte protestieren, doch sie steckte bereits zur Hälfte in einem der Kartons, die wir in einer Ecke des Raumes gestapelt hatten.

Also folgte ich Florian nach draußen und inhalierte gierig die frische Luft. Neuigkeiten wie diese ließen Räume unangenehm stickig und warm werden, selbst dann, wenn man gerade eine knapp dreistündige Wattwanderung hinter sich gebracht hatte.

»Danke, dass du gekommen bist«, sagte ich dann. »Damit habe ich gar nicht gerechnet.«

Er legte fragend den Kopf schräg. »Ich habe dir eine Nachricht geschrieben. Und vorgestern sogar zwei.«

»Oh. Tut mir leid, die müssen untergegangen sein«, beteuerte ich. Tatsächlich hatte ich in den letzten Tagen nur selten auf mein Handy geschaut. »Es gab so viel zu tun, weißt du? Der Laden sah nach der Einweihungsparty aus wie nach einer Kneipenschlägerei.«

Dass ich einen ganzen Tag damit verbracht hatte, nach Husum und wieder zurückzureisen, behielt ich für mich.

Florian vergrub beide Hände in den Taschen seiner Hose. Er sah wieder einmal blendend aus, musste vor Kurzem beim Friseur gewesen sein und trug einen Dreitagebart. Dazu das Aftershave, das mir bereits aufgefallen war, als ich das erste Mal in seinem Büro gestanden hatte. »Das verstehe ich. Aber ich würde mich freuen, wenn wir uns bald wiedersehen.« Er stupste mich mit der Schulter an. »Vorausgesetzt, du findest noch Platz in deinem Terminkalender.«

»Ich sehe mal nach, was sich machen lässt.«

Und bevor ich es kommen sah, beugte er sich zu mir und gab mir einen schnellen Kuss auf die Lippen. »Ich vermisse dich, Rosis Enkelin.«

Ich wartete auf die wohlige Wärme, die sich um mein Herz hätte legen müssen, aber sie kam nicht. Vielleicht lag es daran, dass ich aus dem Augenwinkel wahrnahm, wie meine Großmutter blitzartig ihren Kopf aus der Bürotür zog.

»Lass uns an den Strand gehen«, schlug ich vor. »Morgen Abend.«

Florian grinste. »Sprichst du etwa von einem romantischen Picknick im Strandkorb?«

»Ich lasse mich überraschen.«

Dann zwinkerte ich ihm zu und ging zurück in den Laden, wo meine Großmutter an ihrem Schreibtisch saß und konzentriert einen Brief studierte, den sie bereits vor ein paar Stunden in der Hand gehabt hatte.

»Du brauchst dir keine Mühe zu geben, ich habe dich gesehen«, informierte ich sie.

»Das ist auch gut so«, gab sie zurück. »Der hätte dir ja das ganze Gesicht abgeschleckt.«

Ich verdrehte die Augen, verkniff mir einen Kommentar und machte mich daran, die restlichen Lederbänder zu verstauen, während meine Großmutter die Gelegenheit nutzte, um ins Bad zu fliehen.

Ich war so beschäftigt, dass ich erst einen Augenblick später registrierte, dass die Türglocke läutete.

»Moment bitte«, rief ich, stopfte die letzte Handvoll Bänder in die dafür vorgesehene Schublade und eilte in den Verkaufsraum.

Dort stand ein älterer Herr, die Schultern gesenkt und die Augen dunkel gerändert. Die schlohweißen Haare lugten unter seiner Baskenmütze hervor und ließen hier und dort noch ihre ursprüngliche hellbraune Farbe erkennen. Das Sakko hatte er sich achtlos über den Arm geworfen. Er wirkte fahrig, wie jemand, der es eilig hatte.

Meine Großmutter erschien neben mir.

»Wie kann ich Ihnen helfen?«, fragte sie mit ihrer sanftesten Stimme. Offenbar schätzte sie den Zustand unseres Kunden als genauso fragil ein wie ich.

»Schmidt mein Name«, sagte er, nahm die Mütze ab und rollte sie zusammen. »Ich war vor über zehn Jahren das letzte Mal hier. Mit meiner Frau, wissen Sie?«

Meine Großmutter nickte ermutigend. Natürlich konnte sie unmöglich wissen, wovon er sprach.

»Wir haben damals hier Urlaub gemacht«, fuhr er fort, und auf seiner Stirn entdeckte ich kleine Schweißperlen. »Zu unserem zwanzigsten Hochzeitstag. Das war für uns beide etwas ganz Besonderes. Ich hab sie damals kaum aus dem Laden bekommen, und seitdem hat sie ständig von dem Muschelladen in St. Peter gesprochen. Und jetzt –« Er strich sich mit einem Ärmel über das Gesicht. »Ach, ich weiß gar nicht, was ich überhaupt hier tue, es ist aussichtslos.«

Meine Großmutter trat einen Schritt auf ihn zu und tätschelte ihm aufmunternd die Schulter. »Wie wär's mit einem Schlückchen Likör? Sie sehen so aus, als wäre das genau das Richtige.«

Und so zauberte Oma Rosi drei Gläser und die übliche Flasche Sanddornlikör unter der Kasse hervor und lotste Herrn Schmidt und mich in ihr Büro, wo wir uns zu dritt um den Tisch setzten. Der aufgelöste Mann machte sich nicht einmal die Mühe, den Likör zu kosten, bevor er das Glas ansetzte und es in einem Zug leerte. Meine Großmutter schenkte nach, und während ich noch meinen ersten Schluck verdaute, hatte Herr Schmidt bereits sein drittes Glas erhoben.

»Ich danke Ihnen«, sagte er und rieb sich mit einer Hand die Schläfe. »Meine Frau sieht es nicht gern, wenn ich trinke, aber sie bekommt's ja nicht mit. Sie will ausziehen, sich noch mal neu entdecken, sagt sie. Dabei sind wir jetzt beinahe dreißig Jahre verheiratet. Ich hab ja gemerkt, dass sie nicht mehr ganz dieselbe ist, aber ich dachte, das wäre normal nach so vielen Jahren.« Er lehnte sich seufzend auf dem Stuhl zurück. »Ich könnte mir nichts Schlimmeres vorstellen, als dass sie geht. Meine Ulrike ist doch die beste Frau, die ich mir hätte wünschen können, verstehen Sie? Und, na ja, da dachte ich, ich komme hierher und mache ihr ein Geschenk. Sie sagt immer, ich würde so was viel zu selten tun.«

»Da finden wir bestimmt etwas«, sagte meine Großmutter und griff nach dem Ärmel seines Hemdes. »Kommen Sie, ich zeige Ihnen ein paar Stücke, die Ihrer Ulrike gefallen könnten.«

Bereitwillig ließ sich Herr Schmidt zurück in den Laden führen. Oma Rosi traf den Geschmack von Herrn Schmidts Ulrike auf Anhieb. Durch die geöffnete Bürotür sah ich, wie die beiden vor der Rattankommode standen und meine

Großmutter eine lange Goldkette mit einer großen, sauber abgeschliffenen Herzmuschelschale und einer mit feinen Schmucksteinchen besetzten Collierschlaufe in der Hand hielt. Ich kannte sie gut. Vor nicht allzu langer Zeit waren Schmuckstücke wie dieses in der *Muschelkiste* der große Renner gewesen.

»Die passt wunderbar zu ihr«, schwärmte Herr Schmidt und sah für einen Augenblick ein wenig hoffnungsvoller aus.

Meine Großmutter überreichte ihm die Kette, und Herr Schmidt besah sie sich von allen Seiten, bevor er nickte. »Die soll es sein. Sagen Sie, wäre es vielleicht möglich, eine kurze Nachricht in die Schale zu schreiben? Meine Frau und ich haben ein gemeinsames Lieblingszitat, wissen Sie? Ich weiß, dafür bräuchte man einen verdammt dünnen Stift und viel Fingerspitzengefühl und wahrscheinlich –«

Meine Großmutter unterbrach ihn mit einer Handbewegung. »Wenn hier jemand in St. Peter Fingerspitzengefühl hat, dann bin ich das. Und einen wasserfesten Stift gibt es in jedem guten Büro.« Lauter, um sicherzugehen, dass ich sie in ihrem Büro hören konnte, sagte sie: »Christin, schau doch bitte mal nach.«

Ich tat wie geheißen, während Herr Schmidt – offenbar schon etwas gefestigter – von dem winzigen Bungalow erzählte, den er und seine Frau während ihres gemeinsamen Aufenthalts in St. Peter-Ording bezogen hatten. In einer der wenigen Kisten, die nach meiner Aufräumaktion noch übrig geblieben waren, wurde ich fündig.

Ich streckte meiner Großmutter den schwarzen Fineliner entgegen. »Meinst du, der würde funktionieren?«

»So gut wie jeder andere«, sagte sie und führte Herrn Schmidt an ihren Schreibtisch. »Schreiben Sie mir Ihr Zitat doch bitte auf den Zettel dort, ja? Und dann gehen Sie eine Runde spazieren. Frische Nordseeluft hat schon so manches Herz geflickt. Ich mache Ihnen in der Zeit die Kette fertig.«

Herr Schmidt atmete lange und geräuschvoll aus, als hätte man ihn von einer großen Last befreit. Dann bedankte er sich, nickte uns zu und ging.

»Na, dann wollen wir mal«, sagte meine Großmutter, krempelte die Ärmel ihrer Bluse bis zu den Ellenbogen hoch und nahm an ihrer Werkbank Platz. »Die schönen Muscheln bemalen. Das wäre mir ja im Traum nicht eingefallen. Aber wenn er meint. Und du Kind, läufst bitte kurz zu Britta in den Bastelladen, ich brauche Acrylfarbe und Pinsel.«

In Herrn Schmidts Augen traten Tränen, als er nach anderthalb Stunden wieder den Laden betrat und das fertige Schmuckstück begutachtete. Meine Großmutter hatte ganze Arbeit geleistet. Sie hatte die Rückseite der Muschelschale mit weißer Acrylfarbe grundiert und sie mit kleinen schwarzen Wellen verziert. In der Mitte hatte sie in geschwungenen Buchstaben das gemeinsame Lieblingszitat der beiden geschrieben: *Ein Tropfen Liebe ist mehr als ein Ozean Verstand.*

Herr Schmidt hatte derweil einen so ausgiebigen Spaziergang gemacht, dass die dünne Farbschicht bereits getrocknet war.

»Ich danke Ihnen«, sagte er mit brüchiger Stimme und griff nach Oma Rosis Hand. »Und ich zahle Ihnen jeden Preis, den Sie dafür verlangen.«

Meine Großmutter schnalzte mit der Zunge. »Papperlapapp, Sie zahlen das, was auf dem Preisschild steht. Und ich verpacke es Ihnen als Geschenk, sonst weiß Ihre Ulrike ja sofort, was Sie ausgeheckt haben.«

Schnell machte sie sich daran, das Holzschächtelchen samt Kette in weinrotes Papier einzuschlagen.

»Ich werde Sie weiterempfehlen, Frau —«

»Falkenstein«, ergänzte meine Großmutter.

Herr Schmidt griff nach dem kleinen roten Päckchen und dann noch ein weiteres Mal nach Oma Rosis Hand. »Sie sind ein Segen, Frau Falkenstein.«

»Viel Glück«, wünschte ich ihm, als er sich mit einem Handschlag von mir verabschiedet hatte.

Bevor er den Laden verließ, wandte er sich noch einmal zu uns um und hob den rechten Zeigefinger, wie Beke es tat, wenn sie eine ihrer Weisheiten zum Besten gab. »Die große Liebe dürfen Sie niemals aufgeben, das sag ich Ihnen.«

Obwohl ich todmüde war und meine Beine von der langen Wanderung im Watt schmerzten, lag ich hellwach im Bett und las in einem Roman. Der Tag war so vollgepackt mit Erlebnissen gewesen, dass er in einer Endlosschleife in meinem Kopf herumgeisterte. Meine Großmutter war während ihrer liebsten Talkshow auf dem Sofa eingenickt.

»Geschlafen? Ich?«, hatte sie fassungslos gefragt, als ich sie aufweckte, und den Ton lauter gestellt. »Du hattest schon als Kind eine blühende Fantasie.«

Dann hatte sie sich fester in die Decke gehüllt, die wir uns teilten, und den Kopf an meine Schulter gelehnt.

»Ich hab dir ja gesagt, ich hatte ein gutes Gefühl für heute«, hatte sie noch gemeint, nach meiner Hand gegriffen und kaum eine Minute später leise zu schnarchen begonnen.

Ich musste schmunzeln, legte das Buch zur Seite und war bereit, dem Schlaf eine Chance zu geben. Doch als ich ein letztes Mal mein Smartphone checkte, um mich vor Lias Missgunst zu bewahren, wenn ich wieder einmal nicht auf ihre Nachrichten antwortete, entdeckte ich eine SMS von Samuel, die er vor kaum fünf Minuten geschickt hatte.

Bist du noch wach?

Ich erwartete, dass ich zögern würde, wie ich es vor einigen Tagen wohl getan hätte.

Ja, tippte ich dann.

Was hältst du von einer heißen Schokolade?

Einer meiner Mundwinkel hob sich.

Aber nur mit Sahne und Schokostreuseln.

Also wühlte ich mich aus der weichen Bettdecke, schlüpfte in meine Hausschuhe und schlich die Treppe hinunter.

Samuel saß im Wohnzimmer an Omas Massivholztisch, vor ihm sein geöffneter Laptop. Als er mich sah, lächelte er und klappte ihn zu.

»Du hast noch gearbeitet?«

Samuel nickte. »Aber jetzt ist Feierabend. Sag mal, wo hat

denn Rosi ihr Kakaopulver versteckt? Das war doch sonst immer bei den Gewürzen.«

Nach einer kurzen Suchaktion fand ich das Pulver im Schrank unter der Spüle, direkt neben dem Katzenfutter.

»Oma ist wirklich ein wenig tüdelig geworden«, flüsterte ich Samuel zu, für den Fall, dass Oma Rosi aufgewacht war und an der Schlafzimmertür lauschte. »Aber Becker tut, als stünde sie mit einem Bein im Pflegeheim. Unfassbar.«

»Sie ist wirklich fit für ihr Alter. Und es kommen doch auch ein paar mehr Kunden seit der Neueröffnung.«

»Ja, schon.« Ich seufzte, und wieder legte sich dieses Gefühl von Schwere um mein Herz. »Aber wenn es so weitergeht, wird es am Ende des Monats vielleicht gerade so für die Miete reichen. Ach, lass uns nicht darüber sprechen. Das verdirbt mir nur den Appetit auf Schokolade.«

Zehn Minuten später saß ich mit angezogenen Beinen und einer von Omas kuscheligen Decken im Ohrensessel, nahm den ersten Schluck meiner heißen Schokolade und leckte mir dann über die Lippen, weil Samuel es mit der Sahne ein wenig zu gut gemeint hatte. So hatte ich sie am liebsten, und das wusste er.

Für eine Weile genossen wir schweigend unser Getränk, und auch wenn die Stille nicht so selbstverständlich und angenehm war wie früher, tat sie gut.

»Was hast du in der Zeit getan?«, fragte ich. »Seit Silvester, meine ich.«

Samuel schmunzelte, ließ den Rest seiner Schokolade in der Tasse kreisen und stellte sie dann auf dem Couchtisch ab. »Zu viel gearbeitet, zu oft Pizza bestellt und zu lange in Selbstmitleid gebadet.«

Ich musste lächeln. »Das klingt wirklich schlimm.«

»Ich weiß, damit hast du nicht gerechnet.«

»Um ehrlich zu sein, habe ich mir beinahe jeden Tag das Gegenteil ausgemalt.«

»Es tut mir wirklich leid, Chris. Für mich war das die einzige Lösung.«

Ich biss mir auf die Unterlippe und nickte langsam. »Ich glaube, ich verstehe es. Ein wenig zumindest.«

»Ich habe gehofft, dass du das irgendwann sagen würdest.«

»Trotzdem hast du mein ganzes Leben über den Haufen geworfen. Weißt du, wie sich das anfühlt?«

»Ich denke schon.«

Ich ließ das unangenehme Ziehen in meiner Magengegend zu, trank dann einen weiteren Schluck Kakao, und zu meiner Überraschung war es so schnell wieder verschwunden, wie es gekommen war.

»Sag mal, wie geht es deinen Eltern?«, fragte Samuel.

»Hast du sie etwa nicht um Erlaubnis gebeten, bevor du hergekommen bist?«

»Sehr witzig.«

Ich lächelte triumphierend. Auch, weil es mir so überraschend leichtfiel, ihn zu necken. »Es geht ihnen gut. Meine Mutter probiert mal wieder eine Diät aus. Ich glaube, diesmal ist es Kohlsuppe. Und Papa ist neulich in eine kleinere Wohnung in der Südstadt gezogen. Ich sehe ihn viel zu selten, dafür, dass ich nur einen Katzensprung von ihm entfernt lebe.«

Dann fiel mein Blick auf seinen Laptop. »Woran arbeitest du gerade?«

»An dem alten Kaufhaus in Linden, das insolvent gegangen ist. Ein Unternehmer hat es gekauft und will es in eine fünfstöckige Villa umbauen. Möchtest du es sehen?«

»Gern«, sagte ich und zog kurzerhand mit meiner Decke auf die Couch um, während Samuel seinen Laptop holte.

In der nächsten halben Stunde führte er mich durch fünf Etagen im Savoir-vivre-Stil. Die meisten Wände waren in schlichten Pastelltönen gehalten, dazu hatte er dunkle Antikmöbel mit aufwendigen Verzierungen und optische Hingucker wie ein Kanapee in edlem Moosgrün, mehrere Spiegel mit goldenen Ornamentrahmen und eine Sitzecke mit romantischen Bistro-Möbeln gewählt. Das Highlight: ein Schlafzimmer mit französischem Fenster, minimalistisch grauem Boxspringbett und prunkvollem Kronleuchter in Altgold.

»Das ist —« Ich suchte nach den richtigen Worten, wie früher. Meistens hatte ich mich für etwas wie *feinfühlig* oder *wirklich beeindruckend*, ab und an für *geschmackvoll* entschieden. Heute war es: »Einfach der Knaller.«

»Ich weiß nicht recht. Aber der Eigentümer ist bisher ganz zufrieden.«

»Ganz zufrieden? Ich würde sagen, er schuldet dir einen saftigen Bonus.«

Samuel lächelte. »Das sagst du doch immer.«

»Es stimmt ja auch.«

Wir grinsten uns an, und es war, als würden wir uns nach einem langen Streit in den Armen liegen. Und wahrscheinlich kam das der Wahrheit recht nahe. Wir hatten selten gestritten, nicht, weil wir Konflikte scheuten, sondern weil wir wussten, mit ihnen umzugehen, auf genau die Art, die unsere Beziehung brauchte. Wir hatten geredet, manchmal bis zum Morgengrauen, und manchmal waren wir darüber eingeschlafen und in den Armen des anderen wieder aufgewacht. Als »beinahe lächerlich perfekt« hatte eine meiner Freundinnen unsere Beziehung einmal beschrieben, und ich hatte ihr nicht widersprochen.

»Dieser Mann, von dem deine Großmutter beim Abendessen erzählt hat«, begann Samuel dann. »Der seine Frau zurückgewinnen möchte. Ich habe darüber nachgedacht. Und ich finde, das wäre doch eine wirklich schöne Idee für den Laden. Personalisierter Schmuck. So etwas gibt es hier noch nicht.«

Ich dachte an das ungläubige Kopfschütteln meiner Großmutter, nachdem Herr Schmidt den Laden verlassen hatte, damit sie in aller Ruhe an der Kette für seine Frau arbeiten konnte. »Oma hat regelrecht Schmerzen durchlitten, als sie ihre schöne Muschel bemalen musste.«

»Ich weiß, du wolltest nicht über das Thema sprechen.«

»Schon in Ordnung. Es muss ja sein.«

»Möchtest du ins Bett?«

»Nein. Aber ein wenig frische Luft wäre toll.«

Also klemmte Samuel sich unsere Decken unter den Arm und folgte mir auf die Terrasse, wo uns eine kühle Brise begrüßte und mir eine Gänsehaut über den Rücken schickte. Genau das brauchte ich jetzt.

Ich nahm auf der Liege Platz, auf der ich vor ziemlich genau zwei Wochen dank meiner viel zu süßen Limonade um mein Leben gekämpft hatte. Samuel zog einen Stuhl zu mir heran.

»Ich habe vergessen, wie herrlich es hier oben ist«, sagte er und sog die feuchte Luft ein. Über den nachtblauen Himmel zogen sich einzelne graue Wolken, aber hier und da konnte man die Sterne blitzen sehen. Wir hatten oft davon gesprochen, wie es wäre, im Garten unseres Hauses zu liegen, die Arme unter dem Kopf verschränkt, und die Sterne zu beobachten.

»Ich auch«, gab ich zu, und leider stimmte es. In den letzten Monaten hatte ich so vieles vergessen.

»Hörst du noch viel Musik?«

»Nicht mehr so viel wie früher.«

»Hast du den Plattenspieler verkauft?«

»Den wollte niemand haben«, log ich. In Wahrheit hatte ich es nicht übers Herz gebracht. Ich war kurz davor gewesen, ihn zu inserieren, hatte ihn von allen Seiten fotografiert, während der Schmerz in meinem Magen pulsiert und eine Handvoll Tränen meinen Blick getrübt hatte. Noch am selben Abend hatte ich eine Tocotronic-Platte aufgelegt, Pizza bestellt und mein Rotweinglas so randvoll gefüllt, dass ein wenig Merlot auf die Küchentheke geschwappt war. »Willst du ihn zurück?«

Samuel schüttelte den Kopf. »Behalt ihn. Ich glaube —«

Er unterbrach sich und lächelte stattdessen traurig.

»Was glaubst du?«

»Er erinnert mich einfach zu sehr an dich.«

Ich spürte, wie meine Überzeugung, endlich Frieden mit

unserer Vergangenheit geschlossen zu haben, gefährlich zu bröckeln begann. Und dann beschloss ich, das Einzige zu tun, das die Situation noch retten konnte, obwohl sich jede einzelne Faser meines Körpers dagegen sträubte.

»Ich glaube, ich sollte ins Bett gehen«, sagte ich, und statt ihn anzusehen, griff ich nach meiner Decke, wünschte ihm eine Gute Nacht und schlich die Treppe hinauf in mein Zimmer. Und dann weinte ich leise, bis mir die Augen zufielen und der Schlaf mich endlich zu sich holte.

16

Die Sonne verschwamm in spektakulären Farben mit dem Meer, als Florian und ich den Steg entlangschlenderten, der zum Ordinger Strand führte. Er hatte mich mit seinem Wagen in Bad abgeholt, im Kofferraum eine Kühlbox mit Champagner, Antipasti und Baguette. Der Sommer hatte sich noch einmal ins Zeug gelegt, und es war warm genug, dass ich mich für ein knielanges Ärmelkleid entschieden hatte, das sich schmeichelnd an meine Taille schmiegte. Zugegebenermaßen hatte ich im Zuge meiner neuen Diät, die aus Pfannkuchen, Fischbrötchen und Sanddornlikör bestand, ein paar Kilo zugenommen, aber das konnte mir kaum weniger ausmachen.

»Du siehst einfach unglaublich aus«, hatte Florian in mein Ohr geflüstert, als er sich zur Begrüßung zu mir gebeugt und einen Kuss auf meine Wange gehaucht hatte. Mein Körper hatte zu kribbeln begonnen und ich gedacht, dass wir vielleicht doch eine echte Chance verdient hatten. Mein Gefühl sagte mir, dass dieser Abend den Ausschlag für die weiteren Entwicklungen geben würde, auch wenn ein Teil von mir die

Entscheidung am liebsten noch ein klein wenig länger hinausgezögert hätte.

»Der ist es«, sagte Florian und wies mit dem Finger auf einen zum Wasser gerichteten Standkorb in erster Reihe, einen der wenigen, die bei diesem wunderbaren Wetter noch unbesetzt waren. Auch wenn es schon zu dämmern begann, spielte noch eine ganze Horde Kinder hier, einige bauten Burgen und füllten die dazugehörigen Gräben mit reichlich Meerwasser, andere gruben ihre Eltern bis zur Brust in den weichen Sand ein. Eine Gruppe Jugendlicher spielte lachend Frisbee.

Gemeinsam lösten wir das Gitter vom Strandkorb, breiteten ein Handtuch aus und ließen uns dann hineinfallen. Florian öffnete die Kühlbox und zog die Flasche Champagner heraus, die so gut gekühlt war, dass ich feine Perlen aus Kondenswasser am Glas entdeckte. Dann reihte er die Schälchen mit Antipasti zwischen uns auf. Sogar an zwei Sektkelche hatte er gedacht und füllte sie beinahe bis zum Rand für uns.

»Auf die schöne Enkelin und den Mieterberater«, sagte er feierlich und hob sein Glas. »Wir haben das Zeug, zum Disney-Film zu werden.«

Ich stieß mit meinem Glas an seines und nahm einen Schluck. »Wow, der schmeckt verdammt teuer.«

»Ich habe mich beraten lassen, und laut dem Sommelier haben wir hier eine perfekte Ergänzung zu den Antipasti«, verriet Florian und zog dann eine Braue nach oben. »Und ich habe gedacht, es würde deutlich weniger abgehoben klingen, wenn ich das sage.«

Ich lachte, dann schob ich mir eine mit Ricotta gefüllte Paprika in den Mund, die hervorragend schmeckte, und ließ zu, dass Florian nach meiner freien Hand griff.

»Schön, dass du Zeit für mich hattest«, sagte er dann und zwinkerte mir zu.

Plötzlich überkam mich das schlechte Gewissen. »Tut mir wirklich leid, ich hätte mich melden sollen.«

»Du hattest viel zu tun, das verstehe ich. Du hast dir nicht die leichteste Aufgabe dieser Welt ausgesucht.«

»Da hast du recht.«

Florian kostete eine Dattel in Serranoschinken und seufzte verzückt. Dann schob er mir ebenfalls eine davon in den Mund, und ich musste zugeben, dass seine Reaktion durchaus gerechtfertigt war.

»Darf ich dich etwas fragen?«

Ich nickte und spülte den Rest der Dattel mit einem Schluck Champagner herunter. Er passte wirklich hervorragend dazu.

»Ich muss mir wirklich keine Sorgen wegen dieses Inneneinrichters machen?«

Architekt, korrigierte ich ihn stumm. *Er ist Architekt.*

»Nein, da ist nichts mehr zu machen«, sagte ich entschieden.

»Dann ist ja gut. Ich habe nämlich nachgedacht. Eigentlich wollte ich die Vertretung für meinen Vater so schnell wie möglich hinschmeißen und nach Lübeck gehen.«

»Aber?«

Er drückte meine Hand ein wenig fester. »Aber seit du

in mein Büro gestolpert bist, habe ich, ehrlich gesagt, nicht mehr das Bedürfnis danach.«

Ich hielt den Atem an, während mir Hitze in die Wangen schoss. Gott, warum war da schon wieder dieses Gefühl, dass alles zu schnell ging? Nun hatte ich endlich die Chance, glücklich zu sein mit einem Mann, der sich um mich bemühte, und mein Körper rebellierte dagegen wie gegen einen lästigen Infekt.

»Was meinst du?«, fragte ich, und hätte ihm am liebsten meine Hand entzogen. Mein Blick wanderte zum Wasser hinüber. Gerade in diesem Moment stolzierte eine junge Frau am Strand entlang, in knappem schwarzem Bikini und mit einer Goldkette, die im Sonnenlicht blitzte. Sie blieb stehen, schirmte ihre Augen vor der Sonne ab, schien ganz offensichtlich etwas entdeckt zu haben und machte sich mit ihren langen Beinen auf den Weg zu den Strandkörben.

»Nun ja, ich meine, dass ich endlich jemanden –« Florian kniff die Augen zusammen, sah nun ebenfalls zu der jungen Frau, und im gleichen Moment verstand ich, dass diese direkt auf uns zusteuerte.

»Flo«, flötete sie und winkte, bevor sie ihren Kopf zu uns in den Strandkorb steckte. Ihre großen Augen waren dunkel geschminkt, und sie trug Rouge auf den Wangen. Ich dagegen trug nicht einmal Wimperntusche. »Ich wusste doch, dass du es bist. Wie schön, dass ich dich hier treffe. Bleibt es bei morgen Abend?«

»Caro, ja, natürlich«, sagte er in seinem Beratertonfall. »Wir haben ja einen – Termin.«

Die Frau strahlte mich an und streckte mir ihre braun

gebrannte Hand mit weinrot lackierten Gelnägeln entgegen. Offenbar war sie eine von Florians Klienten. »Und Sie müssen Flos Schwester sein. Er hat mir so viel von Ihnen erzählt. Seit wann sind Sie denn hier in SPO?«

Mit gezwungenem Lächeln sah ich zu Florian. Täuschte ich mich, oder hatte sein Gesicht einen ungesunden Rotton angenommen?

»Nein, das ist nicht meine Schwester. Christin, das ist –«

»Caro«, unterbrach die Dame ihn, nun weit weniger enthusiastisch als zuvor. »Flos Freundin.«

Mir wurde abwechselnd heiß und kalt, als sich das Schweigen über uns legte wie die Ruhe vor dem Sturm. Für eine Weile starrten wir uns gegenseitig an, und niemand wagte es, die Stille zu durchbrechen. Mein viel zu schneller Puls rauschte in meinen Ohren, so laut, dass das Gelächter der vielen Kinder um uns herum nur noch ein unregelmäßiges Summen war.

»Deine … Freundin?«, stammelte ich dann, und Caros rot nachgezogene Lippen öffneten sich, als sie verstand.

»Das kann doch nicht dein Ernst sein«, keifte sie und richtete anklagend einen Finger auf Florian, der neben mir in sich zusammensackte.

Ich fing seinen Blick auf, er war flehend. »Ich kann das erklären.«

»Gott, ist das armselig«, fauchte Caro und stemmte beide Hände in die perfekt geformten Hüften. »Ich hätte es wissen müssen.«

Und allmählich verstand auch ich, was diese Szene zu bedeuten hatte. Die Wut kam in kleinen Wellen, baute sich vor mir auf und brach dann über mir zusammen. Ich erwartete, dass mir die Tränen kommen würden, wie es immer der Fall war, wenn ich wütend genug war, aber sie kamen nicht. Und war das etwa ein winziger Funken Erleichterung, der sich da in mein Herz schlich?

»Ich glaube, du verschwindest jetzt besser«, zischte Caro.

Florian sah noch ein letztes Mal mit rotem Kopf zwischen uns beiden hin und her, sprang dann auf, griff nach seiner Kühlbox und verschwand in der Dämmerung.

Caro ließ sich seufzend neben mir in den Strandkorb fallen und zog die langen Beine an. »Was für ein Arschloch.«

Sie griff nach der halb vollen Champagnerflasche, setzte sie an und nahm einen großzügigen Schluck. Auf mich wirkte sie wie jemand, der mit einer solchen Enttäuschung bereits gerechnet hatte. Zumindest schien sie den ersten Schock schon verwunden zu haben. »Könnte schwören, das ist der gleiche, mit dem er mich vor zwei Wochen abgefüllt hat.«

Caro hielt mir die Flasche entgegen, und ich nahm sie.

»Du siehst gar nicht so aus, als würdest du auf solche Typen hereinfallen«, sagte sie und strich sich eine Strähne ihres lockigen schwarzen Haars aus der Stirn.

»Ich schätze, ich war ein wenig verzweifelt.«

Caro lachte traurig und tätschelte mir den Oberschenkel. »Ich hab's schon gewusst, als er mich in dieser Bar angesprochen hat. Dieser Laden an der Seebrücke, kennst du den?«

Ich nickte schwach. Gott, bin ich dumm gewesen. Dabei hatte mich meine Großmutter sogar gewarnt.

Caro seufzte. »Ich hab einen Radar für so was. Aber dann

denke ich mir immer wieder, dass vielleicht doch mal jemand anders ist. Tja. Falsch gedacht.«

Sie nahm mir die Flasche wieder ab und leerte den Rest des teuren Champagners in zwei Zügen.

»Ich hätte meinen Ex damals nicht in den Wind schießen sollen«, murmelte sie und verdrehte die dunklen Augen. »Er war nicht perfekt, hat immer seine Socken auf der Couch liegen lassen und so was. Aber der hätte alles für mich getan.«

Ich brauchte einen Moment, um ihre Offenheit zu verdauen. Dann fragte ich: »Warum bist du nicht bei ihm geblieben?«

Caro zuckte mit den Schultern. »Schätze, ich war noch nicht so weit. Langsam glaub ich nicht mehr daran, dass da noch mal jemand kommt, der es wirklich gut mit mir meint.«

Ich dachte an die vielen Stunden, die ich mit jemandem vergeudet hatte, den sogar meine grundoptimistische Großmutter für nicht ganz koscher hielt. Und dann dachte ich an Samuel. An die Monate, die ich damit verbracht hatte, mir vorzustellen, wie er mit einer hübschen Frau auf seiner Couch saß und Wein trank, sich mit ihr über die Dinge unterhielt, über die wir uns unterhalten hatten, und wie er auch sie irgendwann in- und auswendig kannte. Irgendwann hatte ich so sehr an diese Vorstellung geglaubt, dass mir alle anderen potenziellen Gründe für seine Entscheidung unwahrscheinlich vorgekommen waren. Aber ich hatte falschgelegen. So falsch wie noch nie zuvor in meinem Leben.

»Vielleicht solltest du die Hoffnung noch nicht aufgeben«, sagte ich, und Caro nickte.

Dann lehnten wir uns gemeinsam im Strandkorb zurück

und aßen Antipasti mit Baguette, als wäre es das Selbstverständlichste der Welt.

17

»Ich habe dir gesagt, dass der nichts Gutes im Schilde führt«, schalt meine Großmutter mich mit erhobenem Zeigefinger, dabei hatte ich ihr lediglich von dem vergangenen Abend erzählt, weil ich geglaubt hatte, sie besäße genügend Feingefühl, um sich genau diesen Kommentar zu verkneifen. Wir saßen zusammen auf den zwei Récamieren in der *Muschelkiste*, mit einem Kaffee aus Giuseppes Pizzeria bewaffnet. In nicht ganz fünf Minuten würden wir das rechteckige Holzschild, das an der Ladentür hing, auf die »Geöffnet«-Seite drehen.

»Ja, das hast du. Bist du jetzt zufrieden?«

Meine Großmutter verschränkte keck die Arme vor der Brust. »Allerdings. Auch wenn ich mir gewünscht hätte, dass du es einsiehst, bevor eine fremde Frau dir die Nachricht auf dem Silbertablett serviert.«

»Ich brauchte eben eine Ablenkung«, verteidigte ich mich, auch wenn ich fand, dass das ziemlich jämmerlich klang.

»Früher haben wir uns mit langen Spaziergängen und einem Gläschen Likör abgelenkt.«

Ich verdrehte die Augen so sehr, dass es wehtat, und meine Großmutter tätschelte mir ein wenig unsanft den Rücken, während sie kicherte.

»Tja, ich glaube, wir müssen uns einen neuen Mieterberater suchen«, schlussfolgerte ich resigniert.

»Ach papperlapapp, bisher haben wir Frauen noch alles selbst hinbekommen.«

Wir schauten beide auf, als es an der Ladentür klopfte. Es war zwei Minuten vor zehn. Offenbar war da jemand ganz besonders pünktlich. Eigentlich konnte es sich nur um Beke handeln, aber als ich aus dem blank geputzten Fensterglas herausspähte, sah ich, dass ich falschgelegen hatte. Eine Frau mit rostrotem Kurzhaarschnitt, etwa im Alter meiner Mutter, stand mit erhobener Faust, mit der sie offenbar gerade gegen die Scheibe geklopft hatte, da und lächelte uns an. In der anderen Hand trug sie einen gepunkteten Regenschirm. Den würde sie wohl bald brauchen; am Himmel türmten sich graue Gewitterwolken, und sie sahen aus, als könnten sie sich jeden Moment über St. Peter-Ording entleeren.

»Wer ist denn das nun wieder?«, murmelte meine Großmutter und schloss die Tür auf.

Die Dame schob erst ihren Schirm und dann sich selbst in den Laden. »Tut mir leid, ich bin wohl etwas früh dran, nicht?«

»Das macht gar nichts, wir wollten gerade öffnen«, flötete meine Großmutter. »Wie kann ich behilflich sein?«

Die Frau ließ den Blick durch den Laden schweifen, und ich bemerkte, dass sie dabei regelrecht zu strahlen begann. »Mein Mann und ich machen dieses Jahr zum ersten Mal hier

Urlaub. Drüben im *Dünenhotel*. Und genau dort hat sich vor ein paar Tagen ein Herr eingemietet, nur zwei Zimmer neben unserem. Jedenfalls saß der immer so traurig beim Frühstück, dass wir uns dazugesetzt haben. Tja, und dann hat er von seiner Frau erzählt, davon, dass sie die Scheidung will und dass er hergekommen ist, um sich ein Schmuckstück von Ihnen anfertigen zu lassen. Gestern ist er abgereist und hat uns vorher noch diese wunderschöne handbemalte Muschelkette gezeigt. Sagen Sie, war das eine Sonderanfertigung, oder könnte ich auch so eine bekommen?«

Die Frau sah meine Großmutter erwartungsvoll an.

»Nun ja, eigentlich war das tatsächlich eine –«

»Natürlich können Sie auch so eine bekommen«, unterbrach ich sie und ignorierte den irritierten Blick, den Oma Rosi mir zuwarf. Glücklicherweise verstand sie schnell, dass es besser war, einfach mitzuspielen.

»Haben Sie denn einen Spruch, der Ihnen besonders viel bedeutet?«, fragte meine Großmutter, und die Dame nickte mit leuchtenden Augen.

»Mein liebster Künstler ist van Gogh«, informierte sie uns. »Und der hat nicht nur wundervoll gemalt, sondern auch ein paar weise Dinge gesagt.«

Knappe zwei Stunden später verließ eine glückselige Frau Ziegler, als die sie sich uns im Laufe des Gesprächs vorgestellt hatte, den Laden. Und in der Hand hielt sie die Schatulle mit der handbemalten Muschelkette, auf die meine Großmutter mit größter Sorgfalt ein Zitat von Vincent van Gogh geschrieben hatte: *Was wäre das Leben, hätten wir nicht den Mut, etwas zu riskieren?*

In der Mittagspause besuchte uns Samuel in der *Muschelkiste* und brachte Fischbrötchen mit, die wir uns in Omas Büro schmecken ließen.

»Stell dir vor, Junge, da war doch vorhin noch jemand da, der seine Muschel bemalt haben wollte.«

Samuel und ich warfen uns wissende Blicke zu.

»Ich hätte ja abgelehnt, aber meine Enkeltochter wusste es wieder einmal besser.«

»Das muss ich von dir haben«, warf ich ein, und meine Großmutter schien mehr als einverstanden.

18

Johann Larsen kam mir bereits entgegen, als ich den gewundenen Kiesweg zu seinem Haus entlangging, mit einem großen Glas Erdbeermarmelade und einem Spielzeugknochen für Alma im Gepäck.

»Frau Lorenz, wie schön, dass Sie es geschafft haben«, sagte er und reichte mir die Hand. »Haben Sie etwas dagegen, draußen in der Sonne zu sitzen?«

»Das wäre wunderbar, Herr Larsen, aber bitte nennen Sie mich doch Christin.«

Er lächelte mir höflich zu. »Dann bin ich auch nicht mehr Herr Larsen, einverstanden?«

Ich nickte und folgte ihm um das Haus herum in den Hintergarten, den ich durch die zugezogenen Vorhänge beim letzten Mal lediglich hatte erahnen können.

»Du züchtest Rosen«, stellte ich verblüfft fest, als ich die gepflegten Rosenbüsche entdeckte, die den Garten zur anliegenden Weide hin begrenzten. Neben den Rosen wuchsen gelbe Dahlien, Vergissmeinnicht und mehr Kräuter, als ich jemals in meiner Küche verwendet hatte.

»Eine kleine Beschäftigung von mir«, sagte Johann. »Claudia hat sie sehr geliebt.«

In diesem Moment kam Alma aus dem Haus getrottet, offenbar um ihrem Herrchen Gesellschaft zu leisten. Dann entdeckte sie mich, presste schwanzwedelnd ihren warmen Körper an mein rechtes Bein und reckte mir ihren Kopf entgegen. Ich kraulte sie, und mein Herz schmolz dahin. »Ich hab dich auch vermisst, Alma.«

Nachdem Johann uns frischen Kaffee aus dem Haus geholt hatte, ließen wir uns auf einer mit Schnörkeln verzierten Holzbank unter den Rosensträuchern nieder, und ich überreichte meine Mitbringsel. Alma inspizierte ihr neues Spielzeug mit reichlich Skepsis, biss einmal hinein und ließ es dann links liegen, um sich zu Johanns Füßen auf dem Gras zusammenzurollen. Johann hatte ein wenig mehr Begeisterung für meine Überraschung übrig. »Ich habe ewig keine selbst gemachte Marmelade mehr gegessen. Ab und an bringt jemand aus dem Ort ein Glas Gelee vorbei, aber das besteht praktisch nur aus Zucker.«

»Ich gebe zu, ich habe es aus Omas Vorrat gestohlen.«

Johann lachte, und ich stimmte mit ein. »Die hat sie früher schon gekocht. Einmal hat sie meinem Vater ein Glas davon überreicht. Der war sehr streng, und sie dachte, sie könnte ihn damit erweichen.«

»Und hat sie das geschafft?«

Er schmunzelte. »Das hätte er niemals zugegeben. Aber ich weiß noch, dass die Marmelade nicht einmal zwei Tage gehalten hat.«

Für einen Augenblick schwiegen wir und tranken unseren Kaffee, während ich der Sonne entgegenblinzelte und Almas regelmäßigem Schnarchen lauschte.

»Sie war mit diesem unfehlbaren Optimismus gesegnet«, sagte Johann dann und klang bewundernd und melancholisch zugleich. »Ich habe nie wirklich daran geglaubt, dass mein Vater sich eines Tages mit der Idee anfreunden würde, eine Schwiegertochter zu haben, die er nicht selbst ausgesucht hat. Aber Rosi hat daran geglaubt. Vielleicht hat sie ab und an gezweifelt, aber mich hat sie das nie spüren lassen.«

Seine Worte fanden den direkten Weg in mein Herz, krallten sich dort fest und hinterließen eine merkwürdige Mischung aus Wärme und Traurigkeit. »Diesen Optimismus hat sie noch immer. Ab und an zweifelt sie daran, dass sie es schafft, die *Muschelkiste* zu retten, aber dann ist sie plötzlich wieder diese unerschütterliche Frau, die sich von nichts und niemandem unterkriegen lässt.«

Johann reckte den Kopf in die Sonne und schloss die Augen. »Das klingt ganz nach ihr. Wissen Sie, in meiner Ehe war immer ich derjenige, der versucht hat, positiv zu denken. Ich glaube, das habe ich von ihr. Claudia war die Vernünftige, die mich von meinem hohen Ross heruntergeholt hat, wenn es nötig war. Heute ist Alma dafür zuständig, nicht wahr, mein faules Mädchen?« Er fuhr Alma mit einer Hand über den Kopf; eine Geste, die sie offenbar so sehr gewohnt war, dass sie nicht einmal ein Auge öffnete.

»Bleiben wir doch beim Du«, schlug ich vor, weil Johann mein Angebot anscheinend wieder vergessen hatte.

»Tut mir leid, das ist noch so ein Relikt aus alten Zeiten. Von denen gibt es so einige.«

»Das ist ja auch nicht immer schlecht.«

»Da hast du recht. Ich mache zum Beispiel hervorragenden Pannfisch. Das war früher ein Armeleutegericht. Aber mittlerweile wird es in jedem guten Fischrestaurant angeboten.«

Ich lächelte. »Ich interpretiere das als Einladung zum Abendessen.«

»Sehr gern. Ich koche seit einer Weile nur noch für mich und ab und an für ein paar Kollegen aus dem Kegelklub, aber die haben keine Ahnung von guter Küche. Der Hanno damals, der hatte eine feine Zunge, hat bei unseren Treffen immer sein selbst gekochtes Essen mitgebracht, weil es ihm in keinem Restaurant gut genug war.«

Und dann erzählte Johann von Schollenfilet mit Speckstippe in Tupperdosen, Hannos Geheimrezept für Labskaus und den Schnapsflaschen, die jedes Mal irgendjemand aus der Tasche gezogen hatte. Ich hörte gebannt zu, brach regelmäßig in Gelächter aus, das Alma aufhorchen ließ, und bekam einen Bärenhunger von seinen Geschichten. Ich war so in unser Gespräch vertieft, dass ich die Anrufe in Abwesenheit auf meinem Handy erst viel zu spät bemerkte.

»Kind, wo bist du?«, japste meine Großmutter in den Hörer. Sie klang, als wäre sie mit einem Ungeheuer aus den Stephen-King-Romanen zusammengestoßen, die sie so gerne las. »Ich weiß gar nicht, wohin mit mir. Ich habe an die fünfzigmal versucht, dich zu erreichen.«

Mein Herz sprang nervös in meiner Brust herum, auch wenn es Oma Rosi offenbar gut genug für maßlose Übertreibungen ging. Mein Smartphone hatte mir, als ich mich von Johann verabschiedet hatte, gerade einmal neun verpasste Anrufe angezeigt. Nun saß ich im Zug zurück nach St. Peter und passierte gerade die Haltestelle in Tating. Bis hierher hatte es gebraucht, um meine Großmutter ans Telefon zu bekommen. »Was ist denn passiert? Ich habe mir Sorgen gemacht.«

»Offenbar nicht genug, um ans Telefon zu gehen. Ich stecke in Schwierigkeiten.«

Mein Puls überschlug sich ein paarmal und pumpte Hitze in meine Wangen. »In was für Schwierigkeiten?«

»Das wirst du sehen, wenn du hier im Laden ankommst.«

Ich öffnete den Mund, um etwas zu sagen, merkte, dass er vor Aufregung staubtrocken geworden war, aber da hatte meine Großmutter schon aufgelegt.

Ich rannte förmlich in die kleine Menschentraube hinein, die sich in der *Muschelkiste* eingefunden hatte, weil ich vor Aufregung so schnell die Ladentür aufgestoßen hatte, dass sie hinter mir krachend ins Schloss fiel. Die fünf Frauen und zwei Männer unterbrachen ihren Schnack, um sich nach mir umzudrehen, aber nur für eine Sekunde. Ich reckte den Kopf und entdeckte meine Großmutter weiter hinten im Laden, mit dem Weidenkorb in der Hand, in dem sich die Muscheln befanden, die sie normalerweise nur an Kinder verschenkte.

»Ein komplett personalisiertes Modell würde natürlich ein wenig länger dauern«, informierte sie ihre aufmerksame Kundin, eine etwa sechzigjährige Dame in rosafarbener

Steppweste. Dann entdeckte sie mich und winkte mich einarmig zu sich.

»Wir sind noch eine ganze Woche hier«, sagte die Dame lächelnd. »Meinen Sie, das würde reichen?«

»Aber natürlich. Warten Sie doch gern an der Kasse, meine Enkelin ist gleich bei Ihnen.«

»Was geht denn hier vor sich?«, zischte ich, als die Kundin außer Hörweite war.

»Da bist du ja endlich«, zischte meine Großmutter zurück. Aus der aufwendigen Hochsteckfrisur hatten sich ein paar ihrer Locken gelöst und hingen ihr wirr in die Stirn. Offenbar war sie von der Meute überrascht worden. »Die Frau, die gestern da war, hat im *Dünenhotel* ganz ordentlich die Werbetrommel gerührt. Du musst die Bestellungen aufnehmen, damit sich die Leute nicht die Beine in den Bauch stehen. Welche Muschelform, welches Kettenmaterial, welchen Spruch und so weiter. Und vergiss nicht, die Handynummern zu notieren, damit ich sie anrufen kann, wenn die Bestellung abholbereit ist. Wir müssen dringend an den Strand zum Sammeln. Und die Preise, Gott, ich habe doch keine Ahnung, was ich dafür verlangen kann.«

Und bevor ich etwas erwidern konnte – was mir aller Voraussicht nach ohnehin nicht gelungen wäre –, winkte sie auch schon lächelnd die nächste Kundin zu sich heran.

Auf dem Kassentresen fand ich Zettel und Stift vor. Meine Großmutter hatte bereits fünf Bestellungen notiert, in einer eiligen Schuljungenschrift, die sie hoffentlich würde entziffern können, wenn es so weit war.

Frau Hermann-Cortés – sie hatte einen Mann aus Anda-

lusien, erzählte sie mir, während ich ihren Namen nieder-
schrieb – bestellte ein Sägezähnchen an dunkelbraunem Lederband für ihre Tochter.

»Der Kontakt ist seit langer Zeit nicht mehr das, was er
einmal war«, vertraute sie mir an und zuckte traurig mit den
Schultern. »Ich will endlich meine kleine Mimi zurück. Und
dann habe ich von dem Muschelschmuck hier in Bad gehört.
Damit werde ich zu ihr gehen und sie um Verzeihung bitten.«

Mit einem schmerzenden Kloß im Hals reichte ich Frau
Hermann-Cortés den Kugelschreiber, damit sie ihre Bot-
schaft an Mimi notieren konnte. Und als ich auf das Blatt Papier linste, wurde es nicht besser.

Der schönste Weg ist der gemeinsame, stand dort in geschwungenen Buchstaben unter ihrem Namen.

Der nächste Kunde konnte kaum älter als zwanzig sein.
Er trug sein blondes Haar raspelkurz und hatte verblüffend
hellblaue Augen, die mir erst später auffielen, weil mein Blick
an dem Piercing in seiner rechten Braue hängen blieb. Er
reichte mir eine Silberkette mit Herzmuschelanhänger.

»Die Frau da drüben meint, Sie können mir die zurücklegen«, sagte er knapp, ohne mich anzusehen. Täuschte ich
mich oder sah er sehr traurig aus?

»Aber gern. Notier hier bitte deinen Namen, deine Handynummer und was auf der Rückseite der Muschelschale stehen soll.«

Ich schob ihm das Blatt Papier und den Stift über den Tresen, und er schrieb in winzigen, krakeligen Buchstaben darauf herum.

»Wär mir wichtig, dass ein Engel oder so etwas drauf ist. Hab ich aber auch auf den Zettel geschrieben.«

Dann nickte er mir zu und schlurfte aus dem Laden. Beinahe fühlte es sich falsch an, seine Bestellung zu lesen, weil er nicht wie jemand gewirkt hatte, der mit seinem Privatleben gern hausieren ging.

Von der Erde gegangen, im Herzen geblieben.
Für immer
Dein Sohn Tobias

Ich presste die Lippen zusammen und blinzelte heftig. Trotz allem schoss mir eine Handvoll Tränen in die Augen, die ich eilig mit dem Ärmel meiner Bluse fortwischte, denn da kam bereits eine Frau auf mich zu, die etwa in meinem Alter sein musste. Wenn es so weiterging, würde ich in absehbarer Zeit fertig mit den Nerven sein und das dringende Bedürfnis verspüren, mich in Oma Rosis Büro einzuschließen, um dort in ein knappes Dutzend Taschentücher zu weinen.

Zu meiner Erleichterung war die junge Frau lediglich auf der Suche nach einem Geschenk für ihre beste Freundin gewesen und in der *Muschelkiste* fündig geworden.

»Ich habe die vielen Leute gesehen und bin neugierig geworden«, erzählte sie mir. »Dann habe ich gehört, dass man hier Muschelschmuck personalisieren lassen kann. Das ist eine ganz wundervolle Idee.«

Noch immer lächelnd, trug sie sich in meine Liste ein, die allmählich Gestalt annahm.

»Das ist deine Großmutter, richtig?«, fragte sie dann und

warf ihre langen haselnussbraunen Haare zurück, die ihr fast bis zur Hüfte reichten.

»Genau, das ist sie.«

»Sie ist wirklich eine bewundernswerte Frau. Da kannst du sehr stolz sein.«

Mein Herz füllte sich mit so viel Wärme, dass es fast wehtat. »Oh ja, das bin ich. Sehr sogar.«

Sie strahlte mich an. »Da wird Lotte sich aber freuen. Eigentlich wollte sie auch hier sein. Wir hatten vor, einen Mädelsurlaub zu machen, frisch getrennt und frei. Und jetzt bin ich allein hier. Sie ist wieder zu ihrem Ex zurück. Aber ein Andenken wollte ich ihr trotzdem mitbringen. Und sie daran erinnern, wie stark sie ist. Das vergisst sie nämlich manchmal.«

Sie winkte mir zum Abschied zu, und die drei Damen, die noch warteten, wandten sich zu ihr um, als sie leichtfüßig wie eine Elfe durch den Laden nach draußen schritt.

Nach einem Blick auf den Bestellzettel wusste ich, dass sie Valentina hieß, und speicherte den Namen in meiner imaginären Liste der schönsten Vornamen ab. Ich hoffte inständig, dass ich sie eines Tages wirklich benötigen würde. Vor diesem verhängnisvollen Silvesterabend hatte ich sie immer wieder zurate gezogen, hatte ein paar Namen probeweise in meinem Mund hin und her geschoben. Und ich hatte sie Samuel gezeigt, ohne zu wissen, wie es in seinem Innern aussah. Und vielleicht, dachte ich, würde es irgendwann einmal jemanden geben, der mit mir über meine Vorliebe für ausgefallene Namen diskutierte und sich mit mir gemeinsam für winzige Babymützen und -söckchen begeistern konnte. Und wenn es niemanden gab, würde ich andere Möglichkeiten finden.

Ich konnte Lias Stimme förmlich hören: »Hey, Kopf hoch. Du bist jung. Du hast alle Zeit der Welt. Und wenn du eine Tochter bekommst, dann kennst du ja zumindest schon ihren Zweitnamen.«

Ich musste lächeln und schaute nach, welche Inschrift Valentina sich für ihre Freundin Lotte wünschte.

Starke Frauen sind wie Sternschnuppen. Sie funkeln immer, auch wenn sie fallen.

Ich nickte anerkennend, auch wenn Valentina längst fort war. Dann sah ich mich nach meiner Großmutter um, die gerade dabei war, die drei übrigen Kundinnen mit ihrer Ohrringkollektion vertraut zu machen. Und vor der nächsten Bestellung hatte ich noch genügend Zeit für einen Gedanken, der sich so aufregend und befreiend anfühlte, wie mit ausgebreiteten Armen vor der tosenden Nordsee zu stehen: Was auch immer wir da ins Rollen gebracht hatten, es war etwas Wunderbares.

»Einfach magisch«, schloss ich, als ich für Samuel die Ereignisse des heutigen Tages zum Besten gegeben hatte, und biss in meine Spinatpizza. Meine Großmutter war gleich nach Feierabend mit Beke zum Late Night Shopping in ihrer Lieblingsboutique aufgebrochen, um ihren Erfolg zu feiern. Dann fiel mir ein, dass mir nur noch wenige Tage blieben, um mit ihr auf diesem Erfolg aufzubauen.

»Und trotzdem siehst du so geknickt aus«, stellte Samuel

fest. Seine Pizza Vier Jahreszeiten hatte er bereits bis auf den letzten Krümel verspeist.

»Ich habe ihr noch nicht gesagt, dass ich fahren muss«, beichtete ich und vergrub den Kopf in meinen Händen. »Sie verlässt sich auf mich.«

»Ich könnte hier die Stellung halten, bis du wieder-kommst.«

»Und wann soll das sein?«, jammerte ich. »In drei Mo-naten, wenn Herr Hoffmann sich erbarmt, meinen nächsten Urlaubsantrag abzusegnen?«

Samuel griff über den Tisch nach meinen Händen. »Chris, denk doch noch einmal darüber nach. Du gehörst nicht dorthin. Nicht mehr.«

»Ich weiß«, seufzte ich und gestand mir zum allerersten Mal das Offensichtliche ein. »Aber bis ich etwas Neues finde, muss ich die Wohnung finanzieren. Und außerdem gibt es da diese Erfindung namens Kündigungsfrist.«

Samuel sah mich mit einem Blick an, der etwas sagte wie »Du weißt ganz genau, dass das nur faule Ausreden sind«.

Ich dachte an das Geld, das ich mir in den letzten Mona-ten angespart hatte, weil ich in dieser Zeit praktisch nichts anderes getan hatte, als bis spätabends im Büro zu sitzen und bezahlte Überstunden zu schieben, um mich nicht mit mei-ner mehr als komplizierten Lebenssituation auseinanderset-zen zu müssen. Und würde Herr Hoffmann, der – das wusste ich aus sicherer Quelle – immer viel von mir gehalten hatte, wirklich auf die Barrikaden gehen, wenn ich ihn um einen Aufhebungsvertrag bat? Immerhin hatte es meine Kollegin

Katja schon seit einer ganzen Weile auf meine Stelle abgesehen und müsste nicht einmal groß eingearbeitet werden.

»Ich kann doch nicht einfach kündigen«, murmelte ich resigniert in meine Hände. Ich wusste selbst am besten, wie halbherzig meine Versuche klangen, das Ganze zu rechtfertigen. Es bedurfte keines Rhetorikkurses, um meine Argumentation aus den Angeln zu heben.

»Du arbeitest seit sieben Jahren in deinem ersten Job, Chris. Ich wette mit dir, dass die ganze Firma schon seit Ewigkeiten mit so einer Entscheidung rechnet.«

Ich rieb mir mit den Fingerknöcheln die müden Augen. Was war nur mit der jungen Frau passiert, die jeden Morgen gern zur Arbeit gegangen war? Sicher, es hatte Tage gegeben, an denen das Schönste daran das Nachhausekommen gewesen war. Weil ich es kaum hatte erwarten können, zu Samuel unter die Bettdecke zu kriechen und meine Füße an seinem Körper zu wärmen, seinen Herzschlag zu spüren und seinen Duft zu inhalieren. Aber ich hatte die Arbeit im Büro genossen, zumindest, wenn ich nicht gerade diesen verdammten Drucker hatte reparieren müssen.

»Alles hat seine Zeit«, sagte Samuel, und ich konnte nicht mit Sicherheit sagen, ob er sich der Bedeutung dieses Satzes überhaupt bewusst war.

Er hatte recht. Alles hatte seine Zeit. Und trotzdem verhielt er sich komischerweise zunehmend so, als gelte das nicht für uns.

19

»Vielleicht sollten wir darüber nachdenken, das Sortiment zu erweitern«, dachte ich laut, nachdem zwei weitere Kundinnen in die *Muschelkiste* gekommen waren, um personalisierten Schmuck zu bestellen. Meine Großmutter hatte sich bereits an ihre Werkbank verzogen und Samuel und mir den Kassentresen überlassen. Sie hatte alle Hände voll zu tun, denn die meisten Bestellungen, die am Vortag eingegangen waren, wollte sie innerhalb eines Tages abarbeiten, damit die Farbe genug Zeit zum Trocknen hatte. Wenn mein Gefühl sich bewahrheiten und sich diese Sache tatsächlich zu einem Kassenschlager entwickeln sollte, würde das bald nicht mehr möglich sein. »Wahrscheinlich wäre es gut, wenn wir ein paar vorgefertigte Stücke im Angebot hätten, aus denen die Kunden wählen können. Sicher kommen nicht alle mit einer fixen Idee hierher.«

Meine Großmutter sah von ihrer Arbeit auf. Gerade bemalte sie den Herzmuschelanhänger für Tobias, dessen Schicksal mich tags zuvor so berührt hatte. Wenn ich daran dachte, zog sich noch immer eine Gänsehaut über meine Arme.

Gleich nach dem Frühstück waren wir mit den Rädern zu Brittas Bastelladen gefahren, um neue Acrylfarbe und einige wasserfeste Fineliner zu besorgen. Jetzt war meine Großmutter laut eigenen Angaben »für alle Wünsche gewappnet«. Und als wir nach dem erfolgreichen Einkaufsbummel die Hollandräder bis zur *Muschelkiste* geschoben hatten, hatte Beke dort schon auf uns gewartet.

»Hab gehört, die Lüüd sind ganz verrückt nach den Muscheln mit den Inschriften. Da dacht ich, das muss ich mir doch glatt selbst anschauen«, hatte sie gesagt und sich wie selbstverständlich vor mir in den Laden geschoben.

»Die Deern hat recht, Rösken«, informierte sie jetzt meine Großmutter, als würde sie einen Rückzieher von ihr befürchten.

Oma Rosi nickte fachmännisch, und ihre frisch gedrehten Locken wippten mit. Ganz überzeugt schien sie nicht zu sein.

»Es müssen ja für den Anfang nicht viele sein«, schaltete Samuel sich ein. »Dann wäre das Risiko geringer.«

Meine Großmutter klopfte mit einer Faust auf den Tisch. »So machen wir es.«

»Jetzt müssen wir uns nur ein paar schöne Sprüche einfallen lassen«, sagte ich. »Kennt jemand welche?«

»Warum fragen wir nicht die Menschen hier?«, schlug Beke vor. »Soll doch jeder seinen liebsten Spröök aufschreiben und die schönsten kommen auf die Muscheln.«

»Und zur Belohnung gibt es eine Flasche Sanddornlikör und einen Gutschein für den Laden«, überlegte ich laut.

»Was? Eine ganze Buddel?«, protestierte Beke. »Dabei

wollte ich doch endlich Geld dafür nehmen. Nun gut, für das Rösken tu ich ja alles.«

»Eine tolle Idee«, lächelte Samuel und klopfte Beke lobend auf den Rücken. Die bekam rote Wangen und kicherte wie ein verliebter Teenager. Mittlerweile wussten wir alle, dass die toughe Fischverkäuferin sich in Samuel verguckt hatte.

»Da rufe ich nachher gleich den Willi an, der kann seinen Gruppen Bescheid geben«, sagte meine Großmutter.

»Die Klüsen vom Becker möcht ich sehen«, freute sich Beke. »Und erst die vom Keerl aus Kiel mit seinem Narrenkraam. Der hat's verdient.«

»Und ich könnte wieder ein Plakat vorbereiten«, bot Samuel an, und seine Idee stieß auf allgemeinen Anklang, natürlich besonders bei Beke.

»Im Keller müsste sogar noch einer von diesen Kundenstoppern liegen«, sagte meine Großmutter. »Hätte nicht gedacht, dass der auf seine alten Tage noch mal zum Einsatz kommen würde. Ich glaube nicht, dass er überhaupt jemals in Verwendung war.«

»So was brauchtest du eben nie.« Beke legte Oma Rosi eine Hand auf die Schulter. »Aber Zeiten ändern sich, und das ist auch gut so. Wo kämen wir hin, wenn alles immer dasselbe bliebe?«

»Wo du recht hast, hast du recht«, stimmte meine Großmutter zu.

20

»Was fällt dir ein, dich so lange nicht zu melden?«, keifte Lia in den Hörer, so laut, dass ich mir erschrocken das Telefon vom Ohr riss.

»Tut mir leid. Hier ist momentan viel los.«

Meine Schwester seufzte ausgedehnt. Das tat sie immer, wenn sie sich eingestehen musste, dass sie nicht länger als zwei Sekunden böse auf mich sein konnte. »Wie geht es Oma?«

»Es geht ihr gut. Und weißt du, was? Es ist etwas ganz Wunderbares passiert. Ich glaube, wir haben eine echte Chance, die *Muschelkiste* doch noch zu retten.«

»Wirklich? Wie schön. Um ehrlich zu sein, habe ich gar nicht mehr damit gerechnet.«

Ich auch nicht, dachte ich.

»Du musst mir alles erzählen«, fuhr Lia fort. »Ich bin gerade dabei, Freddie zu einem Urlaub zu überreden. Wäre doch schön, wenn wir ein paar Tage zusammen in St. Peter verbringen würden. Wie lange bist du noch dort?«

Mein Puls beschleunigte sich merklich. »Nun ja, ehrlich

gesagt, gibt es einen Grund, warum ich dich angerufen habe.«

Meine Schwester schnalzte mit der Zunge. »Ich hätte es wissen müssen. Was ist es denn?«

Ich hatte zwei Möglichkeiten. Ich konnte mich langsam vortasten, um Lias Reaktion abzuschätzen, und – wenn nötig – doch die Reißleine ziehen. Oder ich konnte sie mit ein wenig Direktheit überraschen. »Was würdest du von der Idee halten, wenn ich bei Herrn Hoffmann im Büro anrufen und ihn um einen Aufhebungsvertrag bitten würde?«

Die Stille am anderen Ende der Leitung zog sich wie zähes Kaugummi. Plötzlich bereute ich den Anruf. Was war, wenn sie versuchen würde, mir die Sache auszureden?

»Ist das dein Ernst?« Ich konnte weder einen skeptischen noch einen erfreuten Unterton aus ihrer Stimme heraushören.

»Ich denke, schon«, sagte ich, aber es klang mehr nach einer Frage als nach einer Antwort.

»Gott, das ist das Beste, was ich seit Langem aus deinem Mund gehört habe.«

Ich wusste nicht recht, ob ich erleichtert oder beleidigt reagieren sollte, und entschied mich für eine Mischung aus beidem. »Ich habe kurz gedacht, du hältst mich für das dümmste Huhn der Welt.«

»Das bist du trotzdem. Aber ich bin wirklich froh, dass du diese Entscheidung getroffen hast. Ich wusste immer, dass dieser Job nichts für dich ist. Wundert mich, dass du es überhaupt so lange ausgehalten hast.«

»Alles hat seine Zeit.«

»Gib es zu, der Satz stammt von Samuel. Was hast du jetzt vor?«

»Ich – werde meinen Chef anrufen?«

»Ich meine danach.«

Meine Schwester war verdammt gut darin, meine wunden Punkte zu treffen. Und das Schlimmste war, dass sie es wusste. »Das entscheide ich, wenn es so weit ist.«

»Das könnte von mir sein. Sag mal, was ist eigentlich aus dem heißen Mieterberater geworden?«

Ich verdrehte die Augen. Es war nicht das erste Mal, das meine Gedanken sich zu dem verhängnisvollen Date am Strand verirrten. Einerseits fühlte ich mich befreit und erleichtert, weil ich tief im Innern gewusst hatte, dass meine Gefühle nicht die waren, die es für eine Beziehung gebraucht hätte. Andererseits hatte auch ich meinen Stolz, und den hatte Florian an diesem Abend gefährlich angeknackst. »Es gibt keinen heißen Mieterberater mehr.«

Lia seufzte. »Wie schade. Ich hätte zu gern gewusst, wie ihr in seinem Büro –«

»Lia!«

Meine Schwester lachte schrill. »Schon gut. Nun führ endlich dieses Telefonat.«

»Grüß Freddie von mir, ja?«

»Na klar. Und, Chris?«

»Ja?«

»Ich bin wirklich stolz auf dich.«

Als ich aufgelegt hatte, rief ich sofort die Kontaktliste in meinem Handy auf. Ich wollte keine Zeit verlieren. Mein Zeigefinger schwebte über der Nummer, die ich unter »Lars Hoffmann, Büro« abgespeichert hatte.

Wann genau hast du eigentlich vor, das zu tun, was dich glücklich macht?

Ich atmete tief durch und spürte meinen Herzschlag in den Schläfen.

»Jetzt«, antwortete ich der imaginären Stimme meiner Großmutter und wählte die Nummer meines Chefs.

Samuel wusch frische Blaubeeren, als ich – zwei Stufen auf einmal nehmend – die Treppe herunterrannte und in der Küche zum Stehen kam.

»Ich habe gekündigt«, gab ich atemlos bekannt. Meine Knie fühlten sich noch immer an wie Gummibärchen in der Sommerhitze.

Herr Hoffmann hatte einem Aufhebungsvertrag zugestimmt, unter der Voraussetzung, dass ich noch für ein paar Wochen von St. Peter aus arbeitete, bis Katja die Stelle übernahm. Noch niemals zuvor war ich dem Bedürfnis, ihn zu umarmen, so nahe gekommen wie in diesem Moment. Als ich aufgelegt hatte, waren mir vor Erleichterung die Tränen gekommen. Erst dort hatte ich verstanden, wie sehr mich der Gedanke an meine Heimreise belastet hatte. Es war mein erster richtiger Job gewesen, er war gut bezahlt und die Kollegen freundlich, aber nun war ich bereit, mich weiterzuentwickeln. In welche Richtung, wusste ich nicht mit Sicherheit. Aber eins wusste ich: Alles hatte seine Zeit, und meine Zeit als Büroangestellte in Hannover war endgültig vorbei.

Samuel sah von den Blaubeeren auf. »Wirklich?«

Und dann ergriff sie mich. Die Erleichterung. Die Freude. Die Befreiung.

»Ja, wirklich«, rief ich und schlang aus einem Impuls heraus die Arme um ihn. Genauso, wie ich es früher getan hatte. Aber das verstand ich erst, als es schon zu spät war. Ich räusperte mich umständlich, löste mich aus seiner Umarmung und strich mir eine Haarsträhne hinter das Ohr, die sich aus meinem Zopf gelöst hatte. Meine Wangen brannten vor Scham. Und von der Erkenntnis, dass sich das, was eben passiert war, viel zu gut angefühlt hatte.

»Morgen schicke ich das Schreiben ab«, informierte ich ihn förmlich. Wieder wagte ich es nicht, ihn anzusehen.

»Ich glaube, ich weiß, wer sich ganz besonders über die Nachricht freuen wird.«

Und Samuel behielt recht. Als meine Großmutter mit zwei Schalen Erdbeeren, einem Säckchen Kartoffeln und einem Strauch Tomaten vom Wochenmarkt zurückgekehrt und die Neuigkeiten erfahren hatte, ließ sie die Einkäufe Einkäufe sein und stürzte sich johlend in meine Arme. Beinahe wären wir gemeinsam zu Boden gegangen.

»Ich hab's immer gesagt!«, rief sie so laut, dass es in meinem rechten Ohr für den Rest des Tages unangenehm summte. »Meine Christin gehört nach St. Peter.«

Ich hielt sie eine Armlänge auf Abstand. »Aber ich habe doch nur meinen Job gekündigt. Und bald finde ich in Hannover einen neuen.«

»Ach papperlapapp.« Meine Großmutter kniff mir in die Wange. Das hatte sie schon getan, bevor ich sprechen gelernt und mich über die schmerzenden roten Flecken hatte beschweren können. »So weit bekommen wir dich auch noch.«

Für die nächste halbe Stunde stand sie pfeifend und singend in der Küche, kochte Erdbeerkompott und buk Blaubeerpfannkuchen, die sie mit reichlich Puderzucker bestäubte. Wir aßen sie begleitet von starkem Kaffee auf der Terrasse, während Tim unter dem Tisch darauf wartete, dass einer von uns ein Stück fallen ließ. Früher hatte ich besorgt darauf gewartet, dass er sich übergeben oder zumindest Durchfall bekommen würde, aber Tim – das wusste ich nach all den Jahren – hatte den Magen und auch den Appetit eines hungrigen Hausschweins.

21

Johanns Pannfisch zerfiel förmlich in meinem Mund, und ich
wusste sofort, dass dieses Gericht eines der besten war, die
ich jemals hatte kosten dürfen. Die Senfsoße war perfekt ab-
geschmeckt, der selbst gemachte Fond brachte eine leckere
Würze, und der großzügige Schluck Weißwein verlieh ihr
das gewisse Etwas.

Ich hatte früher als geplant an der Tür des Bauernhäus-
chens geklingelt, um Johann ein wenig unter die Arme zu
greifen, was er nach einiger Widerrede über sich hatte erge-
hen lassen. Also wusch ich benutzte Küchenutensilien, während er kochte und Alma jammernd in ihrem Körbchen im
Wohnzimmer hockte, denn selbstverständlich würde sie von
dieser fantastischen Mahlzeit, abgesehen von ein paar So-
ßenresten, nichts abbekommen.

Ursprünglich hatten wir an dem ausziehbaren Tisch im
Hintergarten essen wollen, den Johann liebevoll für uns gedeckt hatte, doch das Wetter machte uns bald einen Strich
durch die Rechnung, indem es nicht nur mit dunkelgrauen
Wolken, sondern bald auch mit Nieselregen auftrumpfte.

Meine Großmutter war zum ersten Mal misstrauisch geworden, als ich ihr mitgeteilt hatte, dass ich mich zum Arbeiten in ein Café verziehen würde, um nicht den lieben langen Tag in ihrem Reetdachhaus zu verbringen. Erst als Samuel ihr versichert hatte, dass die jungen Leute es heute nun einmal so handhaben, schien sie zufrieden, zumal sie die Aussicht sichtlich genoss, an meiner Stelle ihn als Aushilfe im Laden zu haben.

»Bitte sorg dafür, dass sie mich in der Mittagspause nicht besuchen kommen will«, raunte ich ihm zu, als meine Großmutter im Flur damit beschäftigt war, in ihre kniehohen Gummistiefel zu schlüpfen.

»Keine Angst. Ich sage ihr, dass du unglaublich beschäftigt bist.«

In Wahrheit hatte ich die meisten Aufgaben bereits am frühen Morgen erledigt, um danach genügend Zeit für das Mittagessen bei Johann zu haben. Einerseits konnte ich es kaum erwarten, dass Katja meine Stelle übernahm. Andererseits hatte ich mich zu einem solchen Gewohnheitstier entwickelt, dass mich der Gedanke an die bevorstehende Jobsuche bis unter die Bettdecke verfolgte.

»Ich habe selten so gut gegessen«, seufzte ich und lehnte mich satt und zufrieden auf meinem Stuhl zurück.

»Und ich freue mich, dass ich zur Abwechslung mal nicht nur für mich und den Hund kochen kann.«

Plötzlich formte sich ein Bild in meinem Kopf. Johann briet in Oma Rosis winziger Küche Fisch, während die beiden miteinander schäkerten und lachten. Samuel und ich diskutierten über einen seiner Entwürfe. Alma lag zu unseren Füßen und schnarchte. Nur Tim fehlte, denn der würde sich

in einer solchen Situation zweifelsohne panisch ins Obergeschoss retten. Ich versuchte, dieses Bild abzuschütteln, aber
es löste sich nur äußerst widerwillig aus meinen Gedanken.

»Alles in Ordnung, Deern?« Johanns sonore Stimme ka-
tapultierte mich zurück in die Realität.

»Ja, ich war nur – kurz in Gedanken. Und vielleicht sollte
ich bald aufbrechen. Ich habe meiner Großmutter gesagt, ich
würde in einem Café sitzen, um die letzten Aufgaben für
meinen Job zu erledigen.«

Und dann verloren wir uns doch noch in einem weiteren
Gespräch. Er erzählte davon, wie er früher bis zu sechzehn
Stunden im Automobilgeschäft seines Vaters geschuftet und
wie er sich heimlich davongestohlen hatte, um mit Freunden
in ihrer Stammkneipe Karten zu spielen oder – und das sagte
er mit diesem nostalgischen Lächeln auf den Lippen, das ich
bereits von ihm kannte – um sich mit meiner Großmutter
am Strand zu treffen. Im Gegenzug erzählte ich ihm von dem
drögen Bürojob, zu dem ich mich hatte hinreißen lassen, weil
meine Eltern mir ein Motto eingeimpft hatten, das in etwa
lautete: »Je langweiliger der Job, desto sicherer ist er.« Und
dann eröffnete ich ihm, dass ich genau diesen Job gekündigt
hatte, einfach weil ich das Gefühl hatte, dass er nicht zu der
Sorte Mensch gehörte, die dieses Motto teilte.

»So ist's gut«, lobte er dann tatsächlich. »Man muss auch
noch ein bisschen leben, vor allem als so junger Mensch. Darauf einen Aquavit?«

Bevor ich etwas dagegen unternehmen konnte, hatte ich
eingewilligt, und Johann stellte ein Schnapsglas voll klarer
Flüssigkeit vor mich auf den Tisch. Aquavit verabscheute ich

genauso sehr, wie ich einmal Likör verabscheut hatte – bis ich Bekes Sanddornlikör probiert hatte. Warum also sollte mir nicht auch dieser Aquavit wider Erwarten schmecken?

Wir stießen an, und vorsichtshalber nahm ich nur einen kleinen Schluck. Der Schnaps lief mir beißend und scharf die Kehle hinunter und hinterließ in meinem Magen eine wohlige Wärme. So schlecht, wie ich ihn in Erinnerung hatte, war er wirklich nicht. Trotzdem lehnte ich Johanns großzügiges Angebot, mir noch einmal nachzuschenken, eilig ab. Wenn ich mit einer Schnapsfahne zurückkam, würde meine Großmutter um einiges misstrauischer werden, als sie es ohnehin war. Für das nächste Mal würde ich mir eine bessere Ausrede einfallen lassen müssen. Hoffentlich würde sie mich in einer Stunde, wenn ich sie an der *Muschelkiste* abholen würde, um mit ihr an den Strand zum Muschelnsammeln zu fahren, nicht mit unangenehmen Fragen löchern.

Nachdem ich darauf bestanden hatte, Johann beim Abräumen zu helfen, begleitete er mich hinaus. Alma war so eingeschnappt, dass sie sich zwar zum Abschied von mir hinter den Ohren kraulen ließ, jedoch keine Anstalten machte, uns nach draußen zu folgen.

»Vielen Dank für das fantastische Essen«, sagte ich. »Ich hoffe, ich kann mich irgendwann einmal revanchieren.«

»Sicher. Aber du wirst Rosi vorwarnen müssen. Ich möchte nicht, dass sie sich erschreckt. In unserem Alter kann das gefährlich werden.«

Er zwinkerte mir wissend zu, und ein Lächeln spielte um seine Lippen. Es brauchte ein wenig, bis ich verstand, wovon er sprach, weil ein Großteil von mir die Hoffnung darauf bereits aufgegeben hatte.

»Heißt das, du willst sie wiedersehen?«, fragte ich, viel zu laut nach meinem Geschmack.

Johann nickte. »Ich muss doch sehen, was aus der *Muschelkiste* geworden ist. Ich glaube, Claudia hätte es so gewollt. Sie ist immer fuchsteufelswild geworden, wenn ich ein paar Tage am Stück nicht unter Menschen war. Und sie wollte mich immer glücklich sehen. Das habe ich sehr an ihr geschätzt.«

Am liebsten wäre ich ihm um den Hals gefallen, aber da Johann als waschechter Norddeutscher nicht allzu viel von Gefühlsduselei zu halten schien, griff ich lediglich nach seinen Händen. »Das ist wunderbar. Sie wird sich sehr freuen.«

Das entfernte Rauschen der Wellen wirkte besser als jede Entspannungsmusik. Der feuchte Sand zwischen meinen Zehen sorgte für gerade so viel Abkühlung, dass ich unter der warmen Julisonne nicht zu schwitzen begann. Diesmal hatte ich auch an die Sonnenmilch gedacht und sogar einen von Omas Strohhüten aufgesetzt, den man mithilfe eines Seidenbands unter dem Kinn zusammenbinden konnte, damit der Nordseewind ihn nicht mit sich aufs Meer trug.

»Ein Beutel wird wohl nicht reichen, wenn wir nicht in zwei Tagen wieder herkommen wollen«, hatte meine Großmutter festgestellt, bevor wir auf die Räder gestiegen und zum Nordstrand geradelt waren. Und dann hatten wir gelacht. Vor Freude. Vor Erleichterung. In diesem Moment wusste ich, dass auch sie still und heimlich ernsthafte Zweifel daran gehegt hatte, dass ihr Ein und Alles, *Rosis Muschelkiste*, noch einmal zum Leben erweckt werden könnte.

An diesem Nachmittag hatten wir Glück. Viele Muschelschalen waren noch intakt und die meisten davon wunderschön gemustert. Ich atmete die salzige Luft dieses Ortes ein, der sich so sehr nach zu Hause anfühlte. Und vielleicht, dachte ich, war das der Moment, in dem das Glück beschloss, nicht nur kurz vorbeizuschauen, sondern auch zu bleiben. Ich wünschte mir nichts mehr, als dass unsere Mühen endlich von Erfolg gekrönt waren. Für sie. Denn wenn ich jemandem von Herzen grenzenloses Glück gönnte, dann meiner Großmutter. Was sie wohl dazu sagen würde, dass ich nun auch noch ihre verflossene große Liebe hatte überzeugen können, sie wiederzutreffen?

Ich unterdrückte ein Schmunzeln bei der Vorstellung, wie ich ihr davon erzählte. Mit hoher Wahrscheinlichkeit würde sie mich für verrückt erklären und mich belehren, dass man eine alte Dame wie sie nicht so rücksichtslos auf den Arm nahm. Aber ich wollte warten, bis Johann sich meldete, um sein Kommen anzukündigen. Ich wollte nicht riskieren, dass er seine Meinung änderte und sie im Stich ließ. In diesem Fall wäre es besser, sie gar nicht erst verrückt zu machen.

Eine Möwe schwang sich vor uns in die Luft und machte sich kreischend auf in Richtung Strand, wo sie mit etwas Knäckebrot oder Brötchenresten rechnen konnte.

»Ich habe mich noch gar nicht richtig bei dir bedankt«, sagte meine Großmutter. »Dass du hergekommen bist, um deiner alten Oma Rosi unter die Arme zu greifen, bedeutet mir so viel.«

»Das ist doch selbstverständlich«, wiegelte ich ab und bückte mich nach einer intakten Sandklaffmuschel mit ebenmäßigen Ringen in wunderschönem Rostrot.

»Nein, das ist es nicht. Und schon gar nicht, dass du geblieben bist, als ich wieder einmal eine meiner brillanten Ideen umgesetzt habe.«

»Du hast es ja nicht böse gemeint«, sagte ich ehrlich und war froh, an diesem Punkt angelangt zu sein.

»Ach Kind«, seufzte meine Großmutter. »Ich will doch nur, dass du glücklich bist.«

Die Gischt spülte ein wenig Seegras an, das an meinen Füßen hängen blieb. Als kleines Mädchen hatte ich es unfassbar lustig gefunden, wenn mich das weiche Gras zwischen den Zehen gekitzelt hatte.

»Hast du davon gewusst?«, fragte ich dann. »Warum er damals so entschieden hat?«

Ein Teil von mir hatte bereits damit gerechnet. Trotzdem war ich überrascht, als sie nickte. »Ich musste schließlich entscheiden, ob ich ihn zu mir nach St. Peter bitte oder ihn zum Teufel jage.«

Ich blinzelte gegen die Sonne an, die bereits tief am Himmel stand und die seichten Wellen glitzern ließ.

Meine Großmutter strich mir eine Strähne meines Haars hinter das Ohr. »Ich weiß, wie sehr du dir Kinder wünschst, mein Schatz. Und du solltest diesen Traum für nichts und niemanden auf der Welt aufgeben.«

Eine Träne stahl sich meine Wange hinunter, und meine

Großmutter fing sie mit einem Finger auf. Ich hatte mir immer vorgestellt, wie es wäre, mit Samuels und meinem Kind durchs Watt zu waten und nach Muscheln Ausschau zu halten, zusammen mit seiner Urgroßmutter Rosi.

»Wenn du das denkst«, sagte ich heiser, »warum wolltest du dann, dass wir uns hier begegnen?«

Meine Großmutter lächelte und sah dabei so weise aus, dass ich mich unglaublich jung fühlte. »Meinst du nicht, ein Mensch kann seine Meinung ändern?«

»Woher weißt du, dass er seine Meinung geändert hat?«

Oma Rosis Finger verschränkten sich mit meinen. »Das tue ich nicht. Aber ich finde, er hat die Chance verdient, es zu versuchen. Und wer weiß? Vielleicht hat er es ja längst getan.«

Ich heftete den Blick auf meine Füße, die vom Schlick schwarz gemustert waren. »Ich glaube, dafür ist es zu spät.«

Ich spürte, wie meine Großmutter meine Hand noch fester drückte. »Ach, weißt du, Kind, ich glaube, es gibt Dinge, für die ist es nie zu spät. Und die Liebe ist eines davon.«

Ich sah ihr in die karibikblauen Augen, die mich so voller Leben ansahen, dass mir fast noch einmal die Tränen gekommen wären. Ich wusste, dass sie damals, vor nicht einmal einem Jahr, dasselbe in meinen gesehen hatte, vielleicht als Einzige. Und wir wussten beide, dass ich nun endlich die ersten Schritte tat, um genau dort wieder anzukommen. Bei mir.

Während die Sonne allmählich im Meer versank, schlenderten wir den Strand entlang Richtung Süden und liefen dann wieder zurück, um die Fahrräder zu holen. Es war, als hätte der milde Nordseewind an diesem wunderschönen Sommerabend einen Teil der Schwere mit sich getragen, die nun schon viel zu lang auf mir lastete. Der Gedanke an einen Neuanfang kribbelte aufregend in meinem Magen, auch wenn ich mir noch nicht vollständig sicher war, wie er aussehen würde.

Als wir die Erlebnispromenade von St. Peter-Bad erreichten, hielt meine Großmutter das Rad an und stieg ab.

»Warte mal eben«, rief sie mir zu, und ich legte eine Vollbremsung hin, die ein paar Spaziergänger mit bösen Blicken ahndeten.

»Ist alles in Ordnung?«, fragte ich besorgt, denn normalerweise musste meine Großmutter auf Strecken wie diesen niemals eine Pause einlegen.

Statt zu verneinen, lächelte sie schelmisch. »Sicher. Aber ich habe plötzlich Lust auf ein großes Glas Wein. Wie wär's?«

Erleichtert stimmte ich zu, und wir schoben die Räder über einen der asphaltierten Wege vom Deich herunter in die Fußgängerzone. An Giuseppes Pizzeria schlossen wir sie an und ergatterten einen der beliebten Plätze auf der Terrasse hinter dem Haus. Die Tische waren hier mit bunten Windlichtern und der Zaun mit hellen Lichterketten geschmückt.

Normalerweise stand Giuseppe ausschließlich in der Küche oder kümmerte sich im Büro um wichtigen Papierkram, aber heute kam er mit ausgebreiteten Armen auf uns zu. Oma Rosis Wunsch konnte er ihr bereits von den Lippen ablesen. Offenbar war es nicht das erste Mal, dass sie hier auf ein Glas Wein einkehrte.

Wenige Minuten später stellte Giuseppe zwei volle Gläser

Weißwein vor uns auf den Tisch, zusammen mit einer Portion frisch gebackener Focaccia.

»Das geht auf die Haus«, sagte er, zwinkerte uns zu und verschwand mit federnden Schritten im Restaurant.

Meine Großmutter schüttelte den Kopf. »Unverbesserlich, der Mann. Als du zum Arbeiten ins Café gegangen bist, bin ich rüber, um mich für seine Hilfe bei der Renovierung zu bedanken. Die Schachtel Pralinen, die er so gerne isst, hat er genommen, aber von dem Umschlag mit dem Geld wollte er partout nichts wissen.«

Ich musste lächeln. »Die Leute mögen dich eben. Außerdem würdest du dasselbe für ihn tun.«

»Ich würde ihm eins mit der Handtasche verpassen, wenn er versuchen würde, mir Geld anzudrehen.«

»Siehst du.«

Meine Großmutter verdrehte die Augen, weil ich sie offenbar überzeugt hatte, und hob ihr Weinglas.

»Worauf trinken wir?«, wollte ich wissen.

Meine Großmutter musste offenbar nicht lange überlegen. »Auf das Leben. Und auf bemalte Muschelschalen.«

22

Das Plakat, das Samuel entworfen und in der kleinen Druckerei in Dorf zweimal bestellt hatte, machte sich hervorragend auf den beiden Seiten des Kundenstoppers, den meine Großmutter nach einer kurzen Suchaktion im Keller aufgetrieben hatte. Neben dem Foto einer der handbeschriebenen und bemalten Muschelschalen fand sich ein Abdruck einer Likörflasche. Der kurze, griffige Text informierte die Passanten, was sie zu tun hatten, um beide Dinge zu erhalten.

Nun hatte ich mich mit meiner Großmutter vor dem Laden postiert, um Interessenten abzufangen, während Beke und Samuel die restliche Fußgängerzone übernahmen. Alle vier waren wir mit Block und Stift bewaffnet, und im Laden standen mehrere Kisten Likör bereit. Auch Willi hatte sich wieder einmal bereit erklärt, uns unter die Arme zu greifen und während seiner Wanderungen auf die Aktion aufmerksam zu machen.

Und es dauerte nicht lange, bis die ersten Menschen stehen blieben, sich von uns ansprechen und in den Laden führen ließen.

Die allererste Weisheit stammte von einer jungen Mutter

mit Zwillingstöchtern in geblümten Regenmänteln und Flechtzöpfen im blonden Haar.

»Das ist das Lieblingszitat meines Mannes«, lächelte sie. »Er ist ganz verrückt nach griechischer Philosophie. Er versucht sogar schon, sie den Mädchen nahezubringen, und wundert sich dann, wenn es nicht klappt. Schade, dass er im Moment krank im Bett liegt. Er hätte sicher noch weitere Sprüche auf Lager gehabt.«

Das Lieblingszitat ihres Mannes stammte von Aristoteles und lautete:

Wir können den Wind nicht ändern, aber die Segel anders setzen.

Bekes Sanddornlikör lehnte sie dankend ab. »Wir trinken nicht. Aber wenn wir beim nächsten Urlaub vorbeikommen und das Zitat auf einer der Muscheln wiederfinden könnten, würden wir uns sehr freuen.«

Meine Großmutter belohnte die Geduld der beiden Mädchen mit zwei Muscheln, die sie sich aus ihrem Weidenkorb aussuchen durften. Die beiden waren so gut erzogen, dass sie es nicht wagten, gleich mehrere auszuwählen, und bedankten sich artig.

Innerhalb der nächsten zwanzig Minuten war die *Muschelkiste* so voll, dass die Leute bis zum Souvenirladen gegenüber anstanden. Samuel und Beke waren vorerst in den Laden zurückgekehrt, um uns dabei zu helfen, die Sprüche und Zitate aufzuschreiben und die Besucher mit Likör zu versorgen. Und mitten in dem ganzen Trubel verstand ich, dass ich die Jobsuche wohl doch erst einmal würde verschieben müssen. Denn meine Großmutter würde unmöglich allein mit der Arbeit fertig werden, zumal viele der Menschen, die nun in der *Muschelkiste* ihre Lebensweisheiten niederschrieben, die Gelegenheit nutzten, um selbst Bestellungen aufzugeben. Persönliche Botschaften und Liebesbeweise an Partner, Verwandte und enge Freunde waren besonders beliebt.

Während Samuel, Beke und ich uns um die Bestellungen kümmerten, beantwortete meine Großmutter interessierte Fragen zur Schmuckherstellung und der Geschichte des Ladens. Ich nahm mir fest vor, sie zu überreden, wieder eine Art Workshop anzubieten, weil der während der Neueröffnungsfeier so gut angekommen war. Zuerst allerdings hatte ich alle Hände voll zu tun, musste mich nach nicht einmal anderthalb Stunden Arbeit auf die Suche nach einem neuen Kugelschreiber begeben und stellte im Gehen fest, dass unser Likörvorrat gefährlich zur Neige ging. Offenbar war das Bekes wachsamen Augen ebenfalls nicht entgangen.

»Ich fahr los und hol Nachschub«, raunte sie mir zu. »Gut, dass ich noch ein paar Fläschken unten im Keller stehen hab. Wird dringend Zeit, dass ich neuen Stoff braue.«

Als Beke in Begleitung eines jungen Mannes in den Laden zurückkehrte, hatte ich die letzte Flasche Likör gerade an ein Pärchen verschenkt, das Willis Empfehlung gefolgt war und sich direkt von seiner Wattwanderung auf den Weg gemacht hatte.

»Meine Frau schreibt mit Begeisterung Karten, müssen Sie wissen«, hatte mich der ältere Herr in Allwetterjacke informiert. »Zu Geburtstagen, zu Weihnachten, zu Jubiläen und so etwas. Da sucht sie sich jedes Mal einen passenden Spruch aus.«

»Über die Zeit haben sich so einige angesammelt«, hatte seine Frau hinzugefügt und gleich fünf Weisheiten zu Papier gebracht.

Der Mann an Bekes Seite stellte eine Kiste Likör ab und kam dann lächelnd auf uns zu. Er hatte volles blondes Haar, und in seinen freundlichen Zügen erkannte ich sofort Beke.

»Das ist mein Sohn Karl«, stellte sie ihn vor und lächelte stolz. »Er ist für eine Weile zu Besöök, was Engelke?«

Karl begrüßte uns mit einem Handschlag, der noch fester war als der seiner Mutter.

»Ich habe noch drei weitere Kisten im Wagen«, ließ er uns wissen, bevor er mit Samuel loszog, um sie zu holen.

Vier Stunden später saßen meine Großmutter, Beke, Samuel und ich fix und fertig in Omas Büro, aßen gebackenen Seelachs mit Remoulade und Pommes und tranken Cola direkt aus der Dose. Die Aktion war ein voller Erfolg gewesen. Insgesamt hatten wir ein halbes Dutzend Kugelschreiber verbraucht, einen ganzen Collegeblock mit Weisheiten jeglicher Art gefüllt, fünf Kisten Likör verteilt und eine obszön hohe Zahl an Bestellungen aufgenommen.

»Wusst ich doch, dass das gut wird«, sagte Beke und lehnte sich mit einem zufriedenen Seufzer auf ihrem Stuhl zurück. Karl war kurz zuvor aufgebrochen, um in der Räucherei auszuhelfen, damit seine Mutter den Erfolg mit uns feiern konnte, zu dem sie schließlich maßgeblich beigetragen hatte.

»Das war wirklich brillant, Bekchen«, lobte meine Großmutter. »Ich weiß gar nicht, was ich sagen soll. Und das will
schon was heißen.«

»Halt den Mund, Rösken, ich hab dir schon tausendmal
gesagt, dass du das alles viel fröher hättest haben können.«

Und nun wartete ich darauf, dass meine Großmutter ihr
das Angebot unterbreitete, das sie mir ins Ohr geflüstert
hatte, als der Laden geschlossen und Beke im Bad verschwunden war.

»Es muss doch etwas geben, das ich für dich tun kann«,
beharrte meine Großmutter. »Du kannst doch nicht immer
nur geben und nichts dafür verlangen.«

»Und ob ich das kann«, protestierte Beke.

Oma Rosis nachgezogene Brauen hoben sich vielsagend.
»Wie wäre es, wenn wir deinen Likör ins Sortiment aufnehmen?«

Beke blickte meine Großmutter verständnislos an. »Mein
Brausel? Hier in der *Kiste*?«

»Ich finde, das ist eine fantastische Idee«, schob ich ein
und wurde bei dem Gedanken an ein eigenes Regal für Bekes
Likörflaschen ganz kribbelig.

Bekes Augen weiteten sich, aber wirklich sicher schien sie
sich nicht zu sein. »Meint ihr?«

»Du musst doch endlich Geld mit dem Zeug verdienen«,
sagte meine Großmutter und verschränkte siegessicher die
Arme vor der Brust. »Du solltest es auch in der Räucherei anbieten. Und bis dahin kommen die Leute einfach hierher.«

Beke presste die Lippen aufeinander und dachte nach.

Dann grinste sie. »Klingt nach einem Plan. So machen wir's. Ach Rösken, was würd ich bloß ohne dich tun?«

Meine Großmutter winkte wortlos ab, und ich wusste genau, dass sie es nur deshalb tat, um nicht auf der Stelle in Tränen auszubrechen.

»Dann mache ich mich gleich morgen mit Samuel auf den Weg ins Möbelhaus und schaue nach einem schönen Regal«, schlug ich vor, und meine Großmutter warf mir einen anzüglichen Blick zu, den ich gekonnt ignorierte.

»Kinners, das ist wunderbar«, jubelte Beke, stand auf und drückte jeden von uns an ihre Oberweite.

23

Die erste Hälfte des nächsten Tages verbrachten wir wieder mit Block und Stift und einer ganzen Menge Bestellungen. Wenn es nach mir gegangen wäre, wären wir der Einfachheit halber längst auf eine digitale Liste umgestiegen, aber davon wollte meine Großmutter erwartungsgemäß nichts wissen.

»Auf meine alten Tage muss ich den neumodischen Kram nun wirklich nicht mehr lernen«, behauptete sie, und damit war das Thema für sie erledigt.

Sooft es ging, verzog ich mich zu meiner Großmutter an die Werkbank, um ihr ein wenig zur Hand zu gehen. Ich legte neue Stifte und Acrylfarbe bereit, reinigte Pinsel, befestigte Collierschlaufen und zog die fertigen Muschelanhänger auf Leder-, Gold- und Silberkettchen auf.

Kurz vor der Mittagspause steckte Samuel den Kopf zur Tür herein.

»Möchtest du demnächst los?«, fragte er mich.

Ich sah mich zu meiner Großmutter um, die von ihrer Arbeit aufgesehen hatte.

»Fahrt ruhig, wir kommen schon zurecht.« Und lauter

sagte sie: »Nicht wahr, Bekchen? Wir kommen für eine Weile allein zurecht.«

»Worauf du wetten kannst«, rief Beke aus dem Verkaufsraum zurück. »Der Karl hält so lang die Stellung in der Räucherei. Macht seinen Job hervorragend. Kommt ganz nach seiner Mutter.«

Also wusch ich mir im Bad die Farbe von den Fingern und folgte Samuel zu seinem Wagen, den er diesmal auf dem Parkplatz der Dünentherme geparkt hatte, denn mittlerweile hatten überall im Land die Sommerferien begonnen, und die Besucherparkplätze platzten aus allen Nähten, von der Fußgängerzone ganz zu schweigen, was uns selbstverständlich zugutekam.

Während der kurzen Fahrt ließ ich einen Arm aus dem geöffneten Fenster baumeln, genoss den kühlen Wind, der mir durch die Haare fuhr, und den Geruch von blühenden Feldern und Bäumen in der Nase. Ich war schon immer ein Sommerkind gewesen. Als kleines Mädchen hatte man mich – sobald die Temperaturen unter zehn Grad fielen – kaum mehr aus dem Haus bekommen. Stattdessen hatte ich die kalte Jahreszeit am allerliebsten in eine Decke gehüllt und mit einem Buch in der Hand verbracht. Allzu viel hatte sich daran nicht geändert.

»Ich habe ein wirklich gutes Gefühl bei der ganzen Sache«, verkündete ich gut gelaunt. »Ich glaube, meine Großmutter traut dem Erfolg noch nicht so recht über den Weg, und ich weiß ja, dass wir erst einmal abwarten sollten, aber – ach, ich freue mich einfach für sie.«

Samuel lächelte. »Das tue ich auch. Und für dich.«

»Warum für mich?«

»Du wirkst so gelöst. So glücklich.«

Ich atmete eine Portion frischer Luft ein und ließ sie wieder entweichen. »Ich glaube, das bin ich auch.«

»Du hast es verdient.«

»Das haben wir beide.«

Samuel antwortete nicht darauf, was mich nicht überraschte. Mittlerweile verstand ich, dass ihm seine Entscheidung von damals leidtat. Mehr noch: Er bereute sie, obwohl sie richtig gewesen war. Das wusste ich, weil ich ihn noch immer so gut kannte, dass es mir Angst machte. Und weil es mir genauso ging. Ich wusste, dass er im Grunde richtig gehandelt hatte. Ich wusste, dass es vielleicht immer diese Leerstelle in meinem Leben gegeben hätte, wenn er bei mir geblieben wäre. Denn er hatte recht. Ich hätte meinen Traum für ihn aufgegeben. Und vielleicht wäre es erst einmal gut gegangen. Aber was wäre dann gewesen?

»Man kann nicht alles haben«, hatte meine Mutter immer gesagt, wenn ich in Entscheidungsschwierigkeiten gesteckt hatte. Als ich die Wahl zwischen einer Ausbildung und einem Studium gehabt oder mit mir gehadert hatte, ob ich für meine weitere Laufbahn meine Heimatstadt verlassen oder in meinem Elternhaus wohnen bleiben sollte. Ich konnte nicht leugnen, dass dieser Satz mir noch immer nicht sonderlich gefiel. Aber ich konnte auch nicht leugnen, dass er wieder einmal passte.

Im Möbelhaus am Rande von St. Peter-Dorf wurden wir nach kurzer Suche fündig. Die Wahl fiel auf ein haselnussbraunes

Regal mit genügend Stauraum für zwei Dutzend Likörflaschen und ein wenig Dekoration. Es würde hervorragend mit der restlichen Einrichtung in der *Muschelkiste* harmonieren. Der neue Stellplatz zwischen Eingangsbereich und Ausstellungstischen, der nach der Renovierung entstanden war, würde nun perfekt ausgefüllt werden. Beke würde platzen vor Stolz, dessen war ich mir sicher. Ich freute mich unbändig über die Tatsache, dass wir so zumindest einen Teil ihrer Mühen anständig würden belohnen können.

Als ich Samuel die Ladentür der *Muschelkiste* aufhielt, damit er das schwere Paket hindurchschieben konnte, entdeckte ich Frau Hermann-Cortés, die mit meiner Großmutter am Kassentresen stand. Sie trug dieselbe rosafarbene Steppweste wie am Tag ihrer Bestellung und lächelte mir zur Begrüßung zu.

»Ach, die liebe Enkelin. Ich konnte es kaum erwarten, meine Bestellung abzuholen.« Sie hielt mir das fertige Schmuckstück entgegen. »Ist es nicht zauberhaft geworden?«

Das war es tatsächlich. Als Ergänzung zu dem berührenden Spruch hatte meine Großmutter sich für einen Lebensbaum mit feinen, detailverliebten Verästelungen entschieden. Sie hatte wirklich ein Händchen für diese Arbeit.

»Ihre Tochter wird sich freuen«, sagte ich, und Frau Hermann-Cortés reichte die Kette an meine Großmutter weiter, damit sie sie als Geschenk verpacken konnte.

Ich hoffte sehr, dass wir eines Tages erfahren würden, wie es mit den beiden ausgegangen war.

Das Regal schraubten Samuel und ich noch am selben Tag

zusammen, und ich hatte recht gehabt: Es passte hervorragend.

»Da werd ich mich doch gleich in der Scheune einschließen und neuen Fusel ansetzen«, verkündete Beke, als wir ihr das fertige Möbelstück präsentierten.

»Vielleicht solltest du über einen schönen Namen nachdenken«, schlug Samuel vor.

Beke nickte fachmännisch. »Mit dir kann man wirklich wat anfangen, Jung, das muss ich schon sagen. Schade, dass du nichts vom Fischräuchern verstehst.«

Als Beke gegangen war, sah ich nach meiner Großmutter, die konzentriert über ihre Werkbank gebeugt arbeitete. Eine Welle aus Glück erfasste mich. Ich schlich zu ihr und legte ihr eine Hand auf die Schulter.

»Findest du nicht, du solltest langsam Feierabend machen?«, fragte ich leise.

Sie sah zu mir auf und blinzelte, als hätte ich sie aus einem tiefen Schlaf geweckt. So war es immer gewesen, wenn sie während der Arbeit wieder einmal alles um sich herum vergessen hatte. »Was sagst du, Kind?«

»Ich habe gesagt, du solltest jetzt langsam aufhören. Hast du heute überhaupt schon eine Pause gemacht?«

Meine Großmutter dachte nach und schüttelte dann den Kopf. »Die brauchte ich früher auch nicht. Aber du hast recht, es ist spät. Und ich habe einen Bärenhunger.«

Samuel und ich warfen uns amüsierte Blicke zu, als Oma Rosi ihren Backfisch so hastig verschlang, dass sie mit mehreren großen Schlucken Bier nachspülen musste.

»Was ist denn mit euch los? Ihr habt ja euer Essen kaum angerührt«, eiferte sie sich, und ich presste die Lippen zusammen, damit ich im voll besetzten Fischrestaurant nicht laut loslachen musste.

»Wir essen einfach nur in normaler Geschwindigkeit«, merkte ich an.

Meine Großmutter zog abschätzig eine Braue nach oben. »Und den guten Fisch kalt werden lassen?«

Dann winkte sie kurzerhand die Bedienung zu sich heran und bestellte ein zweites Bier. Und diesen Moment wollte ich nutzen, um ihr meine neueste Idee zu unterbreiten.

»Ich weiß, wir haben Feierabend, aber ich habe noch einmal über die Einweihungsfeier nachgedacht«, sagte ich und stützte meine Ellenbogen auf den Tisch. »Der Workshop ist so gut angekommen, da wäre es doch eine Überlegung wert, ihn zu wiederholen. Diesmal könnten sich die Leute ihre eigenen Muscheln bemalen. Das wäre doch auch toll für die ganzen Kinder, die jetzt in den Sommerferien hier sind.«

Meine Großmutter schob sich ein Stück Karotte der Salatbeilage in den Mund, die sie bisher ignoriert hatte, und kaute nachdenklich. Dann nickte sie. »Gefällt mir. Die Frage ist nur, wie wir das alles organisieren sollen. Ich komme ja jetzt schon kaum hinterher.«

»Das kriegen wir hin«, beschwichtigte Samuel sie. »Wir sind ja auch noch da. Und Beke ist sicher ebenfalls gern dabei.«

Oma Rosi tupfte sich mit einer Serviette den Mund. »Gut. Dann lasst es uns versuchen.«

24

Eine Woche später

Meine Großmutter strich zum schätzungsweise einhunderts-
ten Mal die nicht vorhandenen Falten in ihrem Leinenrock
glatt und rang dann verzweifelt die Hände.

»So kann ich ihm doch nicht die Tür öffnen, Kind.«

Ich unterdrückte ein verständnisloses Kopfschütteln,
denn meine Großmutter wirkte in ihrem Outfit so jung und
frisch, dass sie problemlos als meine Mutter hätte durchge-
hen können. In allerletzter Minute hatte sie sich gegen ihre
bunt gepunktete Bluse zugunsten eines weniger knalligen
Shirts mit U-Boot-Ausschnitt entschieden. Ihre liebste Kette,
die sie dazu trug, kam bestens zur Geltung. Kurzum: Sie sah
einfach fantastisch aus.

Als Johann vor ein paar Tagen angerufen und mich um
Erlaubnis gebeten hatte, meine Großmutter an diesem schönen Freitagabend um neunzehn Uhr zum Essen ausführen
zu dürfen, war mein Herz aufgeregt Loopings geflogen. Oma
Rosi dagegen war kreidebleich geworden und hatte sich seufzend in den Ohrensessel vor dem Fernseher fallen lassen.

»Du liebe Zeit«, hatte sie fast etwas apathisch geflüstert.

»Ich hätte nur ein einziges Mal meinen vorlauten Mund halten sollen.«

Danach war sie in die Speisekammer gewankt, hatte wortlos drei Gläser mit halbtrockenem Sekt befüllt und zwei davon an Samuel und mich weitergereicht.

»Mein Johann«, hatte sie dann geflüstert, ohne uns anzusehen.

Noch am gleichen Abend hatte ich ihr alles gebeichtet. Dass Beke sämtliche ihrer Kontakte hatte spielen lassen, um Johanns Adresse für mich herauszufinden, dass ich ganze dreimal in seinem Haus in Husum gewesen war, während meine Großmutter gedacht hatte, ich säße in einem Café oder mit einer alten Freundin am Strand. Dass er um einiges herzlicher war, als die Gerüchte vermuten ließen, die sich im Ort um ihn rankten. Und dass er sie endlich wiedersehen wollte. Meine Großmutter hatte nicht nur einmal die Hände über dem Kopf zusammengeschlagen und mir vorgeworfen, dass ich ihr Leben einfach so über den Haufen geworfen hätte, aber das Lächeln, das sich zwischendurch immer wieder auf ihre Lippen legte, wenn ich von Johanns Gastfreundschaft und seinem faulen Hund erzählte, verriet mir etwas anderes.

Johann war überpünktlich. Genau wie ich es von ihm erwartet hatte. Samuel und ich hatten uns ins Wohnzimmer verzogen, um den beiden ein wenig Privatsphäre zu ermöglichen, und ich hielt gespannt den Atem an, als meine Großmutter aufgeregt zur Tür eilte, nachdem er geklingelt hatte.

Die Begrüßung – oder zumindest das, was ich von ihr mitbekam – fiel beinahe förmlich aus. Ich konnte mir nur zu gut vorstellen, wie keiner der beiden es wagte, etwas zu überstürzen. Die Stimme meiner Großmutter klang zwei Oktaven höher und beinahe schüchtern.

»Darf ich dich zum Essen ausführen, Röschen?«, fragte Johann dann mit seiner angenehm dunklen Stimme.

Oma Rosi kicherte. »Nichts lieber als das.«

Und dann hörte ich die Haustür ins Schloss fallen. Samuel und ich waren allein. Ich hatte mich beinahe daran gewöhnt, denn meine Großmutter ließ die Chancen, die sich dafür boten, selten ungenutzt.

Erleichtert atmete ich die angestaute Luft aus.

Samuel sah mich an und lächelte. »Du hast es geschafft.«

Er streckte mir seine Hand zum High five entgegen, und ich schlug sie ab.

»Und dafür musste ich bloß ein paar Tassen Kaffee und den besten Pannfisch der Welt zu mir nehmen. Es hätte schlimmer kommen können.«

Kaum hatte ich meinen Satz beendet, stolzierte Tim durch die Terrassentür ins Haus und verschwand im Obergeschoss. Dabei hinterließ er Dutzende schlammige Fußspuren.

»Der Teufelskater war wieder im Kräuterbeet«, folgerte ich resigniert.

Die nächsten zwanzig Minuten verbrachten wir damit, Tim durch Oma Rosis Reetdachhaus zu jagen und ihn unter herzzerreißendem Gebrüll in der Badewanne abzubrausen. Glücklicherweise kam Samuel mit ein paar oberflächlichen Kratzern und ich mit einem pitschnassen Shirt davon. Tim seinerseits verzog sich sauber und nach Duschgel duftend unter Omas Bettdecke und schmollte.

»Wollen wir loslegen?«, fragte Samuel, nachdem ich mich umgezogen hatte.

Ich nickte und folgte ihm in die Küche, wo wir uns eine Nordseescholle Finkenwerder Art zubereiten würden, nach dem Rezept von Johanns verstorbenem Freund Hanno.

Samuel schälte Kartoffeln, während ich unter Tränen Zwiebeln schnitt.

»Übrigens, dieser Trick mit der Taucherbrille, den du mir einmal empfohlen hast.« Ich zog die Nase hoch und blinzelte angestrengt. »Der funktioniert absolut nicht.«

Samuel lachte. »Den habe ich dir auch nur verraten, weil ich mir davon ein unvergessliches Bild versprochen habe.«

Ich nieste zweimal und wusch mir dann gründlich die Hände. Ich hasste es, Zwiebeln zu schneiden. Allerdings hasste ich es noch viel mehr, Kartoffeln zu schälen. Mit brennenden Augen, aber glücklich, dieser Aufgabe entgangen zu sein, machte ich mich daran, den Fisch zu säubern. Heute morgen hatte ich in aller Frühe auf dem Wochenmarkt in Dorf in der Schlange vor einem Wagen mit der Aufschrift *Knuts Nordseefischerei* angestanden. Er war offenbar so beliebt, dass ich von Glück reden konnte, die letzten zwei Schollen ergattert zu haben. Die Qualität merkte man ihnen glücklicherweise auch an, allerdings war mir beinahe die Spucke weggeblieben, als Knut mir den Preis genannt hatte, und ich vermutete, dass er mich als Touristin erkannt und mir den entsprechenden Aufschlag berechnet hatte.

»Ach was«, hatte meine Großmutter abgewunken. »Der Knut ist ein feiner Kerl. Der würde so was nie tun.«

Und dann hatte sie wieder vor ihrem Kleiderschrank gestanden, ihr Bett war vor Klamottenbergen kaum mehr als solches zu erkennen gewesen, und Tim hatte sich längst unter die Couch verzogen, nachdem er einem fliegenden Turnschuh ausgewichen war.

Ich linste zu Samuel hinüber, der das Kartoffelschälen beendet hatte – und mich prompt beim Linsen erwischte.

»Habe ich ein Stück Schale übersehen?«, fragte er und hob ertappt die Hände.

»Bestimmt. Das machst du doch immer.«

»Das ist wirklich gemein von dir; soweit ich weiß, ist das nur ein einziges Mal vorgekommen.«

Ich musste schmunzeln. »Schneidest du den Speck? Ich sorge für den Wein.«

Als alles fertig geschnitten und die Schollen mit Zitronensaft beträufelt und in Mehl gewälzt waren, genehmigten wir uns eine kurze Pause, um mit dem Grauburgunder anzustoßen, den ich ebenfalls auf dem Markt erstanden hatte. Er schmeckte frisch und fruchtig, genau wie ich ihn mochte. Auch wenn er mich viel zu sehr an die unzähligen Abende erinnerte, die Samuel und ich zusammen verbracht hatten, versunken in der Seele des anderen. In diesem Moment konnte ich das Gefühl von Geborgenheit genießen, ohne unserer Vergangenheit nachzutrauern. Und das – das musste ich zugeben – erfüllte mich durchaus mit Stolz.

»Sag mal, was ist denn aus dem Mieterberater geworden?«, fragte Samuel dann, und es gelang ihm sogar, unverfänglich zu klingen. »Ich habe ihn lange nicht mehr gesehen.«

Ich seufzte und spürte, wie das Schamgefühl noch einmal in mir aufflammte, obwohl ich es in den vergangenen Tagen so erfolgreich verdrängt hatte. Ich entschied mich für die Wahrheit: »Ich war blöd.« Das wusste ich im Grunde schon von Anfang an, und jetzt habe ich die Quittung dafür bekommen.«

»Das tut mir leid.«

Tut es nicht, dachte ich. *Und das ist auch gut so.*

»Es war ohnehin nichts Ernstes. Und einen Mieterberater brauchen wir wohl auch nicht mehr.«

Dass ich erleichtert war, dieses kurze Kapitel in meinem Leben abgeschlossen zu haben, verschwieg ich sicherheitshalber. Dafür nistete sich eine Frage in mein Bewusstsein ein, die ich mir zwar schon unzählige Male gestellt hatte, für deren Antwort ich aber nicht wirklich bereit gewesen war.

Samuel lächelte milde. »Sieht ganz so aus.«

»Und du? Hast du in der Zeit –«

Er schüttelte den Kopf, bevor ich den Satz zu Ende gebracht hatte, und vergrub beide Hände in den Taschen seiner Jeans.

»Oh«, sagte ich leise. Verwundert. Erleichtert. »Okay.«

Es knisterte zwischen uns wie leise loderndes Kaminfeuer. Ich wusste, dass nicht nur ich es hören konnte. Und dann ruhte plötzlich seine Hand auf meiner Wange, warm und vertraut, und ich schloss unwillkürlich die Augen, nur für einen Augenblick. Als ich sie wieder öffnete, blickte ich in seine, und was ich in ihnen sah, ließ mein Herz Vierfachsaltos schlagen. Und das Schlimmste war: Ich konnte nichts dagegen tun. Ich spürte, wie meine Hand zu meiner Wange hinaufwanderte, und seine Finger umschloss. Ich spürte, wie meine Füße einen Schritt auf ihn zu machten, wie mir sein Parfum in die Nase stieg. Für einen winzigen, irrwitzigen Moment fühlte es sich an wie früher.

Halt. Das durfte auf keinen Fall passieren. Es *durfte* sich nicht anfühlen wie früher. Was tat ich hier überhaupt?

Ich schob seine Hand beiseite und trat einen Schritt zurück, räusperte mich und heftete den Blick auf Omas gefliesten Küchenboden. Verdammt, wenn ich mir in den letzten Monaten eines geschworen hatte, dann, den Gefühlen von damals keinen Platz mehr zu bieten.

»Tut mir leid«, flüsterte er. »Ich konnte nicht anders.«

»Schon gut«, sagte ich tonlos, während ich nach dem Küchenhandtuch griff, das ich achtlos in die Spüle geworfen hatte, nur, um etwas zu tun zu haben. Dann entschied ich, dass es nun höchste Zeit war, den Fisch zu braten.

Ich fuhr aus einem leichten Schlaf, der mich offenbar überkommen hatte, als ich den Schlüssel in der Eingangstür hörte. Ein stechender Schmerz fuhr mir in den Nacken, und es dauerte ein paar Sekunden, bis ich verstand, dass ich mich auf Omas Ohrensessel zusammengerollt hatte. Mein Blick schnellte auf meine Armbanduhr. Viertel nach elf.

Samuel hatte sich auf der Couch aufgesetzt, seinen Laptop auf dem Schoß. Offenbar hatte er gearbeitet, während ich geschlafen hatte.

Meine Großmutter kam auf Zehenspitzen ins Wohnzimmer getappt und hielt inne, als sie uns entdeckte. Ihre Wangen waren leicht gerötet, vielleicht von den alkoholischen Getränken, die sie mit Sicherheit getrunken hatten. »Ihr habt doch wohl nicht auf mich gewartet?«

»Wir sterben vor Neugierde, Rosi«, neckte Samuel sie und klopfte auf den freien Platz neben sich. Wie recht er hatte. Ich konnte es kaum erwarten, dass meine Großmutter den heutigen Abend bis ins kleinste Detail vor uns ausbreitete, denn ich sah bereits an ihrem Lächeln und dem Leuchten in ihren Augen, dass er gut verlaufen war.

»Lasst doch eine arme Frau wie mich erst mal ein Glas Wasser trinken.«

Ungeduldig trommelte ich mit den Fingern auf die Armlehne des Sessels, während meine Großmutter in der Küche ihren Flüssigkeitshaushalt ausglich und sich anschließend neben Samuel auf das Sofa fallen ließ. Von Tim fehlte weit und breit jede Spur, und ich vermutete, dass er es sich bereits unter Omas weicher Daunenbettdecke gemütlich gemacht hatte. Schließlich konnte er nicht ahnen, dass seine Besitzerin den heutigen Abend mit ihrer großen Liebe verbracht hatte, und selbst wenn – sein Interesse an den Belangen anderer strebte, davon war ich felsenfest überzeugt, ohnehin gegen null.

»Nun sag schon«, drängte ich, und sie bedachte mich mit einem wissenden Lächeln, das meine Neugierde ins Unermessliche wachsen ließ.

»Es war –« Sie machte eine bedeutungsschwere Pause, und vor Aufregung hielt es mich nun kaum mehr auf meinem Platz.

»Du machst es aber spannend«, sagte Samuel und legte meiner Großmutter eine Hand auf die Schulter.

»Es war einfach zauberhaft«, schwärmte meine Großmutter. »Einfach zauberhaft. Und das Essen war großartig. Bis nach Tating hat er mich gefahren, da gibt es ja ein ganz hübsches Restaurant. Diese Seezunge, sag ich euch, mit Buttergemüse und Sauce hollandaise. Und der Champagner dazu! Zum Dahinschmelzen.«

Ich musste schmunzeln. Da war sie endlich auf das Date ihres Lebens ausgeführt worden, auf das ich wochenlang hingefiebert hatte, und schwärmte bloß von Bratfisch und Champagner. Das sah meiner Großmutter ähnlich.

»Willst du uns nicht von Johann erzählen?«, schlug ich vor.

Sie hob eine Hand. »Immer mit der Ruhe, Kind, eins nach dem anderen.«

Und dann holte sie Luft und erzählte: Von Johanns blauen Augen, die sich all die Jahre lang nicht verändert hatten, von seinen guten Manieren, wie er ihr den Mantel abgenommen und den Stuhl zurückgezogen hatte, und wie er sich noch genau an all die Dinge erinnern konnte, die sie ihm einmal anvertraut hatte.

»Es war fast so, als hätten wir genau da weitergemacht, wo wir aufgehört haben«, schloss sie dann und lehnte sich mit einem verliebten Seufzen auf der Couch zurück. »Natürlich wollen wir es langsam angehen lassen. Er hat ja schließlich erst vor ein paar Jahren seine Claudia verloren. Aber er möchte jetzt regelmäßig im Laden vorbeischauen und mich ein wenig unterstützen. Wie ein richtiger Gentleman.«

Samuel legte einen Arm um meine Großmutter, und ich stand auf, ließ mich neben sie fallen und tat es ihm gleich. Dankbar schaute sie abwechselnd zu uns hinauf. Dann lachte sie. »Auf meine alten Tage. Könnt ihr euch das vorstellen?«

»Du hast es verdient«, sagte ich feierlich.

Für eine Weile saßen wir Arm in Arm da, während das gemütlich gelbe Licht des Mondes zu uns hereinschien.

Irgendwann griff meine Großmutter erst nach meiner, dann nach Samuels Hand.

»Ich habe das Gefühl, dass jetzt endlich alles gut wird«, flüsterte sie.

»Das habe ich auch«, sagte ich und meinte es so.

25

»Wo bleibt er nur?«, raunte ich Samuel zu, als er sich an mir vorbei ins Bad schieben wollte.

Wir hatten die *Muschelkiste* in den letzten Stunden zu einem wahren Bastelstudio umfunktioniert: Der Tisch aus Omas Büro stand nun neben einem zweiten im Verkaufsraum, damit wir genügend Plätze anbieten konnten, und wir hatten eine große Auswahl an Farben, wasserfesten Stiften und Pinseln besorgt. Das neue Regal war mit frisch befüllten Likörflaschen bestückt, die Karl uns am Vortag gebracht hatte.

»Er wird sicher gleich kommen«, versuchte Samuel mich zu beruhigen.

Ob Johann auf dem Weg nach St. Peter-Ording in einen Stau geraten war? Noch am Vormittag hatte er mir am Telefon versichert, dass er pünktlich aufbrechen würde, um sein Röschen zu überraschen. Er hätte längst da sein sollen. In weniger als anderthalb Stunden würden die ersten Gäste kommen.

Ich horchte auf, als die Glocke über der Ladentür einen Besucher ankündigte. Aber an den schweren, schlurfenden

Schritten auf dem Parkett erkannte ich, dass es nicht Johann, sondern Willi war.

»Moin«, sagte Willi und winkte uns mit einer Pranke zu. Meine Großmutter begrüßte er wie immer mit einem galanten Handkuss. »Wollt nur mal vorbeischauen und fragen, ob ihr Hilfe braucht.«

»Da kommst du zu spät, lieber Wilhelm«, informierte Oma Rosi ihn. »Die Kinder haben ganze Arbeit geleistet.«

Willi ließ enttäuscht die schmalen Schultern hängen. »Verdammich. Und dann tut's mir auch noch so leid, dass ich nich dabei sein kann. Hab dem Sohn von Bauer Jansen versprochen, dass ich mit ihm angeln geh.«

Meine Großmutter tätschelte Willi den Rücken. »Du wärst ja doch nur im Weg, mein Lieber.«

»Da hast du wahrscheinlich recht. Wo ist denn die Beke geblieben?«

»Die muss heute zur Abwechslung mal ihren Fisch an den Mann bringen«, informierte meine Großmutter ihn. »Sie ist in letzter Zeit ohnehin viel zu oft hier.«

»Hat ja auch immer schöne Ideen, die Deern. Und ihr Fusel steht jetzt auch hier. Für mich gibt's den nicht mehr, der schlägt mir auf den Magen. Und so betrunken kann ich dich gar nicht machen, dass du mit mir ausgehst, meine Rose.«

Ich zuckte unwillkürlich zusammen, als von draußen ein Schrei zu uns hereindrang, den ich erst danach als den einer Möwe identifizierte.

»Kaffee, Willi?«, fragte Samuel. Willi nickte begeistert, und meine Großmutter und ich schlossen uns an, bevor Samuel den Laden verließ.

»Sag mal, hast du vielleicht einen schönen Spruch auf Lager, den wir auf unsere Liste für die Muscheln aufnehmen könnten?«, wollte ich wissen.

Willi legte nachdenklich den Kopf in den Nacken. »Wollen mal sehen. Bin ja nich gut mit Worten und solchen Dingen. Aber mein Vater war's. Der war zwar nur ein Seemann, aber gesprochen hat er viel. Was hat er nur immer gesagt?« Er überlegte so angestrengt, dass sich zwei vertikale Falten über seine Stirn zogen. »Ach, ich weiß! *Schwankt das Schiff und tobt das Meer, halt fest dein Bier, sonst wird's schnell leer.*«

Meine Großmutter und ich prusteten los, und bald musste ich mir die Lachtränen aus dem Gesicht wischen.

Willi sah uns verwirrt an. »Ist doch was Wahres dran, oder nich?«

»Das stimmt wohl«, pflichtete ich ihm bei und unterdrückte einen zweiten Lachkrampf. Meine Großmutter tupfte sich mit einem Stofftaschentuch die Augen.

»Hat noch eine Sache gesagt, der Gute«, sagte Willi. »Vielleicht ist das eher was. *Die Seele ist das Schiff, das Herz das Steuer und die Wahrheit der Hafen.*«

Meine Großmutter und ich wechselten überraschte Blicke.

»Wat ist denn nu wieder nich richtig?«, jammerte Willi und schlug sich theatralisch eine Hand vor das Gesicht.

»Der ist perfekt«, sprach ich unser beider Gedanken aus.

Oma Rosi nickte eifrig und verschwand kurzerhand hinter dem Kassentresen. »Das muss ich sofort aufschreiben, sonst habe ich es in einer Stunde wieder vergessen. Und Willi sowieso.«

Willi streckte stolz die Brust raus. »Wusst ich doch, dass ich helfen kann.« Und dann fügte er amüsiert hinzu: »Die Möwen haben heute aber allerhand zu schnacken, was?«

Er hatte recht. Es musste eine wahre Möwenschar über den Laden hinwegfliegen, so laut war es. Es hörte sich an wie schadenfrohes Gelächter.

Und dann riss Samuel die Ladentür auf und stellte den Pappträger mit vier Kaffeebechern achtlos auf dem Tisch vor den zwei Sitzgelegenheiten ab. Er war kreidebleich. »Ich glaube, das solltet ihr euch ansehen.«

Meine Großmutter und ich tauschten besorgte Blicke und folgten Samuel nach draußen. Dort bot sich uns ein Bild, das ich mir nicht einmal in meinen wildesten Träumen hätte ausmalen können. Vor dem Laden balgten sich mindestens drei Dutzend Möwen kreischend und brüllend um einen schwarzen Plastikeimer. Mindestens zwanzig saßen auf dem Dach. Ein fischiger Geruch stieg mir in die Nase, zusammen mit –

»Möwenschiet!«, brachte Willi hervor. »Überall Möwenschiet!«

Und wie recht er hatte. Der schmale Weg aus hellrotem Kopfstein, der zur *Muschelkiste* führte, war kaum mehr zu erkennen, und die cremeweiße Farbe der Ladenfront war an manchen Stellen lediglich zu erahnen. Erst jetzt fiel mir auf, dass selbst die Tür mit weißen Sprenkeln überzogen war.

»Was ist in dem Eimer?«, fragte meine Großmutter außer sich und schlug die Hände vor dem Kopf zusammen.

»Na die Angelköder«, jammerte Willi und stürmte mit den Armen rudernd auf die Möwenbande zu, die sich von diesem zwei Meter großen Riesen wenig beeindrucken ließ. Ein paar von ihnen hopsten zeternd zur Seite, stürzten sich aber im nächsten Moment wieder auf den Eimer.

Ein heller Schrei entfuhr mir, als ein besonders großes Exemplar direkt neben mir landete. Zu allem Überfluss hatte ich vor Aufregung Schluckauf bekommen.

»Wilhelm Olsen«, rief meine Großmutter mit erhobenem Zeigefinger. »Jetzt stell dich nicht so an und sorg dafür, dass deine verdammten Köder aus meinem Vorgarten verschwinden!«

Willi sah sich hilflos zu ihr um, nickte hastig und startete einen erneuten Versuch, den Eimer aus den Fängen der Möwen zu retten, zu denen sich noch einige Krähen gesellt hatten. Auf Zehenspitzen watete nun auch Samuel durch die Sauerei und baute sich vor den Tieren auf. Willi gab derweil Furcht einflößende Zischlaute von sich und sorgte so dafür, dass die Vogelschar aufgeregt durcheinanderflatterte. Diese Chance nutzte er, um den Arm auszustrecken und den Eimer an sich zu nehmen.

»Ich bring das Zeug schnell weg«, rief er uns zu. »Aber ich komm wieder und mach den ganzen Schiet weg, versprochen.« Und dann rannte er – für sein Alter beachtlich schnell – die Fußgängerzone hinunter, gefolgt von etwa dreißig gackernden Möwen.

Erleichtert atmete ich auf. Erst jetzt bemerkte ich die Menschentraube, die sich um den Laden versammelt hatte. Und kurz danach auch den Mann, der sich in diesem Moment mit einem entschuldigenden Lächeln auf den Lippen und einem großen Blumenstrauß in der Hand aus ihr löste: Johann.

Meine Großmutter flog ihm förmlich in die Arme, und die beiden wären wohl zu Boden gegangen, hätten sich nicht von hinten zwei Männer gegen Johanns schmalen Rücken gestemmt.

Ich schluckte gerührt. Gab es etwas Romantischeres als ein Wiedersehen inmitten von Möwenschiet und der Gewissheit, dass in nicht einmal einer Stunde der Workshop begann, der womöglich über die Zukunft der *Muschelkiste* entscheiden würde? Meine Großmutter löste sich nur widerwillig aus Johanns Armen, der ihr den Blumenstrauß überreichte und ihr in den Laden folgte.

»Ich wollte eher kommen, aber es gab da einen kleinen Zwischenfall mit Alma«, sagte Johann, während meine Großmutter in ihrem Büro nach einer passenden Vase fahndete.

»Einen Zwischenfall?«, fragte ich besorgt. »Ist sie in Ordnung?«

»Alles bestens. Sie hat sich wieder einmal einen Apfel aus der Küche stibitzt, und die verträgt sie nicht besonders. Nun sag, was ist denn hier passiert?«

»Willi hat einen Eimer Fischköder vor dem Laden stehen lassen«, informierte ich ihn und reckte den Hals, um nach den Möwen zu schauen. Glücklicherweise hatten sich die meisten verzogen.

Johann schnaubte amüsiert. »Ach, der Willi. Der war schon immer eine Marke für sich.«

Dann beugte er sich zu mir herunter und schirmte seinen

Mund mit einer Hand ab. »Er ist hier noch berühmter als deine Großmutter, aber erzähl ihr das besser nicht.«

Ich schmunzelte. Ob er wusste, dass Willi unsterblich in seine Rosi verliebt war?

»Ich mache einen Eimer mit Wasser fertig«, sagte Samuel und verschwand ebenfalls im Büro.

»Das ist also der junge Mann, von dem Rosi mir erzählt hat.« Johann hob wissend eine Braue, und ich hätte mich am liebsten abgewandt, damit er nicht bemerkte, wie meine Gesichtsfarbe zu einem ungesunden Tomatenrot wechselte.

»Hat sie das?«

In diesem Augenblick kehrte meine Großmutter mit dem Blumenstrauß samt passender Vase zurück. Johann hatte sich für Dahlien mit üppigen gelben Blüten, dazu Clematis und verschiedene Ziergräser entschieden.

»Sind die nicht wunderschön, Kind?« Meine Großmutter hielt mir den Strauß vor das Gesicht.

»Das sind doch die Blumen aus deinem Garten, Johann«, stellte ich fest, als mir der schwere Blütenduft in die Nase stieg.

»Du züchtest wieder Blumen?«, fragte ihn meine Großmutter überrascht, und Johann nickte lächelnd.

Dann schob er sie sanft, aber bestimmt zum Ausgang. »Wie wäre es, Röschen, wenn wir die Unterhaltung auf später verschieben und uns zuerst einmal um die Sauerei da draußen kümmern. Ah, da kommt ja der Wilhelm.«

Willi gefror zu einer perfekten Statue, als er mit notdürftig gesäuberter Latzhose die Ladentür aufstieß. Seine Augen weiteten sich zu doppelter Größe.

»Johann Larsen«, brachte er hervor und fasste sich mit einer Hand an die rechte Brust, als stünde er kurz vor einem Infarkt.

»Wilhelm«, sagte Johann freundlich, ging auf Willi zu und klopfte ihm zur Begrüßung auf den Rücken. »Wie schön, dass wir uns mal wiedersehen.«

Willi schluckte angestrengt. »Ganz meinerseits. Und ich dacht schon – na ja, alle haben drüber geredet, dass du dich oben in Husum verschanzt hast.«

»Nun ja, streng genommen habe ich das auch.« Er nickte in meine Richtung. »Die Lütte hat mich wieder zur Vernunft gebracht.«

»Und du und Rösken, ihr seid jetzt wohl wieder –« Willi deutete mit zwei verschränkten Zeigefingern an, was er meinte. Seine Schultern hingen so tief, dass er einen ganzen Kopf kleiner wirkte als sonst.

»Ach, du.« Meine Großmutter ging auf Willi zu und umarmte ihn. Trotz des angetrockneten Möwenkots auf seiner Latzhose. »Du bist einfach ein Herzensmensch, mein Guter.«

»Das war er schon immer«, pflichtete Johann ihr bei, während ich gegen die Tränen kämpfte. Samuel war derweil mit zwei Eimern Wasser und einem Wischmopp zurückgekehrt und legte mir eine Hand auf die Schulter.

»Sieh sie dir an«, flüsterte er, und ich konnte nichts weiter tun, als zu strahlen. Auch wenn mich plötzlich der Wunsch überkam, dass er seine Hand noch für eine ganze Weile länger dort liegen lassen würde.

»Und jetzt kümmern wir uns um das Möwendesaster«, verkündete Johann, und wir folgten ihm nach draußen.

Eine halbe Stunde später konnte ich mit Fug und Recht behaupten, dass wir den Eingangsbereich der *Muschelkiste* in seinen Ursprungszustand zurückversetzt hatten. Und mehr noch – ich nutzte die Gelegenheit, um die Fenster zu putzen, ein paar herabgefallene Nadeln der umliegenden Kiefern und ein paar verirrte Kieselsteinchen zu entfernen.

Willi war die Sache so unangenehm, dass er mit hängendem Kopf davontrottete, nachdem er unzählige Entschuldigungen vor sich hin gemurmelt hatte. Mein Herz schmerzte vor Mitleid und Zuneigung zu diesem großen Tollpatsch.

Johann nutzte die verbleibende Zeit bis zum Workshop, um sich im Laden umzusehen.

»Das ist ja kaum wiederzuerkennen«, sagte er ehrfürchtig und strich mit einer Hand über eines von Omas Muschelarmbändern. »Und trotzdem könnte es nicht besser zu Rosi passen. Das habt ihr wirklich toll hinbekommen.«

»Nun ja, das meiste hier hat Samuel zu verantworten«, gab ich zu.

»Das stimmt so nicht«, korrigierte Samuel mich sofort, ein Küchentuch über der Schulter, mit dem er sich offenbar gerade die Hände getrocknet hatte.

Ich bemerkte das Lächeln, das über Johanns Gesicht huschte.

»Die Kinder haben ihre gesamte Freizeit in den Laden gesteckt«, mischte meine Großmutter sich ein. »Ohne sie hätte ich längst schließen müssen. Und schlimmer noch – wahrscheinlich hätte sich schon längst dieser Hausmann die *Muschelkiste* unter den Nagel gerissen.«

»Wer?«, fragte Johann höflich.

Meine Großmutter winkte ab, während ich angeekelt das Gesicht verzog. »Das ist eine lange Geschichte. Die erzähle ich dir ein andermal.«

Wärme erfüllte mich bei der Tatsache, wie selbstverständlich Oma Rosi von einem nächsten Mal sprach und wie selbstverständlich Johann bei diesem Vorschlag nickte.

Und dann kamen auch schon die ersten Gäste, und nach wenigen Minuten waren sämtliche Plätze, die wir mit viel Liebe und Mühe vorbereitet hatten, besetzt.

Selbstverständlich brachte meine Großmutter es nicht übers Herz, auch nur einen der insgesamt gut dreißig Menschen wegzuschicken, die plötzlich in der *Muschelkiste* standen. Und den meisten schien es wenig auszumachen, dass sie warten mussten. Manche vertrieben sich die Zeit, indem sie sich im Laden umsahen, manche taten sich zusammen und kehrten in eines der Cafés in der Nähe ein.

Der Workshop war – in allen drei Durchgängen, die nötig waren, um jedem die Chance auf ein selbst bemaltes Schmuckstück zu geben – ein voller Erfolg. Die Besucher hingen förmlich an Oma Rosis Lippen, und einige von ihnen trauten sich, ihre Geschichten zu erzählen, die hinter den Muschelbotschaften standen. Der Raum war nicht nur gefüllt mit Gelächter, sondern auch mit einer eigentümlichen Form von Vertrauen und Heimeligkeit, wie ich sie so noch nie erlebt hatte.

Da war Ines, die ihre Tochter überraschen wollte, weil sie vor wenigen Tagen ihre letzte Chemotherapie überstanden hatte und jeglichen Prognosen zum Trotz krebsfrei war. Sie hatte sich für einen Spruch entschieden, den ich von meinem

Platz im Büro, wo ich weiter an der Buchführung saß, nur deshalb mitbekam, weil alles so still geworden war, als Ines zu erzählen begonnen hatte.

Einmal im Leben zur rechten Zeit sollte man an Unmögliches geglaubt haben.

Dann war da Hannes, der mit seinen zwei Töchtern ein Andenken für seine Frau basteln wollte und sie deshalb in ein Kaufhaus im Gewerbegebiet geschickt hatte.

Einen Engel ohne Flügel nennt man Mama!

Zur Erinnerung an den ersten Urlaub zu viert.

Und es gab Dieter und Annemarie, deren Schwester unermüdlich als Notärztin Leben rettete und nicht einmal daran dachte, sich jemals zu beschweren. Sie würde die Worte *Jede Zeit hat ihre Helden, wir haben dich!* auf der Herzmuschelschale lesen, die ihre Familie für sie ausgewählt hatte.

Bald stellte sich heraus, dass kaum jemand genügend Fingerspitzengefühl besaß, um die feinen Muschelschalen mit Zitaten zu beschriften, und nach einem halben Dutzend Versuchsexemplaren, die wohl oder übel im Abfall landen würden, entschied die Gruppe einstimmig, dass meine Großmutter diesen Part übernehmen würde.

Johann war neben Oma Rosi der heimliche Star der Veranstaltung. Er begrüßte die Gäste am Eingang, wies ihnen ihre Plätze zu und zog den Damen sogar den Stuhl zurück. Ein Gentleman wie er kam hervorragend an, am meisten jedoch bei meiner Großmutter, die ihm in jeder freien Sekunde verliebte Blicke zuwarf. Und er ließ es sich nicht nehmen, jeden einzelnen von ihnen zu erwidern.

Samuel servierte Wasser und kassierte ab, denn viele der

Gäste, die die Wartezeit damit verbracht hatten, sich im Laden umzusehen, waren fündig geworden – und das nicht nur bei Omas Muschelschmuck. Auch Bekes Likör wanderte an die zwanzigmal über den Kassentresen.

»Kommst du zurecht?«, fragte er, als er mich an meinem Arbeitsplatz besuchen kam, und ich sah von meiner Arbeit auf.

»Ich glaube, ich habe irgendwo einen Fehler gemacht«, gab ich zu, weil ich deshalb in der vergangenen halben Stunde partout nicht vorangekommen war.

»Soll ich mir das kurz ansehen?«

Ich nickte erleichtert und nutzte die Gelegenheit, um meine Augen auszuruhen. Ich hatte so konzentriert auf den Bildschirm meines Laptops gestarrt, dass sich die Tabellenspalten auf meine Netzhaut gebrannt hatten.

Samuels vertrauter Geruch stieg mir in die Nase, als er sich über mich beugte, eine Mischung aus Pfefferminz und Kiefernnadeln. Insgeheim hatte ich es geliebt, wenn er diesen Geruch nicht mit Parfum oder Aftershave verdeckte.

Für einen Moment hatte ich das Bedürfnis, mich zurückzulehnen, sodass mein Kopf seine Brust berühren und ich seinen Herzschlag spüren konnte.

»Da«, sagte er dann, und ich öffnete schlagartig die Augen. »Der Übertrag dort, siehst du?«

Er fuhr mit der Maus über die entsprechende Tabellenzeile. Wie hatte ich das bloß übersehen können?

»Danke«, murmelte ich.

Ich korrigierte den Fehler, stellte zu meiner Erleichterung fest, dass nun alles zu stimmen schien, und folgte Samuel in den Laden, wo gerade die letzten Gäste im Begriff waren aufzubrechen.

»Haben Sie vielen Dank für Ihre Zeit, Frau Falkenstein«, verabschiedete sich eine Frau mit langem, grau meliertem Haar, das sie sich während des Workshops zu einem Pferdeschwanz gebunden hatte, und griff nach Oma Rosis Händen. Die ebenmäßig geformte Schwertmuschel, in die sie die Namen ihres Mannes und ihrer drei Kinder geschrieben und sie anschließend mit kleinen, silbernen Herzen verziert hatte, würde genau wie die Schmuckstücke der anderen Gäste bis morgen zum Trocknen im Laden bleiben. »Ich wollte schon immer bei so etwas mitmachen, aber das findet man ja kaum noch. Sie wissen nicht zufällig schon, wann der nächste Workshop stattfindet? Einige meiner Freundinnen sind ganz verrückt nach solchen Dingen.«

Meine Großmutter schüttelte lächelnd ihre Hand. »Bisher ist nichts geplant. Aber schauen Sie mit Ihren Freundinnen gern wieder vorbei. Da lässt sich sicher etwas machen. Und nennen Sie mich doch bitte Rosi.«

»Das wäre wunderbar, Rosi. Ich werde ihnen gleich davon erzählen. Die werden Augen machen, wenn sie die schöne Kette sehen. Das hätten sie mir sicherlich nicht zugetraut.«

»Die meisten Menschen trauen sich zu wenig zu, nicht wahr?«

Die Frau nickte. »Da haben Sie recht.«

Ein paar Minuten später waren wir wieder allein. Meine Großmutter ließ sich auf einen der Stühle plumpsen, streckte die Beine aus und ließ den Kopf in den Nacken fallen. Und dann lächelte sie. »Ach Kinder, dass ich so was noch mal erleben darf. Ich könnte mich glatt daran gewöhnen.«

Ich wollte zu ihr, aber Johann war schneller. Er legte sanft einen Arm um sie und zog sie an sich. »Du hast dich wacker geschlagen, Röschen.«

Sie hob den Kopf, sah erst Johann an, dann Samuel und mich. »Ohne euch wäre das nichts geworden. Ich hoffe, das ist euch bewusst.«

»Das hättest du auch ohne uns geschafft«, entgegnete Johann.

»Nein. Außerdem ist es so um einiges schöner.«

Johann schmunzelte. »Stur wie vor sechzig Jahren.«

»Das ist sie«, pflichtete ich ihm bei, und meine Großmutter drohte mir mit der Faust, bevor sie in Gelächter ausbrach, das jede Ecke der *Muschelkiste* erfüllte und in das Johann, Samuel und ich mit einstimmten. Wenn meine Großmutter lachte, lachte man mit. Anders ging es nicht.

Als wir uns wieder gefangen hatten, schoben Samuel und ich den Tisch zurück in Omas Büro und verteilten die fertigen Muschelschalen der Gäste darauf, damit sie in den nächsten Stunden trocknen konnten, während meine Großmutter und Johann benutzte Wassergläser abwuschen.

Als wir dann zu viert im Laden standen, schlug Johann Samuel freundschaftlich mit einer Hand auf den Rücken. »Wie wäre es mit einem Bier, mein Lieber? Dann können die Damen ein wenig unter sich sein.«

»Nichts lieber als das«, stimmte Samuel zu. »Ist das für euch in Ordnung?«

»Nun haut schon ab«, forderte Oma Rosi sie mit einer wedelnden Handbewegung auf, und ich blinzelte überrascht, als Johann sie zum Abschied mitten auf den Mund küsste.

»Wie war das mit ›Wir lassen es langsam angehen‹?«, fragte ich, als wir allein waren, und stupste meine Großmutter mit der Schulter an.

»Wer weiß, wie viel Zeit wir noch haben. Manchmal sollte man nicht allzu lange fackeln.«

»Du hast recht, sechzig Jahre sind mehr als genug, wenn du mich fragst.«

Meine Großmutter lächelte selig und fuhr mit einer Hand durch ihr silbrig glänzendes Haar. »Beim nächsten Workshop müssen wir um Voranmeldung bitten. Ich möchte niemanden warten lassen. Und vielleicht können wir ja sogar ein wenig Geld dafür nehmen, was meinst du?«

»Beim nächsten Mal?«, fragte ich erstaunt.

»Natürlich. Ich mag zwar nicht mehr ganz so auf Zack sein wie früher, aber blöd bin ich nun auch nicht. Die Workshops werden ab jetzt fest zum Angebot gehören.«

Ich strahlte sie an. »Das ist eine wunderbare Idee.«

Ich hatte den Satz kaum zu Ende gesprochen, als das Handy meiner Großmutter mit einem Klavierakkord einen Anruf anzeigte.

»Das ist Beke«, sagte sie und stellte den Anruf laut.

»Rösken? Bist du da?«, rief Beke in den Hörer, sicherlich lauter als nötig.

»Ja. Und Christin auch.«

»Das passt wunnerbaar, ich wollt euch nämlich sagen, dass ich mir einen Namen für den Fusel überlegt hab. Muss doch hören, wat ihr dazu sagt.«

»Wir sind ganz Ohr, Bekchen«, sagte meine Großmutter.

»Wie wär's mit *Bekes Küstenfeuer?*«

Meine Großmutter und ich grinsten uns an.

»Das passt perfekt«, lobte ich und spürte sofort das Brennen in meiner Kehle, das Bekes Likör dort jedes Mal hinterließ.

»Nu sagt ma, wie ist dieser Wörkschop heute gelaufen?«

»Bestens, Bekchen, bestens«, schwärmte meine Großmutter. »Und stell dir vor, dein *Küstenfeuer* ist mindestens genauso gut weggegangen wie der Schmuck.«

Ich wusste, dass Beke in die Hände geklatscht hätte, wenn sie in diesem Moment nicht den Telefonhörer an ihr Ohr gehalten hätte. »Ist das wahr?«

»Und ob«, bestätigte ich. »Ich habe es selbst gesehen.«

»Das muss ich sofort – Karl! Augenblick, ihr beiden. Karl! Wo ist de Bengel nur wieder? Bestimmt wieder im Hof mit de Deern von nebenan. Hätt's ihm zu gern sofort erzählt. Also Rösken, wir hörn uns. Ich komm die Tage mal vorbei und schau mir das persönlich an. Nehmt euch ruhig eine Buddel zur Feier des Tages. Geht auf mich. Bis denn.«

Dann hatte sie auch schon aufgelegt.

»Und was machen wir zwei Hübschen, während die Männer einen über den Durst trinken?«, wollte meine Großmutter wissen.

Ich linste zu dem Regal mit dem neu getauften *Küstenfeuer.* »Wir könnten Bekes Angebot annehmen.«

»Und auch einen über den Durst trinken?«

»Na ja, ich mein ja nur, zur Feier des Tages —«

»Hervorragende Idee, mein Kind.«

26

Der kühle Wind wehte mir in regelmäßigen Böen die Haare aus dem Gesicht, als wir zu fünft durch den festen Sand nahe der Wasserlinie Richtung Süden spazierten. Wir liefen barfuß, vier von uns mit Sonnenbrillen und hochgekrempelten Hosenbeinen, die Fünfte im Bunde mit aufgeregt wedelndem Schwanz und immer wieder fröhlich bellend. Meine Großmutter ging mit Johann und Alma voraus, ihr Haar glitzerte in der Sonne, und alle paar Minuten kicherte sie. Samuel und ich tauschten lächelnd Blicke, als Johann nach ihrer Hand griff.

Der gestrige Tag saß uns noch immer in den Knochen, und wir hatten den Laden ausnahmsweise schon um die Mittagszeit geschlossen, weil wir es uns laut meiner Großmutter redlich verdient hatten. In diesen drei Stunden hatten wir mehr Schmuck verkauft als in den letzten Wochen zusammen, und ich hatte über jeden Kauf und jede Vorbestellung sorgfältig Buch geführt, während Johann abwechselnd mit meiner Großmutter im Laden gestanden und das Inventar aufgefüllt hatte. Samuel hatte sich samt Laptop für eine Weile in ein Café unweit der Seebrücke verzogen – was bei ihm keine faule Ausrede war, um heimlich nach Husum zu verschwinden, sondern eine Notwendigkeit, um das Kaufhausprojekt zu finalisieren, das er mir bei heißer Schokolade auf dem Sofa gezeigt hatte. Ich wusste, dass er mit seinen Entwürfen wieder einmal ins Schwarze getroffen hatte. Pünktlich um dreizehn Uhr hatte dann Johann mit Alma vor der Tür gestanden, um uns zu einem Spaziergang am Nordstrand abzuholen.

Alma war erst ein wenig unsicher durch den Sand gestakst und vor den seichten Wellen zurückgeschreckt, hatte sich aber nach einigen Metern daran gewöhnt und fand immer mehr Gefallen am angespülten Seegras, den vielen Krebsen und den anderen Hunden, die hier unterwegs waren.

Nach etwa einer halben Stunde passierten wir ein kleines Strandrestaurant, und meine Großmutter verkündete, dass es nun Zeit für Kaffee und Kuchen sei.

Wir stiegen die Treppen zu dem Pfahlbau hinauf, ergatterten einen letzten Platz auf der Terrasse und bestellten Kaffee und Apfelkuchen.

Ich erwartete beinahe, dass ein wenig Neid in mir aufsteigen würde, als ich meine Großmutter und Johann auf der Bank gegenüber miteinander schäkern sah, aber das war nicht der Fall. Dafür freute ich mich zu sehr über dieses späte Glück. Außerdem wurde ich ohnehin erfolgreich abgelenkt, nämlich von der Tatsache, dass Samuel unter dem Tisch nach meiner Hand griff. Erst wollte ich die Berührung nicht zulassen, aber dieser Impuls zog so schnell vorbei, wie ein Unwetter es hier an der See tun konnte. Es hätte sich beinahe freundschaftlich angefühlt, wie eine Geste, die uns mit dem Wissen verband, gemeinsam etwas ganz Wunderbares geschafft zu haben – wenn da nicht das Kribbeln in meinem Magen gewesen wäre. Am liebsten hätte ich geglaubt, es wäre seit Monaten das erste Mal, aber das stimmte nicht.

Ich wusste nicht, woran es lag, aber sowohl der Apfelkuchen als auch der Kaffee schmeckten an diesem wunderschönen Sommertag direkt über der Nordsee so gut wie schon lange nicht mehr. Ich spielte mit dem Gedanken, ein weiteres Stück Kuchen zu bestellen, und war froh, dass meine Großmutter mir die Entscheidung abnahm.

»Ich könnte ein ganzes Haus verdrücken, die ganze Arbeit macht mich unglaublich hungrig«, sagte sie, nachdem wir bei der Bedienung drei Stücken Mandarinen-Schmand-Torte bestellt hatten. Johann verzichtete, indem er sich auf den nicht vorhandenen Bauch klopfte.

Als die Tortenstücke gebracht wurden, begann Alma unter dem Tisch laut zu fiepen, und Johann und ich beugten uns zu ihr hinunter, um sie zu kraulen. Ihre Hoffnung auf ein Stück Torte erfüllte sich allerdings nicht.

»Der Hund ist ganz verrückt nach deiner Enkelin, Röschen, wusstest du das?«

Meine Großmutter spitzte skeptisch die Lippen. »Ich habe ja so einiges nicht gewusst, was meine Enkelin hinter meinem Rücken ausgeheckt hat.«

Johann und ich wechselten einen wissenden Blick, und wenig später konnte ich ihn doch noch überreden, ein Stück von meiner Torte zu kosten. Der Teller meiner Großmutter war selbstverständlich längst bis auf den letzten Krümel leer gefegt.

Gemütlich spazierten wir dann denselben Weg zurück und stiegen auf Höhe des Strandparkplatzes die Treppen zur Promenade hinauf.

»Wie wäre es, wenn ich euch mit dem Wagen heimfahre?«, bot Johann an.

»Brillante Idee.« Meine Großmutter wirkte geradezu erleichtert und klopfte sich mit der Hand den Sand von den Füßen. »Die Kondition ist auch nicht mehr ganz das, was sie einmal war.«

»Hast du etwas dagegen, wenn wir zu Fuß zurücklaufen?«, flüsterte Samuel mir zu, und ich wusste sofort, dass ihm etwas auf dem Herzen lag.

»Nein, ich könnte tatsächlich noch ein bisschen Bewegung gebrauchen«, sagte ich laut, damit die anderen es hören konnten.

Ich war dankbar, dass meine Großmutter sich diesmal mit anzüglichen Blicken zurückhielt, kommentarlos in ihre Schuhe schlüpfte und sich bei Johann unterhakte.

»Dann sehen wir uns zu Hause«, sagte sie.

Die beiden winkten, und wir sahen ihnen noch eine ganze Weile hinterher, wie sie sich Arm in Arm auf den Weg zu Johanns Wagen machten.

»Möchtest du auf der Promenade zurückgehen oder am Strand?«, fragte Samuel, und natürlich musste ich nicht lange überlegen.

Ich liebte das Gefühl von Sand unter den Füßen, von Salz in der Luft, von Wind in den Haaren und konnte seit meiner

Ankunft kaum genug davon bekommen. Nie wieder wollte ich darauf verzichten. Zur Not würde ich so oft wie möglich herkommen. Obwohl mir der Gedanke, etwas »zur Not« zu tun, schon längst nicht mehr gefiel. Tief in mir wusste ich, dass ich bereits eine ganz andere Entscheidung getroffen hatte, aber noch war sie nicht reif genug, um sie zu verkünden.

»Es ist wundervoll, die beiden so zu sehen«, sagte Samuel. Eine zerbrochene Muschelschale hatte sich zwischen seinen Zehen verhakt, und er schüttelte sie ab. Der Wasserspiegel war in der Zeit, die wir im Restaurant verbracht hatten, angestiegen, und so liefen wir im seichten Wasser.

»Ja, ich kann es kaum glauben, dass die beiden sich noch einmal aufgerafft haben.«

»Ohne deine Hilfe wäre das sicher nichts geworden.«

Ich spürte die warmen Sonnenstrahlen in meinem Nacken und erinnerte mich erleichtert, dass ich vor unserem Aufbruch Sonnenmilch aufgetragen hatte. »Vielleicht wären sie sich ja irgendwann wieder begegnet. Wir sind hier schließlich auf dem Land.«

»Aber wer weiß, wann das gewesen wäre. Ich glaube, du hast ihnen wertvolle Zeit geschenkt.«

Ich nickte schweigend. Womöglich kam das der Wahrheit tatsächlich recht nahe.

»Es ist wirklich wunderschön hier.« Samuel streckte sein Gesicht der Sonne entgegen und atmete tief ein. »Das habe ich schon während unserer Urlaube gedacht. Aber diesmal fällt es mir noch mehr auf.«

Und dann fiel mir unsere Unterhaltung ein, die wir geführt hatten, als meine Großmutter uns im Reetdachhäuschen allein gelassen hatte, um sich mit Marianne zum Abendessen zu treffen.

»Du hast gesagt, du gehst, wenn ich glaube, dass deine Aufgabe hier erfüllt ist.«

Er lächelte. »Ich glaube, ich muss mich korrigieren. Wenn du nichts dagegen hast, würde ich erst dann gehen, wenn *ich* glaube, dass meine Aufgabe hier erfüllt ist.«

»Ist sie das denn nicht? Ich will das Ganze ja nicht verschreien, aber laut meiner Großmutter läuft die *Muschelkiste* besser als in den letzten zehn Jahren.«

Samuel blieb stehen, und ein Händchen haltendes Paar mit zwei Dackeln umrundete uns. Er sah mich mit einem Blick an, der etwas ausdrückte wie: *Ach Christin, du weißt doch ganz genau, dass das nicht alles ist.* Und laut sagte er: »Ich bin froh, dass ich etwas beitragen konnte. Aber der eigentliche Grund, warum ich hier bin, bist du.«

Eine Erinnerung traf mich so unvermittelt, dass mein Herz für einen Schlag aussetzte. Es war der Tag, an dem er mich gebeten hatte, ihn zu heiraten. Es hatte die ganze Zeit über geregnet, und wir saßen unter dem Schirm eines menschenleeren Cafés, wo wir uns mit heißer Schokolade aufwärmten.

Du bist der Grund für alles, Christin. Seit ich dich kenne, bist du der Grund für alles, was ich tue.

Das hatte er gesagt, bevor er sich vor mich gekniet und eine kleine, mit Samt bezogene Schmuckschachtel aus der Tasche seines Mantels gezogen hatte.

Für einen Moment ließ ich den Blick hinaus aufs Meer

gleiten, in der Hoffnung, die Nordseewellen würden die Erinnerung mit sich tragen.

»Du hast doch selbst gesagt, dass ich meinen Traum nicht für dich aufgeben sollte«, sagte ich heiser.

Dann griff er wieder nach meiner Hand. »Der Meinung bin ich immer noch. Aber wenn du mich lässt, dann –«

Er schluckte angestrengt, und eine Träne stahl sich seine Wange herunter.

»Dann?«, fragte ich leise. Der Strand verschwamm zu einer undefinierbaren Masse, genau wie die Menschen um uns herum.

Samuel drückte meine Hand fester und trat einen Schritt auf mich zu. »Dann würde ich ihn wirklich gern mit dir gemeinsam träumen.«

Eine Gänsehaut zog sich über meinen gesamten Körper, und ich musste mir mit der Zunge über die Lippen fahren, weil sie sich plötzlich staubtrocken anfühlten. »Aber du hast doch gesagt –«

Meinst du nicht, ein Mensch kann seine Meinung ändern? Und wer weiß? Vielleicht hat er es ja längst getan.

»Es wird Zeit, dass ich mich von den Dingen löse, die mein Vater versäumt hat.« Er flüsterte beinahe, und mein Herz hämmerte so laut in meiner Brust, dass ich es mir am liebsten herausgerissen hätte. »Ich glaube, ich kann es besser machen. Ich *will* es besser machen.«

Ich schloss für einen Moment die Augen, um das Chaos in mir zu beruhigen. Es vibrierte schmerzhaft in meinen Adern und nahm mir beinahe die Luft. Als ich die Augen wieder öffnete, sah ich mich zumindest in der Lage, einen vollen Satz zu sprechen. »Ich weiß nicht, was ich sagen soll.«

Samuel trat einen Schritt auf mich zu und strich mir mit einer Hand über das nasse Gesicht. Ich hatte nicht bemerkt, dass ich weinte. »Ich kann verstehen, wenn du es nicht willst. Aber wenn du zumindest darüber nachdenken möchtest, dann nimm dir Zeit. So viel du brauchst. Alle Zeit der Welt, wenn es nötig ist.«

Und dann hielt ich es nicht mehr aus. Das Meer aus Gefühlen, in dem ich trieb, übermannte mich, und ich schlang die Arme um ihn, spürte den schnellen Herzschlag in seiner Brust und ließ zu, dass er eine Hand in meinem Haar vergrub, wie er es früher immer getan hatte. Das war der Mann, mit dem ich hatte alt werden wollen. Und er hatte sich nicht verändert, nicht einmal ein wenig, obwohl ich mir genau das monatelang ausgemalt hatte, um mich selbst zu schützen.

»Ich liebe dich«, flüsterte er. »Alles an dir. Habe ich immer. Auch an Silvester. Und auch danach.«

Ich klammerte mich mit beiden Händen an seinem Pullover fest und hinterließ dunkle Flecken auf seiner Schulter. Als ich mich von ihm löste, fühlte ich mich ausgelaugt und hundemüde. Obwohl es warm war, sehnte ich mich nach einer warmen Decke und einer dampfenden Tasse Tee.

»Ich brauche ein wenig Zeit«, sagte ich, und es klang bereits etwas gefestigter.

»Ich warte, versprochen. Und wenn du willst, dass ich gehe –«

»Nein«, unterbrach ich ihn, etwas harscher als beabsichtigt. Er lächelte, und ich presste die Lippen zusammen. »Ich meine, nein, du kannst so lange bleiben, wie du willst. Oma hat dich sehr gern da, wie du weißt.«

Und ich auch. Aber das sagte ich nicht laut.

27

Seit dem erfolgreichen Workshop hatten wir in der *Muschel-kiste* keine ruhige Minute mehr. Den Kundenstopper hatten wir mit einem neuen Plakat bestückt, das den Passanten personalisierten Muschelschmuck versprach. Neben den gewöhnlichen Muschelketten standen nun zwei filigrane, T-förmige Schmuckständer auf der Rattankommode, an denen die handbemalten Exemplare baumelten. Und im Büro warteten noch einmal genauso viele darauf, von den Kunden bestaunt zu werden. Beschrieben waren sie mit all jenen Weisheiten und Zitaten, die wir während unserer Aktion gesammelt hatten.

Für heute Mittag hatte sich nicht nur Johann, sondern auch Beke angekündigt, die neuerdings wieder mehr Zeit in der Räucherei als in der *Muschelkiste* verbrachte. Ich konnte es kaum erwarten, dass sie endlich kam, denn auf sie wartete eine ganz besondere Überraschung: Seit ein paar Tagen hatten wir – meine Großmutter, Samuel und ich – vor dem Kamin zusammengesessen und erst auf dem Papier, dann auf Samuels Laptop Etiketten für Bekes Likörflaschen entworfen. Der Druck hatte sich ein wenig verzögert, aber gestern waren endlich die fertigen Etiketten eingetroffen, und wir hatten Stunden damit verbracht, sie auf die Flaschen im Regal zu kleben. Es sah einfach fantastisch aus.

Samuel und Beke trafen zeitgleich im Laden ein, und Beke drückte erst mich, dann meine Großmutter und schließlich auch Johann fest an ihre Brust. Mit Sicherheit hatte Samuel bereits ebenfalls die Ehre gehabt.

»Ich hab Schnitten mitgebracht«, sagte sie feierlich und schwenkte die Plastikdose in ihrer Hand.

»Und mich«, fügte Samuel hinzu.

»Der gute Jung stand plötzlich mit seinem Wagen vor der Räucherei und wollte die alte Beke abholen«, prahlte sie und stemmte beide Fäuste in die Hüften. »Dat glovt mir doch keiner, wenn –« Sie verstummte, als ihr Blick auf das Regal mit ihren Likörflaschen fiel. »Ihr habt doch nicht etwa –«

»Überraschung!«, riefen meine Großmutter, Samuel, Johann und ich gleichzeitig, wie wir es zuvor abgesprochen hatten.

Wie in Zeitlupe zog Beke eine der Flaschen aus dem Regal, nahm sie in beide Hände und betrachtete sie mit weit aufgerissenen Augen.

»Da steht's ja! *Bekes Küstenfeuer!* Und wie es da steht.«

»Gefallen sie dir, Bekchen?«, wollte meine Großmutter wissen. Man musste sich nur Bekes Gesichtszüge ansehen, um zu wissen, wie überflüssig diese Frage war. »Wollen wir es hoffen, denn wir haben noch eine ganze Menge davon. Du kannst welche für die Räucherei mitnehmen.«

Beke starrte meine Großmutter an, als würde sie in einer

komplizierten Fremdsprache reden. »Wie – wie habt ihr dat nun wieder angestellt?«

»Heutzutage geht so was mit ein bisschen Geschick im Internet«, informierte Samuel sie, und Beke schüttelte ungläubig den Kopf.

Und dann geschah etwas, das mich so unvorbereitet traf wie ein Gewitter bei strahlendem Sonnenschein. Beke schlug sich beide Hände vor den Mund und brach in Tränen aus. Es dauerte keine zwei Sekunden, und wir waren alle vier bei ihr, nahmen sie in unsere Mitte und legten die Arme um sie und umeinander.

»Mien armes altes Herz«, jammerte sie, als sie sich mit einem übergroßen Stofftaschentuch das Gesicht getrocknet hatte. »Damit hätt ich doch im Leben nich gerechnet.«

»So war es ja auch gedacht«, sagte meine Großmutter und tätschelte ihr den Rücken.

Die Mittagspause verbrachten wir zu fünft im Laden – Beke und meine Großmutter auf den Récamieren, Samuel, Johann und ich jeweils auf einem der Stühle, die wir aus Omas Büro getragen hatten, und verspeisten Bekes Schnittchen.

»So, meine vier Engels«, verkündete Beke und richtete sich mit einem Seufzen auf. »Ich werd dann mal zurück. Keine Ahnung, wie ich euch dat jemals danken soll, aber ich werd's versuchen.«

»Du hast mehr als genug für uns getan, meine Liebe«, versicherte ihr meine Großmutter.

»Ich muss auch los, die Arbeit ruft«, sagte dann auch Samuel und hob entschuldigend die Schultern.

»Bei mir ruft zwar keine Arbeit, aber mein Hund dafür umso lauter«, schloss sich Johann den beiden an und drückte meiner Großmutter zum Abschied einen Kuss auf die Wange.

Als die drei gegangen waren und ich mich wieder den Schmuckständern widmete, die mit neuer Ware befüllt werden wollten, winkte meine Großmutter mich zu sich ins Büro.

»Komm, ich zeige dir, wie man die Muscheln bemalt. Wenn du zu Besuch kommst und mir helfen willst, musst du das schließlich wissen.«

Also saßen wir wieder Schulter an Schulter an Omas Werkbank, doch es war, als lägen Welten zwischen diesem Mal und dem letzten. So viel hatte sich in den wenigen Wochen verändert, nicht nur in der *Muschelkiste*, sondern auch in uns. In unseren Herzen, in unserer Seele, sogar in unseren Gesichtern. Meine Großmutter schien um mindestens zwanzig Jahre verjüngt. Und auch ich wagte den Gedanken, dass ich wieder mehr wie ich selbst aussah: Die dunklen Ringe um meine Augen waren verschwunden, zusammen mit der fahlen Haut.

Zuerst tat ich mich unglaublich schwer mit dem Bemalen, aber nach einer Weile ging mir die Arbeit bereits leichter von der Hand. Besonders knifflig war die winzige Schrift, vor allem bei längeren Zitaten und Weisheiten.

»Wie machst du das nur?«, fragte ich verzweifelt, nachdem mir bereits der fünfte Entwurf missglückt war.

»Mit viel Geduld«, sagte meine Großmutter augenzwinkernd. Sicher wusste sie, dass sie damit einen meiner wunden Punkte traf, denn Geduld war nicht gerade Stammgast in meinem Fähigkeitsrepertoire. »Du musst üben. Ganz einfach.«

»Dir ist schon die allererste bemalte Muschelkette geglückt, einfach so, erinnerst du dich?«

Ich dachte an den todtraurigen Herrn Schmidt, der mit einer der Ketten seine Ehe hatte retten wollen. Ob es ihm geglückt war?

»Ich habe jahrelang nichts anderes getan, als winzige Haken in winzige Kettenglieder zu friemeln«, entgegnete meine Großmutter. »Ein wenig Fingerspitzengefühl habe ich mir da wohl verdient.«

Ich musste lachen. »Du hast ja recht. Ich werde es schon noch lernen.«

Nach einer weiteren halben Stunde gab ich es vorerst auf und zog es vor, meiner Großmutter im Verkauf zur Hand zu gehen, denn an Kundschaft mangelte es auch an diesem Nachmittag nicht. Noch vor ein paar Wochen hatten sich die Tage im Laden gezogen wie zähes Kaugummi, doch seit dem Durchbruch kam der Feierabend viel schneller als erwartet.

»Wie wär's mit einem Abendessen in den Dünen?«, schlug meine Großmutter vor, und ich willigte begeistert ein.

Im Supermarkt in der Parallelstraße kauften wir Brot und ein wenig Käse, fuhren mit den Rädern bis zur Durchfahrt am Ordinger Strand und gingen zu Fuß den Steg entlang, bevor wir in die Dünenlandschaft abbogen. Die Dünen selbst durften nicht betreten werden, doch wer sich auskannte, fand dennoch schöne Plätzchen. Wir ließen uns im weichen, weißen Sand nieder, und die Dünen schützten uns vor der steifen Nordseebrise.

Ich schnitt das Brot und den Käse in Scheiben, und wir genossen einhellig schweigend unser Mittagessen. Vom Strandparkplatz wehte ausgelassenes Kinderlachen zu uns herüber.

»Ich habe noch einmal über diese Workshops nachgedacht«, sagte meine Großmutter, während ihr Blick in die Ferne glitt. Sie wirkte nachdenklich. »Und über die Zukunft der *Muschelkiste*.«

»Ja?«

»Ich glaube, da gibt es ein Problem.«

Ich runzelte besorgt die Stirn. »Welches denn?«

»Ich bin fast achtzig, Kind. Es gibt viel mehr zu tun als früher, die Leute sind anspruchsvoll geworden.« Sie schloss ein wenig Sand in ihrer Hand ein und ließ ihn dann langsam durch ihre Finger rieseln. »Johann wird mir helfen, und zusammen können wir vielleicht noch ein oder zwei Jährchen stemmen, aber –«

Sie verstummte und sah hinaus auf den weiten Strand, der allmählich in der Dämmerung verschwand. Das Meer war so weit zurückgewichen, dass das Watt vor uns beinahe endlos wirkte.

»Aber?«, fragte ich vorsichtig.

»Aber ich frage mich, was danach aus der *Kiste* werden soll. Vielleicht fällt sie nicht an diesen unausstehlichen Hausmann, aber Menschen wie ihn gibt es wie Sand am Meer. Irgendwann wird einer von ihnen Erfolg haben.«

Ich verkniff mir ein Lächeln, wollte sie noch einen winzigen Augenblick länger auf die Folter spannen. Ich hatte mich längst entschieden. Ich konnte nicht einmal sagen, wann genau es passiert war. Ich wusste nur, dass ich es wollte. Und zwar mehr, als ich es jemals für möglich gehalten hätte.

Dann entschied ich, dass der Zeitpunkt gekommen war. »Wie wäre es mit mir als Nachfolgerin?«

Meine Großmutter riss so ruckartig den Kopf herum, dass ihr ein paar weiße Locken in die Stirn fielen. »Was hast du gesagt, Kind?«

Ich legte ihr einen Arm um die Schultern. »Ich wollte dich fragen, ob du etwas dagegen hast, wenn ich *Rosis Muschelkiste* später übernehme. Und bis es so weit ist, würde ich dir und Johann zur Hand gehen.«

Oma Rosis Mund klappte auf, ihre blauen Augen wurden so groß, dass sie die letzten Sonnenstrahlen spiegelten, die gerade am Horizont verschwanden. Und dann fiel sie mir mit so viel Schwung in die Arme, dass wir rücklings auf dem weichen Dünensand landeten. Sie bedeckte mein Gesicht mit Küssen, und in den Feuerpausen jubelte sie vor Glück.

»Ich hab's gewusst«, rief sie und rappelte sich auf. »Ach, Christin, mein Herz, ich könnte mir keine bessere Nachfolgerin vorstellen. Meine eigene Enkelin. Ist das nicht großartig?«

Sie griff nach meinen Händen und drückte sie. Dann sah sie mich eindringlich an, und ich wusste sofort, worauf sie das Gespräch nun lenken würde. »Was ist mit ihm? Mit Samuel?«

Ich presste die Lippen zusammen und suchte im sanft wehenden Dünengras nach einer Antwort. Und als ich keine fand, sagte ich: »Ich weiß es nicht.«

Meine Großmutter seufzte. »Doch. Doch, das weißt du. Ich sehe, wie du ihn ansiehst. Wie er dich ansieht. Du liebst ihn, Kind. Und er liebt dich. Ihr wollt dasselbe. Er hat nur ein wenig länger gebraucht, um es zu erkennen.«

Ich spürte, wie etwas in mir rief, dass es stimmte. Dass ich Samuel längst verziehen hatte. Und dass es an der Zeit war, es ihm zu sagen.

»Gib dir einen Ruck, Kind«, sagte meine Großmutter sanft und stieß mich mit dem Ellenbogen an. »Manchmal braucht es eben ein bisschen Hilfe. Das weißt du ja selbst am besten. Ohne dich hätte ich Johann vielleicht nicht wiedergesehen. Und jetzt ist es, als wären wir nie getrennt gewesen. Es ist noch nicht zu spät.«

Obwohl es wunderschön klang, konnte ich es mir noch nicht ganz vorstellen. Ob es irgendwann wieder so sein konnte? Trotz allem, was passiert war? Trotz der Narben, die die letzten Monate hinterlassen hatten? Ich wusste es nicht. Aber wenn ich ehrlich zu mir war, war ich mehr als bereit, es herauszufinden.

28

Es war ein strahlend blauer Samstagnachmittag im September, als die Glocke über der Eingangstür zu *Rosis Muschelkiste* trotz Mittagspause einen Besucher ankündigte, der sich als Herr Becker entpuppte. Vor zwei Wochen hatten wir nicht nur die ausstehenden Mietzahlungen beglichen, sondern ihm auch eine Kopie der aktuellen Einnahmen, der Bestelllisten und einen Flyer für den nächsten Workshop per E-Mail zugesandt.

Zuerst sah er sich ein wenig unsicher in der neuen *Muschelkiste* um, dann entdeckte er meine Großmutter, die gerade aus dem Büro gekommen war, um nach dem Rechten zu sehen. Allmählich bekamen wir die Aufträge in den Griff. Johann half mehrmals in der Woche mit den Einkäufen und der Buchhaltung, während ich meiner Großmutter an der Werkbank zur Hand ging und immer sicherer wurde.

»Ach, der Herr Becker«, flötete sie und ging mit ausgestreckter Hand auf ihren Vermieter zu. »Da staunen Sie, was?«

Herr Becker schüttelte zuerst meiner Großmutter und dann mir lächelnd die Hand. »Ich muss sagen, das tue ich tatsächlich. Der Laden ist ja kaum mehr wiederzuerkennen. Könnten wir uns für einen Augenblick in Ihr Büro setzen?«

Becker folgte uns, und wir nahmen auf den Stühlen vor dem runden Tisch Platz, auf dem einige handbemalte Muschelschalen trockneten.

Becker lehnte sich zurück und verschränkte die Finger in seinem Schoß. »Ich wollte mit Ihnen über die Zukunft des Ladens sprechen.« Er ließ seinen Blick über die Schmuckstücke gleiten und nickte anerkennend. »Ich sehe, Sie haben einen neuen Verkaufsschlager. Das ist wirklich eine schöne Idee.«

Ich spürte die Kluft, die sich in der letzten Zeit zwischen den beiden aufgetan hatte, sah die Anspannung in Oma Rosis Gesicht, die sicherlich auch Herrn Becker nicht entging.

»Haben Sie unsere Mail erhalten?«, fragte ich.

Becker nickte. »Zusammen mit den Mietzahlungen, ja. Und ich muss sagen, ich bin wirklich beeindruckt, was Sie beide in der kurzen Zeit auf die Beine gestellt haben.«

Meine Großmutter und ich sahen ihn erwartungsvoll an. Meine Nervosität stieg ins Unermessliche, und ich ertappte mich dabei, wie ich die Knöchel meiner rechten Hand knacken ließ.

Becker lehnte sich auf seinem Stuhl leicht nach vorn, als wäre er im Begriff, uns ein wohlgehütetes Geheimnis anzuvertrauen. »Das Angebot von Robert Hausmann – Sie haben ihn ja kennengelernt – war ein gutes, das muss ich zugeben. Er weiß, wovon er spricht. Aber was er nicht weiß, ist, dass wir hier in St. Peter nicht noch ein weiteres unpersönliches Allerweltsgeschäft brauchen. Ihre Zahlen, aber auch ihr Willen, um den Laden zu kämpfen, haben mir die Entscheidung leicht gemacht.« Aus dem Rucksack aus Wildleder, den er an eines der Stuhlbeine gelehnt hatte, zog er einen braunen Umschlag und reichte ihn meiner Großmutter. »Ich würde Ihnen gerne anbieten, den Mietvertrag zu verlängern, Rosemarie.«

Am liebsten wäre ich aufgesprungen und meiner Großmutter in die Arme gefallen, doch zuerst wollte ich mit ihr gemeinsam den neuen Mietvertrag prüfen. Diesmal ohne Mieterberater.

»Lies du ihn zuerst, ja?«, bat sie mich und gab den Umschlag an mich weiter. »Ich fürchte, ich habe meine Lesebrille zu Hause liegen lassen.«

Ich zog das etwa zehnseitige Dokument aus seinem Umschlag und überflog den Inhalt.

»Leider muss ich trotzdem an der Mieterhöhung festhalten«, sagte Becker bedauernd. »Sie wissen, ich habe all die Jahre eine Ausnahme für Sie gemacht, aber langsam muss ich auch an meine Zukunft denken. Ich hoffe, Sie sind mit einer Erhöhung um fünfzehn Prozent einverstanden.«

Mein Hirn erreichten seine Worte nur teilweise. Mein Blick blieb an einem ganz bestimmten Satz hängen. Ob Becker sich vertippt hatte?

»Hier steht ›Das Mietverhältnis läuft auf unbestimmte Zeit‹«, sagte ich und tippte mit dem Zeigefinger auf die entsprechende Zeile.

Becker nickte. »Sehr richtig. Ich würde das Mietverhältnis gern unbefristet verlängern. Vorausgesetzt, Sie haben nichts dagegen.«

Meine Großmutter und ich tauschten verblüffte Blicke. Dann nickte ich ihr kaum merklich zu.

»Das Angebot würden wir sehr gern annehmen«, verkündete sie feierlich, und die beiden besiegelten alles mit einem Handschlag.

»Dann darf ich Ihnen auch gleich meine Nachfolge vorstellen«, fuhr sie fort. Ihre Wangen hatten sich vor Freude gerötet. Sie wies auf mich. »Meine Enkelin.«

Becker sah mich verdutzt an, aber nur für einen Augenblick. Dann bot er auch mir die Hand an. »Na, wenn das so ist, dann gilt das Angebot selbstverständlich auch für Sie, Frau Lorenz.«

Ich schüttelte sie, überrascht, dass er sich an meinen Nachnamen erinnerte. Dann begleiteten wir ihn zur Tür. Den Mietvertrag würden wir uns in aller Ruhe ansehen und ihn dann unterschrieben in Beckers Briefkasten werfen.

»Ich habe wirklich nicht damit gerechnet, dass sich das Ganze so entwickeln würde«, sagte er zum Abschied. »Ich werde Herrn Hausmann absagen, sobald ich den unterschriebenen Vertrag vorliegen habe. Um ehrlich zu sein, war mir dieser Mann sowieso unsympathisch. Hat nur übers Geld geredet. Für ihn geht es –«

»Nur ums Geschäft«, ergänzten meine Großmutter und ich wie aus einem Mund und brachen kurz darauf in Gelächter aus, dem sich auch unser Vermieter nicht entziehen konnte.

»Eine Sache hätte ich beinahe vergessen«, sagte Herr Becker, die Hand bereits an der Türklinke. »Vor ein paar Tagen war der junge Herr Lehmann von der Mieterberatung bei mir. Er muss Sie beide sehr gernhaben, so, wie er sich für Sie eingesetzt hat. Aber da hatte ich mich ohnehin längst entschieden.«

Mein Blick schnellte zu meiner Großmutter, die nur lächelnd den Kopf schüttelte.

»Ich wusste doch immer, dass der Jung das Herz am rechten Fleck hat«, verkündete sie, obwohl das glatt gelogen war.

Als wir die Tür hinter unserem Vermieter geschlossen hatten, fielen wir uns jauchzend in die Arme. Meine Großmutter drückte so heftig zu, dass mir die Luft wegblieb. Als ich sie ein wenig auf Abstand hielt, um ihr in die Augen zu sehen, musste ich mit Schrecken feststellen, dass sie weinte. Ich konnte mich nicht daran erinnern, meine Großmutter jemals weinen gesehen zu haben.

»Was ist denn los, Oma?«, fragte ich besorgt und hielt sie an beiden Schultern.

»Ach, Kind, ich freue mich einfach so.«

Noch einmal schlang ich die Arme um sie und hatte Mühe, den gewaltigen Kloß in meinem Hals herunterzuschlucken.

»Ich rufe Samuel an«, sagte ich kurzerhand, als wir uns gefangen hatten, und hatte schon seine Nummer gewählt, bevor ich das breite Grinsen in Oma Rosis Gesicht bemerkte.

29

Der Mond stand so groß und silbrig glänzend am Himmel, dass ich das Gefühl bekam, ihn mit bloßen Händen greifen zu können. Sein Licht spiegelte sich in den Prielen, die sich durch die Salzwiesen zogen. Es war kühl an diesem Abend, und ich zog meine Jeansjacke ein wenig fester um mich.

Samuel war gleich nach Feierabend im Laden erschienen, mit einer Flasche halbtrockenem Sekt und drei Gläsern bewaffnet, und wir hatten gemeinsam auf die Verlängerung des Mietvertrags angestoßen. Dann hatte ich ihn gebeten, mich zum Strand zu begleiten, obwohl mir bei dem Gedanken abwechselnd heiß und kalt geworden war.

Die erste Hälfte der Seebrücke gingen wir schweigend entlang, und für Passanten hätte es so aussehen müssen, als würden wir in einheiliger Stille einen ganz normalen Abendspaziergang machen. Aber es gab zu dieser späten Stunde weder Passanten auf der Brücke, noch handelte es sich um einen entspannten Spaziergang bei Mondlicht. In meinem Innern stürmte es, und es war, als könne ich jeden Moment den Halt verlieren und davongeweht werden. Die Aufregung pulsierte in meinen Adern, und ich hätte am liebsten nach Samuels Hand gegriffen, ließ es jedoch bleiben, weil meine eigene mit Sicherheit schweißnass war. Wenn ich ehrlich war, konnte ich es kaum erwarten, was vielleicht, ganz vielleicht, passieren würde.

Irgendwo kreischte eine Möwe, als wir uns über die Brüstung der Seebrücke lehnten, und ich musste schmunzeln.

»Was ist?«, fragte er amüsiert und stieß mich mit der Schulter an.

»Ich denke nur gerade an Willis Möwendesaster.«

»Das werdet ihr ihn nie vergessen lassen, nicht wahr?«

Wir. Das werden wir ihn nie vergessen lassen.

Ich lächelte. »Niemals.«

Zusammen blickten wir über die endlose Weite der Salzwiesen, hinter denen nichts lag als Meer. Nur hier und da blinkte das Topplicht eines vorbeifahrenden Schiffes auf.

»Ich werde hierbleiben«, sagte ich in die Stille hinein und bemerkte aus dem Augenwinkel, wie Samuel mich musterte. »Ich werde Oma mit der *Muschelkiste* helfen und sie übernehmen, wenn es so weit ist.«

Die Worte fühlten sich wieder so befreiend an wie an dem Abend, als ich sie zum allerersten Mal ausgesprochen hatte.

Als ich Samuel ansah, lächelte er, und seine grünen Augen blitzten im Mondlicht. »Wahnsinn! Chris, das ist unglaublich toll.« Er griff nach meiner Hand und drückte sie. »Was sagt Rosi dazu? Sie ist doch nicht etwa ohnmächtig geworden?«

»Sie hat mich praktisch in die Dünen geworfen vor

Freude. Ich glaube, ich habe immer noch Sand in den Oh-ren.«

Wir begannen gleichzeitig zu lächeln. Und dann spürte ich, dass die Zeit gekommen war. Ich drehte mich in seine Richtung, zupfte mit einer Hand eine nicht vorhandene Fluse von seinem Strickpullover.

»Ich wollte dir sagen, dass –« Ich brach ab. Die Worte fielen mir deutlich schwerer, als sie es in meiner Vorstellung getan hatten. Ich spürte, wie meine Großmutter mich mit dem Ellenbogen anstieß.

Gib dir einen Ruck, Kind.

Ich zwang mich, ihm in die Augen zu sehen, und dort fand ich genau das, was ich brauchte, um weiterzusprechen. Dort fand ich genau das, was mir jahrelang Halt gegeben hatte. Und was auch noch dort gewesen war, als er mehr als überraschend in Oma Rosis Reetdachhaus gestanden hatte. »Ich wollte nur sagen, dass ich dir verziehen habe. Und dass ich wirklich froh bin, dass meine Großmutter der größte Sturkopf ist, den ich kenne.«

In Samuels Lächeln lag so viel Zuneigung, dass meine Beine sich in nutzlose Puddingstangen verwandelten. Er hob eine Hand, strich mir mit dem Daumen über die Wange, trat einen Schritt auf mich zu, sodass sich unsere Nasenspitzen beinahe berührten.

»Heißt das, ich bekomme eine zweite Chance?«, fragte er leise.

Und statt zu antworten, schlang ich die Arme um seinen Hals, schloss den letzten winzigen Spalt zwischen uns und küsste ihn. Mein Herz war voller Musik, als ich die Vertrautheit seiner Lippen schmeckte, den Duft seiner Haut einatmete und mit der Hand durch sein dichtes Haar fuhr. Millionen kleiner Feuerwerke explodierten in mir, und ich war überzeugt, dass die Zeit für diesen einen Moment stehen blieb.

Als wir uns voneinander gelöst hatten, führte Samuel mich zu einer nahe gelegenen Bank, auf der wir uns niederließen, so nahe beieinander wie möglich, um uns vor der kalten Brise zu schützen.

»Die Seeluft wird mir guttun«, sagte Samuel. »Ich habe das Stadtleben ohnehin langsam satt. Außerdem gibt es hier eine Menge wunderschöne Resthöfe, hast du die auch gesehen?«

Meine Augen weiteten sich. »Du willst auch hierbleiben? In St. Peter-Ording?«

Samuel legte einen Arm um meine Schultern, während ich ihn noch immer perplex anstarrte. »Natürlich. Das ist doch der Vorteil meines Jobs. Ich kann von überall aus arbeiten.«

Ich lehnte meinen Kopf an seine Schulter und schlang einen Arm um seine Taille.

Er küsste meinen Haaransatz, und ich schloss für einen Moment die Augen, während der kühle Nordseewind meine Wangen rötete. »Und? Was sagst du?«

Ich lächelte. »Ich glaube, das ist die beste Idee, die du jemals hattest.«

Für eine Weile saßen wir so da, Arm in Arm, während sich die abendliche Kälte langsam, aber sicher unter unsere Kleidung fraß.

»Wusstest du, dass Johann und seine Frau keine Kinder bekommen konnten?«, fragte Samuel, und ich bemerkte, dass ich trotz der Kälte um ein Haar in seinen Armen eingeschlafen wäre.

Ich nickte an seiner Schulter. »Er hat es mir erzählt, als wir uns bei ihm in Husum getroffen haben.«

»Als wir nach dem Workshop ein Bier getrunken haben, hat er mir die Augen geöffnet. Ich hatte es schon immer im Gefühl, aber wirklich greifbar wurde es erst, als Johann es ausgesprochen hat.«

Ich hob den Kopf und sah ihm in die Augen. »Was meinst du?«

»Dass die Vergangenheit uns in keinem Fall davon abhalten sollte, unsere Träume zu verfolgen, solange wir es noch können.«

Ich schluckte heftig, aber gegen die Tränen konnte ich nichts ausrichten.

Samuel schloss meine Lippen mit einem Kuss.

»Ich könnte mir nichts Schöneres vorstellen, als einen ganzen Stall voll Kinder mit dir zu bekommen, Christin Lorenz«, sagte er. »Das war schon immer so. Ich hatte nur so verdammt viel Angst.«

»Und die hast du jetzt nicht mehr?«

Samuel schüttelte den Kopf und zog mich noch näher zu sich. Wärme legte sich über mich wie eine weiche Wolldecke. Wie sehr ich es vermisst hatte, dieses Gefühl von Nachhausekommen. »Jetzt nicht mehr.«

30

Das Klingeln meines Handys riss mich so unvermittelt aus dem Dämmerschlaf, dass ich mir vor Schreck den Nacken verrenkte. Und nicht nur das: Um ein Haar wäre mir das Gerät aus der Hand auf den Couchtisch gefallen und hätte dort mit ziemlicher Sicherheit das volle Weinglas umgekegelt. Ich war so müde gewesen, dass ich es nicht einmal angerührt hatte. In den letzten Tagen waren an die siebzig Bestellungen eingegangen, und wir waren den ganzen Tag über so beschäftigt gewesen, dass wir das zaghafte Klopfen an der Ladentür nach Feierabend nur am Rande wahrgenommen hatten. Es waren Herr Schmidt und seine Ulrike gewesen, Hand in Hand. Herr Schmidt war vor Stolz um drei Köpfe gewachsen. Er hatte es tatsächlich geschafft, seine Frau zurückzugewinnen.

»Hallo?«, fragte ich bloß, denn vor Überraschung hatte ich nicht daran gedacht, den Namen zu lesen, der auf dem Display aufgeploppt war.

»Chris?«

»Lia?«

»Ist es etwa so weit gekommen, dass du meine Nummer gelöscht hast?«, fragte meine Schwester vorwurfsvoll, und ich hörte an ihrer Stimme, dass sie sich ein Lachen verkniff.

»Ich habe geschlafen. Du kannst von Glück reden, dass nichts Schlimmeres passiert ist.«

»Und du kannst von Glück reden, dass ich dich anrufe, bevor ich unangemeldet vor der Tür stehe.«

Ich rieb mir mit der freien Hand über die müden Augen, und offenbar half es, denn nun traf mich die Erkenntnis so unvermittelt, dass ich mit einem Schlag hellwach war. »Bist du etwa in St. Peter-Ording?«

Lia kicherte, wahrscheinlich hatte sich meine Stimme vor Aufregung überschlagen. »Noch nicht. Aber in einer halben Stunde. Ich bin gerade in Husum umgestiegen. Und eigentlich sollte es eine Überraschung für Oma werden, aber die hast du mir nun verdorben mit deinem Geschrei.«

»Keine Angst, sie ist oben und badet.«

»Sie badet?«, fragte Lia entgeistert. »Das macht sie doch sonst nur an Feiertagen.«

»Sie hat es sich eben verdient.«

»Da hast du recht. Also, holst du mich vom Bahnhof in Bad ab?«

»Dich? Ist Freddie nicht bei dir?«

Die Stille am anderen Ende dauerte kaum länger als eine Sekunde, aber für mich genügte es, um zu wissen, dass meine Schwester enttäuscht war. »Nein. Er hat es nicht geschafft. Aber das macht nichts. Du weißt ja, ich liebe es, allein Urlaub zu machen.«

»Ich warte am Bahnhof auf dich«, sagte ich, schickte einen Kuss durch die Leitung und legte auf.

Ich fuhr zusammen, als Tim ohne Vorwarnung zu mir auf die Couch sprang und mich mit seinem undurchdringlichen Katzenblick anstarrte. Sicherheitshalber hielt ich den Atem an und stellte mich tot, vielleicht würde er dann in absehbarer Zeit den Spaß an mir verlieren. Doch der Kater dachte nicht daran, mich durch das Haus zu jagen und mir anschließend das Gesicht zu zerfleischen. Stattdessen bettete er sein Köpfchen auf meinen Schoß und begann leise zu schnurren. Verwirrt hob ich eine Hand, wagte es erst nicht, ihn zu berühren und tat es dann doch. Zum allerersten Mal ließ Oma Rosis Teufelskater zu, dass ich ihn hinter den Öhrchen kraulte. Mehr noch: Er schloss genüsslich maunzend die Augen. Ob das doch nur wieder eine seiner ausgefeilten Jagdmethoden war?

»Das glaubt mir Oma nie«, flüsterte ich dem Tier zu, und Tim schnaubte leise, als würde er mir zustimmen.

Dann sprang er so unvermittelt auf, dass ich zusammenfuhr, warf mir noch einen letzten Blick aus seinen großen Augen zu und verschwand in der Küche.

Es dauerte einen Moment, bis ich mich von diesem Ereignis erholt hatte. Dann schlich ich die Treppe hinauf ins Gästezimmer, das übergangsweise als Büro diente. Samuel saß an dem alten Frisiertisch aus Massivholz, den er zum Schreibtisch umfunktioniert hatte, und beugte sich konzentriert über seinen Laptop. Ich konnte es kaum erwarten, dass die Büromöbel aus seiner Wohnung hier in St. Peter eintrafen, denn mit dieser Haltung würde er in einigen Stunden, wenn er sich zu mir unter die Bettdecke kuschelte, wieder einmal über Rückenschmerzen klagen. Und ich würde wieder einmal behaupten, dass das ja kein Wunder sei.

Samuel sah auf. Auf dem Bildschirm des Laptops erkannte ich das 3-D-Modell der Gründerzeitvilla in Hamburg, von dem er mir erst neulich erzählt hatte. Sein Kumpel Mark hatte ihm den Auftrag vermittelt.

»Ich fahre zum Bahnhof«, sagte ich leise, für den unwahrscheinlichen Fall, dass meine Großmutter an der Badezimmertür lauschte. »Lia ist in einer halben Stunde hier.«

Samuel hob eine Braue. »Hier in St. Peter-Ording?« Dann lächelte er. »Das sieht ihr ähnlich.«

»Ich nehme den Wagen, ja?«

Er sah mich mit einem herausfordernden Blick an. »Dazu müsste ich dir verraten, wo der Schlüssel ist.«

Ich ging auf ihn zu, legte beide Arme um ihn und ließ meine Finger über seine Brust bis zu seinem Bauchnabel und dann bis zu der kleinen Schublade über seinem Knie wandern, öffnete sie und zog den Autoschlüssel heraus.

»Das ist nicht fair«, beschwerte Samuel sich gespielt beleidigt.

Ich erstickte seine Worte mit einem Kuss. »Du musst eben ein besseres Versteck finden.«

Ich wollte mich gerade umdrehen und gehen, als er mich am Ärmel meiner Kapuzenjacke zurückhielt. Er zog mich zu sich heran und küsste meine Nasenspitze. »Bist du sicher, dass du gehen willst?«

Mein Herz tanzte wild durch meinen Brustkorb, genau wie früher, wenn er mich mit diesem Blick angesehen hatte.

Diesem Blick, der sagte, dass ich für ihn die schönste und begehrenswerteste Frau der Welt war. Diesem Blick, der die tiefsten Ecken meiner Seele erreichte.

»Ich bin gleich zurück«, flüsterte ich, gab ihm einen letzten Kuss und riss mich dann los. Lia warten zu lassen war eine ausgesprochen schlechte Idee. »Und falls Oma fragt, wo ich abgeblieben bin, lässt du dir etwas einfallen. Es soll eine Überraschung sein.«

Als ich am Bahnhof von St. Peter-Bad stand und darauf wartete, dass der Zug aus Husum eintraf, strich mir der kühle Nordseewind durch die Haare. Genau hier hatte vor acht Wochen meine Großmutter gestanden und auf mich gewartet, als ich heilfroh gewesen war, mein kümmerliches, von Wut und Trauer getrübtes Dasein in der Stadt für eine Weile hinter mir zu lassen. Genau hier hatte ich sie mit dunklen Ringen unter den Augen und blasser Haut in die Arme geschlossen. Genau hier hatte vor acht Wochen ein neues Leben für mich begonnen. Und nicht nur für mich. Auch für Oma Rosi. Für Johann. Für Alma. Für Samuel. Für Beke. Für Herrn Schmidt und seine Frau, vielleicht auch für Frau Hermann-Cortés und ihre Tochter, für Tobias und für Valentina, und für all die anderen, die uns so bereitwillig ihre Geschichte erzählt und mit einem Lächeln im Gesicht die *Muschelkiste* verlassen hatten.

Epilog

Die Tür zum Büro öffnete sich leise quietschend, und ich sah von der Werkbank auf. Ich war so vertieft in die Arbeit gewesen, dass ich nicht bemerkt hatte, wie jemand die *Muschelkiste* betreten hatte. Seit Wochen verbrachte ich mindestens eine Stunde nach Feierabend an der Werkbank und übte. Noch wollten mir die winzigen, sauber geschriebenen Buchstaben, mit denen meine Großmutter die Muscheln verzierte, nicht ganz gelingen. Ich war erleichtert, dass Oma Rosi zwar zugestimmt hatte, von nun an im Laden ein wenig kürzerzutreten, aber trotzdem noch so gut wie jeden Tag kam, um Kunden zu beraten, Workshops zu geben und mich in meine neue Aufgabe einzuarbeiten.

Samuel schob sich zu mir herein, schlang von hinten die Arme um mich und drückte einen Kuss auf meinen Scheitel. Ich lehnte mich zurück, spürte sanft seinen Herzschlag an meinem Hinterkopf und sog seinen unverwechselbaren Duft ein.

»Ist es schon so weit?«, fragte ich und gähnte ausgiebig. »Ich glaube, ich habe wieder die Zeit vergessen.«

Samuel massierte meine Schultern, und ich streckte seufzend den Rücken durch, der hörbar knackte.

»Alma hat in Johanns neuem Gemüsebeet gegraben, er verspätet sich ein wenig.«

Ich musste schmunzeln. Vor ein paar Wochen hatte meine Großmutter die glorreiche Idee gehabt, in Johanns Hintergarten Feldsalat und Gurken zu ziehen. Alma hatten wir im Gegensatz zu Tim als viel zu faul eingestuft, um diesen Plan zu durchkreuzen, doch offensichtlich hatten wir uns geirrt: Seit sie mindestens zweimal in der Woche – einmal mit Oma Rosi und Johann, einmal mit Samuel und mir – zu einem langen Strandspaziergang ausgeführt wurde, war sie regelrecht aufgeblüht, obwohl sie ihre Schläfchen in Johanns gemütlichem Wohnzimmer noch immer für nichts und niemanden aufgab.

»Ich leiste Rosi und Lia draußen Gesellschaft«, sagte Samuel. »Ich glaube, sie streiten schon wieder.«

Er küsste mich lang und innig, und ich schmeckte Kaffee und Salz auf seinen Lippen.

»Ich komme gleich nach.«

Er nickte lächelnd und verschwand dann durch die Bürotür nach draußen. Ich stand auf und ging in den Laden, ließ meinen Blick über all das schweifen, was wir in den letzten Wochen erreicht hatten. Ich fuhr mit den Fingern über die fein gemaserte Tellmuschelschale, die ich an einem Silberkettchen um den Hals trug, und ließ sie im Sonnenlicht blitzen, das an diesem wunderschönen Herbsttag durch die frisch geputzten Fenster fiel. Samuel hatte sie mir geschenkt, als ich meinen ersten offiziellen Arbeitstag in *Rosis Muschel-kiste* angetreten hatte.

Auf weißem Hintergrund stand in feiner, schnörkelloser Schrift jenes Datum, an dem wir auf der Seebrücke von St. Peter-Ording zum zweiten Mal ein gemeinsames Leben begonnen hatten.

Die Glocke über der Tür verriet, dass jemand die Eingangstür geöffnet hatte. Meine Großmutter schob ihren Kopf zu mir herein. Ihre weißen Locken ringelten sich um ihre Stirn und ihre Schultern, und der Jumpsuit aus cremefarbenem Leinen stand ihr ausgesprochen gut. Sie sah wieder einmal wundervoll aus. Kein Wunder also, dass Johann sie an mindestens vier Tagen in der Woche zu sich nach Husum holte. »Johann und Alma sind da, kommst du, Schatz?«

Ich nickte lächelnd.

Dann sog ich noch einmal die Luft ein, den Geruch von Holz und Farbe. Aber nicht nur das. Was ich roch, war der Duft von Heimat und Geborgenheit, von Glück und Erfüllung – und vor allem von dieser unbändigen Vorfreude auf alles, was noch kommen sollte.

Danksagung

Ein Buch zu schreiben ist wie eine lange Wanderung: Man läuft, man stolpert, genießt schöne Aussichten – und manchmal vergisst man, warum man überhaupt losgegangen ist. Wie gut also, dass es Menschen gibt, die mich auf diesem Weg begleitet haben:

Meine Agentin Nina Wegscheider, die mich von der ersten zaghaften Idee an so tatkräftig unterstützt und mich in vielen bereichernden Gesprächen auf Kurs gehalten hat.

Meine Lektorin Juli Haase, die hoffentlich längst weiß, wie sehr sie diesen Roman bereichert hat. Dein Gespür für die Geschichte verdient ein eigenes Kapitel!

Meine wunderbare Familie, die mich so bedingungslos unterstützt und auffängt. Ihr seid der Grund für all das. Immer.

Meine liebsten Freundinnen, die mindestens genauso auf diesen Moment hingefiebert haben wie ich. Ihr seid großartig.

Mein herzlichster Dank gilt all jenen, die sich entschlossen haben, dieses Buch zu lesen – auch wenn ich manchmal immer noch nicht glauben kann, dass es euch gibt. Ich hoffe, ich konnte euch etwas zurückgeben!

Und schließlich gibt es da noch meine ganz eigene, unerschütterliche Oma Rosi, die mit ihrem Roman-Pendant weit mehr gemeinsam hat als ihren Namen. Sie besitzt zwar keinen Muschelladen, dafür aber ein umso größeres Herz. Und sie backt fantastische Blaubeerpfannkuchen. Danke für alles!

Durchatmen auf Norderney – ein Buch wie ein Sommerabend am Meer

Katharina hat als Autorin ihren Traumberuf gefunden. Aber nun leidet sie an einer Schreibblockade. Da kommt es ihr gerade recht, dass ihre Oma sie bittet, ihre Pension auf Norderney für ein paar Wochen weiterzuführen. Auf der Insel kann Katharina endlich mal wieder durchatmen. Sie lernt den Musiker Phil kennen, der nicht nur wegen seiner gefühlvollen Songs ihr Herz höherschlagen lässt. Alles scheint perfekt. Doch dann stellt sie fest, dass es um Omas Pension nicht gut steht. Und einer der Mitarbeiter scheint gegen sie zu arbeiten. Kann sie die kleine Pension retten? Und welches Leben ist für Katharina das richtige?

Christin-Marie Below

Unsere Frühstückspension am Meer

Roman

Taschenbuch
Auch als E-Book erhältlich
www.ullstein.de

ullstein

Sylt und Süßes: Rückkehr in den kleinen Bonbonladen

Auf Sylt steht eine Doppelhochzeit an: Insa und Thore haben mit Marla und Peer beschlossen, gemeinsam im Kreis ihrer Familien im Garten des Zuckerhüs zu feiern, und die Vorbereitungen laufen auf Hochtouren. Unter die Arme greift ihnen dabei die sympathische und kompetente Hochzeitsplanerin Cleo, die sie zufällig bei einem Bonbonkurs kennengelernt haben. Als diese jedoch auf Thore trifft, scheint sie plötzlich verändert, als würde sie etwas verbergen, und Insa wird misstrauisch. Kennt sie Thore? Und gibt es eine Verbindung zwischen Thore und Cleos Sohn? Steht am Ende doch noch die Hochzeit auf dem Spiel?

Julia Rogasch
Frühlingsgefühle im kleinen Bonbonladen am Meer
Ein Sylt-Roman

Taschenbuch
Auch als E-Book erhältlich
www.ullstein.de

ullstein

Rügen, 1926: Eine Frau erfüllt sich ihren Traum

Als Hulda einen Hof mit kleinem Laden von ihrer Tante erbt, zieht sie mit ihrer besten Freundin Frederike ins Seebad Juliusruh. Dort richten sie ein Töpferstudio samt Keramikladen ein. Es wird ein voller Erfolg, ihre "Steinzeitkeramik" ist der Renner und die Freundinnen sind gern im Seebad gesehen. Hulda und Frederike stellen die talentierte Bauhaus-Studentin Mara ein, die praktische Erfahrung sammeln möchte. Was sie nicht wissen: Mara ist kapriziös und nur wegen des Malers Jonas im Ort, den sie vom Bauhaus kennt. Als Mara erfährt, dass Jonas sich in Hulda verliebt hat, haben die beiden Freundinnen im Ort keine ruhige Minute mehr.

Svea Lubenow
Die Töpferei am Meer
Roman

Taschenbuch
Auch als E-Book erhältlich
www.ullstein.de

ullstein

Ein herrlich witziger Syltroman
über unerwartete Höhenflüge

Evi Hansen kann es nicht fassen. Nach 31 Ehejahren verlässt ihr Mann sie ohne ein Wort. Um sich neu zu erfinden, zieht sie in einen Wohnwagen direkt an den Dünen und lässt sich vom Rauschen der Wellen beruhigen. Und sie hat eine Idee: Um wieder Leidenschaft in ihr Leben zu bringen, kommt sie auf die originelle Idee, eine Ü50-Fußballmannschaft für Frauen zu gründen. Auf ihren Aushang im örtlichen Edeka melden sich tatsächlich neun Spielerinnen. Das Training ist eine Herausforderung, doch die ungewohnte Bewegung wirbelt das Leben der Frauen durcheinander: Neue Lieben entstehen, alte werden beendet oder runderneuert, und ein paar Überraschungen gibt es auch noch. Als schließlich Evis Mann wieder auftaucht, sind die Turbulenzen perfekt …

Claudia Thesenfitz
Die Superfrauen von Sylt
Ein Glücksroman

Taschenbuch
Auch als E-Book erhältlich
www.ullstein.de

ullstein